이덕무의 산문집

청장, 키 큰 소나무에게 길을 묻다

· · ·

이덕무 著
이화형 譯

국학자료원

향기 그 소나무에 들 문사

이부키 무

이희용 옮김

고려저작권유

청장(靑莊)은 해오라기 종류의 새로서 앞에 닥치는 먹이만을 먹고사는 청렴한 새라고 한다. 이덕무가 이를 호로 삼은 것은 그의 성품과 인생에서 지향하는 바를 알게 하고도 남음이 있다. 가장 고결한 선비로서 살았던 그는 사시사철 청정하기 이를 데 없는 소나무를 닮았다. 그래서 그의 시 중 '키 큰 소나무'라는 구절을 가져다가 그의 철학이 깊이 배어 있는 『이목구심서 (耳目口心書)』의 제목으로 삼았다. 이덕무의 삶과 문학에 감동하여 그에 관한 논문으로 박사학위를 받았고 이후 『이덕무의 문학 연구』와 『이덕무 시집』을 출간한 이후에도 이렇게 그와의 인연을 놓지 못하고 『이목구심서』의 번역본을 내기에 이르렀다.

21세기라는 문명시대에 살면서 굳이 조선시대의 한 실학자인 이덕무에게 연연하는 것은 어찌 보면 시대에 뒤떨어진 듯 보일지도 모른다. 그러나 방향을 잃고 헤매는 듯한 경박한 세상의 격랑 속에서 붙잡고 가야할 하나의 지침으로 그는 늘 내 곁에 서 있다. 낮은 목소리로 흥분하지 않으며 그는 내게 말한다. 여보게 잠깐 소나무 등걸에 몸을 기대고 귀를 기울여보게나, 그리고 나무가 들려주는 이야기를 한 번 들어보게나. 한없이 맑고 투명한 목소리로 그는 소나무에게 길을 묻고 나는 그에게 다시 길을 묻는다. 우리는 이렇게 『이목구심서』 속에서 200여 년을 가로질러 만난다.

　이덕무는 조선후기의 많은 지식인 특히 실학자들 중에서도 남달리 진지하고 소박하게 살다간 인물이다. 그는 전통적 유학정신의 실천이 대단히 강렬했으며 실학기 현실 대응의 태도가 매우 독자적이었다는 점에서 특별하다.

　그는 자신이 뛰어난 문인이었으면서도 문인은 얻기 쉬우나 선비는 얻기 어렵다는 유학자적 소신을 표명하였고, 참된 선비는 실천적 학문을 통해서 인간의 존재 이치를 터득해야 한다고 역설했다. 이런 견실한 유학정신과 참된 인간존재에 관한 의식을 이해하지 않고는 그의 사상을 올바로 파악할 수 없을 것이다.

　특히 그는 조선후기의 위기적 상황을 통찰하고 새롭게 현실이 변화되기를 염원했다는 점에서 많은 실학자들과 궤도를 같이 한다고 할 수 있다. 그러나 대부분의 실학자들이 당시 사회의 가장 시급한 문제를 경제적 궁핍으로 보았다고 할 수 있는데 비해 그는 인간 도덕성의 해이나 부재에서 사회문제의 심각성을 찾고자 했으므로 주목하지 않을 수 없다.

인간에 대한 지극한 애정은 그의 모든 저술에 나타나지만 가장 자유로운 방식으로 써나간 『이목구심서』에 고스란히 반영되고 있다. 우리가 알고 싶은 사실이나 우리가 갖고자 하는 물질 등은 비인격적인 것으로서 소유적 차원의 대상일 뿐이다. 그러나 인간은 스스로 사회적 규율을 지키고 윤리적 실천을 본질로 삼는 주체적 존재이다.

물론 인간의 삶이 외적 상황에 의하여 자각될 수 있으며, 당시의 사회적인 분위기가 그에게도 문제 의식을 갖게 하였다. 그러나 그는 특정한 상황에 따른 직접적 대응보다 인간의 보편적 한계에 대한 자각과 극복에 주력했다. 결국 그는 현실의 모순을 직시하면서 모순의 근원이 인간에게 있음을 중시하고 인간의 도덕성을 강력하게 촉구함으로써 현실 문제를 근본적인 측면에서 해결하고자 했던 유가적 인본주의자라 하겠다.

다시 이덕무의 사상서를 마련하게 된 것도 한 시대와 사회를 넘어서는 그의 존재론적 사고의 특성에 기인한 것이며, 한층 문명이 고도화하고 메카니즘이 지배하는 현대생활, 특히 오늘날의 패륜적 삶의 와중에서 그의 아름다운 정신과 진실한 삶의 실천은 우리에게 하나의 등불이 되리라 생각하기 때문이다.

특히 본 번역서를 내도록 기회를 제공하고 수고하신 국학자료원의 정찬용 사장님과 편집부원들께 깊이 감사드린다.

2003년 봄
이 화 형

차 례

해 제

1. 생 애

이덕무의 생애를 대체로 가계, 학식과 인격, 교유, 관직의 순서로 간략히 살펴보고자 한다. 그는 조선조 정종의 아들 무림군(茂林君, 휘는 선생(善生))의 후예이다. 증호조참판사헌부감찰 정형(廷衡)은 고조가 되고, 통덕랑 상함(尙馠)은 증조가 되며, 강계도호부사 필익(必益)은 조부가 되고, 통덕랑 성호(聖浩)는 아버지가 된다. 어머니 박씨는 관향이 반남인데 현감 사렴(師濂)의 딸이요, 금평위 필성(弼成)의 손녀다.

그는 영조 17년(1741) 음력 6월 11일 한성 관인방(寬仁坊) 대사동(大寺洞)에서 장남으로 태어났다. 자는 명숙(明淑), 무관(懋官)이며, 호는 청장관(靑莊館), 형암(炯菴), 선귤헌(蟬橘軒), 단좌헌(端坐軒), 향초원(香草園), 팔분당(八分堂), 학초목당(學草木堂), 주충어재(注蟲魚齋), 동방일사(東方一士) 등이다.

만년에는 정조의 명으로 「성시전도(城市全圖)」에 대한 백운(百韻)의 시를 지었는데 임금이 직접 그 시에다 '아(雅)'자를 써주었으므로 호를 스스로 아정(雅亭)이라 붙였다. 16세(1756)에 동지중추부사 사굉(師宏)의 딸 수원

백씨와 결혼했고, 슬하에 1남 2녀를 두었으며, 48세(1788)에 손자 규경(圭景)을 보았으며, 영조 17년(1793) 1월 25일 53세를 일기로 운명하였다. 경기도 광주 판교의 작은 언덕에 장사지냈다.

그는 어버지인 성호가 할아버지인 필익의 서자인 까닭에 평생 서출이란 신분을 면치 못하고 불우하게 지내야 했다. 게다가 항상 생활이 궁핍하고 체질이 허약하여 고통속에 살아야 했다. 그러나 얼음처럼 맑고 돌처럼 굳은 지조가 있어 어떤 환경과 조건도 그의 본성을 변하게 하지는 못했다고 평가될 만큼 모든 역경과 고난을 달관의 예지로 극복해나갔다. 그는 어려서부터 영특하여 6~7세에 능히 시를 지어 사람을 놀라게 했으며, 그 당시 아버지로부터 『십구사략』을 배웠는데 책을 다 읽기도 전에 문리가 통했다고 한다. 특히 품행이 단정하여 기생이 돈을 주자 더럽다하여 던져버렸다고 한다.

학문을 좋아하고 몸가짐을 바르게하는 태도는 평생 일관되었다. 구체적으로 보면 그는 스승도 없이 독학으로 많은 책을 읽어 다방면에 박식하였으며 방대한 양의 저술을 남겼다. 그리고 고상한 인품은 세상에 널리 알려졌는데, 이서구는 그를 평가함에 있어 첫째 품행, 둘째 지식, 셋째 기억력, 넷째 문예를 지적할 만큼 인격이 훌륭했다. 특히 12 종이라는 생전의 저술 가운데 어린 시절에 지은 『영처고(嬰處稿)』는 그의 탁월한 문학적 재능을 말해준다. 한편 검서관 재직시 정조의 명으로 많은 저서를 편찬했으며, 그 시절 궁중 연회에서 빈번히 시 부문의 장원을 차지하기도 했다. 이로써 학자와 문인 그리고 참 선비로서의 이덕무의 인격적 면모를 엿볼 수 있다. 윤행임은 이덕무의 묘비에다 쓰기를 "고결한 선비 누구던가? 이덕무 그 사람이니 내가 글을 지음에 부끄러움이 없도다."라고 했다

그의 경우 생활이 곤궁한데다가 신분의 제약마저 받고있어, 그가 주력하

는 일은 독서였으며, 책을 찾아다니다보니 마음에 맞는 선배와 친구들을 만날 수 있었다. 특히 연암 박지원 문하의 사가(四家)를 비롯해서 홍대용, 성대중, 윤가기, 이형상, 이광석, 박상홍, 서상수, 이명오, 백양숙, 원중거, 유후 등과는 밀도있는 교분을 나누었다. 그는 벗들과 실천적 학문을 토론하고 강산을 유람하며 시와 술을 즐겼지만 불우한 자신의 처지를 비관하거나 어려운 생활을 조금도 불평하지 않았다. 이렇듯 학문과 예술과 인생의 조화를 통해 진실을 구현하고자 노력했다. 정조 2년(1778)에는 서장관 심염조(沈念祖)를 따라 연경에 가서 중국의 문인 또는 지식인들과 교유를 통해 견문을 넓히기도 했다. 그 중 반정균(潘庭筠)을 비롯한 이원조(李調元), 이정원(李鼎元), 당원항(唐鴛港)과의 우정이 돈독했다. 그는 끊임없이 참된 삶을 지향하는 행보 속에서 독행과 교유를 실천해나갔다.

39세되는 해(1779) 6월 1일 규장각 검서관에 임명된 것으로 그의 관직이 시작되었다. 서출에 동정적이었던 정조는 규장각 잡직으로 9품에 해당하는 검서관 4인을 두었는데, 이덕무가 가장 먼저 선발되었고, 그 후 유득공, 박제가, 서이수가 뽑히어 4검서로 불리게 되었다. 41세(1781)에 검서관직을 겸하면서 6품에 해당하는 사도시주부(司䆃寺主簿)에 임명되었으며, 그 해 사근도찰방(沙斤道察訪)에 전직되기도 했다. 43세(1783)에 광흥창주부(廣興倉主簿)에 전임되었으며, 44세(1784)에는 사옹원주부(司饔院主簿)로 옮겼다가, 그 해 경기도 적성현감(積城縣監)에 임명되었다. 신분적 한계를 지녔던 그는 15년 동안 비교적 낮은 벼슬을 지냈으나, 재직시 근검과 청렴으로 공무를 수행함은 물론 덕치로서 국가의 이익과 백성의 복리에 최선을 다했다. 특히 적성현감 재임(44세~49세) 중에는 그 치적이 높이 인정되어 근무평정에 해당하는 '십고(十考)'의 감사 고과(考課)에서 모두 최우수의 평가를 받았고, 백성들로부터 존경받았다.

이덕무의 신분은 크게 보면 조선왕조 오백년의 정치사회를 지배한 사대부에 속한다. 좀더 구체적으로는 사대부 가운데서도 탈속의 재야생활을 기본 입장으로 하는 '사(士)'에 해당한다. 그는 재야 사대부 중에서도 사대부의 본질적 정신을 남달리 확고하게 지탱하고 있었다. 사대부 집단의 출범 당시부터의 성격이 중소지주였듯이 그는 중소지주적 성격에 통하게 사치와 허영을 꺼리고 근면과 검소를 중시했다. 그리고 사대부의 고유 규범을 잘 발휘했던 사림에 가깝게 비합법적 특권에 대항하여 민본적 정론을 펼쳤다.

2. 사상적 배경

이덕무의 사상적 배경을 『이목구심서』의 내용을 중심으로 1) 주체성 결핍, 2) 비인간적 현실, 3) 비과학적 사고의 순서로 밝혀보고자 한다. 특히 주체성 결핍에서는 그가 중용적, 민족적, 유학적 사고를 표출하게 된 배경을 살피고, 비인간적 현실에서는 그의 핵심적 사상인 인본주의적 사고 지향의 근거를 제시하며, 마지막으로 비과학적 사고에서는 실증적, 실용적 사고를 표방하게 된 배경을 설명하고자 한다.

1) 주체성 결핍

그의 모든 사고영역 속에서 추출되는 바와 같이 주체의식이 남달리 강했던 이덕무는 청나라 문인 전겸익(錢謙益)의 경우를 들어, 평생의 절반은 한족이고 절반은 호족이었으며, 학문도 한 때는 불교를 배우다 한 때는 유학을 배우다 하여, 결국 낭(狼)이 뒷다리를 잃고 패(狽)가 앞다리를 잃은 격이었다고 조롱함(이목구심서 2)으로써 당시 사회의 일관성없는 삶이나 주체의식의 결여를 드러낸 바 있다.

인간의 사고가 낡고 폐쇄적이어서는 안 되며, 반면 진보적인 사고가 지나쳐 부정적인 결과를 낳아서도 안 된다. 그가 날카롭게 비판하고 있듯이 당시 올바르지 못한 사고와 행동은 극심했다. 예컨대 금나라에서 있었던 일로서, 왕거비(王去非)가 북쪽 이웃에서 초상이 나 고루한 관습에 따라 동쪽으로 나가기를 꺼려할 때 자기집의 일부를 헐고 남쪽으로 상여가 나가도록 지나치게 배려했던 사실에 주목할 수 있다.(이목구심서 2)

한편 당시 같은 실학파 지식인이면서도 박제가의 경우 문자의 근본인 중국어가 있으므로 우리나라 말을 버려도 괜찮을 것이요, 우리나라의 모든 것이 중국만 못하다고 했는가 하면, 박지원도 우리나라는 중국에 비해 진실로 한 치도 나은 게 없다고 말했다. 이렇듯 실학자들의 개방적 사고가 우리나라의 입지를 강화코자 하는 각성으로부터 비롯되었음에도 불구하고 다시 청이라는 중국에 빠지고있는 듯한 우려를 낳고 있었다.

유학적 측면에 있어서도 당시 불교와 노장사상 등의 외적인 도전이 매우 컸을 뿐만 아니라, 복고풍의 유학 숭상이나 공허한 논리 전개 등 내적 본질의 일탈도 무성했다. 그가 자신의 저서인 『입연기(入燕記)』에서 청조의 유학문화의 퇴행을 신랄하게 비판한 것이나, 여러 곳에서 경서의 말을 새롭게 해석하고 유학을 창조적으로 계승하고자 노력했던 것도 이에 기인한다고 본다.

2) 비인간적 현실

인간사회는 항상 갈등과 혼란이 있기 마련이다. 더욱이 조선후기 사회는 격동의 시기였던 만큼 비인간적 행태가 팽배했다고 여겨진다. 그러므로 인본주의가 나올 만한 배경을 상황적 측면과 근원적 측면으로 나누어 살펴볼 필요가 있다.

가. 상황적 측면

이덕무는 당시 사회를 도덕과 기강이 무너진, 가치의 혼돈과 방종의 시기로 인식하였다. 사람들이 온종일 모여서 지껄이는 이야기는 비방, 장기와 바둑, 여색, 술과 음식, 벼슬, 가문에 대한 것에서 벗어나지 않으니 민망스럽다고 한 그의 지적이 이를 뒷받침한다.(사소절 권1) 허울만을 추구하는 시대의 그릇된 일상, 인간의 진실성없는 행동에 그는 다음과 같이 전율하기도 했다.

글자 한 자도 읽지 않아 방향없이 제멋대로 행동하는 것은 거론할 것도 못되거니와, 글을 많이 읽었다고 일컬어지는 자까지도 배운 것을 한 번도 실천하지 않으니 매우 애석한 일이다. 또한 박식하다고 하는 자도 있으나 그 마음씨를 살피면 교활하기 그지없다.(사소절 권3)

세속에 얽매여 사회적 지위나 생각하고 명예를 중시하며, 오욕칠정에 사로잡혀 시기하고 질투하며, 정신적 평온을 잃고 방황하는 비속하고 왜소한 인간들의 행각에 실망할 수밖에 없는 현실이었다. 이와 같이 당시 지식인들을 비롯해서 모든 백성들이 진실과는 먼 허구적인 삶에 침윤되어 있었음을 잘 알 수 있다.

그런데도 이렇듯 황폐한 비인간적 사회 분위기를 쇄신할 만한 사상적 지렛대가 없었으며, 오히려 성리학적 흐름은 그러한 풍토를 조장하기에 적합한 형편이었다.

나. 근원적 측면

윤리의식은 현실의 위기에 당면해서 그 위기상황을 극복하는 차원에서만 나타나는 것이 아니다. 여기서 그가 주장하는 인본주의적 도덕 철학이 나오게 된 근원적 배경에 대한 검토가 요청되는 것이다. 이를테면 당시 사람들이 나름대로는 도덕률을 실천하고 있었을 텐데 무엇 때문에 그가 선비가 지켜야

할 작은 예절이라는 뜻의 도덕 교과서라 할 수 있는 『사소절(士小節)』을 지어가면서까지 윤리성, 도덕성을 강렬하게 역설할 필요가 있었던가에 문제의 초점이 놓이게 된다.

그가 "인생이란 금기나 규범이 없다면 어긋나고 악한 일이 많을 것"(영처시고 1)이라고 한 데서, 우리는 인간의 존재양식이 내포한 모순과 부조리를 재발견할 수 있다. 살아가면서 끊임없이 자아성찰과 자기부정을 통해 모순을 극복하고자 노력하지 않으면 안 되는 것이 바로 인생이요, 인간존재임을 깊이 깨닫게 된다. 그는 "사람이 성인이 아닌 바에야 누군들 허물이 없으랴."(영처문고 1)라고 인간의 근원적 모순과 한계를 드러내 보여주기도 했다.

요컨대 이덕무가 인본주의라는 윤리설을 주장하게 된 배경을 살펴볼 때, 직접적으로는 현실의 위기라고 하는 상황적 입장을 고려하면서, 보다 근본적으로는 인간의 한계라는 본질적 입장에 접근해야 할 것이다.

3) 비과학적 사고

인간은 자기가 태어난 시대와 장소를 떠나서 존재할 수 없다. 여기서 역사적 상황, 사회 분위기, 자연적 환경 등을 이해하고 대처하는 세계인식이 문제가 된다. 더욱이 의식있는 사람들이 현실의 변화를 염원할 만큼 조선후기는 새로운 가치와 이념이 요청되는 피폐한 상황이었다.

예컨대 이덕무가 『동사강목』에 나오는 "단군이 팽오(彭吳)에게 명하여 산천을 다스려서 백성들을 편안하게 했다."는 기록에 대해 팽오는 한나라 무제의 신하이지 단군의 신하가 아님을 논박하면서 우리나라 사람들이 역사적 사실의 기록에 있어 정밀치 못했음을 냉정하게 질타한 바 있다.(이목구심서 6) 여기서 비판의 대상은 단순히 역사적 진술의 오류라기보다 당시에 만연했던 비합리적인 사고와 비과학적인 인식 등이다.

한편 과학적 사고가 부족했던 당시의 상황을 그는 계속해서 공격한 바 있다. 선체를 벌레가 갉아먹지 못하도록 큰 판자로 외면을 보호해야 하는데, 일본사람들로부터 공법을 배워 그 공법에 따라 제작함에 있어서도 정밀하지 못했기 때문에 선체와 판자 사이에 물이 들어가 배가 뒤집혀 1백여 명이 죽었다는 것이다.(이목구심서 6)

이와 함께 성리학적 경향에 따라 생활에 필요한 실질적 가치를 외면한 채 지나치게 심오하고 고답적인 문제에 탐닉하면서 지배층은 장구한 세월에 걸쳐 무능하게 살아왔다. 그리고 양반사회가 점점 고착되어가는 과정에서 사람들은 농사를 짓고, 상업에 종사하고, 기술에 힘쓰는 것을 부끄러워 하는 등 올바른 생산의식은 퇴색하고 비생산적인 허위의식만 팽배해있었다.

3. 『이목구심서』의 사상

이 책을 떠받치고 있는 중심사상은 주체성 결핍을 극복하는 3가지, 즉 중용적 사고·민족적 사고·유학적 사고와, 반인륜적 현실에 저항하는 인본주의적 사고와, 비과학적 정신에 대응하는 2가지, 즉 실증적 사고·실용적 사고 등이라 할 수 있다. 물론 이 가운데서도 가장 핵심적인 사상은 인본주의적 사고이기 때문에 보다 정심하게 진술코자 한다.

1) 중용적 사고

이덕무는 치우침없이 올바른 단계로 나아가고자 했던 바, 중용의 사고가 엄밀했다. 따라서 그의 중용적 사고는 진정한 진보의식 또는 주체적 진보의식이라 할 수 있다.

그는 옛부터 아는 것(지식)과 행하는 것(행동)을 아울러 실천하는 것은 매우 어렵다고 했다. 그리고 민첩하고 빠른 자는 뿌리가 깊지 못하고 굳고 확실한 자는 끝이 날카롭지 못하지만, 굳고 확실한 자의 고집과 과단이 민첩하고 빠른 자의 공허와 쓸쓸함보다는 낫다(이목구심서 1)고 했다. 여기서 그의 중용의식을 뚜렷하게 엿볼 수 있으며, 특히 그의 중용의식이 주체적 사고에 기반을 두고있음을 확연히 알 수 있다.

그는 유독 『이목구심서』에서 중용에 관한 논의를 집중하는데, 『이목구심서』 1에서는 한 쪽으로 치우치는 것을 탈피하여 미워하는 가운데 착한 것을 간취하고, 사랑하는 가운데 나쁜 것을 알아야 한다는 주장을 했다. 그리고 『이목구심서』 2에서는 인간의 근원적 병폐는 뜨거나 가라앉거나 하는 것, 지나치게 움직이거나(동) 지나치게 고요한 것(정)이다. 또 너무 좋아하는 것 때문에 성공도 하고 동시에 실패도 한다. 그러므로 뜻이 크면서도 세심하고, 민첩하면서도 정밀해야 한다는 것이다. 또 『이목구심서』 3에서 말한 중용의 논의를 들어 보면, 지나치게 너그러운 행동과 빈틈없이 분명한 행동은 좋지 않으며, 어설프게 관대한 듯하며 어물쩍하게 정확한 듯한 행동도 하지 말아야 한다고 했다. 너그러움과 세밀함이 분명하면서도 조화를 이루어야 한다는 주장을 통해 보편성 지향의 치열한 노력을 보여 주었다. 이와 같이 그는 중용적 가치의 중요성을 강력하게 부각시켰다.

2) 민족적 사고

조선조 후기까지 중국 한족과의 관계에 있어 보여주었던 모화사상을 탈피하고 극복하려 했던 데서, 실학자들의 민족의식을 거론할 수 있을 것이다. 그러나 박제가의 개방적 사고가 지나쳐 열등의식에 가까운 반민족적 행위로 인식되자 이덕무는 편지를 통해 그러한 극단적인 태도를 자제하길 촉구한 바도 있다.

이덕무는 청과의 관계에 있어 엄격하게 중용적이며 주체적인 태도로 대응하였다. 그는 덮어놓고 청을 적대시하던 주자학자도 아니고 지나치게 청에 호의적 관심을 둔 북학론자도 아니다. 오히려 그들과 달리 이덕무는 전통적인 춘추대의를 견지하면서 청의 문명을 수용하고자 했다. 그러기에 그는 중국을 수용하는 도량은 필요하되 우리가 조선의 사람이기 때문에 말소리, 의복, 풍속, 법제를 한결같이 우리나라를 따라야지 만일 초탈하여 현실을 외면하면 망령되거나 미친 사람이라(이목구심서 1)고 역설했다. 이는 국가에 대한 애정이요 민족적 주체의식의 발로이다.

곧 중국과 교류를 통해 참신한 민족문화의 창조를 성취하면서도 외세에 휩쓸리지 않으려는 경각심을 보여주고 있으며, 또 대중국관에서 나아가 일본 및 여러나라와의 교류를 통한 자국의 이익을 확보하고자 고심했다. 이렇듯 그는 봉건과 외세 속에서 진정한 민족주의가 무엇인가를 제시했던 탁월한 인물임을 새삼 느낄 수 있다.

3) 유학적 사고

그는 유학을 실천적인 학문으로 깊이 인식하면서, 그것을 가장 귀하게 여기어 성학(聖學)으로 부르기까지 했다. 예컨대 품팔이로 생활하는 보통 남자가 노동으로 쉬지 못하다가 장마철 무더운 방에 혼자 누워있다고 가정한다면 그는 밥먹고 살아갈 생각이나 할 것이라 했다. 그러므로 유학만이 크고 바른 도이고 노장사상이나 불교는 지나치게 높은 경지에 있다고 말했다.(이목구심서 4) 노자·장자나 석가모니를 따르는 자들은 지나치게 고상한, 우주적이며 초탈한 사고를 지녔고 인생의 허무함만을 외치며 실제로 앞에 놓여있는 현실문제는 제쳐놓고 오직 사후세계만을 문제삼았다고 했다. 그는 이 무리들의 어리석음을 예리하게 지적하고, 실제적인 사실과 현실적인 행위의 자각을 중시하는 유학이야말로 진정한 학문임을 천명하였다.

유학이 실용적 학문이며 참다운 진리임을 표명하는 강경한 의지를 다시 들어볼 수 있다. 즉 노자가 "알면서도 알지 못하는 체하는 것이 최상이고, 알지 못하면서 아는 체하는 것이 병폐다." 했는데, 알지 못하면서 안다고 하는 것이 병폐라면 알면서도 알지 못한다고 하는 것도 잘못된 것이 아닌가. 공자가 이르기를 "아는 것을 안다고 하고 알지 못하는 것을 알지 못한다고 하는 것이야말로 아는 것이다." 했는데, 이 말은 너무나 명백하여 뒤따르는 폐단이 없기 때문에 영원한 법이 될 수 있다(이목구심서 6)고까지 했다.

결국 그는 논리적인 사고를 통해 합리적이며 실질적인 가치가 있는 유학만이 참다운 지식이자 사상임을 자각했고, 이 유학의 탐구가 자신의 본령임을 명쾌하게 지적하였다. 그리하여 천하에 읽을 것은 유학경서뿐이며, 경서는 죽은 뒤에나 그만읽는다는 마음을 먹어야 한다는 주장까지 함으로써 그의 유학자적 입장을 준엄하게 표방하였다. 마침내 유학경서의 관심은 『예기』에 대한 실증적 해석의 『예기억(禮記臆)』이라는 역작을 남기기도 했다.

요컨대 그의 유학중심의 태도는 공허한 주자학적 논쟁을 넘어서서 현실적이며 실천적인 가치 구현에 접근하는 새로운 학문관이었다.

4) 인본주의적 사고

가. 자아수련의 의지

그는 남이 자기를 버릴지언정 자신이 남을 저버리지 말아야 하니, 거리낌 없이 너그럽고 순수하고 정직한 마음 갖기를, 좋은 말을 타고 큰 길을 달리듯 조금도 딴 마음이 없어야 한다(이목구심서 2)고까지 했다. 또한 자신을 자제하는 것은 반드시 분명해야 하지만 남을 대하는 데는 포용이 필요하다(이목구심서 3)고 말했다. 이는 인간애를 성취하기 위한 이타적 자아실현의 구도 정신이라 할 수 있다. 이처럼 그의 자아수련의 사고는 인간주의적인 성격이 지극히 농후하다.

그의 자아수련의 정신이 대타적 인본주의에서 발생했음을 극명하게 드러 내는 주장도 있다. 그는 모든 사람이 자기보다 나은 사람을 공경하고 시기하지 않으며, 자기와 비슷한 사람을 아끼고 다투지 않으며, 자기보다 못한 사람을 어여삐 여기고 업신여기지 않게 된다면 천하가 태평하게 될 것이라(이목구심서 4)고 했다. 인간관계를 새롭게 인식하려는 지적 태도와 함께 대타지향의 자기수양의 노력을 진지하고도 강경하게 보여주고 있다. 그는 현실의 삶을 중시하고 남을 사랑하기 때문에 항상 자기를 경계하고 상대를 포용하는 도량을 지키고자 최선을 다했다. 이처럼 무한히 자아수련의 실천을 통해 참된 자아확립과 인간관계의 구현을 기도했던 그를 세상사람들은 바보같이 여겼는데, 그는 이것조차 감수하는 태도를 보여 줌(이목구심서 6)으로써 그가 인본주의자임을 여실히 증명한 셈이다.

이러한 자아수련의 정신이 국가적 정치 사회면으로 확대되어 나감을 간과할 수 없다. 그는 말하길, 인간에 대한 존경이 가까운 처지일수록 소홀해지기 쉬우므로 가정에서부터 더욱 각별히 해야 하는데, 이것이 백성들이 지켜야할 규범(이목구심서 3)이라는 것이다. 그는 모든 사회문제의 핵심이 인간에게 있음을 중시하고 우선 자아의 발견과 내적 수양이 필요함을 깊이 인식했다. 그리하여 대장부가 비록 궁핍한 집에서 살며 끼니조차 잇지 못한다 하더라도, 늘 남에게 베풀기를 좋아하고 궁핍함을 구제하고자 하는 마음을 가져야 한다(이목구심서 3)고 주장하였다.

나. 인간본성의 구현
자아수련의 내용이 인간의 선한 본성이라면 이를 가꾸기 위한 방법이 예절이 될 것이다. 일찌기 공자도 "극기복례위인(克己復禮 爲仁)"이라 하여 예를 실천하는 것이 참 인간이 되는 길임을 언명했는데, 이덕무는 인간의 운명적 모순과 부조리를 통감하고 참된 인간존재가 되기 위한 예의 필요성을 절실하게 주장했다. 그가 지은 「예기」(영처시고 1)라는 시편에 주목할 수 있는데, 인생에 있어 규범, 즉 규율로서의 예가 없을 때 인간사회는 악이 만연하리라는 것이 시 전체의 흐름이다. 여기서 그의 현실인식적 특성을 유추할 수 있는 바, 그는 여러 사회문제의 심각성을 인간 윤리의 상실로 인식하고 근원적 대책으로서 윤리성 회복에 관심을 집중했다고 볼 수 있다.

다만 그가 특별히 예의 실천을 역설할 만큼 당시 예가 이행되지 않거나 행해지더라도 공허할 뿐이었던 상황적 배경이 있는데, 그는 부정적 상황을 다음과 같이 지적했다.

옛날에는 예악을 잠시도 몸에서 떠나게 하지 않았는데, 후세에 와서 음악은 없어져 논할 바가 없으나 그래도 예법은 여기저기 흩어져 없어진 것도 있기는 하지만 전부 사라지지는 않았다. 그런데 사람들이 이를 행하려들지 않으니 어째서인가. 심지어는 옛날과 지금이 다르고 풍속의 변화를 되돌리기 어렵기 때문이라 한다. 그러나 고금은 같을 수 없거니와 풍속은 때에 따라 다를 수가 있으니 그에 따라 맞도록 하면 된다(이목구심서 3)는 것이다.

시대와 사회적 여건에 맞게 실제적인 예를 실천해야 한다고 주장함으로써 예가 시대를 초월해서 인간사회에 절실히 요구되는 지속적 가치임을 일깨워 주고 있다.

다. 인본적 합리주의 지향

인본적 합리주의란 그에게 주자학적 경향에 대항하는 반권위주의적 태도가 강했고, 또 비현실적인 경향에 대항하는 반신비주의적 태도가 강했던 점에 기초하여 명명한 것이다.

우선 반권위주의적 태도란 그가 가문을 중시하고 사회적 지위나 따지는 폐쇄적인 풍속에 대해서 강경한 태도로 반발했음을 말한다. 이는 물론 올바른 인간사회를 지향하는 개방적인 사고의 발로라 할 것이다. 예컨대, 그가 남의 혼사에 문벌이나 따져 그 지체가 높은 이는 부추기고, 낮은 이는 억제하는 짓을 하지 않는 것도 선비들이 해야할 행동 중의 하나(이목구심서 3)라고 한 사실을 들 수 있다. 이와 같이 그에게서 소외된 이웃과 함께 살려는 따뜻하고 진지한 시각이 돋보인다. 이는 인간적 가치의 최고 이념이라 할 수 있는 유학적 인(仁)의 정신이 구현된 것이라 할 수 있다. 그는 철저한 유학자로서 인이 지닌 속성을 극대로 발현하고자 했으며, 그리하여 이처럼 실제적이며 구체적인 사랑의 의의를 선언할 수 있었다고 여겨진다. 요컨대 그는 사욕을 억제하고 이타의 거룩한 도를 실현해야 할 당위성을 자각하고, 실천할 것을 호소함으로서 참 존재 지향에 있어 월등한 면모를 보여주었다고 하겠다.

한편 비현실적인 경향에 저항하는 반신비주의적 태도를 검토해볼 수 있는데, 이 태도는 위에서 살핀 반권위주의적 태도보다 훨씬 강하게 나타난다. 그는 무당과 판수에게 의지하고 부적과 주문을 외우는 등이 혹세무민하는 부정적 요소임을 강력하게 주장했다. 또한 불교가 세상에 폭넓게 침투했음을 심각하게 느끼고 이러한 상황에 대해 단호하게 대응했다. 예컨대 유채꽃이 석가여래를 낳고 쇠뼈가 관음보살을 낳고 앵무새가 사리를 간직한 것이 있다고 하니 불교가 어찌 그리도 넓은가. 움직이는 것들이라 하여 부처의 마음이 있다면 모두 부처가 될 수 있는가. 우리의 도는 그런 것이 없다. 다만 성품이 모두 착하고 사람이 모두 성인이 될 수 있다고 들었을 뿐(이목구심서 1)이라고 말했다. 상식과 도리를 벗어난 것을 요괴로 인식하고 배척하는 데서 그의 인본주의가 얼마나 합리적인가를 짐작할 수 있다.

인간 실존과 다른 동식물의 실재, 그리고 초월적인 존재를 분별함으로써 인간은 오직 인간일 뿐이라는 인간 존엄 의식을 내포하고 있다. 특히 실천적

윤리 질서를 초월하는 '보응'이라는 신비적 화복 관념이 얼마나 의지적 인간의 삶을 현혹시키는지를 조롱하기도 했다. 이렇듯 인간중심의 유학정신을 바탕으로 비합리적인 사상에의 심취에 강경하게 저항했다.

라. 무욕적 사고의 고양

그는 현실사회의 물질적 빈곤이 지배층의 무지나 무관심에서 비롯된 것이 아니라, 겉으로는 의리를 강조하면서 은밀하게 축재하던 극단적 이욕주의에 기인한 것임을 통찰하였다. 나아가 경제적 빈곤, 사회적 부정의 근본적 원인이 모든 인간의 그릇된 물질적 욕망과 지배적 욕구에 있음을 깨달았다. 그리하여 그는 남을 가엽게여기는 마음이 절로 일어나는 것은 성인이나 어리석은 사람이나 모두 마찬가지지만, 이익을 추구하는 생각이 마음에 가득하면 결코 어진 마음이 일어나지 않는다(이목구심서 3)고 했다. 이욕은 모든 인간이 타고난 선한 본성조차 가로막는 장애요인임을 꿰뚫어본 것이다.

물론 그는 권력에 대한 탐욕에 대해서 항상 경계하였지만, 특별히 물질적 욕구를 문제삼았다. 그는 사람이 재물에 관심을 갖는 것은 자신의 삶을 보존하기 위해서인데, 당시 용렬한 사람들은 재물에 집착하여 도리어 목숨을 잃는 어리석은 작태를 서슴지 않았다고 조롱했다. 그가 삼포에 살 때 있었던 일화를 전하고 있는데, 어떤 사람이 얼음이 풀리려는 곳을 건너다가 빠지고 말았는데, 다행히 상반신이 얼음 위에 걸렸다. 마침 강가에 있던 사람이 급히 외치기를 "당신 허리에 찬 돈을 풀어버리면 살 수 있을 것이오." 하였다. 그러나 그는 그 말을 듣기는 커녕 두 손으로 돈을 움켜쥐고 잃어버릴 것만을 걱정하다가 그대로 빠지고말았다(이목구심서 3)는 것이다.

생명보다도 재물을 중하게 여기는 타락한 삶과 물신주의적 가치관에 대해 준엄하게 도전하는 그의 순수와 진실의 외침이 역력하다. 이밖에도 물질적 욕심에 침윤되어 몰가치적 삶을 자행하는 일상적 예화를 수없이 열거하며,

그는 어리석은 사람도 죽음이 두려운 줄은 잘 알지만 재화만 보면 죽음의 길도 두려워하지 않고 무슨 짓이든 저지르고 만다(이목구심서 3)고 탄식했다.

그는 마침내 부유함에 대립하는 가난함의 가치를 극대화시키기에 이르렀다. 즉 최상의 사람은 가난을 편안히 여기고, 그 다음 사람은 가난을 잊어버리고, 최하의 사람은 가난을 꺼리고 호소하다 가난에 짓눌려 부림을 당하는데, 그보다도 못한 사람은 가난을 원수처럼 여기다가 그 가난속에 죽어간다(이목구심서 2)는 것이다.

5) 실증적 사고

사물, 사실, 사건 등 대상과의 관계를 진술함에 있어 그 관계가 옳을 때 우리는 진리라고 부른다. 이렇게 볼 때, 대상에 대한 진술이 올바르지 못한 경우 그 오류를 지적하고 진술을 대상에 일치시키려는 노력, 즉 실증적 인식은 객관적 진리 탐구를 위한 지각임에 틀림없다.

그는 실증적 인식에 의해서 사실, 사물, 사건 등의 옳고 그름을 엄격하게 따지고 그리하여 참된 이치라 할 수 있는 진리를 획득하고자 노력했던 학자였다.

이를테면, 언어는 경험적 주체로서의 인간이 자기 자신을 경험대상으로 바라볼 수 있는 객관화의 기능을 갖는다. 이러한 객관적 실재로서의 언어가 진실인가 허위인가를 판단하는 것은 바로 실증적 사고이다. 결국 그는 다음과 같이 언어에 대한 실증적 인식을 통해서 진리를 찾아낼 수 있었다.

입술과 혀에서 나와 낭랑하고 발랄한 것은 형태가 없는 글이고, 종이에 먹으로 표시되어 가지런하고 들쭉날쭉한 것은 형태가 있는 말이다. 수염, 눈썹, 치아, 두 볼을 혼연스럽게 접할 수 있어 간담이 서로 소통하기는 글이 말만 못하고, 정신과 사고가 은연중 교류되고 기운이 완곡하게 유통되기는 말이 글만 못한 법이니, 말은 해도 무늬가 없어 한 번 입에서 나와 버리면 이미 흔적조차 사라지므로 글로 쓴 것을 귀중하게 여기는 것(이목구심서 2)이라고 그는 말했다.

한편 그의 자연에 대한 관찰의 폭과 깊이는 가히 독보적이라 할 수 있다. 그는 풀, 나무, 꽃, 벌레, 물고기, 새 등 거의 모든 동식물을 엄밀하게 해부 조감하였다. 조선조 선비에게 있어 이러한 자연과학 분야의 지적 태도와 인식 능력은 경이적인 면모라 하겠는데, 그는 쇠붙이가 자석에 감응되는 정도를 수 차례의 시험을 거쳐 그림자나 소리보다도 빠르다(이목구심서 3)는 결론을 내리기도 했다.

이밖에도 인체의 목구멍에서 3개의 구멍을 찾아내어 수도, 식도, 기도라고 했던 사실을 부정하면서 인체에 18개의 구멍이 있다는 새로운 관점을 피력 한 바도 있으며, 짐승은 다른 종류끼리 서로 교접을 해도 새끼를 낳는데 이것은 과수를 다른 종류의 나무에 접붙이더라도 열매가 여는 것과 같다(앙 엽기(盎葉記) 3)고도 했다.

6) 실용적 사고

어떤 대상은 그 자체에 목적이 있는 것이 아니라 생활의 수단으로서 생활 에 유용한 것은 진리이고 무용한 것은 허위이다. 이러할진대 그에게서 생활 에 유용한 것이 진리임을 깨닫는 실용의식이 분명하게 발견되고 있다.

이덕무는 당대 사회가 안고있던 비생산적 위선 속에서 노동의 필요성과 생업의 중요성을 깊이 인식하고 다음과 같이 말한 바가 있다.

하늘이 물건을 낼 때 그것을 살리고자 하는 마음이 아닌 것이 없다. 거미는 배가 뚱뚱하고 모양이 놀란 것 같으니 벌레 중에 빠르지 못한 것이다. 살 수 있는 방식을 만들어주지 않으면 먹고살 수 없기 때문에 실을 주어서 그물을 쳐서 먹고살게 한 것이라고 했다. 그는 놀고먹는 사람에게 의심을 갖는다고 하면서, 두 팔과 두 다리 그리고 일곱 구멍이 거미의 실보다 낮지 않단 말이냐고 외쳤다.(이목구심서 1)

생물의 경우 먹고사는 문제가 무엇보다 중요하다는 인식을 전제로 인간으로서 실생활을 위해 노동을 해야 한다는 노동가치설을 강경하게 주장한 것이다. 자연히 놀고먹는 자는 철저히 배척당하게 되는데, 여기서 그가 인간의 원형적인 삶의 가치를 도덕적 염결성에만 두지 않고 경제적 생활도 포괄했음을 절실히 깨닫게 된다.

한편 그는 『광운(廣韻)』, 『본초강목(本草綱目)』, 『오록(吳錄)』, 『통감』 등에 나오는 목화에 관련한 여러 기록을 검토 분석하면서 자신의 소견을 붙였는데,(앙엽기 3) 여기서 농업, 공업 등의 산업에 대한 실용적 사고를 충실히 관찰할 수 있다. 목화의 유입 전래 경위, 정천익이 씨를 바르는 씨아와 실을 뽑는 물레를 만들어서 나라에 큰 이익을 주었다는 사실, 또 문익점의 아들 래(來)가 물레를 만들었고 그 아들 영(瑛)이 베틀을 만들어서 베를 짰던 사실까지 규명하고 있다. 특히 문익점을 부민후(富民侯)라고 추중한 것은 까닭이 있다고 지적함으로써 그의 경제적 실용의식을 단적으로 드러내었다.

4. 저술

이덕무는 검서관 재직시 궁궐 안에 소장하고 있는 희귀한 문헌들을 자유롭게 열람할 수 있었다. 그리고 정조로부터 뛰어난 재주를 인정받아 『국조보감(國朝寶鑑)』, 『송사전(宋史傳)』, 『대전통편(大典通編)』, 『문원보불(文苑黼黻)』, 『갱장록(羹墻錄)』, 『무예도보통지(武藝圖譜通志)』, 『규장전운(奎章全韻)』 등의 편찬에 공적을 남겼다.

이덕무의 재주와 지식을 아끼던 정조는 그가 죽은 후에도 특별히 배려하여 유고를 간행케 하였다. 그리하여 정조 20년(1796)에 『간본아정유고(刊本雅亭遺稿)』 8권이 발간되었다. 그가 생전에 저술한 책은 『영처고(嬰處稿)』, 『아정유고(雅亭遺稿)』, 『예기억(禮記臆)』, 『편서잡고(編書雜稿)』, 『기년아람(紀年兒覽)』, 『사소절(士小節)』, 『청비록(淸脾錄)』, 『뇌뢰낙락서(磊磊落落書)』, 『이목구심서(耳目口心書)』, 『앙엽기(盎葉記)』, 『서해여언(西海旅言)』, 『윤회매십전(輪回梅十箋)』, 『산해경보(山海經補)』, 『열상방언(洌上方言)』, 『천애지기서(天涯知己書)』, 『선귤당농소(蟬橘堂濃笑)』, 『병정표(丙丁表)』, 『청정국지(蜻蜓國志)』, 『입연기(入燕記)』, 『한죽당섭필(寒竹堂涉筆)』 등으로서 이 모든 것이 『청장관전서(靑莊館全書)』로 묶여졌다. 원본은 전하지 않고 다만 일본인 천견윤태랑(淺見倫太郞)이 수집한 것을 전사(轉寫)한 규장각본과 미국 캘리포니아 대학의 천견문고본이 낙질본(落帙本)으로 전하고 있다.

이목구심서 1

　지난 경진년과 신사년 겨울에는 내 초가의 비좁은 방안이 너무나 추워서 입김조차 얼어붙고 이불깃에서는 바삭바삭 소리가 났다. 게으른 성격에도 나는 한밤중에 일어나서 급히 『한서(漢書)』 한 질을 이불 위에 죽 덮어 조금 추위를 막았다. 만일 이렇게 하지 않았더라면 아마도 얼어죽었을 것이다.

　어젯밤엔 북서쪽에서 불어닥친 매서운 바람에 등불이 애처롭게 흔들렸다. 한참을 생각하다가 『논어(論語)』 한 권을 빼서 바람을 막아놓고는 재빠르게 대처하는 뛰어난 수완에 스스로 기뻐하였다. 이불 가운데는 흰 털이 많고 부드러운 갈대꽃으로 만든 것이 있는데 이것은 특별한 경우이고, 또 금은으로 상서로운 짐승을 수놓아 병풍을 만든 것도 있는데 이것은 너무 사치스러워 본받을 게 못된다. 어찌 나의 책으로 만든 한서이불과 논어병풍만 하겠는가. 옛날 왕장(王章)이 덮었던 덕석이나 두보가 깔았던 담요보다 낫지 않은가.

　을유년 겨울 11월 28일에 기록한다.

　내 아우 중에 정대(鼎大)가 있는데 이제 겨우 아홉 살이다. 이 아이는 성격이 매우 느긋한 편이었는데, 어느 날 갑자기 말하기를, "귓속에서 우는 소리가 난다."고 하였다. 내가 "그 소리가 무엇과 같으냐?"고 물었더니, 정대는 대답하기를, "그 소리가 아담한 별처럼 느껴져 보일 듯도 하고 주울 수 있을 것도 같다." 하였다. 이때 나는 미소지으며 혼자 말했다. "형상을 가지고 소리에 비유하는 것을 보니 어린아이가 타고난 지혜가 있구나. 예전에 어떤 어린아이가 별을 보고 달 가루라고 한 바 있다. 이런 표현은 예쁘고 고와서 때문은 세상사람이 할 수 있는 말이 아니다."

경서, 사서, 제자, 문집을 막론하고 어느 책이든 첫 권은 반드시 때가 묻고 빛깔이 바랬으며 심지어는 닳아서 떨어져나가 읽을 수가 없다. 그런데 다음 권부터 끝 권까지는 비록 여러 해가 지났어도 깨끗하기 이를 데 없다. 내가 항상 개탄하는 것은 바로 이런 것이다. 세상의 선비들이 무슨 책이든 처음에는 끝까지 다 읽을 것 같이 하다가도 인내심이 모자라 이내 게을러지고 포기해버림으로써 둘째 권부터는 한 번도 만지지조차 않기 때문에 첫 권과 완전히 다른 물건처럼 된다. 단지 쥐오줌에 더럽혀지지 않으면 좀이나 먹게 되니 서적의 훼손이 심할 따름이다. 또 근래에 어떤 사람의 집에서 보았는데, 『패해(稗海)』한 질은 한 번도 손을 대지 않은 것 같이 말끔한데 비하여, 『선실지(宣室志)』, 『유양잡조(酉陽雜俎)』, 『이문총록(異聞總錄)』 등의 서적은 기름에 절고 손때가 묻은 것이 굴뚝 속에서 꺼낸 것처럼 해져 있었다. 이 낡은 책들은 모두 귀신과 꿈에 대하여 얘기하거나 재앙과 기이한 것들을 적어놓았기 때문에 사람들이 많이 읽는다. 이는 바로 식견이 없고 재미있는 것만을 좋아하는 습성에 따른 것이다. 비록 사소한 일이라고 하지마는 나는 일찍부터 이를 걱정해왔다.

아, 세상 일에는 마땅히 해야 하는 것이 있고, 마지 못해 하는 것도 있으며, 감히 하지 못하는 것도 있고, 할 수는 있으나 하지 않는 것도 있다. 그런가 하면 어찌할지 결정을 못하는 것도 있다.

부족한 사람들의 경우 마음 속의 갈등이 너무 깊어 돌아갈 바를 알지 못한다. 조급한 자는 급히 서둘러 일을 그르치게 되고 더딘 자는 느려서 때를 잃는다. 이는 모두 이치에 따라 상황을 파악하고 뜻을 편안히 하여 기운을 가라앉히지 못하기 때문인데, 마침내는 파국에 이르고 오래도록 탄식할 뿐이다.

어느 날 나는 이웃의 늙은이가 쌀을 빻아 가루를 만드는 것을 물끄러미 바라보면서 이런 생각을 했다. 쇠절굿공이는 천하에서 지극히 강한 것이고 물에 젖은 쌀은 세상에서 참으로 부드러운 것인데, 그토록 강한 것으로 부드러운 것을 짓빻으니 잠깐사이 미세한 가루가 되는 것은 당연한 일이다. 그러나 쇠절굿공이가 오래되면 닳아서 짧아지게 마련이다. 이렇듯 통쾌하게 이기는 자에게는 남모르는 소모와 훼손이 있다. 따라서 너무나 힘있고 굳센 것은 오히려 믿을 수 없다.

새롭고 뛰어난 기운이 사라질 때 어떤 것이든 모두 평범한 것이 되고 만다. 만일 산이 이 기운을 잃으면 깨어진 기왓장에 불과하고, 물이 이 기운이 없다면 썩은 오줌이나 다름없다. 유학적 선비가 이 기운이 없으면 마른 풀을 묶어놓은 것이고, 불가나 도가 등도 이 기운이 없다면 진흙을 뭉쳐놓은 것에 지나지 않는다. 무인에게 이 기운이 없으면 밥통일 뿐이요, 문인에게 이 기운이 없으면 더러운 때주머니일 것이다. 벌레와 물고기에서부터 꽃이나 풀, 글씨나 그림, 식기 따위의 일용기구에 이르기까지 모두 이와 같다.

맑고 오묘한 기운은 하늘이 내리고 땅이 기른 것이어서 이것을 얻은 자는 존귀하니, 어찌 더럽고 썩고 냄새나는 것들과 어깨를 나란히하며 감히 발꿈치를 닿게 하랴. 그러므로 먼저 밝은 두 눈으로 내려다보고 올려다보며 또 사방을 두루 살펴보아 이 기운이 왕성한 것을 놓치지 않으면, 삼라만상이 진실로 이치를 숨기지 못할 것이다. 그러나 사물 밖의 아득한 세계와 인간의 가슴 속에 쌓인 것은 마음으로는 분명하나 입으로는 표현하기 어렵다.

옛부터 아는 것과 행동하는 것을 아우르기는 매우 어렵다. 왜냐하면 민첩하고 빠른 자는 뿌리가 깊지 못하고, 굳고 확실한 자는 끝이 날카롭지 못하기 때문이다. 그래서 둘 다 흠이 되지만 굳고 확실한 자의 고집과 과단성이 민첩하고 빠른 자의 공허와 쓸쓸함보다는 낫다. 석공(石公)은 말하길, "총명은 있으나 용기가 없으면 일을 감당하지 못하고, 용기는 있는데 총명이 없으면 터득하여 깨닫지 못한다. 담력이 큰 사람은 5분의 지식을 10분으로 쓸 수 있고, 담력이 약한 자는 10분의 지식이 있으나 5분밖에 쓰지 못한다."고 하였다.

붓은 마른 대나무와 죽은 토끼털로 된 것이고, 먹은 묵은 아교와 불타고 남은 그을음에서 온 것이다. 또한 종이는 떨어진 삼베와 해진 천조각이요, 벼루는 오래된 기와와 낡은 쇠조각이다. 그런데 어떻게 이것들이 변화하는 사람의 자유로운 정신과 생각처럼 그토록 무궁한 조화를 부릴 수 있는가. 붓·먹·종이·벼루를 놓고 인간의 심장을 싸고 있는 마음, 굽혔다 폈다 하는 팔과 손가락, 그리고 뚫어지게 바라보는 눈과 같다고 말한다면 어느 누구도 믿지 않을 것이다. 또 붓은 먹 같고 먹은 종이 같고 종이는 벼루 같고 마음은 눈 같고 눈은 팔뚝 같고 팔뚝은 손가락 같다고 말한다면, 비록 눈을 밝게 뜨고 깊이 생각해보아도 비슷하지 않음을 알 것이다. 그러나 만일 내 마음이 한 번 어떤 상황이나 사물에 자극을 받아 집중할 수 있게 되면 갑자기 눈이 움직이고 팔뚝이 꿈틀대며 손가락이 좇아서 잡는다. 벼루에는 먹이 갈리고 붓에 먹을 묻혀 종이를 대할 때 종횡으로 써가고 좌우로 달려서 잠깐사이에 생동감이 있는 글씨가 이루어진다.

기운을 얻고 뜻이 마음에 가득하면 안 될 것이 없다. 마음이 눈을 잊고, 눈은 팔뚝을 잊고, 팔뚝은 손가락을 잊고, 손가락은 먹을 잊고, 먹은 벼루를 잊고, 벼루는 붓을 잊고, 붓이 종이를 잊으면, 이 때에는 팔뚝과 손가락을 마음과 눈이라 하여도 되고, 붓과 종이와 먹과 벼루를 마음과 눈과 팔뚝과 손가락이라 하여도 되며, 먹과 벼루를 붓과 종이라 해도 된다. 그리하여 마음이 고요히 안정되고 눈이 맑아져 팔뚝과 손가락을 소매 속에 거두게 되며, 먹을 닦고 벼루를 씻고 붓을 꽂고 종이를 말아둠으로서 잠깐사이에 붓 · 종이 · 먹 · 벼루 · 마음 · 눈 · 팔뚝 · 손가락이 모두 본래대로 돌아간다. 심지어 전에 하던 일조차 잊어버리게 된다. 이런 사실에 비춰볼 때 과부의 방석과 효자의 이불이 이상한 병에 효과가 있는 것이다. 기운이 서로 합쳐지고 맞으면 적대적인 초나라 사람의 쓸개와 월나라 사람의 간이 합쳐질 수 있음을 알겠다.

촉나라 장괴애(張乖厓)가 진영을 지키고 있을 때 늙은 병사가 어린 아이를 안고 있었다. 어린 아이가 그 아비의 볼을 때리는 것을 본 장괴애가 분노를 참지 못하고, 아무리 어린 것이라도 버릇을 그대로 둘 수는 없다면서 아이를 죽이고 말았다. 한편 조립(趙立)은 군사를 출동시킬 때 정해진 날에 도착하지 않았다 하여 그 숙부를 칼로 베었다. 이 두 사람은 어찌 그렇게도 잔인한지 모르겠다.

만일 장괴애와 같이 한다면 세상의 어린이가 모두 용서받지 못할 것이다. 모든 아이가 어른처럼 정숙하고 점잖다면 어찌 어린이라고 하겠는가. 철없이 금방 울다가도 이내 웃곤 하는 그런 것들을 용서하지 못할까. 장괴애는 왜 늙은 병사에게 미리 경계하여 고치도록 하지 않았는가.

조립은 왜 군령의 엄격함만 알고 인륜이 소중한 것은 염두에 두지 않았을까. 어떻게 그가 인간으로서 마땅한 도리를 다했다고 할 수 있겠는가. 만일 적으로 하여금 숙부를 억류하기를 항우(項羽)가 유방의 아버지 태공(太公)을 도마에 올려놓는 일과 같이 하였다면, 아비와 숙부는 다르니 나아가 공격할 수도 있다고 보며, 비록 숙부가 자기 때문에 죽더라도 사람들이 비난하지 않을 것이다. 그러나 조립은 막사에 비스듬히 기대앉아 그 숙부가 포박당하여 머리가 땅에 닿도록 조아리는 것을 노려보면서 그 죄를 조목조목 열거하였고 머리를 깃발 위에 매달았으니, 그를 사람이라고 나무랄 수조차 없다.

장괴애는 명신이고 조립은 충신인데도 이런 큰 잘못을 저질렀으니, 이보다 못한 사람에 있어서랴. 역시 사람이란 알 수 없는 존재이다.

곽거(郭巨)는 어버이에 대한 효성이 지극하였다. 그리하여 그의 자식이 어머니가 먹는 것을 빼앗아 먹는다 하여 산 채로 매장하려 하다가 황금을 얻자 그만 둔 일이 있다.

이것은 편벽된 효행이지 순수하게 온전한 효도는 아니다. 만일 어머니의 사람됨이 모질고 사나워 그 손자를 묻으라고 명령하였다면 이것은 인륜에 크게 위배되는 일이다. 이 때 곽거는 소상히 정중하게 설득해서 어머니의 마음이 풀어지게 하여 크나큰 화를 막는 것이 마땅하다. 아마 어머니가 정상적인 사람으로서 인정이 있다면 자식이 이런 일을 하는 것을 보고 반드시 울며 나무라고 호통을 쳐서 구제할 것이다. 그가 어머니의 마음을 아프게 할까 염려하여 만약 죽었다고 거짓으로 말하고 묻었다라도 어머니는 슬픔에 견디지 못할 것이 아닌가. 어린 아이가 멋모르고 어머니가 먹는 것을 빼앗아 먹는다면 따로 음식을 갖추거나 여러 방법으로 타일러서 빼앗지 않도록 하는 것이 옳은 일이다. 곽거의 행동에 대해 불효라고 할 수는 없지만, 그렇다고 그의 행위를 결코 순수하거나 온전한 효도라고 할 수 없다. 오히려 그는 모질고 인정없는 사람이다. 그 뒤의 사람들이 무엇을 배우겠는가. 금을 얻은 것은 우연한 일일 뿐이다.

누군가 나에게 다음과 같이 말한 적이 있다.

지금 만일 이반룡(李攀龍)이 왼쪽에 왕세정(王世楨)을 끼고 오른쪽에 장가윤(張佳胤)을 끌고 사진(謝秦)과 서중행(徐中行)의 무리를 데리고 자네에게 와서, 산문은 반드시 『좌전(左傳)』, 『국책(國策)』, 『사기』, 『한서』를 모방하되 한유나 유종원 이하는 논할 것이 없으며, 시는 한나라 헌제(獻帝) · 위나라 문제(文帝) · 당나라 현종(玄宗)을 모방하되 원진(元稹)과 백거이(白居易) 이하는 논하지 말아야 한다. 이 원칙을 벗어나 이견을 주장한다면 이는 모두 내가 말하는 문장이 아니라고 보는데, 자네는 어떻게 생각하느냐고 물었다면 당신은 무어라 말하겠느냐고 하였다.

나는 이렇게 대답했다. 그와 같은 것은 속박에 지나지 않는다. 그대의 재주로 그렇게 하면 그만이며, 세상의 선비들을 그대처럼 모방을 잘하는 자를 골라 그러한 원칙에 몰아 넣을 수도 있다. 그러나 재주와 지능이 극히 뛰어난 자나 괴이하고 특별한 사람들이 있다면, 어찌 머리를 굽혀 그대가 원하는 것처럼 옛사람 밑에서 사는 것을 달게 여기겠는가. 설령 그대가 뜻하는 대로 모방하는 방법에 매우 익숙해졌다 하더라도 스스로 터득한 자기의 문장을 갖는 것에 미칠 수 없음은 자명하다. 나와 같은 자는 비록 배우 우맹처럼 거의 완벽에 가깝게 손숙오를 모방하는 재간[1]은 없으나 오히려 자연스럽지 않은가. 아마 그대와 같이 하면 꾸밈과 거짓은 많고 자연스러움은 적을 것이다. 글이란 하나의 조화인데, 조화를 어떻게 얽어매어 모방케 할 수 있겠는가. 모든 사람이 각자 자기만의 글을 가지고 있는 것은 마치 그 얼굴이 서로들 닮지 않은 것과 같다. 만일 모두가 동일하기만 바란다면, 그것은 나무조각에

---

1) 우맹(優孟)은 옛날 초(楚)나라의 이름있는 배우임. 손숙오(孫叔敖)가 죽자 그 아들이 가난하여 나뭇짐을 지고 다녔는데, 우맹은 그 아들을 위하여 손숙오처럼 꾸미고서 그의 흉내를 내었음. 그리하여 장왕(莊王)을 감동시켰고, 마침내 숙오의 아들에게 벼슬을 내리도록 했음.(『사기(史記)』, 『골계전(滑稽傳)』).

새겨진 그림과 과거시험에서 지어올린 답지일 것이니 무슨 새로울 것이 있겠는가. 물론 옛사람의 법칙을 다 버리라고 말하고 싶진 않다. 그대가 옛 법칙에 얽매여 마음대로 못하는 고루함을 경계하는 것이지, 법칙은 스스로 법칙을 삼지 않는 가운데 갖추어졌으니 어찌 버리라고 말하랴. 또 그대가 비록 우리나라를 하찮게 보고 큰 소리를 치더라도 나는 그것이 진부한 흐름을 이기지 못하고 곧은 기운을 방해할까 두려울 뿐이다. 다만 천지 사이에는 없는 것이 없으니 그대가 옛사람을 잘 모방하는 것도 또한 있을 만한 일이다. 내가 다행히 그대의 문집을 읽고 매우 훌륭하고 개성이 있음을 알게 되었다.

또 누군가 다음과 같이 말했다. 만일 원유랑(袁柳浪)이 왼쪽에 서위(徐渭)를 붙이고 오른쪽에 강진지(江進之)를 데리고 증퇴여(曾退如)·도주망(陶周望)의 무리를 몰고와서 그대에게 묻기를, '글에 어찌 정해진 원칙이 있으며, 이치가 꼭 옛사람의 가르침이어야 하며, 말은 어찌 어진 이가 쓴 것이라야만 하겠는가. 마땅히 얽매인 것을 흔쾌히 벗어버리고 힘차게 나아가면 새로운 출구가 우뚝 서있고 좋은 세계가 따로 열려있다. 옛사람들의 자구나 주워거둔다면 어찌 훌륭한 문장이라고 할 수 있느냐?'고 한다면 그대는 어떻게 대답하겠는가.

나는 다음과 같이 대답하였다. 그것은 마땅히 속박에 해당한다. 만일 그대의 재주라면 가능할 것이며, 또한 세상의 선비 중에 그대와 같이 초탈한 자를 골라서 이 방법으로 전할 수 있다. 그러나 세상이 뛰어난 재주만으로 그치는 것이 아니다. 바르고 고상한 자, 그리고 평이한 자도 있다. 모두들 새로움을 창출하는 것만 요구한다면 도리어 그 본연의 모습을 잃고 황당하고 공허한 곳에 빠질 수 있으니 이 역시 정도(正道)를 그르치는 것이 아닌가. 많은 선비를 진작시키는 문장법이 어찌 한 가지뿐이겠는가. 한 가지로 국한시킬 필요가 없다. 재주가 뛰어나고 독특한 대로 수용하면 볼 만한 것이 있다. 억누르고 북돋우거나 주고 빼앗는 것을 비롯해서 올바른 규칙, 은밀한 교훈, 합리적인 구조, 반어적인 표현 등 그 변화가 무궁하다. 나의 본래 모습과 타고난 성품을 너무 깎아 상하지 않도록 하면서 낡고 썩고 더러운 것만을 버리면 되는 것이다. 이를테면 옛사람의 원칙에 구속되는 것도 옳지 않고 모두 버리는 것도 옳지 않다. 사람마다 바르게 해석하고 환히 깨닫는 길이 있을 것이니, 이는 스스로 잘 터득하느냐 못하느냐에 달려 있을 뿐이다. 그대가 세상사람들이 모두 자기 뜻을 따르지 않는다고 크게 근심을 한다면, 오히려 문장으로 인하여 도덕을 해치며 허망한 말로 방자하게 되어 돌이킬 수 없는 죄에 빠지게 될 것이라는 생각에 나는 참으로 슬프지 않을 수 없다. 그러나 이 세상에는 없는 것이 없으니 그대가 새로운 말을 잘 만들어내는 것도 있을 수 있는 일이다. 나는 그대의 문집을 읽고서 기이한 구경을 하였다고 자랑하리라.

누군가 다시 나에게 그렇다면 어느 것을 취하겠느냐고 물었다. 나는 대답하기를, 두 사람 즉 이반룡과 원유랑의 것을 모아서 각각 그 지나친 것을 버리면 될 것이라고 했다. 그러나 문단의 방효유(方孝儒)·왕수인(王守仁)·당순지(唐順之)·귀유광(歸有光)과 같은 별난 부류들은 어찌 절제나 조화를 기꺼이 받아들이려고 하겠는가. 대개 이반룡 같은 무리의 웅건한 것은 원유랑의 무리가 미칠 수 없고, 원유랑 무리의 초연한 것은 이반룡의 무리가 따르지 못할 것이다. 각각은 서로 어긋나 모두 병폐가 있다. 그러나 그들은 세상에 없는 별난 재주요, 이름을 날린 걸출한 인물이다. 우리의 신라나 고려에는 이런 사람들이 없는 것 같아 아쉽기 그지없다.

사람은 누구나 재능이 있는 쪽으로 관심을 쏟게 마련이다. 똑같이 읽은 『사기』 한 권을 가지고 말하더라도, 경륜에 힘쓰는 자는 정치의 성패나 혼란한 사회의 구원에 초점을 두고 읽어 다른 것은 잘 모르고, 문장에 힘을 쓰는 자는 구성이나 체재, 단락이나 구절의 이치에 관심을 집중하기 때문에 다른 것은 알지 못하고, 과거에 힘쓰는 자는 대구를 찾고 기교에 전심하기 때문에 다른 것을 잘 알지 못하니, 이런 것은 참으로 안타까운 일이다. 이밖의 다른 서적에 대해서도 모두 마찬가지이다. 비록 한 곳으로 통하는 것은 있으나 대가가 되지는 못한다. 큰 선비는 안목이 매우 넓어 아울러 실행하고 가지런 히 나아가서 조금도 옹색하지 않으며 침착하고 활달하여 대를 쪼개는 것 같고 병을 세우는 것 같다.

고문(古文)의 이름이 널리 알려진 것은 수나라 또는 당나라 때부터라고 본다. 세상에서 재주와 슬기가 뛰어난 사람들이 지닌 기상과 정신, 언어와 경험이 붓끝으로 흘러나와 서로 조화롭게 융합하여 끊이지 않는 것이 산문인 데, 비록 잘된 것과 부족한 것의 차별이 있을지언정 어찌 옛날과 지금의 시대적 차이가 있겠는가. 그런데 출세지향의 과거를 위한 학문이 나온 뒤부 터는 오로지 헛된 것을 숭상하고 격식을 중시하는 문장에 구애되어 오직 시험관의 눈에 들지 않을까 하는 것만 두려워하였는데, 그 과거문을 시문(時 文)이라 불렀다. 다른 한편 서(序), 기(記), 논(論), 설(說) 등의 문장에 조금 법칙을 단 것을 고문이라 이름하여 지극히 어려운 것으로 생각한 것이다. 이로써 글이 둘로 나뉘어 참된 문장이 대부분 없어지고 말았다.

어느덧 밤이 깊어 자정 무렵이 되었을 때 대문을 마주한 이웃집에서 떠들 고 웃는 소리가 간간이 들려왔다. 그때 사나운 바람과 함께 창문틈으로 날려 들어온 눈발이 곧장 등잔에 부딪치고 벼루에도 떨어졌다. 이때 나는 지나간 일을 생각하며 마음이 정말 슬프고 간절하여 손가락 끝으로 되는 대로 화로 의 재만 뒤적거렸다. 그 모양이 모나고 바른 것은 마치 전서나 유서체 같기도 하고 얽히고 맺힌 것은 행서나 초서와 비슷하기도 했다. 내가 써놓고 들여다 보아도 도대체 무슨 글자인지 알지 못하였다. 갑자기 눈썹 언저리가 돌멩이를 매단 것처럼 무거워짐을 느끼고 불 그림자를 돌아보며 벌렁 누웠다. 그리고 다시 엄숙히 옷깃을 여미고 공손히 꿇어 앉았다. 잠시 후에 집의 대들보를 쳐다보니 옛사람의 위대한 행실과 고상한 품위가 역력히 떠올랐다.

나는 분연히 말하기를, "절의를 지킬 수만 있다면 비록 풍상이 휘몰아치고 거친 파도가 덮쳐 마침내 죽게 되더라도 후회하지 않겠다."고 하였다. 그때 나는 인간을 얽어매고 있는 사소한 일들과 물질로부터 깨끗이 벗어나 있는 듯했다. 아무것도 모르고 이불 속에 누워서 쿨쿨 자고 있는 어린 아우의 모습은 참으로 만족스러워 보였으며 이를 바라보는 나의 마음도 편안하고 즐거웠다. 이 순간 나는 평안함이 얼마나 소중한가를 환히 깨닫게 되었다.

나는 지긋이 눈을 감고 팔짱을 끼고서 『논어』 서너 장을 읽었다. 그 소리가 처음에는 억세고 거칠었으나 나중에는 매끄럽고 부드러워졌다. 그 다음에 불룩하던 배가 차분히 꺼지면서 답답한 기운이 사라지고 정신이 맑아졌다. 도대체 공자는 어떤 사람이기에 온화하고 기쁜 어조로 나의 추한 마음을 씻어버리면서 화평에 이르도록 하는가. 공자가 아니었다면 내가 거의 발광하여 달아날 뻔하였다. 전에 있었던 일을 생각하니 아득하여 꿈만 같다. 을유년 12월 7일에 쓴다.

을유년 12월 초아흐렛날 친척이자 친구인 이형상(李亨祥)이 찾아와서 저녁 늦게까지 많은 얘기를 했다. 그는 말하기를,

"황종희(黃宗羲)는 명나라 말년 청나라 초기 사람인데 독서에 매우 열중하여 명나라 사람의 문집을 하나도 빼놓지 않고 무려 1천 3백 종을 읽었다. 그리고 명문해(明文海)·명사안(明史案)의 글을 골라 편집하였는데 간행하지는 않았다. 두 글 가운데서 다시 정선하여 『명문수독(明文授讀)』을 만들어 그 아들에게 가르쳤다."

하였다. 내가 묻기를,

"그 사람이 숭상한 것이 도대체 어떠한 것인가?"

하니, 이형상이 대답하기를,

"그는 모든 문체를 다 갖추고자 했다."

하였다. 내가 다시 묻기를,

"특히 누구의 글을 많이 수록하였는가?"

하니, 이형상이 말하기를,

"방효유·왕수인·귀유광 등의 글을 많이 넣었다."

하였다. 내가 말하기를,

"그 사람의 주된 의도가 거기에 있는 것이다."

하였다. 그러자 이형상이 말하기를,

"왕수인은 명나라의 제일가는 인물이다. 그 학문적 성격은 비록 의심스럽지마는 그가 한 일은 대단히 위대하다. 『대학』의 신민(新民)을 친민(親民)이라 하고 『친민당기(親民堂記)』를 지어 명쾌하고 자세하게 해설하였다. 그러나 『대학』의 첫머리에서 『시경』과 『서경』의 명(明)·신(新)·지(止)자를 인용하여 세 가지 강령을 매우 분명히 밝혔는데, 왕수인의 말과 같다면 일일신(日日新)이니 기명유신(其命維新)이니 하는 신자는 어찌 평범하지 않은가. 왕수인이 이 대목을 거론하지 않은 것은 의아스럽다."

하였다. 내가 말하기를,

"왕수인의 제자들이 그의 훈계를 들으면 가끔 감격하여 우는 사람이 있었다 하는데, 그 까닭은 무엇인가?"

하니, 그가 대답하기를,

"지극히 성실하기 때문에 사람을 감동하게 하는 것이다. 사람들이 더러 이런 점을 가지고 부처와 같다고 비방하나 이것은 왕수인을 잘 알지 못해서이다. 설사 부처라도 만일 성실로서 사람을 감동시키면 이것은 좋은 일이지 무슨 죄가 되겠으며 또한 학문에 무엇이 해로운가."

하였다. 내가 말하기를,

"요즘에 틈틈이 원나라 또는 명나라 사람들이 저술한 것을 보니 기이한 이야기를 좋아하여 주자가 해석한 경서를 논박하는 자가 많은데, 어리석기 그지없는 일이다. 다만 경서를 인용하고 의리에 따른 것이 자못 믿을 만한 데가 있는 것은 다행스러운 일이다."

하였다. 이형상이 말했다.

"주자가 뛰어난 정신과 기백으로 경서 해석에 일생을 보냈으므로 더 이상 할 얘기가 없을 듯한데도 끊임없이 납득할 만한 의논이 있는 것을 보면 경서가 아직도 미완성이란 말인가. '군자질몰세이명불칭(君子疾沒世而名不稱)' 같은 것도 본래 주석의 의미는 이름이 들리지 않음을 미워하는 것으로 보았는데, 왕수인은 칭(稱)을 상칭(相稱)으로 보아 군자가 이름이 실상에 맞지 않는 것을 미워한 것으로 해석했다. 몰세는 죽는 것인데 만일 죽으면 다시 어찌할 도리가 없기 때문에 죽은 뒤에 이름과 실상이 서로 맞지 않는 것을 미워하는 것이다. 또한 '사십무문(四十無聞)'의 문을 해석하되 명문(名聞)의 문이라 하지 않고 문도(聞道)의 문으로 삼았으니 이것도 본래 주석의 의미와 어긋남이 없을 듯하다. 대체로 경서를 해석하고 역사책을 저술하는 것은 잘못되기가 대단히 쉽다. 역사책 같은 것은 가끔 책이 없는 것만 못하다는 탄식을 자아내게도 한다. 가령 『명사(明史)』의 경우 우리나라 선조와 인조 두 임금에 관한 진술에 있어 오류가 많은데도 세상 사람들이 모두 그대로 믿고 있으니 참으로 안타까운 일이 아닌가."

내가 말했다.

"경서와 역사서는 세밀하게 검토하지 않을 수 없다. 북제(北齊)의 고위(高緯)가 6월 남원(南苑)에서 놀 때 수행하는 관리 중에 더위를 먹고 죽은 사람이 60명이나 되었다. 그런데 『본기통감(本紀通鑑)』에 갈사(暍死)를 사사(賜死)라고 잘못 기록하였고, 『자치통감강목(自治通鑑綱目)』에서는 '수행하던 관리 60인을 죽였다.' 고만 서술하고, 그 이유에 대해서는 언급하지 않았다. 윤기신(尹起莘)이 변명하기를 '이것은 주자의 문장법이다.' 라고 하면서, 맹자가 몽둥이와 칼과 정치로써 살인을 했다는 말을 인용했으니 잘하기는 하였으나, 사실상 『본기통감』은 앞에서 잘못되었고 『자치통감강목』은 뒤에서 그 잘못을 다시 이은 것이다. 이것은 주밀2)의 주장이다. 풍후재(馮厚齋)가 명이괘(明夷卦)의 육오기자지명이(六五箕子之明夷)에 대해 해석하기를 '기자는 『촉본(蜀本)』에 기(其)자로 되었으니 이것은 통(統)을 이어서 밝은 것이 해를 입은 때를 당한 모습이므로 대군(大君)이 밝은 것이 상한 때에 이르러 아들에게 전하면 그 아들이 또한 명이(明夷)가 됨을 가리킨 것이다.' 하였다. 『촉본』에 '기(其)자가 잘못됨으로써 도리어 세상의 판본을 모두 의심하여 그와 같게 고쳐 따르니 더욱 문제가 되었다.' 하였는데, 이것은 호일계(胡一桂)의 주장이다."

이형상이 말했다.

"역사책 『춘추』의 전기를 쓴 사람은 좌구명(左丘明)이 아니라 전국시대 살았던 이름없는 좌씨가 분명하고, 지리책 『산해경(山海經)』3)은 후세에 천지에 관한 세밀한 주석을 모아서 만든 것이고 편찬자가 백익(伯益)이 아님이 분명하다. 더러는 '『지림(志林)』도 소식(蘇軾)의 글이 아니다.' 라고 말한다."

내가 말했다.

"정대창(程大昌)의 말에 '예법에 단문(袒免)4)이란 것이 본래 윗옷의 한 쪽과 갓을 벗는다는 것이고 별로 다른 뜻은 없다.' 하였고, 또 『곡례(曲禮)』의

2) 주밀(周密, 1232~1298)은 중국 송나라 말기의 문인이자 관리로서 자는 공근(公謹)이고 호는 초창(草窓)임. 송나라가 멸망한 후에는 은퇴하여 풍류를 즐기는 생애를 보냈음.
3) 중국 고대의 신화와 지리에 관한 책으로 지리 · 산맥 · 하천 · 산물 등이 기록되어 있음. 『수서경적지(隋書經籍志)』이래 지리책으로 되어 왔으나 『사고전서제요(四庫全書提要)』에 따라 신기하고 괴이한 이야기가 많은 점 때문에 소설류에 넣고 있음.
4) 시마(緦麻) 이하의 복식에서 두루마기의 오른쪽 소매를 벗고 머리에 사각의 건(巾)을 쓰는 상례.

노무단(勞無袒) 관무면(冠無免)이란 말을 인용하여 이르기를 '그 뜻이 다만 이와 같은 것인데 정강성(鄭康成)의 무리가 비로소 베 조각으로 머리를 두른 다는 말을 만들어 냄으로써 후세의 사람들이 그대로 고치지 않고 따른 것이 다.' 하면서 단문에 관한 글을 매우 자세하고 밝게 지었는데 나도 그와 같은 생각이다. 지난 번에 장운장(張雲章)에게 물으니 그가 대답하기를 '비록 과 거의 예법이 아니라 하더라도 선비들이 계속하여 정설로 여기고 행한 지가 이미 오래되었는데 만일 갓을 벗는다면 어찌 세상이 놀라지 않겠는가. 부모 상에 머리를 풀어헤치는 것은 본래 서쪽 되놈들의 풍속인데 당나라로부터 행하여 내려온 지가 이미 오래다. 지금 만일 머리를 풀지 않는다면 어찌 세상이 크게 놀라지 않겠는가. 단문도 또한 이것과 같다.' 하였다."

이형상이 말하기를,

"베 조각으로 머리를 두르는 예법은 너무 간단하다. 그리하여 나도 이것을 의심한 지가 오래다. 그러나 장운장의 말이 해롭지 않을 것 같다."

하므로, 내가 말하기를,

"갓을 벗는 것이 어찌 불가한 일인가?"

하였다. 다시 형상이 말하기를,

"장운장이 또 남쪽에 가서 돌아다니는데, 한유가 '생계를 걱정해야 하는 것들이 마음을 어지럽힌다.'고 한 바와 같이 그가 가난하니 어쩌겠는가. 우리 나라에는 의리 있는 사람이 없다. 어떻게 장운장을 굶주리게하여 그 학문을 다 성취하지 못하게 하는가. 그러나 궁핍하고 주린 가운데 커다란 공부가 있는 것이니, 장운장은 응당 그 점을 알 것이다."

하였다.

덕망과 학식이 있는 사람들은 으레 가난하니 무슨 까닭일까. 근래에 들으 니 용산에 사는 서배수(徐培修)가 집이 가난해도 어버이에게 효도를 잘 하고, 나이는 젊으나 학문에 뜻을 두어 물긷고 절구질을 하면서도 남은 힘으로 좋은 글을 읽기에 전념하며 과거공부도 부지런히 하다고 한다. 거친 밭 두어 이랑이 있는데 어머니의 병 때문에 팔아서 인삼을 샀다고 하니 대단히 딱한 일이다. 그 전에 두세 명의 친구들이 재미삼아 재물에 관한 이야기를 하다가 나에게 묻기를,

"자네에게 만일 10만 관(貫)이 있다면 어떻게 쓰겠는가?"

하기에, 나는 대답했다.

"무엇이 어려운 일인가. 절반으로는 비옥한 밭을 사고, 그 남은 것으로 범중엄(范仲淹)[5]이 했던 것처럼 일가친척 중에 가난하여 굶주리는 자에게 주고, 그 나머지는 친구를 비롯한 남들 가운데 혼사나 상사를 당한 자나 춥고 배고프며 질병과 근심으로 고생하는 자에게 나눠주며, 또 그 나머지로 는 수 만권의 책을 구입하여 훌륭한 재주를 배우기 좋아하는 자에게 빌려준 다. 특히 반으로 밭을 사는 것은 재물을 늘리는 일이 끝나지 않았음을 뜻하는 것이네. 자네는 내 말을 어떻게 생각하는가?"

이형상이 말했다.

"참으로 훌륭하네. 그대의 말은 논리가 정연하군. 우리가 살아가면서 자칫 독선과 아집에 빠져 이기적인 생각과 극단적인 주장을 하기 쉬운데 자네의 말은 그렇지 않네."

이날 이형상과 계속하여 토론한 것이 매우 광범위한데 생각나는 대로 3분 의 1정도만 적어둔다.

아이들이 울고 웃는 것과 사람들이 시장에서 물건을 사고 파는 것을 유심 히 바라보면 무엇인가를 느낄 수 있고, 사나운 개가 서로 싸우는 것과 교활한

---

5) 그는 송나라 사람으로 외롭게 성장하여 어렵게 공부했으나 진사로 등용된 후 여러 높은 벼슬을 지냈음. 그는 항상 남에게 베푸는 것을 좋아했는데, 1050년에는 친척을 위해 토지를 기부하여 소주(蘇州)에 범씨의장(范氏義莊)이라는 농장을 마련하였음.

고양이가 재롱을 떠는 것을 조용히 관찰하면 지극한 이치가 그 속에 있음을 알게 된다. 봄 누에가 뽕잎을 갉아먹는 것과 가을 나비가 꽃꿀을 채취하는 것은 하늘의 섭리가 거기에 움직이고 있기 때문이다. 많은 개미들이 줄을 지어 행진할 때 깃발과 북을 빌지 않아도 절제가 잡혀 균형을 이루고 있고, 수많은 벌들의 방은 기둥과 들보가 없는데도 칸 사이의 규격이 저절로 고르게 되어 있다. 이것들은 어찌보면 모두 지극히 자질구레하고 하찮은 것이다. 그러나 그곳에는 너무나도 오묘하고 무궁한 조화가 숨어 있다. 대체로 온세상의 아득히 크고 넓은 것이나 예나 지금의 오가는 것을 보면 얼마나 장엄하고 기이한가를 느끼지 않을 수 없다.

사람들은 눈만이 여섯 모가 난 줄 알지 서리가 육각형인 줄은 알지 못한다. 내가 맑은 아침에 자세히 들여다보니 서리에 여섯 모가 난 것이 거북이의 무늬처럼 매우 고르고 반듯하였다. 그러나 섬세하게 조각된 듯한 눈에 비해 역시 정교함은 덜했다. 눈과 서리는 모두가 수분이 차가운 기운을 만나서 응고될 때 뾰쭉하고 날카로운 쇠붙이나 나무가지 모양을 이루게 된 것임을 비로소 알았다. 중간에 있는 물에 차가운 기운이 결합되어 단단한 물질을 이루면 위로는 금이 물을 낳는다는 모금(母金)의 날카로운 것을 잇고 아래로는 물이 나무를 낳는다는 자목(子木)의 모서리를 이룬다. 다시 말하면 눈은 기운을 받은 것이 다소 가볍고 부드러우니 나무에 가깝고, 서리는 받은 기운이 조금 무겁고 억세니 쇠에 가까운 것이다. 또 물이 처음 얼음으로 엉길 때에 꽃가지나 꽃잎 또는 나뭇가지나 나뭇잎의 모양을 이루는데, 그 끝은 반드시 뾰쭉하고 날카롭다. 한편 우박도 모서리가 있으니 이것도 서리나 눈의 종류이다. 여섯 모가 난 것은 물의 이치이니 수정(水精)이나 음정석(陰精石) 같은 것도 역시 여섯 모이다.

을유년 12월 13일에 장학성(張學聖)이 우리 집에 찾아왔다. 내가 묻기를,

"곽거가 자식을 땅 속에 묻은 일이 도리에 맞는가?"

하였다. 그는 대답하기를,

"불효라고 말할 수는 없지만, 그 같은 행위는 곽거의 무식한 소치이다. 그러므로 주자가 『소학』을 편찬할 때에 수록하지 않았던 것이다."

하였다. 다시 또 그는 말하기를,

"근래에 점점더 예전 사람들의 삶의 고통와 지혜를 깨닫고 있다. 그들이 처신했던 것을 헤아려 보면 보통사람으로선 쉽게 할 수 없는 일이 대단히 많다. 왕희지(王羲之) 아들의 집에 도둑이 들었을 때 그 아들 징지(徽之)가 차분하게, '푸른 빛깔의 모직 요는 우리 집에서 오랫동안 전해지는 물건이니 가져가서는 안 되오.'라고 말했는데, 이는 작은 일이긴 하지만 쉽게 할 수 있는 말이 아니다. 또한 사람으로서 타인의 말을 받아들이는 태도도 상당히 진보적이었는데, 순(舜) 같은 큰 성인도 천박한 말을 살피기 좋아하였고, 공자도 '세 사람이 함께 길을 간다면 반드시 거기에 내 스승이 있다.'고 말했다. 일찍이 이좌거(李左車)는 조(趙)나라의 선비였는데, 그 반대편에 있던 한신(韓信)이 지혜와 용맹이 있고 겸허하기까지 하자 그를 스승으로 섬겼으니 어려운 일이다. 내가 전에는 내 의견을 굳게 고집하는 병폐가 있었으나 지금은 남의 말을 잘 받아들이려고 힘쓴다."

하였다. 내가 말하기를,

"그것은 대단히 좋은 생각이지만, 말하는 이의 의도를 분명히 알아서 그 좋은 점만을 따를 뿐이다."

하니, 장학성이 말하기를,

"정말 옳은 말일세."

하였다. 내가 말하기를,

"송나라 소옹(邵雍)이 장유후(張留候)와 적인걸(狄仁傑)에 대해 천하에

큰 일을 이루되 그 바른 것을 잃지 않았다고 칭찬하였는데, 우리나라의 율곡 이이는 적인걸이 측천무후를 섬겼는데 어찌 바른 것을 잃지 않았다고 했는지 모르겠다고 비난하였다."

하니, 장학성이 말하기를,

"세상에 영원한 것은 의리이다. 그런데 소옹의 지식으로도 이런 논란을 불러 일으키니 알 수 없는 일이다. 또 원나라 학자 허형(許衡)에 대해서 퇴계 이황은 '세상을 올바로 다스리기 위해 벼슬했다.' 하였는데, 이이는 말하기를 '비록 절조를 잃은 것은 아니나 역시 절개를 잃은 것이다.' 하였고, 송시열은 '어리석은 늙은이로서 학덕있는 자들의 대열에서 쫓아내야 한다.'고까지 말했으니 대학자들의 경우도 이렇듯 의리가 각각 다르다. 참으로 쉽게 말할 수 없는 문제다. 그러나 이이의 말이 매우 좋다."

하였다. 내가 묻기를,

"송나라 재상 한기(韓琦)의 장막 속에 자객이 들어와서 머리를 내놓으라고 하자 그가 목을 길게 빼고 칼을 받으려 하였는데, 만일 자객이 그대로 쳤다면 그 뒤로 어찌 되었겠는가."

하니 장학성이 말하기를,

"사람이 없는 한밤중에 갑자기 자객이 침입했으니 자칫하면 해를 당할 뻔했다. 그러므로 한기가 단지 그 자객의 뜻을 보아 자신의 목을 길게 뺀 것은 아니라고 할 수 있다. 그래도 역시 탁월하여 쉽게 미칠 수 없는 점이다."

하였다. 내가 말하기를,

"『시경』에 나오는 질경이에 관한 대목[芣苢章]은 대단히 재미가 없는데 왜 그런가?"

하니, 장학성이 말하기를,

"별 재미는 없으나 가만히 생각하면 그렇지 않다. 가족이 화평하여 아버지는 아버지 역할하고 아들은 아들 노릇하며, 남편은 남편 구실하고 아내는 아내 노릇한다. 그러므로 아낙네들은 자연히 한가롭게 질경이를 캐러가서 더러는 줍기도 하고 혹은 씨를 훑기도 하며 옷섶에 싸는가 하면 괴춤에 끼었으니 그 기상이 좋지 않은가. 그야말로 경서는 맛이 없는 중에 맛이 있다. 내가 예전에 경서를 읽으면 말이 어렵고 딱딱하여 너무 맛이 없어 마치 종이 쪽을 씹는 것 같았다. 그런데 지금은 그때와 달리 책을 펴들면 반가운 마음에 꼼꼼하게 씹으니 그 맛이 무궁하다."

하였다. 내가 말하기를,

"어쩔줄 모르게 좋아서 날뛰었겠군."

하니, 그는 말하기를,

"내가 어찌 감히 그 정도로 좋아했겠는가. 다만 맛이 없는 가운데에 맛이 있음을 깨달았을 뿐이지."

하였다.

을유년 12월 17일에 조카인 광석이가 우리집에 와서 잤다. 그가 말하기를,

"나의 어머니께서 늘 건강이 좋지 못하시니 자식으로서 마음이 편치 않아 글공부를 할 수가 없습니다. 게다가 책도 한 권 없으므로 일생에 이렇게 우왕좌왕하다가 끝내는 들은 것도 아는 것도 없는 사람이 되고 말 것 같습니다."

하였다. 내가 말하기를,

"자네의 말이 옳다. 내가 어렸을 때는 배짱이 조금 있어 스스로 맹세하기를 '언행과 공부가 나의 전부이니 어찌 학덕을 갖춘 고인의 지위에 이르지 못하랴.' 하였는데, 요즈음은 점점 쓸데없는 일로 세월의 반 이상을 허비하고 있음을 깨닫는다. 해가 뜨자 아침을 먹고, 아침을 먹으면 어느 새 저녁밥을 먹게 되고, 저녁밥을 먹으면 어느 새 자게 되고, 자다 보면 어느 새 해가 돋는다. 또 그 사이의 새털같이 소소한 일은 다 말할 수도 없다. 세상은 마치

다 떨어진 낡은 옷을 입고 가시밭 가운데로 들어가면 사방이 걸리어 고통스러움을 피할 수 없는 것과 같다. 석가모니도 처음에는 모든 번뇌를 견디지 못하여 해진 옷을 벗어버린 것인가. 그러나 불교는 이미 인간의 윤리를 멸망시켰다. 생각해보니, 근심과 번뇌가 없고 부모형제가 건강하고 화목하며 먹고 입는 것이 풍족하여 일생을 편안히 지낼 만하고 집에 서적이 많이 있는데도 헛되이 세월만 보내면서 게으르고 산만하여 학문을 닦지 않는 자는 반드시 어리석은 사람인 것을 알겠다. 나와 같은 사람은 몸이 마르고 기운이 없는 때가 많아 마음대로 힘쓰지 못한다. 그래서 건장하여 병이 없는 사람을 보면 대단히 부럽다." 하였다.

조카 광석이 말하기를,

"내가 일전에 양주(楊州)에서 오다가 말을 기르는 회양(淮陽) 사람을 만났습니다. 그에게 금강산을 보았느냐고 물으니, 보기는 했지만 미련한 사람이라서 금강산의 아름다움을 제대로 알겠느냐고 하였습니다. 그러나 처음 단발령(斷髮嶺)에 오르니 뾰쪽한 흰 봉우리가 홀연히 우뚝 솟아 있었다는 것입니다. 마음 속으로 '이 순간부터는 아주 작은 일이라 한들 어찌 사람을 속이랴' 하고 다짐했으며, 갈수록 욕심이 깨끗이 없어졌다고 합니다. 그러나 유람하고 돌아온 뒤에 새로 단발령에 오를 때는 사람을 속이는 마음과 더러운 욕심이 다시 전과 같아졌다고 했습니다."

하였다. 내가 말하기를,

"비록 어리석은 사람이라도 그 본심이야 어찌 악하겠는가. 다만 어떻게 보고 느끼느냐가 중요한 것이리라." 하였다.

조카가 말하기를,

"『소학』의 여씨동몽훈(呂氏童蒙訓)에 나오는 여러 가지 가운데 아파(牙婆)라는 것이 있는데, 아파는 무슨 물건입니까?"

하였다. 내가 말하기를,

"아(牙)자는 호(牙)자의 와전인데, 호자는 호(互)와 같다. 무릇 매매할 적에 중간에서 소개하는 자를 아쾌(牙儈)라 한다. 아마도 이 일을 하는 사람이 여인인가 본데, 지금도 이런 여자가 있다."

하였다. 조카가 말하기를,

"내 아내의 첫 제사에 생칡을 쪼개어 상복을 입을 때 머리와 허리에 띠로 썼는데 이것은 도암 이재(李縡)의 예법입니다."

하였다. 내가 말하기를,

"먼저 검은 껍질을 벗겨 그 속을 버리면 재질이 희고 부드럽다. 더우기 첫 제사에 칡을 쓰는 것은 점점 사라지고 있는 추세이다. 그대가 생칡을 쪼개 썼다고 하는데, 검은 껍질은 그대로 두고 또 속은 버리지 않았으니, 삼베로 된 것에 비교하더라도 거칠고 무겁지 않은가. 하여튼 희고 부드러운 것을 쓴 것만 못한 듯하다. 그러나 내가 어리석어 아는 것이 별로 없는데 어찌 감히 함부로 의논하겠는가."

하였다. 조카가 말하기를,

"내가 일찍부터 한 가지 의심을 가지고 있습니다. 1년만에 입는 여러 상복은 참최6) 다음으로 매우 중요합니다. 또 예법으로 미루어 보면 참최로부터 시마7)까지 모두 머리띠, 허리띠, 의상을 갖추고 있는 것이 옳은데, 지금은 부모상 외에는 모두 계절에 맞는 평상복을 입습니다. 그러니까 머리띠, 허리띠, 의상은 상례에 참여할 때나 입는 정도입니다. 이 습관을 비록 고칠 수는 없으나 만 1주년에 상복을 입는 사람이 평상복에다 옻칠한 갓을 쓰는 것은 매우 부당하니 흰 갓으로 대신하면 좋을 것입니다. 또한 세간에서 말하기를, 흰 갓은 2주년의 담제8) 때 상주가 쓰는 것이니 1주년에 입는 상복에 쓰면

---

6) 참최(斬衰)란 아버지, 지아비 등이 돌아가셨을 때 입는 옷으로 가장 발이 굵은 생포로 만듦.
7) 시마(緦麻)란 종증조, 삼종형제 등이 돌아가셨을 때 입는 옷으로 극히 가는 숙포로 만듦.
8) 담제(禫祭)란 죽은 뒤 두 돌만에 지내는 대상(大祥)을 지낸 다음다음 달에 지내는 제사.

불가하지 않겠느냐고도 하지만 나는 그렇지 않다고 생각합니다. 2주년의 상복이 1주년 상복에 비교하면 도리어 가벼우니 굳이 꺼릴 일이 있겠습니까. 우리나라에서도 여러 선생들이 이것에 대하여 논의를 했었는지는 알 수 없습니다. 이 예법이 어떠합니까?"

하였다. 내가 말하기를,

"대단히 좋은 생각이다. 다만 세속의 습관은 갑자기 변경할 수 없으니 어찌하겠느냐."

하니 조카가 다시 말하기를,

"삼년상의 경우 초하루와 보름날에 신주에 절을 하거나 향을 피우고 술을 따라 붓는 일9)이 없으니, 제삿날 외로 철을 따라 차례를 지내는 날에도 또한 없어야 합니다. 그런데 초하루와 보름날에는 절을 하거나 향을 피우고 술을 따라 붓는 일을 행하지 않으면서, 철을 따라 차례를 지내는 날에는 그 의식을 행하는 일이 있으니 무슨 까닭입니까?"

하였다. 이에 내가 말하기를,

"평시에는 초하루와 보름날의 제사나 철에 따른 차례나 모두 신주에 절을 하거나 향을 피우고 술을 따라 붓는 의식이 행해진다. 어찌 삼년상이라 하여 절을 하거나 향을 피우고 술을 붓는 행위를 하기도 하고, 하지 않을 수도 있는가."

하였다. 조카가 등불 밑에서 내가 쓴 여러 번잡한 글들을 읽어보고 말하기를,

"스스로 체득한 곳이 참으로 많은 것을 보니 결코 세속적인 사람이 아닙니다."

---

9) 신주에 절하여 뵙는 것을 참신(參神)이라 하고, 제사 지낼 때에 초헌(初獻)하기 전에 먼저 신이 내리게 하는 뜻으로 향을 피우고 술을 잔에 따라 띠묶음이나 모래 위에 붓는 일을 강신(降神)이라 함.

하였다. 내가 웃으며 말하기를,

"자네가 나를 아는 것이 내가 자신을 아는 것보다 낫다. 나는 진솔한 나의 정감을 表現하기에 힘썼으므로 마음 속의 일이 아닌 것이 없다. 대체로 문장이란 뼈 속까지 스며들어야 좋다고 본다. 옛사람들이 이르기를 지적인 사람과 사귀어야지 무지한 사람과 상대할 수 없다고 했는데, 내가 항상 이 표현이 너무 야박하고 온후한 뜻이 없다고 생각하였다. 그런데 요사이는 점점 이 말이 어쩔 수 없이 나온 것임을 알겠다. 자네의 문장에 흠이 없다고는 할 수 없으나 진실한 정감이 드러나기 때문에 나는 언제나 자네의 글을 좋아하네."

하였다. 조카가 말하기를,

"요즈음에 달을 구경하며 읊조리기를, '계곡의 먼 하늘에 밤이 깊은데, 별과 달이 정신을 움직인다' 하였습니다."

하기에, 내가 말하기를,

"어찌 그것이 진정이 아닌가, 기이하고 기이하도다."

하였다. 조카가 말하기를,

"불교의 천당과 지옥의 설은 별로 의심할 바가 없습니다. 사마온공(司馬溫公)이 꼬집어 지적했듯이, 불교가 중국에 들어오기 전에도 죽었다가 다시 살아난 자가 있을텐데 어찌하여 한 사람도 지옥에 빠져서 소위 시왕(十王)[10]이라는 것을 본 자가 없느냐고 한 말은 매우 정확하고 명백하여 충분히 설득력을 지닌다고 할 수 있습니다."

하였다. 내가 말하기를,

"석가모니 가르침의 본질은 자비인데, 중생이 사악하고 욕심이 많은 것을 안타깝게 여겼기 때문에 지옥에 관한 말을 통해서 경계하도록 한 것이 아닌

---

10) 저승에 있다고 하는 십 대왕.

가. 사람들이 선비 외에는 모두 부처를 하늘같이 받들고 자기 부모처럼 믿고 있다. 그래서 사람들은 석가모니가 거짓으로 화와 복을 과장하고 실제로 이런 일이 있는 것처럼 말한 의도를 알지 못한다. 그리고는 석가모니가 어찌 나를 속였겠는가 하며 몹시 두려워하는 자가 있는 것이다. 절에 있는 지옥의 여러가지 형벌에 의한 살육 장면을 그려놓은 것을 보면 나는 참혹하여 보고 싶지도 않다. 옛날에 형벌에 관한 내용을 묘사한 그림이 있었는데, 그것은 태형(笞刑), 장형(杖刑) 등의 다섯 가지 형벌의 모습을 그려 만인에게 널리 보여서 경계하게 하였으니 또한 그 뜻이 아니겠는가."

하였다. 조카는 나의 어린 아우인 정대가 원나라의 증선지(曾先之)가 쓴 『사략(史略)』을 읽는 것을 보고 나에게 이르기를,

"이 책은 제대로 갖추어져 있지 못한데도 우리나라 사람들이 어리석어 좋아하고 숭상합니다. 이것이 어찌 소아를 가르칠 글입니까. 왜 명나라의 『동자습(童子習)』으로 가르치지 않는지 모르겠습니다."

하였다. 내가 말하기를,

"『동자습』은 너무 간략하므로 부득이 세속의 흐름을 따르는 것이다. 우리 나라 사람의 고루한 것이야 이루 말할 수 있겠는가. 『자치통감(自治通鑑)』이 통감인 것을 알지 못하고 소미(少微)의 『통감절요(通鑑節要)』를 통감이라 쓰고 있으니 진짜 통감인 『자치통감』은 무슨 이름으로 부르겠는가. 그리고 만약 '소미절요'라고 말하면 무슨 책인지 전혀 알지 못할 것이다. 심지어 역사책 가운데 자세하고 간략한 것으로서 이 책보다 나은 것이 없다고까지 말하니 너무나 우스운 일이다. 최근에 이웃집 아이를 이 책으로 가르쳐 보고 비로소 완전치 못한 책인 줄을 확실히 알았다. 그러기에 중국에서는 오래 전에 『사략』과 『절요』가 사라진 것이다.

한편 근래에 문집을 간행하는 자들이 책의 첫째 권에 남의 서문이나 발문 을 받아서 싣지 않을 뿐만 아니라, 첫장 옆에 저자의 성과 이름을 적지 않고

있으니 40~50년이 지난 뒤에 이 문집을 보는 자는 누구의 글인지 알지 못할 것이다. 이것이 어찌 원대한 계획으로 문집을 간행하고 후세에 전하려는 마음인가. 모두가 이름을 세상에 드러내지 않기로 작정했기 때문일까.

『손곡집(蓀谷集)』같은 것도 중국에 흘러 들어갔는데 중국 사람이 손곡만을 알지 그 호를 가진 사람이 이달(李達)인 것은 알지 못하여 그의 시를 무명씨에 넣었으니 얼마나 한심한 일인가. 이이, 이황 등 여러 선생의 문집 같은 것도 한 귀퉁이에 가두어 그저 우리나라 안에서만 알게 할 뿐, 어찌 세상에 널리 드러내어 이런 학덕이 풍부한 인물이 있는 것을 알게 하지 않는가. 만일 이들의 문집을 중국에 보내면 반드시 관심있는 사람이 정교하게 판각하고 곱게 장정하여 천하에 펼 것이다. 우리나라 사람은 걸핏하면 일 좋아하는 사람을 비방한다. 물론 일을 좋아하는 사람에게 결함이 없진 않으나, 없어서는 안 되는 것도 일을 좋아하는 사람이다."

하였다. 조카가 말하기를,

"우리나라 사람은 고루한 가운데 기개조차 없습니다. 중국 사람은 평생을 저술과 편집에 종사하다가 만일 끝내지 못하고 죽으면 친구와 후학들이 수고를 아끼지 않고 하던 일을 마무리지어 그의 고귀한 뜻을 성취시켜 줍니다. 또 자세히 교정하고 검열하여 비용을 아끼지 않고 책을 펴내어 사람들에게 고루 혜택을 주니, 이것은 우리나라 사람이 참으로 미치지 못하는 점입니다. 일을 좋아하는 사람이 무엇이 해롭습니까?"

하였다. 내가 말하기를,

"요사이 가끔 꿈 속에서 특별한 책을 얻어 읽고 기뻐하다가 깨어나면 안타깝기 그지없는데 무슨 까닭일까?"

하니, 조카가 말하기를,

"낮에 생각한 것이 있으면 밤에 꿈을 꾸게 되는데, 숙부는 항상 정신이 서적에 있기 때문입니다. 나는 그런 좋은 글에 대한 꿈 같은 건 전연 없고 밤마다 꿈이 요란스러워 깨고나면 마음이 개운치 못합니다."
하였다.

지난 번에 어떤 사람이 탄식하며 말하기를,
"문밖을 나서면 모두가 아름답지 못한 일이고 책을 펴면 부끄러움 아닌
것이 없다."
하였다. 내가 말하기를,
"참으로 명언이다. 그러나 두터운 땅을 밟더라도 빠질 것처럼 마음 속으로
조심하면 무슨 욕이 있겠으며, 비록 뜻밖의 욕된 일이 생기더라도 내가 불러
들인 것은 아니다. 글을 읽을 때는 언제나 실천하는 것을 염두에 두고 골수에
젖게 하여 겉치레가 되지 않게 하면 무슨 부끄러움이 있겠는가. 그런데도
늘 부끄러움이 있다면 글자만 익혔을 뿐 글을 제대로 읽지 않아 실지로는
아무 도움이 되지 못했기 때문이다."
했다.

얼굴에 있는 사마귀 하나와 주름 하나에도 헤아릴 수 없이 많은 기관이
있다. 남에게 아양을 부릴 때는 그윽이 바라보며 눈을 가늘게 깜박이고 동자
를 살살 굴린다. 그리고 의젓한 태도를 지어가며 재미있고 우아한 이야기를
곁들일 땐, 시원함이 이슬 같고 따뜻함이 봄볕과 같다. 하지만 거기에는 속임
수 아님이 없다. 이 때는 비록 잇속차림이 도적과 같고 굳건함이 바위와
같더라도 자기도 모르게 마음이 끌리지 않는 자가 없다. 물론 이것은 모든
도시와 큰 시장의 교활한 장사치와 약삭빠른 중개인들이 일생동안 공들이고
애쓴 덕분이다.
말소리는 소울음 같고, 걸음걸이는 돼지가 뛰룩거리는 것과 같으며, 털구
멍이나 뼈마디 하나하나가 추하지 않은 것이 없어 밝고 시원한 기운을 조금

도 찾을 수 없으며, 옷이나 모자를 한 순간이라도 제대로 갖추지 못하면서 실 한 올이나 쌀 한 톨을 생명처럼 아끼고, 낯선 사람을 만나면 입만 벌린 채 말을 못하고 얼굴을 붉히며 수줍어하니, 그 까닭은 모두 무식하기 때문이다.

이와 같은 사람들을 보면, 아무리 사마덕조(司馬德操)처럼 너그럽고 동방삭(東方朔)과 같이 지혜가 있는 사람이라도 이마를 찌푸리고 혀끝을 찰 것이니, 이는 농사일에만 파묻혀 밖으로 나오지 않는 미련한 사람이다. 그런 사람은 한 쪽에 빠져서 그 밖에 무슨 좋은 일이 있는지를 알지.못한다. 그러므로 독서를 깊이 하여 삶의 진실과 세상의 진리를 깨닫는 자는 행복한 사람이다. 저 장사하고 농사짓는 사람들은 어째서 용렬하고 천박한 것만 좋아하고 힘쓰는가. 진정 슬픈 것은 부끄러움이 없는 것이다. 부끄러움을 안다면 무엇인들 이루지 못할까.

내가 전에 서리조각을 보았을 때는 거북이 무늬 같았다. 요새 다시 보니 어떤 것은 비취털 같기도 하고, 또 어떤 것은 아래에 작은 줄기가 있는데 매우 짧고 가늘었으며, 위에는 좁쌀 같은 것이 여섯 개나 모여 있는데 모두 뾰죽하게 곧추 서 있었다. 대개 기와나 나무에 붙은 것은 매우 작고 섬세하며, 마른 풀에 붙은 것은 아주 선명하고, 밖으로 드러난 해진 솜이나 베에 붙어 있는 것은 하나하나 셀 수 있을 만큼 서리의 모양은 이루 다 말할 수 없이 다양했다. 항상 자세히 관찰할 때마다 마치 누에가 실을 뽑아내는 것과 같이 나의 가슴 속에서는 미묘한 느낌이 들곤 했다.

한편 눈과 우박이 두어 종류가 있는가 하면, 성에도 서리의 종류이다. 대개 눈과 우박은 공중으로부터 이미 형상을 갖춰 내려오기 때문에 낮과 밤을 가릴 것이 없다. 그런데 서리와 성에의 경우는 그 기운이 사물에 닿으면서 모양을 이루며 바로 그 상태로 엉기는데, 이는 밤을 타서 이뤄지기 때문이다.

한편 서리는 오직 집밖의 드러난 곳에만 생기니 기운이 곧장 내려와서 그럴 것이다. 성에는 서리와 아주 달라서 처마 사이의 깊숙하고 은밀한 곳이라도 나무가지나 갈대, 혹은 뒤섞인 터럭이나 엉킨 실 같은 게 있으면 그곳에 꽃이 생긴다. 안개 같은 기운이 천지에 가득차 넘치고 흩어져 비록 처마 틈이라도 들어가서 흰꽃을 피우니 이것도 특이한 구경거리이다.

정신이 상쾌하여 총명함이 최고조에 이를 때는 건장한 말의 울음소리가 봄을 흔들고 무서운 매가 가을새를 채는 듯한 기운이 솟구친다. 이때는 검은 용의 턱이라도 움켜쥘 수 있고, 험준한 산꼭대기에 공적을 새길 수도 있으며, 아무리 신비롭고 아름다운 곳이라도 그 참모습을 꿰뚫어볼 수 있다. 또한 담장 밖에 놓인 바늘조차 멀리서 관찰할 수 있고, 천문을 관측하는 기구도 만들 수 있으며, 사형을 촉구하는 상소문까지 쉽게 쓸 수 있다. 또 거의 모든 경서의 주석도 달 수 있고, 대부분의 역사책을 욀 수 있으며, 백성을 위한 신통한 약을 지을 수도 있고, 세상의 모든 이불도 꿰맬 수가 있다.

비바람이 휘몰아치는 밤이 되면 정신이 어두워지고 기운이 나른하여 온몸에 뼈가 없는 것 같다. 이때는 앉을 수도 없어 눕게 되고 말도 할 수 없어 침묵하게 된다. 갖가지 세상의 재미가 모두 고삼(苦蔘) 뿌리, 깽깽이풀 뿌리, 곰 쓸개처럼 쓰고, 뱁새같이 가벼운 새의 깃털도 들 수 없게 된다. 이때 야윈 모기가 한 번 빨기라도 하면 곧 쓰러지고 말게 된다. 다만 정갈한 선비가 있어 청아하고 섬세하며 급하지도 느리지도 않은 소리로 맑고 고운 좋은 글들을 가을 매미처럼 읽을 때, 베개에 기대어 눈을 지긋이 감고 감상한다면 다소 내 뜻에 흡족할 것이다.

나는 타고난 체질이 너무 약하여 정신이 맑지 못할 때가 많은데 그때는 시끄러운 소리를 아주 싫어한다. 단지 두 손을 모으고 무릎을 여며 고요한 방에 앉아있게 되면 비로소 드넓은 생각과 끝없는 상상에 도달한다. 옛날

진(晉)나라의 위개(衛玠)나 양(梁)나라의 심약(沈約) 같은 이는 야윈 몸으로 세상에 이름을 얻었으나, 아마 그들이 나처럼 허약하지는 않았으리라. 이로 볼 때 세상에 이름있는 자는 강인하고 총명하기 때문에 남보다 뛰어난 일을 이루었다는 것을 알겠다. 예전에 80을 산 사람이 있었는데 한 번도 아프다는 말을 한 적이 없었다고 하니 정말 장하지 않은가. 나는 병들어 누워 이렇게 적는다.

환자가 신음할 때는 평생에 가졌던 모든 욕심이 사라지고 회복되기를 바라는 마음만 있기 때문에 다른 일에 신경쓸 겨를이 없다. 그런데 어떤 환자는 병석에서도 돈이나 쌀 등의 자질구레한 일에 마음 편할 날이 없으니 안타깝다. 심지어 자신의 오랜 병으로 인해 다소 재산상의 손실이 있게 되면 울화가 치밀어 더러 생명을 잃는 자가 있으니 매우 불쌍하지 않은가. 병이나 욕심이 없으면서 죽고 사는 것을 따지지 않는 사람이야말로 덕망이 높은 사람이다.

내 병이 이미 5,6일 되었으므로 식욕이 떨어져 음식맛을 모르겠고 머리가 산뜻하지 못하여 온종일 우울하기만 하다. 특히 밤이 되면 몸을 수없이 뒤척이며 어쩔 줄을 모른다. 그러므로 평생에 글을 읽던 그 마음과 의욕이 형편없이 줄었다. 그래도 책을 놓을 수는 없어서 하루에 한 번은 글을 읽지만, 뜬구름이 눈앞을 스치듯 한다.

을유년 12월 24일에 부질없이 쓴다.

깊은 밤 꿈에 수많은 군사가 들끓고 포성이 끊이지 않으며 횃불이 사방을 둘러싸고 있었다. 문득 기지개를 켜며 깨어보니 베갯머리의 등잔에 기름이 말라서 불꽃이 가물가물거리며 금방 꺼질 듯이 폭폭거리는 소리까지 나고 있었다. 슬프다, 이 작은 광경이 내 꿈 속에 들어와 큰 진영을 펼치고 어울려 싸우기를 마지 않았으니 대자연의 이치가 신통하다 아니할 수 없다. 아무래도 꿈이라는 것은 생각이나 원인으로 이루어질텐데, 이 꿈은 원인으로 생겼으나 올바른 원인은 아니라고 본다. 그러나 등잔을 만약 두어 걸음 되는 곳에 놓았더라면 이런 꿈이 없었을 것이다. 등잔이 너무 머리맡에 가까왔기 때문에 내가 신(神)과 같이 놀게 되었다.

한 해의 일을 조용히 되짚어보면, 자신이 우물 속의 사슴을 파초잎으로 덮은 사실을 잊고는 꿈으로 여겼던 것[11]과 같은 인생의 무상함이 여름날 구름의 괴이한 변화보다 심하고, 한 사람의 일을 가만히 회고해보면, 군수가 되었던 것이 느티나무 밑에서의 꿈이었다는 것[12]과 같은 세상의 허무함이 가을 물결의 거친 변환보다 심하다. 하물며 백년의 일이 원만하여 이지러짐이 없고, 만인의 일이 가지런하여 어그러짐이 없을 수 있겠는가. 갑신년 섣달 그믐날 밤에 나는 시를 지었다.

> 새해 인사는 풍습에 따라 하고
> 사람 만나면 웃는 얼굴로 축하하네
> 소자가 바라는 것이 무엇이겠나
> 그저 어머님의 폐병이 낫기를 빌 뿐

폐병이란 것은 기침하는 병이다. 지금도 울적한 마음에 가만히 귀를 기울이면 어머니의 기침소리가 귓가에 아련히 들리는 듯하다. 황급히 사방을

---

11) 정(鄭)나라 사람이 들에서 나무를 하다가 놀라 도망쳐온 사슴을 잡아 아무도 모르게 우물 속에 넣고 파초잎으로 덮고서 좋아했는데, 얼마 뒤에 그만 감추어 둔 곳을 잊어버리고는 드디어 꿈으로 여겼음(『列子』).
12) 당나라 순우분(淳于棼)의 집 옆에 큰 느티나무가 있었는데 그의 생일날 여러 친구들을 초청하여 그 나무 밑에서 술을 마시다가 그만 잠이 들었음. 그는 그 꿈 속에서 괴안국(槐安國)에 가 남가군수(南柯郡守)가 되었음. 꿈을 깨고서 모두가 사실이 아닌 것을 알았는데 남가는 그의 집 옆에 있는 느티나무 가지였고 괴안국은 느티나무 밑에 있는 개미굴이었음 (『남가기(南柯記)』).

돌아보아도 기침하시는 어머니의 그림자는 찾을 수가 없다. 이럴 때면 눈물이 얼굴을 온통 적신다. 답답한 마음에 등잔에게 어머니 소식을 물으나 등잔이 무슨 말을 하랴. 이에 또 짓는다.

> 큰 누이는 흰 떡을 찌며
> 작은 누이는 빨간 치마 다리네
> 어린 아우는 형에게 절 하고
> 형은 어머니에게 절을 하네

지금쯤 시집간 큰 누이는 친정집 생각에 눈물을 훔칠 것이요, 작은 누이는 치마 저고리에 눈물이 배어 얼룩졌을 것이다. 나는 어린 아우를 데리고 사당에 올라 절을 하면서 울음섞인 목소리로 어머니를 부르나 어머니는 대답이 없다. 또 짓기를,

> 몸 허약한 아내 친정에 가서
> 새해 맞아 남몰래 눈물 닦으리
> 슬프도다, 땅 속에 묻힌 딸이여
> 살아 있으면 곧 네 살일 터인데

하였다. 올해에 아들 중구(重駒)가 태어났다. 아내는 중구를 껴안고 있으므로 죽은 딸에 대한 생각이야 조금 덜하였지만, 시어머니께 손자를 안아보게 해드리지 못한 데 대해 한을 품었기 때문에 아들의 이마에 눈물을 떨군다. 또 짓기를,

> 여범(汝範)은 부인을 땅에 묻고

섣달 그믐날 밤 졸곡제[13]를 지낸다
옛사람 생각이야 견딜 수 없지만
별 수 없이 새해를 맞는다네

하였는데, 이제는 조카인 여범이 아내의 상복을 벗고 임(任)씨에게 새로 장가를 들었다. 또 짓기를,

명오(明五)는 시로 책력을 만드는데
모두 삼백 육십 편이나 되었네
애닯도다, 너의 읊조림 너무 괴로워
양 눈썹을 일년 내내 찡그리었네

하였다. 금년에는 친척인 명오가 지은 시 편수가 한 해의 수에 차지 못하였다. 그는 겨울에 나의 손을 잡고 두어 줄기 눈물을 흘리면서 훌쩍 금수(錦水)를 향하여 떠나버렸다. 또 짓기를,

사람들 오십세쯤 되면
말끝마다 반백의 탄식인데
내 나이 이십 오
어느새 오십의 절반 되었네

하였는데, 어느새 또 반 육십의 길을 밟게 되었다. 또 짓기를,

---

13) 졸곡제(卒哭祭)란 삼우제(三虞祭)를 지낸 뒤에 지내는 제사로서 사람이 죽은 지 석달 만에 정일(丁日)이나 해일(亥日)을 택해 지내는 제사.

늘 마음이 여물지 못하고 게을러
한 해가 저물 때면 회한이 이네
길이 이날의 마음을 품는다면
새해에는 좋은 사람이 되겠지

하였다. 여전히 옛 자취를 벗어나지 못하고 있으니 과연 새해에는 좋은
사람이 될지 모르겠다. 하지만 시간의 변화에 잘만 대응한다면 가능할 것이
다. 저 조물주가 어찌 내게만 이런 혜택을 주었는가. 을유년은 윤달이 있으
니까 모두 3백 80여 일 동안의 일이나, 이것은 다만 내 시 가운데 말이다.
그 나머지 인간세상의 크고 작은 일과 죽고 살며 떠나고 만나는 것 등 수많은
사건과 변화는 이루 다 말할 수 없다. 사람이란 비록 지혜가 한나라의 장량
(張良)이나 진평(陳平) 같고 부유함이 진(晉)나라 초(楚)나라 같아서 늙지
않고 죽지 않고자 한들 되지 않을 것이다. 을유년 섣달 그믐날 밤에 쓴다.

내가 6~9살 때는 섣달 그믐날 밤과 정월 초하루가 어찌 그리 좋았던지.
초록색의 작은 솜옷을 입고서 적색 비단 띠에 붉은 가죽신을 신었다. 밤에는
윷놀이를 하고 낮에는 연을 날렸으며, 어른께 세배하면 머리를 쓰다듬어주시
며 귀여워하셨다. 어린 마음과 우쭐한 기분에 머리가 나풀거릴 만큼 뛰어다
녔으니 이때보다 좋은 시절은 없었던 것 같다. 지금도 아이들이 뛰노는 것을
보면 마음이 설레이기도 하나, 어느새 몸뚱이는 7척이요 수염은 늘어졌고
머리에 쓴 모자마저 곡식 까불르는 키와 같다. 겨우 샘이 나서 하는 말이,
"너희들도 머지않아 턱에 검은 수염이 날 것이다. 그 때때옷이 무슨 소용이
있으랴." 한다. 아이들은 물론 이 말을 믿지 않을 것이다.

최근에는 새해가 되어도 별 재미가 없는 것을 깨닫게 되는데, 이는 나이를
먹기 때문이다. 매년 11~12월이 되면 마음이 울적하여 새해라는 말을 들먹

이는 것조차 꺼리게 된다. 새해가 다가오는 것이 마치 만나고 싶지 않은 손님이 불쑥 내 집에 오는 것과 같아서 비록 미워할 수는 없으나 거의 관심 밖에 있다. 어느 사이에 초하루가 되면 반갑지 않은 그 손님이 집에 들어서는 데 피할 수는 없으나 기분은 좋지 않다.

정작 섣달 그믐날이 되면 한없는 그리움과 외로움에 쌓이게 된다. 이는 가까운 친구와 이별하는 것에 비유할 수 있다. 마치 애틋하여 쉽게 잊지 못하고, 다시 만나지 못하면 그 모습이 잊혀질까 걱정되어 이별할 때에 그 사람의 속 마음에서부터 수염이나 눈썹, 노랫소리나 웃는 모습, 옷차림이나 걸음걸이에 이르기까지 자세히 살피면서 헤어지기 힘들어하는 것과 같다. 이는 또한 세상 인정이 그러하듯 어린아이가 장차 성년이 되어 관례를 치르는 날이 다가올 때, 한 번 갓을 쓰면 어린 시절은 끝난다는 마음에 땋은 머리를 자주 매만지는 것과도 다르지 않다. 섣달 그믐날 비로소 석양이 지려할 때 아쉬운 마음을 이기지 못해 넋을 잃은 듯 붉은 노을을 바라보는 것은 그 해의 해가 그날뿐이라는 생각 때문이다. 얼마 후에 드디어 해가 사라지면 그렇게 서운할 수가 없다. 밤이 되면 정신을 가다듬고 북두칠성을 바라보면서 그 해의 밤도 정말 얼마 남지 않았음을 탄식하는데, 급기야 새벽 닭이 운들 어찌할 수 없다.

설날이 오면 마치 까마귀 계곡에 떨어져 온몸이 검어진 흑인 노예가 되어 씻을 수 없는 것과 같다. 신년의 사람이 되지 않을 수 없는 것은 병술년에는 천지만물이 자연히 병술년의 빛깔을 나타내지 않을 수 없는 것과 같으며, 또 이미 처녀가 혼인하기로 정하고 다른 집의 신부가 된 다음에 다시 처녀의 이름을 얻으려 하나 어찌 할 수 없는 것과 같아, 군왕의 위엄으로도 어떻게 할 수 없고 부모의 사랑으로서도 어떻게 할 도리가 없다. 또 송나라가 끝날 무렵 애산14) 바다에 배가 빠졌듯이 송나라 백성이 원나라 사람이 되지 않으려 했으나 천자의 법령이 이미 반포되고 천하가 이미 통일되었으니 전혀 내키지 않더라도 원나라 사람이 되는 것을 피할 수 없는 것과 같다.

설날은 겨울의 강추위가 아직도 남아있다. 사람이 기운을 확 펴지 못하는 것이 매년 한스럽고, 나이를 먹어 늙게 되니 슬프기만 하다. 서로 만나 새해를 축하하는 말은 매우 저속하기에 점잖은 사람은 들으려 하지 않는다. 중의 쌀동냥하는 소리가 너무 유창하고 교만하니 가증스럽다. 청년들이 새옷을 입고 아주 자랑스럽게 여기면서 티끌 하나라도 옷에 붙으면 입으로 불고 손으로 털며 지나치게 아끼고 안타까워 하는 모습은 꼴불견이다. 집집마다 사립문에 귀신의 모습을 그렸는데 조금도 뛰어난 풍채가 없으니 한스럽다. 선비집에서는 소를 잡고 사람마다 고기를 들고 오가는데, 이 때 굶주린 소리 개가 내려와서 나꿔채니 이것은 상서롭지 못한 일이다. 설날은 말로는 해와 달과 날이 새롭다고 하지만 현실 풍습은 조금도 새로운 것이 없다. 다만 부모가 건강하시고 형제가 화평하며, 자녀들이 부모 앞에서 색동옷 입고 함께 춤추며 밝은 등잔 아래 따뜻한 술잔을 올리는 것이야말로 세상의 지극한 기쁨이다. 이렇듯 화목한 집안의 사람들은 설날이 즐겁지만 타향에서 오랫동안 떠도는 사람과 지난 것을 그리워하는 사람에겐 설날보다 더 슬픈 날이 없다. 또 나 같은 자는 슬픈 감정에 휩싸여 풀리기 어렵고 어버이를 생각하면 더욱 눈물이 나고 비통하다. 아, 크고 아름다운 산도 마음대로 옮겨 놓을 수 있다던 어린 시절의 꿈과 즐거움을 어느 때 돌이킬 수 있으리.

겨울 추위가 아직 남아있고, 사람이 나이를 더 먹고, 신년 축하의 인사는 천박하고, 중의 태도는 가증스럽고, 사내들은 옷이나 잘 챙기려 하고, 문에 그린 그림에는 신비한 기운이 없고, 고깃덩어리가 오가며 빼앗기기까지 하는 등, 이 일곱 가지 기쁘지 않은 일 외에 한 가지는 쾌활하다. 어린아이를 시켜

---

14) 애산(厓山)이란 송말에 육수부(陸秀夫)가 그의 임금 병(昺)을 업고 바다로 들어가 빠진 곳.

1년 동안 빗질하며 빠진 화장대 속의 묵은 머리카락을 모아보면 한 사람의 빠진 머리카락이 거의 한 말이나 된다. 그것이 서로 엉켜 사람으로 하여금 번뇌가 생기게 되는 것이다. 뜰 가운데 쌓아놓고 태우니 불기운이 왕성하게 일면서 잠깐 사이에 허무하게 차가운 재가 되어버렸다. 번민하던 생각도 가라앉아 깊은 못처럼 조용히 되었다.

쥐구멍으로 새는 연기가 저녁이면 방안에 가득하여 나무로 만든 장승이라도 눈물이 흐를 지경이고 찰흙으로 빚은 소상이라도 기침을 할 만한데 하물며 혈기가 왕성한 자에겐 어떻겠는가. 간신히 작은 창을 열어놓고 서쪽으로 앉아서 연기를 피하면 눈도 뜰 수 있고 숨도 쉴 수 있으며 눈물도 나지 않고 목구멍에 기침도 나지 않는다. 그러나 열 손가락은 모두 얼어 터져 거칠고 억세기가 오래된 두꺼비 가죽 같다. 낮에는 소매 속에 넣고 밤에는 이불에 감추어 어디 닿지 않게 하고 긁지도 않는다. 이따금 구부렸다 폈다 하면서 별 탈이 없으리라 생각하고 크게 신경을 쓰지 않는 동안 어느새 지금은 곱고 부드럽게 새 살이 났다.

눈이 아프고 열이 나서 붓과 벼루를 닫아놓고 책도 넣어두었다. 밝은 창문을 등지고서 지긋이 눈을 감고 마음을 가다듬으니 조금 지나 눈동자가 시었다. 눈을 반쯤 떠서 새까만 물체를 오랫동안 바라보고 있노라니 눈이 점점 밝아지고 열과 통증이 물러갔다. 간(肝)은 오행의 첫째인 나무에 속하므로 양(陽)이고, 눈은 간에 속하여 회전과 이동을 잘 하니 움직이는 물건이다. 하물며 못된 바람이 나무를 치고 나쁜 신열이 간을 쬐니 눈에 어떻게 병이 나지 않을 수 있겠는가. 닫는 것은 지극히 고요하므로 움직이는 것을 진정할 수 있는데, 검은 것은 물에 속하면서 또한 고요한 모양이다. 노자가 다섯 가지 빛깔이 사람의 눈을 멀게 한다고 하였는데, 나는 이것을 고쳐 네 가지 빛깔이 사람으로 하여금 소경이 되게 하고, 검은 빛깔은 사람의 눈을 밝아지게 한다고 하였다. 붉은 것은 눈의 도적이다.

이언진(李彦瑱)은 호가 운아(雲我) 또는 송목관주인(松穆館主人)이요, 자가 우상(虞裳)이다. 그는 외국어를 배워 일본말을 잘 한다. 경신년에 출생했는데 계미년에 일본에 가서 이듬해에 돌아왔다. 성품이 매우 총명하고 재주가 있어 시에 능하다는 소문이 있었다. 병술년 설날에 윤가기(尹可基)가 그의 시집 한 권과 일기 세 편을 얻어 사람을 시켜 내게 보냈다. 시는 일본에서 놀 때 지은 것으로 40 수나 되었다. 내가 높이 평가하여 윤가기에게 작은 쪽지를 적어보냈다.

세간에 가끔 탁월한 선비가 초야에 묻혀 밖으로 나오지 않는다. 우리들은 늘 옛날의 기발한 글은 지나칠 정도로 찾으면서도 현재의 좋은 글을 찾아서 귀감으로 삼을 줄은 모르니, 참으로 눈썹이 눈위에 있어도 보지 못하는 것과 같다. 이언진의 시는 심오하고 활달하나 넘치지 않고, 그윽하고 기이하나 치우치지 않고, 매우 뛰어나지만 공허하지 않고, 간략하면서도 짧지 않아, 전체적인 시적 분위기가 고상하고 우아하며 굳세다. 또한 그의 일기 세 편은 격식을 벗어나면서도 차분하고 아리따운 태도가 넘쳐 흐르니 정말 보통 사람의 글은 아니다. 다만 나는 글을 너무 좋아하다가 병이 떠나지 않을까 두려워하는데, 목숨이 넉넉하지 못해서인가. 그의 글 모두를 읽지 못하는 것이 한스러울 뿐이다. 나는 이 초고의 이름을 「구혈초(歐血草)」 혹은 「유희편(遊戲篇)」이라 부른다.

이언진이 시집의 맨뒤에다 쓴 것을 보면, 치질 때문에 일기도(壹岐島)의 배 가운데 누워있는데 바람소리, 빗소리, 물소리, 개구리 우는 소리가 모두 등잔 밑에 모였으니 인간세상의 부조리와 답답함이 지극하다. 간혹 늙은 머슴이 자면서 농사일에 대하여 잠꼬대하는 것을 들으면 마음이 움직여서 말하지 않을 수 없다. 그래서 붓을 잡았으나 생각이 조각조각 글에 질서가 없다고 하였다.

만리길 여행의 경로를 말한 것은 10분의 1이고 평생에 뜻을 둔 일이 담겨 있는 것은 10분의 9인데, 일체 모방하는 마음도 자랑하고 질투하는 마음도 없다. 오직 잔잔한 물결에 돛대를 드리우며 길위에서 자유로운 것을 취할 뿐이다. 갑신년 6월 28일에 닭털 붓으로 창원(昌原)에 있는 여관에서 "저녁 노을은 창을 뚫고 매미소리는 나무에 가득 차네."라고 썼다.

일양(壹陽)에서 배를 타고 다음과 같은 시를 읊었다.

> 빗발이 알차게 영근 이삭을 때리고
> 엉성한 창에 대낮의 꿈이라
> 병이 많아서 부처를 섬기기도 하고
> 이름은 끊겼으나 오히려 책을 좋아하네
> 줄이 익으니 여믄 꼭지 생기고
> 벌레가 물에 들어가 작은 고기로 변했네
> 진실로 다섯 이랑을 경작할 수 있다면
> 남편은 낚시질하고 아내는 채소를 키우리

또 다음과 같이 읊었다.

> 내가 부처가 되고 나서
> 처음으로 마음 깊이 깨달았네
> 모방한 서화집을 먹으로 지우고
> 표절한 글을 화로에 불살랐네
> 욕심부리고 화내는 게 해가 될 뿐
> 은혜와 원망을 이미 잊었음이여

덕은 가난해도 기뻐할 줄 아는 것
일년 내내 채소만 먹고 있네

그「해람편(海覽篇)」·「제해신(祭海神)」등이 모두 기발하고 특이하지만 너무 많아 다 기록하지 못하였다. 우리나라에서 가문에 얽매여 좋은 자질을 가지고도 굶주린 자가 많은 것을 나는 항상 탄식한다. 최간이(崔簡易)만이 문장의 값을 조금 인정 받았으나, 글로써 어찌 처자를 살릴 수 있으며 영광을 보았겠는가. 여러 번 큰 일로 명나라에 갔으나 겉으로만 공조판서·예조판서 ·이조참판이라 했으니, 한갓 중국사람을 속인 헛된 이름인데 우리나라 사람이 기꺼이 최판서라고 불렀겠는가. 그렇다면 밤에만 천하를 다스리는 황제와 무엇이 다른가.

이언진 같은 자는 특별히 궁중 문서를 담당하는 옥당에 숙직하면서 임금의 조서를 쓴들 힘들 게 무엇인가. 나는 어리석고 못나서 백 가지에 한 가지도 잘하는 것이 없다. 다만 다른 사람의 재주있는 것을 내가 가진 것같이 생각하니, 어쩌면 이것이 백 가지 결점 중에 한 가지 아름다운 점이 아닐른지. 사실 나는 이언진의 얼굴조차 어떻게 생겼는지 알지 못한다. 그런데도 아는 사람인 듯 자주 이야기하고, 게다가 그의 시와 문을 갖다 나의 글 속에 넣기도 한다. 그것을 두고 어느 누가 일을 벌리기 좋아한다고 비아냥거리더라도 나는 그치지 않을 것이다.

인간세상에 나면 부귀와 빈천은 말할 것도 없고 뜻대로 되지 않는 일이 대부분이다. 한 번 움직이고 멈추는 데에 따르는 구속이 고슴도치 가시처럼 일어나므로 조그마한 우리 몸의 전후좌우에 얽히지 않은 것이 없다. 그러나 지혜로운 사람은 비록 천번 만번 제지당하여도 얽힌 것을 마음에 두지 않고 그것에 속박되지도 않는다. 오히려 얽힌 것을 때로는 구부리고 때로는 펴서 시의적절하게 바람직한 방향으로 이끌어가면, 얽힌 것 때문에 불리해지지 않을 뿐만 아니라 평온한 마음도 손상되지 않아 자연스럽고 순조로운 삶을 살아갈 수 있다.

그런데 머리를 깎고 산속에 들어가는 자들 가운데 자신을 얽어매는 것에 견디지 못하는 자가 많다. 피를 뽑아 경서를 베끼고 걸어다니면서 쌀을 동냥하는 것을 온몸이 구속되는 것보다 더 고통스럽게 여긴다. 참으로 인내하지 못하기 때문에 생기는 재앙인 것이다. 마치 원숭이가 많은 전갈에게 쏘일 때 전갈을 피하면서 처치하는 방법은 세울 줄 모르고 자기 몸을 긁고 깨물며 쩔쩔매다가 더 쏘이면 견디지 못하고 죽는 것과 같다.

닳아서 해진 솜과 터진 옷섶 틈에는 이가 많이 모이고, 허물어진 담과 낡은 부엌에는 쥐가 집을 짓는다. 여우가 사람을 홀리는 것은 빽빽한 숲속 음울한 곳에서요, 올빼미는 깊은 밤 컴컴한 곳에서 운다. 멀리 외따로 떨어진 굴속에는 도적이 모여들고, 어둡고 깊숙한 숲 빈 집에는 귀신과 도깨비가 보금자리를 잡는다. 이러한 것들은 밝은 해가 환히 비치면 그 자취가 없어질 뿐만 아니라 그 음험한 계교를 부릴 수도 없게 된다.

도량이 좁고 간사한 사람은 눈을 희번덕거리면서 이상한 눈짓과 고개짓을 한다. 보잘것없는 일을 처리할 적에도 교활함이 남을 해치기에 충분하고, 일상적인 대화에서도 숨김과 거짓이 도를 넘어선다. 재물을 쌓고 몸을 살찌게 하는 일과 사물을 훼손하고 사람을 헐뜯는 말 속에 가려진 그 음흉함을 어찌 다 말할 수 있으랴. 몹시 서글픈 일이다.

내가 도달하고자 하는 바는 깨끗하고 밝은 곳인데, 어찌하여 저들은 간사하고 흉악한 것이 모이는 더러운 곳으로 삼는가. 무릇 간교한 사람의 하는 짓은 작게는 이나 쥐같이 물어뜯는 것이요, 여우나 올빼미처럼 불길한 것이다. 그리고 크게는 강도의 잔인함을 능가하고 귀신 홀리듯 하는 행동이 넘쳐나 점점 생기마저 잃게 된다.

품위있는 사람은 말이 점잖고 처리하는 일이 명백하며 겉과 속이 같아서 조금도 가린 것이 없다. 그래서 생동하는 봄의 살랑살랑 부는 바람이나 서리로 씻은 듯이 깨끗한 달과 같다. 또 맑은 하늘과 밝은 대낮에 훤히 트인 길과 사방으로 난 창이 영롱한데 겹문이 활짝 열린 것과 같다. 이를 두고 청명한 것이 몸안에 있으면 뜻과 생각이 신성하고 온화한 것이 속에 쌓이면 꽃다운 이름이 밖으로 피어난다고 하는 것이다. 마음 깊이 쌓아둔 것이 겉으로 드러날 때는 침묵하여도 우뢰소리와 같고 죽은 듯이 있어도 승천하는 용처럼 보이지 않는가. 그러므로 사람은 환하게 밝은 것을 아름답고 상서로운 것으로 삼고 그늘지고 어두운 것을 불행하고 사나운 운수로 삼는 것이다.

병술년 정월 초 6일에 우아한 선비인 김희문(金希文)과 김회묵(金晦默)이 내집을 방문하였다. 김희문은 갑자년 출생으로 진사인 이구상(李龜祥)의 제자인데 사람됨이 대단히 순수하고 얌전하였다. 내가 말하기를,

"책 중에 읽을 만한 것은 경서뿐이며 한꺼번에 백 번 천 번을 읽을 것이 아니라, 시간이 될 때 열 번 스무 번만 읽어도 좋다. 다만 죽은 뒤에야 그만 읽는다는 마음을 가져야 한다. 그밖의 역사책을 비롯한 다른 책들이야 꼭 읽을 것이 무엇 있나. 그런데 나는 글을 읽는 것이 좋은 줄은 다소 알고 있으나 몸이 약하여 그대로 실천하지 못하니 괴롭기 그지없다."

하였다. 희문이 말하기를,

"형의 말이 옳다고 본다. 나도 경서를 기본으로 여기고 기타 작가의 글은 대충 훑는 정도로 그친다. 만일 문장을 짓는 데 도움을 받고자 한다면 읽는 횟수가 50번을 넘지 않는 것이 어떠한가. 『장자』는 소요유(逍遙遊)만 읽어도 그 나머지는 짐작할 수 있다. 간혹 『장자』를 천 번을 읽는 자가 있다는데 아무래도 정력을 낭비하는 것이 아닌가."

하였다. 내가 말하기를,

"평소 가슴 속에 불편한 기운이 있다 보면 어느 땐가는 별 까닭없이 극도로 슬픔에 잠겨 탄식까지 하게 된다. 이때 만일 굴원의 「이소(離騷)」와 「구변(九辨)」을 읊으면 애닲은 감정이 겹쳐진다. 그러나 마음을 가라앉히고 『논어』를 읽으면 그 슬픈 기분이 반드시 풀어진다. 이처럼 여러 번 한 뒤에야 비로소 성인의 호기가 천년 뒤에도 충분히 사람의 마음을 변화시키는 것임을 알게 되었다. 나는 경서의 효과를 깊이 깨달은 셈이다. 나의 일가 중에는 소년으로서 강개한 자가 있다. 나와 밤에 이야기하다가 육수부(陸秀夫)가 남송의 마지막 임금인 조병(趙昺)을 업고 바다에 들어가던 일에 미치자 그가 문득 눈물을 흘렸는데, 이야기를 듣는 나도 슬펐다. 한참 뒤에 증점(曾點)이 기수(沂水)에서 목욕하고 무우(舞雩)에서 바람쐰다는 『논어』의 글을 읽고서야 두 사람이 비로소 전과 같이 웃으며 얘기하였다."

하니까, 희문이 말하기를,

"형의 말이 어쩌면 그렇게도 내 마음과 같은가. 나도 그러한 기상이 있어서 항상 벌레가 울고 달이 밝은 때는 느낌이 많아진다. 지난 해에 북한산에 올라가서 『논어』를 읽다가 눈이 내린 뒤에 동쪽 성문에 올랐더니, 첩첩한 산봉우리는 뾰죽하고 눈 빛은 눈을 어지럽게 하였다. 마음이 매우 쓸쓸해지면서 답답하고 즐겁지 못하므로 급히 돌아와 『논어』를 읽으니 비로소 마음이 가라앉았다. 형의 말이 과연 옳다. 옛날에 여조겸(呂祖謙)은 기운이 지나쳐 매우 흥분을 잘했으나 병중에 『논어』를 읽으면서 그 기질을 변화시켰다 하지 않는가."

하였다. 내가 말하기를,

"물론 요즘도 호걸스럽고 뜻을 가진 선비가 있는데, 과거를 위해 격식에 따른 문장공부에 매달림으로써 자신의 참된 글재주를 잃고 있다. 고생하여 과거에 합격한 뒤에는 다시 경서를 읽지 않을 뿐 아니라 종전의 문장조차 모두 포기하여 정(丁)자도 알지 못하는 사람같이 되니 참으로 서글픈 일이 아닌가. 지금 세상에서 과거공부를 하지 않을 수는 없으나, 사람의 일을 하고 나서 천명을 기다리는 것이 바람직하니만큼 과거에 열중하지 않는 것이 좋다. 사형의 생각은 어떠한가?"

하였다. 희문이 말하기를,

"나도 처음에는 과거에 별로 관심이 없었다. 과거 외에 할 만한 좋은 일이 있다는 것을 조금 알았었기 때문이다. 그러나 부형이 종용하고 친구들이 권하므로 어쩔 수 없이 과거문장을 공부하게 되었다. 물론 처음에는 마음에 내키지 않고 즐겁지 못했다. 낮에는 글자의 배열과 문장의 구성 등에 골몰하여 본심이 거의 없어졌다가 밤이 되면 뉘우치는 마음이 생겼다. 하지만 백정이 처음으로 남의 종이 되어 구속받는 것과 같이 마음이 항상 얽매여 잠시도 과거공부에서 마음을 뗄 수 없었다. 오래된 지금에는 생각이 안이해지고 과거에 대한 욕심이 점점 일어나 낙방하면 마음이 상할 정도가 되었다. 또 친구들은 모두 떨어졌는데 나 혼자 합격했다면 기뻐하는 마음도 클 것이다.

참으로 불쌍하지 않을 수 없는데, 어찌 나의 본심이야 그러하였겠는가. 사실 이 세상에서 얼마나 많은 선비가 과거로 인하여 그 양심이 소멸되었는지 알 수 없다. 만일 큰 안목으로 본다면 정승 판서가 무슨 소용있는가. 종이 한 쪽에 이름을 써서 몇 천리 되는 곳의 한 구석에다 펼쳐 보인들 과연 그 얻는 것이 얼마나 되겠는가. 과거야말로 지극히 대수롭지 않은 것이다. 그러나 어찌하랴."

하였다. 내가 말하기를,

"사형의 말은 진솔한 감정을 드러내므로 참으로 좋다. 우리들은 조선사람이니 언어·의복·풍속·법제를 한결같이 우리의 현실을 따라야지 만일 이를 외면하고 세상 흐름을 좇는다면 허황되거나 미친 사람이다. 그러나 생각과 도량은 중국을 버릴 수 없는데 그렇다고 굳이 중국에 가서 배워야만 되겠는가. 지금 경서는 중국사람이 만들지 않은 것이 없으나 만일 제대로만 읽는다면 나의 생각과 도량이 편협되거나 속박되지 않을 것이다."

하였다. 희문이 말하기를,

"내가 형을 만나 솔직한 심정을 모두 드러낸 것이다. 어찌 마음을 속이며 무슨 겸양의 말이 있겠는가. 생각해보면 나의 자질은 보통수준에도 못 미친다. 어려서부터 뜻한 바가 조금 있었고 지금 나이 젊지 않다고 할 수는 없으나 이제 부모를 모시고 편안히 지내고 있으니 걱정없는 사람이라고 할 만하다. 그러나 그럭저럭 20여 년을 지내왔건만 학업을 돌아보면 하나도 성취한 것이 없으니 불현듯 두려움마저 느낀다. 앞으로 점점 나이를 먹어가며 일이 더욱 많아지면 근심과 고통이 쌓일 것이 뻔하다. 어찌 초목과 함께 썩지 않겠는가.

아주 어둡고 어리석어 아는 것이 전혀 없다면 할 수 없지만 조금이나마 지각이 있는데도 넓히지 못하고 있기에 두려운 것이다. 만일 엄한 스승과 어진 벗이 있어 함께 어울리면 보탬이 있을 것인데 스승과 벗이 없어 고루해지니 괴로울 뿐이다. 그러나 착한 것을 좋아하는 마음은 있어서 착한 사람이 있다는 말을 들으면 한 번 사귀고 싶은 마음이 없지는 않다. 혹시 형은 이형상이라는 훌륭한 선비를 아는가. 전에 들으니 그는 매우 독실하게 근본을 세우고자 한다고 하니 참으로 송나라의 정호(程顥)나 범중엄(范仲淹) 같이 되려고 하는 사람이 아닌가. 내가 한 번 보고 싶어 그 집에 갔으나 만나지 못하였다."

하였다. 내가 말하기를,

"착한 것을 좋아하는 마음을 가진 사람이 요즘 얼마나 되는가. 사형은 그런 마음이 있으니 어진 선비가 될 만하다. 이형상은 인물이 매우 탁월하여 내가 특별히 아끼고 소중하게 여긴다. 나와 친척이고 같은 나이기 때문에 우의가 더욱 두텁다. 다른 이름은 정부(正夫)인데 어려서부터 품성이 청명하

고 순진하였으며 일찍 부모를 여의고 스승과 벗조차 없었어도 글읽기를 좋아
했다. 영특하여 점점 지식을 쌓고 시각을 넓혔다. 지금은 크고 바른 학문과
예절을 갖추기 위해 몰두하고 있고 성격이 활달하여 옹졸함을 볼 수 없다.
언어와 행동이 정연하여 법도에 맞지 않는 것이 없고 상서롭고 화목한 기운
이 몸전체에 넘친다.

　나는 비록 지혜롭지 못하나 그가 큰 선비가 되리라 믿으며 그의 문장도
속되지 않아 읽을 만하다고 본다. 그러나 식견이 있는 사람이 알지 세상
사람이 어찌 다 형상의 진면목을 알겠는가. 사람들이 그를 보면 조롱하고
비웃지만 오히려 나는 경외스런 마음이 생긴다. 경박함을 피하고 번잡하고
조급한 것을 벗어던지며 꿇어앉아 경서를 읽어 성현의 마음을 구하는 것이
남보다 아주 뛰어나지 않다면 그와 같이 견실할 수 있겠는가. 지금 천 사람을
여기에 모아놓고 사람을 고른다면 과연 몇이나 나오겠는가. 나부터 헤아려
보다라도 항상 축 늘어져 있으면서 추스리지 못하는 극히 평범한 사람이
아닌가. 그저 부끄럽고 한스러울 뿐인데 감히 자신을 세우고자 하는 특출한
선비를 조소하겠는가."

　하였다. 희문이 말하기를,

　"내가 전에 존경하는 스승을 잃은 뒤에 갑자기 외롭고 쓸쓸해져서 의지할
곳이 없었다. 그때 마침 도교와 불교에 관심을 갖게 되었는데 시간이 지나자
점점 죽음의 경지에 이르러 눈 앞의 모든 게 무의미한 것으로 보였다. 부형과
친척이 매우 근심하고 조언하는 바람에 다시 경서를 읽어 진정한 방향으로
나아가게 되었다. 이제는 위험한 단계를 벗어나 마음의 평온함을 찾고 낭패
한 사람이 되지 않았으니 정말 다행한 일이다."

　하였다. 내가 말하기를,

　"나도 일생을 경서에 의지하고는 있으나 가끔 그러한 힘든 고비를 맞는다.
허탈감에 빠지거나 번뇌에 사로잡히거나 분노가 치밀거나 슬픔이 북받힐

때는 지극히 허무한 생각이 든다. 판단이 갑자기 달라져서 우주공간에 있는 수많은 일들이 헛되지 않은 것이 없다. 그러나 이런 생각이 변하고 없어지는 것이 잠깐일 뿐만 아니라 나타나는 것조차 일정하지도 않다. 사형은 그릇된 것을 거의 다 버렸으니 십중팔구 좋은 경지에 이른 것이다. 나 같은 사람은 사형을 따르기가 어렵다. 사형의 스승이 남긴 흩어져있는 글들은 그 아들이 수습해 두었겠지."

하니, 희문이 말하기를,

"나의 스승은 혈육 한 점 없고 과부로 있는 아내마저 가난하여 죽을 지경이니 하늘의 뜻은 알 수 없는 일이다. 우리 스승은 뜻을 세운 것이 확고하여 공자같이 되려고 했고 평생에 글도 입에서 나오는 대로 써낼 뿐이요 다듬고 정리하는 일이 없었다. 또한 지은 글을 스스로 찢어버리고 거두지 않았다. 내가 아깝게 생각하여 버려지고 흩어진 나머지를 수습하여 약간의 유고를 간직해 두었다."

하였다.

푸른 계곡에 내리던 비가 말끔히 개고 햇빛이 화창한 3월, 복숭아꽃이 비친 붉은 물결이 온 언덕에 출렁거린다. 오색 빛깔 금붕어가 지느러미를 크게 흔들지 않고 물풀 사이를 헤엄쳐다니고 있다. 거꾸로 서는가 하면 가로 뒤집히기도 하고 주둥이를 물위로 내밀고 뽀골뽀골 물을 마시기도 한다. 남을 해치고 누구를 시기하는 것과 멀리 너무나 자유스런 모습으로 놀고 있다. 따스한 모래가 깨끗한데 푸른 백로와 자주빛 원앙 같은 새가 둘씩 넷씩 짝지어 예쁜 돌에서 조는가 하면 향기로운 풀을 뜯기도 하며 깃을 다듬기도 하고 모래에 목욕도 하며 물에 비친 그림자를 스스로 희롱하기도 한다. 그 예쁘고 자연스러운 태도야말로 평화로운 기상 아닌 것이 없다. 웃음 속에 숨겨진 예리한 칼, 마음을 찌르는 수만 개의 화살, 가슴 가운데의 서말이나 되는 가시를 통쾌하게 쓸어버린다. 그러므로 앞을 가리는 것을 하나도 두지 않고 항상 나의 뜻대로 아름다운 물결을 삼으면 물고기와 새의 활발한 자태가 자연히 나의 평온하고 원숙한 마음을 도울 것이다.

불에 탄 오동나무는 볼품이 없으니 버리는 것이 좋고, 무덤 속의 옥은 상서롭지 못하니 피하는 것이 좋다. 그러나 어리석은 눈을 가진 자가 한 번 보고 남몰래 간직한다면 타지 않고 스며들지 않은 것이 오히려 값이 떨어지고 빛이 바래게 된다. 그것은 그 기이한 점이 타고 스며든 데 있기 때문이다. 사마천(司馬遷)이 궁형을 당한 것, 양웅(楊雄)의 어눌함, 좌자(左慈)의 추함, 위개(衛玠)의 야윈 것, 착치(鑿齒)의 절름발이, 노동(盧仝)의 대머리, 방간(方干)의 언청이, 공부(貢父)의 찌그러진 코, 팽궤(彭几)의 어수룩함, 미불(米芾)의 미친 것, 장적(張籍)의 눈먼 것, 중거(仲車)의 귀먹은 것, 양호(羊祜)의 부러진 팔, 고필(古弼)의 뾰죽한 머리, 이밀(李密)의 검은 얼굴, 안영(晏嬰)의 작은 키, 백우(伯牛)의 문둥병, 장경(長卿)의 소갈병, 두예(杜預)의 혹, 은중감(殷仲堪)의 애꾸눈, 호두(虎頭)의 어리석음, 운림(雲林)의 깨끗함 등은 사람들이 싫어하는 것이다. 그러나 당시 사람이 아끼고 후세 사람이 숭앙하였다. 저 고운 풀로 귀밑털을 다듬고 수놓은 비단으로 꾸미면서 날씬한 허리와 매끈한 피부에 요염한 얼굴로 자신을 뽐내지만 무지하고 무식한 자는 이름이 사라지고마니 누가 기억하겠는가.

예절에 관한 책을 읽으면 모든 행동에서 잘못된 점을 알게 되니 두려운 마음이 생긴다. 의학서적을 읽으면 한 번 주리고 한 번 배부른 것에서 위태로움을 깨닫게 되니 후회하는 마음이 인다. 법률서적를 읽으면 한 번 처리하고 한 번 시행하는 것이 법에 저촉됨을 깨닫게 되니 뉘우치는 마음이 일어난다. 문자에 관한 책을 읽으면 한 획 한 점이 어긋나고 비뚜러진 것을 깨닫게 되니 슬프고 안타까운 마음이 생긴다. 이 때는 세상을 헛되이 살았다는 탄식이 솟아남을 어쩌지 못한다. 유령(劉伶)·완적(阮籍)·혜강(嵆康)·왕융(王戎)과 같은 죽림칠현은 응당 이런 데서 벗어났다고 생각하며 이것들을 외물이라고 지적할 것이다. 그들은 다행히 담박한 것으로 마음을 삼았기 때문에 티끌 속의 속된 것과 멀리 구별되는 것이다. 만일 이 버릇을 가지고 욕심 가운데로 뛰어들었다면 무슨 짓을 못하겠는가.

마음가짐이 공평치 못하여 사랑하고 미워하는 것이 한쪽으로 치우치면 매우 어리석은 사람이다. 3일 동안에 베를 5필이나 짰는데도 시어머니가 고의적으로 느리다고 하는 것은 미움에 치우친 것이고, 장인집에 있는 까마귀조차 좋아하는 것은 사랑에 치우친 것이다. 또 이보다 더 심한 것이 있다. 기괴하고 간사한 것이 마음에 스며들어 생긴 고질은 고치기가 어려우니 슬프지 아니한가. 종기가 코에 이르자 씹어먹으며 복어와 같다고 하였고, 활 줄이 지극히 곧은데도 ㄱ자 모양의 자 같다고 걱정하였다. 여우 겨드랑이의 흰털을 모아 갖옷을 만들었고 해당화가 향기없음을 탄식하였다. 미워하는 가운데 착한 것을 고르고 사랑하는 가운데 나쁜 점을 알아야 진정 공정하다고 할 수 있다.

『영추(靈樞)』에 이르기를, '심장이 높이 있으면 폐까지 가리게 되어 건망증이 심하고 말하기가 어렵다.' 하였는데, 만일 이 말과 같다면 성현이 말하는 스스로 아는 것, 배워서 아는 것, 고생하여 아는 것과 사람이 훌륭해질 수 있다는 것이 모두 거짓이란 말인가. 그러나 『영추』에 있는 말은 몸의 심포(心包)만 논한 것이니 성현의 말에 비교하면 찌꺼기가 스며나온 데 불과하다. 물론 폐가 가리우개가 되어 심포를 덮고 있으니 넓게 소통하는 뜻이 없다. 때문에 가르치는 것을 받아들이지 못하여 마음이 어둡고 게을러진다.

그래서 가르치는 대로 곧 잊어버릴까 두렵다. 그렇다면 어떻게 하는 것이 좋은가. 이런 사람과 마주할 때에는 『영추』의 말은 제쳐두고 오직 성현이 가르친 말을 붙들고 한 가닥 길이 통하기를 바라면 될 것이다. 결국 성현의 말은 곧고 두터운데 비하여, 『영추』는 심포의 위치만 지적했지 '배움'을 논하지 않았음을 알겠다. 만일 『영추』의 말을 듣게 되면 자신이 어찌 할 수 없다는 사실에 더욱 자포자기할 것이다.

한 마리 쥐가 닭장에 침입하여 네 발로 계란을 안고 누우면 다른 쥐가 그 쥐꼬리를 물어당겨서 닭장 밖으로 끌어낸다. 그리고는 그 쥐꼬리를 다시 물어당겨서 쥐구멍으로 운반한다. 또 병에 기름이나 꿀이 있으면 병에 올라앉아 꼬리로 묻혀낸 다음 몸을 돌려 그 꼬리를 핥아먹는다.

한 마리 족제비가 온 몸에 진흙을 발라 머리와 꼬리를 구분할 수 없도록 하고는 앞 발을 모우고 썩은 말뚝 모양으로 사람같이 밭 둑에 선다. 그러면 다른 족제비는 눈을 감고 죽은 듯이 그 밑에 누워있다. 그때 까치가 와서 엿보고는 죽은 줄 알고 한 번 찍는다. 짐짓 꿈틀하면 까치가 의심이 나서 재빨리 썩은 말뚝같이 서 있는 놈 위에 앉는다. 그 놈이 입을 벌려 까치의 발을 깨문다. 그때서야 까치는 족제비의 머리에 앉은 것을 알게 된다. 또한 벼룩이 온 몸을 물면 나무토막을 입에 물고 먼저 꼬리를 시냇물에 담근다. 그러면 벼룩이 물을 피하여 허리와 잔등이로 모여든다. 담그면 피하고 담그면 피하고 하여 차츰 목까지 물 속으로 넣는다. 벼룩이 모두 나무로 모이면 나무를 물에 버리고 언덕으로 뛰어오른다.

어느 누가 가르친 것도 아니고 타고난 언어로 서로 깨우쳐 준 것도 아니다. 한 마리 쥐가 알을 안고 눕더라도 다른 쥐가 그 꼬리를 물고 끌 줄을 어떻게 아는가. 한 마리 족제비가 말뚝처럼 섰는데 다른 족제비가 그 아래에 죽은 듯이 누을 줄을 어떻게 아는가. 이것이 자연이 아닌가. 그렇지만 사람으로서 교묘한 꾀로 간사한 짓을 하는 자가 있다면 쥐와 족제비 같은 종류인 것이다.

비둘기는 암컷끼리 교접하여 알을 낳고, 닭은 수컷끼리 교접하여 알을 낳으며, 오리는 수컷없이 알을 낳고, 수말과 암소가 교접하여 말을 닮은 새끼를 낳는다. 대추 줄기와 포도 덩굴을 접목하면 대추를 닮은 열매를 맺고, 붉은 인현이 변하여 지렁이가 되고, 메추라기가 변하여 두꺼비가 되며, 닭이 변하여 뱀이 된다. 이것은 천지의 괴이한 일로서 모두 상서롭지 못한 것이다.

기름종이를 뜨거운 볕에 쬐면 불이 나고, 물을 석회에 떨어뜨리면 불이 나고, 화약을 찧는데 모래가 들어가면 불이 나고, 사람이 소주를 많이 마시면 코에서 불이 난다. 솥에 기름을 끓이면 불이 일고, 밤바다에 물결이 치면 불꽃이 번쩍거리며, 무덤 가운데의 불은 관을 태우고, 빽빽하게 자란 소나무가 서로 마찰되면 불이 일어난다.

영해부(寧海府)15)에서 땅불이 일어나고, 만 섬의 기름을 쌓아놓았는데 불이 나고, 팔인16)을 꿈꾸었는데 불이 나고, 곰이 보였는데 불이 나고, 화재를 맡은 새가 날아오면 불이 나고, 화재를 맡은 신이 나타나면 불이 난다. 관악산에는 화봉(火峰)이 있었으므로 경복궁에 불이 났고, 곰이 변한 천사가 찾아오므로 평양에 불이 났다고 한다. 불의 열을 조절하는 것이 불을 끄고 햇빛을 모으는 거울이 불을 내는 것 등은 사람들이 항상 보는 것이다. 어떤 사람에게 새로 낳은 손자가 있었는데 정북창(鄭北窓)이 그 아이가 불의 요정인 것을 알고 급히 강에 던지게 했는데 강물이 부글부글 끓었으니 정말 이상한 일이다.

---

15) 지금의 경상북도 영덕군(盈德郡) 영해면(寧海面) 지방.
16) 팔인(八人)이란 화(火)의 파자(破字)임.

범씨(范氏)의 종친은 젖이 넷이고 조씨(晁氏)의 종친은 손가락이 두마디다. 이는 받은 기운이 많고 적기 때문에 그런 것인가. 명나라 종실의 경성왕(慶成王)은 아들을 백 명이나 두었는데 모두 코가 높았으니 고제(高帝)의 자손이 전부 코가 높다는 것은 빈말이 아니다. 서양 사람들의 경우 노소의 차이는 있으나 체구와 얼굴이 서로 닮고 하나같이 푸른 눈과 매부리코에 긴 팔뚝인데, 이것은 그 나라에 있는 산천의 모양이 모두 일정해서인가. 세상에서 김해김씨는 음경에 반드시 검은 사마귀가 있다 하는데 혹시 김수로왕이 그러하여 후손이 닮은 것인가. 먼 바다 위로 떠와 그 부모를 알지 못하고 머리가 큰 구리통 같고 수명이 남보다 길어서 이상한 징험이 많았다고 본다. 그 검은 사마귀가 후손에게 전하는 이치도 그러한 데 있을 것이다.

소나무와 회나무는 기가 세기 때문에 매미가 깃들지 않는다고 누가 말했는가. 나는 일찍이 여름에 만 그루나 되는 소나무와 회나무 숲에서 매미가 우는 것을 보았다. 장식용 호박(琥珀)에 티끌이 붙지 않는다고 누가 말했는가. 호박을 팔위에 문질러 뜨겁게 되었을 때 티끌에 대보면 반드시 찰싹 달라붙는다. 티끌뿐 아니라 털깃이나 실 혹은 종이 같은 가볍고 작은 물건은 다 붙는다. 북쪽을 가리키는 자석은 있어도 정남쪽을 가리키는 자석은 없고 항상 가리키는 것이 병정(丙丁) 방향에 가깝다.

사냥개를 시켜 사슴을 쫓게 하면 사슴이 급히 달아나고 개가 그 뒤를 따른다. 거의 사슴을 물게 되었을 때 사람이 개를 불러 밥을 주고 쉬게 한다. 그러면 사슴은 개가 오기를 기다리고 돌아다보며 서있는다. 개가 다시 쫓다가 또 전과 같이 쉬면 사슴도 전과 똑같이 기다린다. 여러 번을 그렇게 하여 사슴이 기운이 빠져 거꾸러지면 개가 그때 불알을 물어서 죽인다. 사슴이 과연 어진 것인가 믿음을 잘 지키는 것인가.

곰과 호랑이가 서로 싸울 때에 호랑이는 발톱과 어금니를 보이며 오직 위엄으로 힘을 과시한다. 그러나 곰은 사람처럼 우뚝 서서 머리 위에 있는 큰 소나무를 꺾어 힘껏 친다. 한 번 사용한 것은 버리고 쓰지 않으며 다시 소나무를 꺾는다. 노력은 많이 들고 힘이 부치어 끝내는 호랑이에게 죽고 마니, 그것은 의리있는 것인가 곧은 것인가.

사람이 산골짜기에 나무를 걸쳐 놓고 노끈으로 만든 올가미를 매달아 놓으면 담비가 고기떼처럼 나무를 건너는데 먼저 가는 놈이 거리낌 없이 머리를 올가미 가운데에 넣는다. 그러면 뒤에 오는 놈이 앞을 다투어 머리를 넣어 잠깐 사이에 주렁주렁 모두 목이 달려 죽어 있다. 담비는 온순한 것인가 공손한 것인가.

오직 한 쪽으로만 생각하고 나아갈 뿐 이리저리 융통하지 못하는 사람은 명색없는 일에 몸을 해치니, 이것은 사슴이나 곰이나 담비와 같은 자이다.

나물꽃이 부처를 낳고, 쇠뼈가 관음보살을 낳고, 앵무새가 사리를 간직한 것이 있고, 큰 뱀을 보살이라 하니 불가의 교리가 어찌 그리 넓은가. 동식물이 부처의 마음이 있다면 모두 부처가 될 수 있는가. 우리 유학의 도에는 그런 것이 없다. 다만 성품이 모두 착하고 사람이 모두 성인이 될 수 있다고 들었을 뿐이다. 꽃부처, 뼈관음, 앵무사리, 뱀보살은 모두 상식적인 이치를 벗어난 요괴이니 배척함이 마땅하다.

쥐가 쌓아놓은 불경에 구멍을 뚫고 글자를 갉아서 책을 망치며 똥과 오줌을 싸서 더럽힌다. 몇 마리 새끼를 낳았는데 눈이 멀기도 하고 발을 절기도 하는 등 하나도 완전한 놈이 없으니 대개 인과에 따른 보응이다. 만일 우리 유학의 도로 본다면 쥐를 쫓아야 하고 잡아야 한다. 석가모니는 자칭 위대한 인물이 아닌가. 쥐에게 무슨 원한이 있어서 남모르게 그 새끼를 해치게 하는가. 그 참혹하고 잔인한 것은 윤리가 없기 때문일 것이다.

푸른 물감을 연근 밑에 묻으면 푸른 꽃이 피고, 어린 소나무를 가운데
뿌리는 끊고 잔뿌리만 남겨서 굵은 자갈을 골라낸 곳에 심으면 누은 솔이
되고, 꿀을 밥에 타서 참새 새끼를 먹이면 흰 빛깔이 된다. 흰 말의 굽으로
뿔을 만드는데 그 말이 병들어 죽게되면 작은 쇠망치로 그 굽을 피가 나도록
두들긴다. 말이 죽으면 그 굽을 벗겨서 그릇을 만들기도 하는데 무늬와 결이
바다거북이 같다. 이것이 어찌 하늘의 바른 이치이겠는가.

사람의 기운이 무소를 때려 눕히고, 쥐의 기운으로 코끼리를 찢고, 메추라
기가 소를 보면 어지러워 날지 못하고, 올빼미가 방앗간을 넘으면 떨어지고,
쑥을 솔뿌리에 기생하는 복령(茯苓)과 함께 빻으면 솜처럼 부드럽고, 코끼리
가 개짖는 소리를 들으면 으르렁거리면서 가지 못한다. 뽕나무로 뱀을 태우
면 발이 보이고, 쥐가 명반을 먹으면 죽는다. 사물이 서로를 제어하는 것이
이와 같다.

죽은 고양이를 막대로 끌면 야위고 쇠줄로 끌면 산다. 측백나무 가지는
불에 그을려 심고, 얇은 소나무 토막으로 쇠뿔을 자르면 톱보다 날카롭다.
장식에 쓰는 구슬은 모시실로 끊고, 비단은 생선물로 빨고 은은 소금으로
씻으면 광채가 난다. 두꺼비 기름은 옥을 부드럽게 하고, 버들가지는 거꾸로
꽂으면 수양버들이 되고, 닥나무는 끊어서 심어도 산다. 암컷 은행은 수컷
은행이 없으면 열매가 열지 않고, 초는 코끼리 앞니를 연하게 한다.

중자(仲子)가 태어날 때 손바닥에 노부인(魯夫人)이란 글자가 있었고, 도
간(陶侃)[17]이 손가락을 찢어 피를 벽에 바르니 공(公) 자가 생겼고, 벌레가

---

17) 중국 동진(東晉) 초기의 명장으로 도연명의 증조부인데, 나중에 동진 최대의 주진(州鎭)의
통수로서 장사군공(長沙郡公)이 되었음.

나뭇잎을 갉아먹어 선제(宣帝)의 이름자를 썼고, 불자(佛者)가 금으로 된 병에 칠을 담았다가 뿌리니 글자가 이루어졌다. 화정현(華亭縣)에 있는 천왕사(天王寺)에 벼락이 쳤는데 기둥 위에 고동양아일십륙인화령장(高洞楊雅一十六人火令章)이란 11자가 거꾸로 쓰여있고, 송나라 항주(杭州)에서 감나무를 자르니 가운데에 상천대국(上天大國) 네 글자가 있었다. 우리나라 능연(能淵)의 암벽에 글자가 있는데 서체가 전서(篆書)·주서(籀書)와 같으며, 그 색이 푸른 빛인데 긁으면 더 분명하였다. 한편 삼일포(三日浦)에도 돌에 붉게 새긴 글씨가 있다. 이것들은 실제로 있는 것인데도 연구하기가 어렵다.

꿩의 다리가 부러졌을 때 송진을 바르면 접골이 되고, 벌에게 쏘인 거미는 토란 줄기를 씹어 나온 물을 바르면 낫고, 쥐가 비상(砒霜)에 중독되면 변소에 급히 들어가 똥물을 먹으면 깨어난다. 유부(兪拊)나 편작(扁鵲)과 같은 명의가 꿩을 가르친 것이 아니고, 거미와 쥐가 천둥신인 뇌공(雷公)이나 의술의 비조라는 기백(岐伯)의 글을 읽은 것도 아니다. 또 평소에는 무엇이 약이 되는지 모르고 있다가 병이 들면 재빨리 어떤 것이 약이 된다는 것을 저절로 안다. 곧 약물 사용하기를 마치 자석이 바늘을 끌고 어린아이가 젖을 빨듯 하니 그것들도 왜 그러한지는 모른다. 이는 하늘이 주관하는 것이요 저절로 알게 하지 않으면 누가 치료하여 주겠는가. 하늘의 뜻은 참으로 어질도다. 잡서 가운데 의학책이 만권이 넘는데도 사람마다 제 병을 스스로 치료하지 못함은 물론 의술을 직업으로 가진 자라도 사람을 살리지 못한다. 그것은 혹시 인간의 마음이 복잡하여 꿩, 거미, 쥐 등과 같이 자연스럽지도 못하고, 한 가지에 전념하지 못해서인가.

박쥐는 10분의 6이 쥐고 부엉이는 10분의 4가 고양이다. 완전한 음(陰)의 기운을 받았기 때문에 밤에는 활동하고 낮에는 잠복하며 어둡고 습한 것을 좋아한다. 풀 끝에 감이 열리고 나무 끝에 연꽃이 피니 이것은 식물의 변이이다. 산호수(珊瑚樹)는 나무인데 돌 같은 것이고, 음정석(陰精石)은 물로서 돌이 된 것이다. 부평(浮萍)은 뿌리가 없는데 물에서 잎사귀가 피고, 토사(兎絲)는 뿌리가 없는데도 나무에 붙어 덩굴을 맺는다.

내가 어렸을 때의 일인데, 누각 기둥에 곡식 두 되 쯤 들어갈 만한 구멍이 있는데 붉고 누런 빛깔의 대추알 만한 벌들이 떼를 지어 모여있는 것을 보았다. 벌들이 꿀을 거두고 모두 나갔을 때 구멍을 더듬어보니 마른 풀, 종이 조각 등 부드럽고 따뜻한 것들로 꽉차 있었다. 그 속에 고치만한 검은 덩어리가 있는데 뾰쪽뾰쪽한 것이 연밥이 들어있는 송이 같았다. 한 덩이에는 반드시 굼벵이 한 마리가 있고 꿀찌꺼기로 단단하게 밀봉되어 있었다. 원래대로 넣어두고 며칠 뒤에 꺼내보니 굼벵이는 머리 · 눈 · 날개 · 발을 갖추었고 양기름같이 희었으며 조금도 움직이지 않았다. 다시 그대로 넣어두었다가 며칠 후 또 꺼내보니 덩이마다 꿀이 가득차고 붉은 꿀찌꺼기로 봉하였다가 완전한 벌이 되어 나간 뒤 그곳에 꽃을 빚어 꿀을 채워넣은 것이다. 일을 하는 순서가 있고 솜씨가 정교하고 치밀하니 기특하다.

낡은 집의 대들보에 박쥐가 여러 마리 날개를 펴고 붙어있었다. 나무 끝으로 찔러보니 쇠를 부딪는 소리가 났다. 그 밑에 죽은 벌이 무더기로 쌓였는데 모두 머리가 없었다. 그제야 박쥐가 벌의 머리를 먹는 것을 알았다. 박쥐의 똥을 가루로 만들어보니 반짝반짝하는 것이 모두 벌의 머리와 눈이 부서진 것이었다. 낮에 앞을 보지 못하는 놈이 어떻게 벌을 잡을 수 있을까. 또 벌집 은 박쥐가 들어갈 수도 없지 않은가. 그 큰 놈을 잡아서 초를 발랐더니 온 몸이 붉어졌다. 구리실로 발을 묶어서 대나무통 속에 넣어 두었는데 아침에 보니 도망가고 없었다.

나의 벗 백영숙(白永叔)이 을유년 겨울에 충청도 아산(牙山)에 가서 개천을 10리나 팠다. 내년 봄에 논에 물을 대기 위해서 미리 작업을 한 것이다. 그런데 두 길을 파자 두꺼비가 들어 있었는데 들어온 구멍은 찾을 수 없었고, 갈대뿌리가 세 길이나 땅 속으로 곧게 뻗쳐 있었으니, 이상한 일이었다. 또한 땅속에 크고 넙적한 돌 밑으로 구멍이 있었으므로 계속해서 긴 대나무 서너 개를 넣어 보았으나 그 깊이가 몇 길인지 측량하지 못했다고 한다.

송나라 치평(治平) 정미년에 장주(漳州)에서 지진으로 땅이 갈라졌는데 개가 그 속에서 뛰어나왔다. 그 밑을 바라보니 온통 풀과 나무가지로 무성하였다. 우리나라 평양에는 우물이 없는데 예전에 어떤 감사가 인부를 시켜 한 곳을 뚫으니 큰 바위로 막혀 있었다. 몇 자를 더 파니 그 아래에 물이 고였는데 연꽃이 피고 고기가 뛰놀고 있었다. 그대로 덮어버리고 다시 우물을 파지 않았다. 속담에 전하기를, 평양은 배의 모양이기 때문에 뚫고 파는 것을 꺼린다고 한다. 그 뒤에 곧 임진년의 난리가 있었는데, 이런 것은 모두 규명할 수가 없으니 내버려두는 것이 옳다.

하늘의 새는 남쪽으로 난 뒤에 다른 데로 가고, 옷에 붙어다니는 이는 먼저 북쪽으로 움직인 뒤에 다른 데로 가니 각각 음양의 기운을 따르는 것이다. 해바리기가 해를 향하여 기울어지는 깃은 품종의 특싱 때문이다. 나는 화분에 심은 해바라기가 날마다 어김없이 아침에는 동쪽으로 한낮엔 똑바로 저녁엔 서쪽으로 기울어지는 것을 보았다. 그리고 해바라기가 동쪽으로 기울 때에 화분을 서쪽으로 옮겼더니 조금 있다가 축 늘어져 죽었다. 슬프다, 내가 해바라기의 지조를 빼앗으려 했기에 해바라기는 끝내 절개를 지키고 죽은 것이다.

나는 학을 춤추게 하는 방법에 대해 들은 적이 있다. 깨끗이 청소한 평평하고 윤기나는 방에 물건을 모두 치우고 구를 수 있는 둥근 나무토막 한 개만을 둔다. 그리고 학을 방안에 가두고 방이 뜨겁도록 불을 땐다. 학은 발이 뜨거운 것을 견디지 못하여 둥근 나무토막에 올라서고, 나무토막이 구르면서 학은 섰다 미끄러졌다 한다. 또 학은 수없이 두 날개를 폈다 오므렸다 하며 끊임없이 고개를 쳐들었다 숙였다 한다. 그때 창 밖에서 피리를 불고 거문고를 뜯어가며 학이 넘어지는 것에 맞추어 소리를 낸다. 마치 악보에 따라 연주하는 것처럼 한다. 학은 물론 뜨거운 것을 피해야 하고 시끄러운 소리에 귀가 따갑지만 한편으로 즐겁기도 하여 괴로움을 잊는다. 오랫동안 그렇게 한 뒤에 밖으로 내어놓는다. 며칠 뒤 또 피리를 불고 거문고를 타면 학은 기쁜 듯이 날개를 치고 목을 꼿꼿이 세워 절조에 맞추어 춤을 춘다.

인간의 기발한 생각과 교묘한 계략이 이렇게까지 만드는가. 세상이 이와 같다면 모든 존재가 타고난 삶을 제대로 누리지 못할 것이다. 장자는 이르기를 "말과 소는 그대로가 천연이요 머리를 얽고 코를 뚫는 것은 인위이다. 뚫으려 하는 것은 도리어 막는 것이다." 라고까지 하였다. 물론 얽고 뚫는 것조차 자연스러운 일이라 할 수도 있다. 만일 얽고 뚫지 않으면 말과 소를 부릴 수가 없다. 저 머리와 코를 보면 이미 태어날 때부터 얽고 뚫을 만한 모양을 갖추고 있으니 가히 천연이다. 여하튼 학에게 춤을 추게 하는 따위는 인위일 수밖에 없다.

나는 베개 속에서 닭을 기르는 방법을 들었다. 9~10월 서리가 내릴 때 부화한 닭은 비록 자라더라도 몸이 매우 작다. 다음 해 또 서리가 내릴 때 알을 안기면 몸이 더욱 작아진다. 다시 그 이듬해 손자닭에 이르면 크기가 주먹만할텐데, 수컷은 울 수 있다. 판자를 붙여 베개를 만들고 그 속에서 기른다. 밤마다 자려고 누워있는데 밤 2시경이 되면 반드시 운다. 서리 올 때에 부화한 닭을 상계(霜鷄)라고 부른다.

흙구덩이에서 닭을 기르는 방법도 들은 바가 있다. 겨울에 땅을 어느 정도 파고 나무를 걸쳐 방을 만들되 빛이 들어오는 구멍만 남긴다. 부드러운 풀을 그 안에 쌓아두고 닭을 몰아넣어 나오지 못하게 한다. 항상 쪼아먹는 모이 외에 밥에다 유황토를 섞어 콩알만한 크기로 만들어 먹이면 그 다음해 봄에는 살이 두 배로 찌고 맛도 더욱 산뜻하고 감미로워진다고 하는데, 그럴 듯한 이치다. 겨울에 파와 부추 같은 것을 화분에 심어 따뜻한 방안에 두고 때때로 물을 주고 빛을 못보게 하면 그 줄기와 잎사귀가 황백색이 되면서 무럭무럭 자라 윤택하게 살찐다.

큰 수박을 만드는 방법을 들은 적도 있다. 구덩이를 두어 자 깊이로 파고 나무를 가로 세로 입구에 걸쳐놓은 다음 못쓰는 풀자리를 그 위에 펴고 부드럽고 기름진 흙을 체질하여 그 위에 한 자쯤 쌓는다. 좋은 수박씨를 심고 구덩이 옆에 작은 구멍 하나를 뚫고 항상 거름물을 준다. 열매를 맺을 때는 맑은 물, 거름물, 꿀물을 번갈아주면 원통처럼 크고 맛이 매우 달다고 한다.

박을 크게 하는 방법도 있다. 박씨 세 개를 한 곳에 심고 덩굴이 조금 자라는 것을 기다려 가운데 덩굴의 뿌리에서 두어 치쯤 되는 곳의 좌우 껍질을 칼로 벗긴다. 양 옆의 덩굴은 안으로 향한 껍질만 벗기고 서로 묶어서 칡으로 싸고 진흙으로 봉한다. 오래되면 달라붙어 한 줄기가 된다. 가운데 덩굴만 남기고 양쪽 덩굴은 잘라버리면 세 뿌리가 한 줄기로 되어 열매를 맺으면 바다에 띄울 만하다. 붉고 흰 두 가지 빛깔의 봉선화도 이와 같은 방법을 쓰면 한 꽃송이에서 반은 붉고 반은 흰 꽃이 핀다.

닭은 쥐보다 열 배나 크다. 그런데 쥐가 닭을 씹어 배 속까지 뚫고 들어가도 닭은 피하기는 커녕 움직이지 않으면서 두 눈만 멀뚱히 뜨고 있다. 뱀은 지네보다 백 배나 크다. 그러나 지네가 뱀을 쫓으면 뱀은 달아나지 못하고 기운이 빠져 멍청히 입을 벌리고 엎드려 있다. 지네가 입으로 들어가면 뱀은 즉시 죽고 만다. 지네는 뱀의 살이 모두 썩어야 나온다. 쥐가 또 거위와 오리의 배 속을 뚫는데 그것들은 피할 줄을 모른다. 돼지·고양이·오리가 모두 뱀을 즐긴다. 닭은 두꺼비 새끼를 물을 마시듯 통채로 삼킨다. 거미 오줌이 지네에게 닿으면 지네가 물이 되고 달팽이 침이 지네에게 묻으면 지네의 발이 다 떨어진다. 달팽이는 전갈도 제압한다.

영양(羚羊)은 뿔을 나무가지에 걸고 잔다. 올빼미도 머리를 나무가지가 교차되는 곳에 걸고 잔다. 이렇듯 종류는 달라도 자는 것은 같다. 도마뱀은 겨울에는 가시에 목을 찔려 매달려 죽어있다가 이듬해 봄에 다시 깨어난다. 겨울제비는 죽어서 나무구멍 속과 흙구멍 속에 무더기로 쌓여있다.

송탄명(宋呑溟)이 내게 말했다.

"불경을 보니 만일 저들의 말과 같다면 불교의 학문이 참으로 크다. 부처는 현상세계에 앉아서 삼계(三界)를 이끄는 스승이니 사생(四生)의 어진 아버지라고 부른다. 삼계라는 것은 탈속의 세계·현상적 세계·욕망의 세계이고, 사생이라는 것은 모태에서 낳는 것·알에서 낳는 것·습한 곳에서 생기는 것·의지하지 않고 태어나는 것이다. 이미 이끄는 스승 또는 어진 아버지라고 한다면 크든 작든 만들어지고 변화하는 우주 속의 모든 것은 그가 지배하는 것이다.

그렇다면 우리 유학의 도 역시 부처의 관할 중의 한 가지 일이요, 요와 순도 배워서 성인이 될 수는 있어도 부처가 될 수 없으니 배워서 부처가 되고자 하는 것은 망상일 뿐이다. 그만큼 불교의 학문이 지극히 높고 크기 때문이다. 또한 불교를 숭상하던 고려에서 출가한 자를 존엄하게 여겼고 그때 귀한 집 자제들이 기꺼이 중이 되었으니, 윤회와 화복이 있다면 이는 모두 전생에 착한 사람이었기 때문에 선한 보답을 받는 것이리라. 지금 세상의 중은 매우 천박하고 추악한 사람이라 하여 사람들이 모두 싫어하고 버리는데, 이는 곧 전생에 악한 사람이었기 때문에 악한 보답을 받는 것이다."

중국 남북조시대 지영(智永)이라는 중은 『천자문』을 8백 번이나 썼고, 홍경로(洪景盧)는 『자치통감』을 세 번이나 베꼈다. 호담암(胡澹菴)이 양구산(楊龜山)을 보자 양구산은 팔뚝을 들어 보이며 말하기를, "내 팔뚝이 책상에서 떠나지 않은 지 30년이 된 후에 도를 깨닫는 경지에 나아갈 수 있었다." 하였다. 장무구(張無垢)가 횡포(橫浦)로 귀양가 14년 동안 매일 새벽에 창문 아래 서서 책을 읽었으므로 돌 위에 두 발자국이 은연하였다. 우리나라 고응척(高應陟)이 젊었을 때에 사면이 모두 벽이고 두 구멍만 있는 집을 손수 지었는데, 그 구멍 중 하나는 음식을 넣는 곳이고 하나는 바깥 사람과 대화하는 곳이었다. 그 속에서 『중용』·『대학』을 읽은 지 3년만에 나왔다. 조헌(趙憲)이 일생동안 잠이 없어 밤에는 독서하고 낮에는 일을 하였다. 밭 두둑에 나무를 걸쳐놓은 위에 책을 펴놓고는 소를 몰고 오가면서 읽었다. 밤에는 또 어머니 방에 넣는 불빛에 책을 보았으니 옛사람은 이처럼 공부를 열심히 하여 남보다 크게 앞섰던 것이다. 우리 같은 무리는 다만 먹고 마시고 잠이나 잘 뿐이다.

『유양잡조』에 이르기를, "북방에 있던 무계(無啓)라는 나라의 어떤 사람은 흙을 먹었는데 죽은 다음 심장이 썩지 않아서 묻은 지 1백년이 되어 다시 살았고, 어떤 사람은 무릎이 썩지 않아서 묻은 지 1백 20년이 되어 다시 태어났고, 어떤 사람은 간이 썩지 않아서 묻은 지 8년이 지나 새 사람이 되었다."고 하였다.

『낙교사어(樂郊私語)』에는 이르기를, "아라비아사막 이서(迤西)에는 양을 땅에 묻는 풍습이 있다. 양을 잡으면 그 가죽과 고기를 쓰고 뼈만 남겨 첫겨울 미일(未日)에 땅에 묻은 후 따뜻한 봄의 마지막 달 첫째 미일이 되어 피리를 불고 축원하는 말을 하면 새끼 양이 흙속에서 나온다. 뼈 1구를 묻으면 새끼 양 두어 쌍을 얻는다. 페르시아에서는 양의 정강이 뼈를 묻는다." 하였다.

오입부(吳立夫)의 시는 다음과 같다.

> 담을 두른 동산에 절구소리 들리고
> 양 새끼 정강이 뼈에서 다시 생기네
> 풀이 무더기로 나와 배꼽이 떨어지지 않았는데
> 말 발굽에 쇠를 박아 담을 돌아가네

유성지(游成之)가 말하기를, "신통한 기운이 찰흙을 이겨 그릇을 만들 듯하였는데 누가 일의 시작과 끝을 헤아리랴. 짧은 인생에서 주위의 보고 듣는 것만으로 고집스럽게 천지만물의 조화를 의논하니 어리석도다." 하였으니, 매우 옳은 말이다.

제갈량은 자신을 관중(管仲)과 악의(樂毅)에게 비교했고, 두보는 스스로 직(稷)과 설(契)에 견주는 것을 허락하였다. 제갈량의 재주는 직이나 설과 견줄 수 있는데도 자신을 관중과 악의에게 비교한 것은 겸손한 태도이니 여기에 진실이 있는 것이다. 두보의 재주는 관중과 악의에도 미칠 수 없는데 직과 설에 비교한 것은 오만한 태도이니 여기에는 진실이 없는 것이다. 두보는 비록 때를 얻더라도 큰 벼슬을 할 수 있는 재목은 되지 못할 것이다.

한유는 당나라의 동중서이고, 구양수는 송나라의 한유이고, 이헌길(李獻吉)은 명나라의 구양수이다. 이는 문장만으로 비교한 것이 아니다. 기상과 절개가 서로 비슷하다. 특히 이헌길은 주자의 학문을 배반하지 않았으니 진정 유학자가 될 만하다.

장자와 소옹은 모두 호걸이자 위인이다. 그러나 장자는 때로 과격하게 분개하는 사람이고, 소옹은 기꺼이 자득하는 사람이다. 사람들은 말하기를, "장자는 비록 과격하기는 하나 자득하는 면이 있으므로, 소요유 세 글자는 만고의 지극한 즐거움이다." 하였다.

하늘이 만물을 낼 때 이미 그것이 살아갈 수 있도록 배려하지 않음이 없다. 가령 거미는 배가 뚱뚱하고 모양이 놀란 것 같으니 벌레 중에 빠르지 못하다. 살 수 있는 방식을 만들어주지 않으면 먹고살 수 없기 때문에 실을 주어 그물을 쳐서 먹고살게 하였다. 나는 놀고먹는 사람에게 의문을 갖지 않을 수 없다. 네 팔다리와 일곱 구멍이 거미의 실보다 낫지 않단 말인가.

태어나서 땅에 떨어진 것은 크게 깨달은 것이고 죽어서 땅에 들어가는 것은 크게 잊는 것이다. 깨우친 뒤는 한계가 있고 잊은 이후는 무궁한 것이다. 태어나서 죽기까지는 마치 주막과 같아 한 기운이 머물러 자고가는 시간이다. 저 벽의 등잔이 올올히 밝다가 새벽에 불똥이 떨어지면 불꽃이 걷히고 타던 기름도 어느새 조용해진다. 올올히 밝은 것이 다함이 있는 것인가. 조용하고 쓸쓸한 것이 한계가 있는 것인가.

소나기가 퍼붓고 천둥과 번개가 칠 때에 비스듬히 누워서 지껄이는 자를 도량이 크다고 할 수 없다. 어둡고 미련하여 아무것도 모르는 자가 아니라면 거짓으로 꾸미는 자이다. 채경(蔡京)이 해를 바라보고 눈을 깜박거리지 않았던 것을 어찌 훌륭하다고 할까. 반면에 대순(大舜)의 정신이 희미하지 않았던 것을 어찌 경외라고 하지 않을 수 있는가. 공경하고 두려워하기 때문에 흐릿하게 의용을 잃지 않은 것이다. 희미하면 무서워하게 된다. 공포를 어찌 외경과 똑같이 말할 수 있는가. 저 비스듬히 누워서 수다떠는 자가 어찌 가지런히 옷을 입고 갓을 쓰고서 얼굴 빛을 바르게 하는 사람인가.

자신을 존중하지 않고 스스로 버리는 자는 어렸을 때부터 낮에는 거침없이 망령된 말과 행동을 하고, 한가히 홀로 앉았으면 망령된 생각이 어수선하게 일어난다. 또한 잘 때도 밤새도록 망령된 꿈을 꾼다. 이렇듯 자존심이 없는 사람은 늙어 죽을 때까지 '망령'으로 평생을 마치게 되니 참으로 애석한 일이다.

이목구심서 2

구름 한 점 없는 하늘을 쳐다보노라면 크고 바른 원기가 회복되어 온갖 망상과 잡념이 사라지게 된다. 또한 정신이 맑을 때 꽃 한 송이, 풀 한 포기, 돌 한 덩어리, 물 한 그릇, 새 한 마리, 물고기 한 마리라도 조용히 살펴보노라면 연기가 모락모락 구름이 뭉게뭉게 피어오르는 것처럼 마음 속으로 흔연히 깨닫게 되는 것이 있는 듯하다가 다시 그 깨달음을 이해해보려 하면 도리어 아득해지기도 한다.

모든 사물을 자세히 관찰하면, 썩어서 냄새가 나는 것 이외는 모두 생기가 넘쳐나 억제할 수 없고, 후줄근히 축 늘어진 것은 머지 않아 썩어서 냄새가 나게 될 것들이다.

생활에 있어 순리에 따르는 것이 좋다. 이는 나약하여 아첨하는 것을 말하는 게 아니다. 나약하여 아첨하는 것이 어찌 순리이겠는가. 이는 도리어 순리에 거스르는 것이다.

재능이 있으나 경박한 사람은 잔꾀 부림이 간사하고 천박하며 어리석고 둔한 사람은 잔꾀 부림이 기이하고 노골적이기 때문에 어진 자들의 안목을 벗어나지 못한다. 그 중에 교활하면서도 음침하거나 영악하면서도 음험한 사람은 못할 짓이 없다. 아아, 예나 지금이나 잔재주를 부리지 않는 사람이 과연 몇이나 될까.

콩팥은 정액을 저장하는 내장이므로 맡은 바가 매우 중요하다고 할 수 있다. 귀가 두껍고 단단하며 큰 사람이 반드시 오래 사는 법인데, 콩팥은 귀에 속한 것이다. 따라서 콩팥이 건강하면 귀가 좋고 귀가 좋아야 오래 사는 것은 자연적인 이치이다.

폐가 여섯 조각임은 여섯 가지 음률과 공통되는 것이요, 두 귀까지 합쳐 여덟 조각이 됨은 여덟 가지 악기와 상통하는 것이다. 또 한 조각에 24개의 구멍이 있음은 24절기와 공통되는 것으로 대개 생황의 형상대로 된 것이다. 한편 쇠[金]는 오행 중에서 가장 소리가 두드러진데, 폐가 쇠에 속하기 때문에 소리를 맡는 기관인 것이다.

봄철에 우는 새소리는 화창하고 가을철의 벌레소리는 처량한데, 이는 계절의 기운에 따른 것이다. 태평한 시대의 글은 충실하고 넉넉하나 말세의 글들은 가볍고 화려하니 시절의 기운을 어찌 할 것인가.

옛 사람들은 자기의 재능을 부릴 줄 알았으나 후세 사람들은 자기 재능의 부림을 받는다. 자기 재능을 부리는 사람은 마땅히 쓸 데다 쓰고 그만두어야 할 적엔 그만두지만, 재능의 부림을 받게 되면 한없이 날리어 하지 못할 것이 없으니 두려운 일이다.

사람들은 대개 경박하지 않으면 융통성이 없어 이 두 가지를 벗어난 사람이 얼마 되지 않는다. 경박함은 움직임에서 오는 폐단이요 융통성이 없음은 고요함의 유폐니, 스스로 수양하려는 사람이나 남을 가르치려는 사람들은 이 두 가지를 반드시 참작해야 한다.

뜻만 크고 진지하지 못한 사람은 허술한 짓을 하고, 재주가 거칠고 정밀하지 못한 사람은 외람된 짓을 하는 것이다.

편의만 추구하는 사람은 큰 고비에 헤매고, 머뭇거리는 사람은 큰 사업을 놓치며, 안일만을 좇는 사람은 큰 근심거리를 만나고, 이기기를 좋아하는 사람은 큰 적수를 만나게 되는 것이 대세다.

어진 사람은 일을 처리함에 민첩하지 않아서도 안 되고, 안정되지 않아서도 안 되며, 치밀하지 않아서도 안 되고, 정확하지 않아서도 안 된다.

사람은 누구나 깊이 좋아하는 것 때문에 성공도 하고 또 깊이 좋아하는 것 때문에 실패도 하는 것이다.

아무 일이 없을 때 지극한 즐거움이 있는 것인데, 다만 사람들이 알지 못할 뿐이다. 뒷날 반드시 깨닫게 될 적엔 이미 근심 걱정이 많은 때인 것이다. 가령 전 수령이 온유하고 조용하여 특별히 백성에게 혜택을 주는 것이 없는 듯하다가 그 다음 수령에 의해 혹독함을 당하고서야 비로소 전 수령을 사모해 마지않는다.

푸른 하늘 한 가운데 떠있는 한 조각 하얀 구름은 분명히 나의 마음을 알 것이다.

형이 아우를 업고 있는 것을 눈여겨 보노라니 문득 속마음이 뿌듯해져 웃음띤 얼굴로 내 어린 아우 정대의 글 읽는 소리를 한참동안이나 듣고 있었다.

의학서적을 통해 사람이 기운을 받아 형체를 이룬 것과 피부·뼈·살·골수·근육·터럭·맥·내장이 어디에서 나와 사람이 된 것인지를 알고 나면 누구나 효자가 될 수 있을 것이다.

관상이나 운수 등 점치는 것에 쉽사리 현혹되어 가벼이 기뻐하거나 두려워하는 사람이 영화나 환란이 닥쳤을 때 과연 올바르게 처신할 수 있을지 모르겠다.

말의 머리가 위로 치켜든 것은 불의 형상이고, 소의 머리가 밑으로 숙은 것은 흙의 형상이다.

세상 어디에도 벌레 없는 곳이 없어 강한 쇠나 뜨거운 불에도 모두 벌레가 있으니 사슴에게 벌이 있고 뱀에게 모기가 있는 것이 이상할 게 없다.

요즘 사람들이 옛날 사람들에게 미치지 못하는 것은 해야할 일을 알아서 스스로 하지 못하기 때문이다. 만일 좋은 일 하기를 옛날 사람들처럼만 한다면, 반드시 후세 사람들이 그것에 대해서 '아무가 해놓은 아무 좋은 일은 배워야 한다.'고 칭찬하게 될 것이다. 사실 그 좋은 일이라는 것도 나 자신이 오늘 해둔 것에 지나지 않는 법이다.

부릅떴다 치떴다 하는 눈매와 오무렸다 폈다 하는 혀끝은 매우 두렵기만 한데, 자애로운 거동과 화평한 언사는 참으로 사랑스럽기만 하다.

나는 천리마를 타보지 못했다. 그러나 고요히 상상해볼 때 천리마를 타본 사람이 밤에 북두성을 쳐다본다면 말쑥한 띠처럼 기다랗게 보일 것이다.

훤칠하게 생긴 한 사나이가 내 귀에다 대고 말하길,
"한탄을 버려라." 하기에, "감히 말씀대로 하지 않겠습니까." 했다.
"화내는 버릇을 버려라." 하기에, "감히 말씀대로 하지 않겠습니까." 했다.
"시기하는 짓을 버려라." 하기에, "감히 말씀대로 하지 않겠습니까." 했다.
"자만심을 버려라." 하기에, "감히 말씀대로 하지 않겠습니까." 했다.
"조급한 성질을 버려라." 하기에, "감히 말씀대로 하지 않겠습니까." 했다.
"게으름을 버려라." 하기에, "감히 말씀대로 하지 않겠습니까." 했다.
"명예욕을 버려라." 하기에, "감히 말씀대로 하지 않겠습니까." 했다.
그리고 "책에 대한 욕심을 버려라." 하기에, 속으로 어이가 없어 뚱어지게 보다 말하기를, "글을 즐겨하지 않고 무엇을 좋아해야 합니까? 나를 귀머거리와 소경으로 만들려 하시는 것입니까?" 하니, 그 장부가 빙그레 웃고 등을 어루만지며 말하기를, "너를 시험해 본 것이다." 하였다.

내가 18~19세 되던 무렵에 하던 말 중에, "마음 속에 허망한 생각과 뜻을 갖지 않아야 오래되면 꽃이 피게 되고, 입에 망령된 말을 담지 않아야 오래가면 향기가 나게 된다." 했었는데, 친구인 백양숙(白良叔)이 붓을 들고 끙끙거리다가, "부처다, 부처를 말하는 것이다." 했으므로, 나는 그때 오랫동안 서글펐다.

우둔한 아이들을 알아듣게 만들고 소견이 좁은 부녀자의 마음을 돌리는 것이 작은 일이기는 하지만, 어리석은 백성의 소송을 판결하고 흐트러진 군대의 기율을 정돈하기보다 어려운 것이다.

모든 사물을 관찰할 적에는 경우에 맞는 적절한 안목을 갖추어야 한다. 나귀가 다리를 지나갈 적엔 귀가 어떻게 되는지를 보고, 집비둘기가 뜰을 거닐 적엔 어깻죽지가 어떻게 되는가를 보고, 매미가 울 적엔 가슴이 어떻게 되는가를 보고, 붕어가 물을 삼킬 적엔 뺨이 어떻게 되는가를 보아야 한다. 이 부위들은 모두 나름의 정신이 발로되는 곳으로 대단히 묘한 이치가 담겨 있는 것이다.

시장에 반쯤 상하고 반쯤 성하여 20문(文) 정도의 값이 나가는 생선이 있었다. 사려는 사람이 가장 상한 것을 가져다 보고는 어이없이 서서 코를 찌푸리다가 돌아보고 웃으면서 하는 말이, "이미 썩었으니 그냥 나나 주지." 하였다. 파는 사람이 눈썹을 치켜세우며 지긋이 웃다가 가장 덜 상한 것을 들고서, "오늘 잡은 것인데 어찌 썩었다고 하는가?" 하고, 짐짓 화를 내며 생선의 머리와 지느러미를 손질하여 슬며시 감춰버린다. 다시 사려는 사람이, "그러면 값이 얼마인가?" 하자, 파는 사람이 "썩은 고기가 무슨 값이 있어?" 하니, 또다시 사려는 사람이 "말해 봐라, 40문인가? 10문인가? 팔려면 팔고 말려면 말라." 하면서, 반 나절이 지나도록 다투었다.

마침내 곁에 있던 사람이 나서서 20문으로 값을 조정하자, 두 사람 모두 툴툴거리기를, "내가 돈을 많이 주었나 보다.", "내가 돈을 적게 받았나 보다." 하였다. 그리고 각자 집에 돌아오자마자 가족들에게 자신들의 일을 자랑하였다. 무엇하러 쓸데없이 수고롭게 잔재주를 부리는 것일까. 애초에 각자 값이 20문 가량될 것을 알아차려 서로 순조롭게 주고 받았으면 될텐데, 두 사람이 반 나절이나 다투었으니 과연 누가 이익이고 누가 손해이겠는가.

보이지 않는 덕행을 실천한다는 것은 자신만이 느끼는 귀울음과 같아서 남에게는 알게 할 수 없는 법이므로, 내가 할 수는 없으면서도 해보려고 노력하는 것이다. 남의 잘못을 낱낱이 파헤치는 것은 피를 머금었다가 뿜는 것과 같아서 먼저 자신의 입을 더럽히기 마련이니, 그런 언행을 보이는 나도 삼가려고 애쓰는 것이다.

남들이 표현하기 어려운 경지에 이르는 문장을 나는 세상에서 가장 좋아하는 바이다. 나의 조카 광석이 "깊숙한 동굴에 한가한 거미 속절없이 휘감는다" 하였고, 나의 벗 기평자(騎萍子)는 "황소가 빗소리 듣느라 뿔을 쫑긋거린다" 하였는데, 거미가 휘감을 때를 상상해보면 다리가 한가로이 헛놀았을 것을 추측할 수 있고, 소가 빗소리 들을 때를 생각해보면 뿔이 쫑긋해졌으리라는 것을 느낄 수 있다. 동굴이니 비니 하는 표현에 영(影)자와 골(骨)자의 차이가 들어 있다.

나는 하늘이 나의 가슴 속에 묵은 것을 없게 해주고, 사람들의 입에 빗나간 의논이 없게 해주길 바란다.

마음이 들떠 날리거나 사물에 깊이 빠져 일정한 방향으로 나가지 못하는 것보다는, 차라리 하찮은 놀이라도 하여 다소 마음을 붙이고 순탄하게 지내며 번거로운 조바심을 잊어야 한다.

미미한 풀벌레라도 한 번 뒤집히거나 거꾸러지면 소리나 한 번 쳤지 그밖의 어떤 꾸밈이나 거리낌 등이 있었는가. 오직 천성대로 맡겨둘 뿐이다.

내가 만일 먹을 것이 있어 늙은 부모를 주리지 않게 할 수 있다면 무엇하러 과거공부를 일삼겠는가. 나는 백성을 다스릴 수 있는 어떤 자질이나 능력도 갖추지 못하고 그저 밥만 축내는 어리석은 선비다. 다만 열심히 노력하지 아니하여 인간의 본성마저 상실하게 할 수야 있겠는가. 부족하기는 하지만 『주역』, 『논어』, 『맹자』 등 열 세 가지 경서와 『사기』, 『한서』, 『삼국지』 등 이십 이대 역사책를 읽지 않아서야 되겠는가.

명나라 원굉도(袁宏道)는 어찌 기이한 사람이 아니겠는가. 그의 시에,

> 시원해지자 좋은 꿈을 꾸었고
> 물에 이르니 심심한 시름 잊겠네

하였는데, 마음이 없었어도 꿈을 꾸게 되고 마음을 두어서 잊는 것인지 알 수는 없지만, 마음이 있었는지 없었는지를 따질 필요 없이 오직 자연히 이루어진 것이다. 「독서」라는 시에,

> 책에 쌓인 먼지를 털어내고
> 단정한 차림에 옛사람을 만나는데
> 쓰인 건 모두가 피와 땀으로
> 알고 나니 정신이 새로워
> 도끼 들어 반짝이는 구슬을 캐고
> 그물 쳐 고운 물고기를 잡는 듯
> 나도 한 자루 비를 들고
> 온 땅의 가시를 쓸리라

하였는데, 이는 참으로 독서하는 이치를 터득한 것이다.

을유년 겨울에 서재가 너무나 추워 뜰아래 있는 조그마한 초가로 옮겨 갔다. 그런데 집이 너무 낡아 벽에 붙은 얼음이 뺨을 비추고 구들에서 새는 연기가 눈을 맵게 하였다. 아랫목은 울퉁불퉁하여 그릇을 놓으면 물이 반드시 엎질러졌다. 햇살이 비치면 쌓였던 눈이 녹아 썩은 지붕을 타고 누르스름한 장국 같은 물이 뚝뚝 떨어졌다. 한 방울이라도 손님의 도포에 떨어질 때면 깜짝 놀라 일어나는 모습에 나는 몹시 민망하였다. 그런데도 나는 게을러서 집을 수리하지 못했었다.

어린 아우와 함께 그대로 있은 지 무릇 석달 동안에 그래도 글 읽는 것은 그치지 않으며 세 차례나 큰 눈을 겪었다. 눈이 올 적마다 이웃에 사는 왜소한 늙은이가 새벽에 대나무 비를 들고 문을 두들기며 "딱한 수재여, 연약한 몸으로 추위에 얼지 않았는지." 중얼거린다. 먼저 길을 낸 다음 문 밖에 있는 눈에 파묻힌 신발들을 찾아내어 털어놓고 마당의 눈을 말끔히 쓸어모아 세 무더기로 만들어놓고 가곤 하였는데, 나는 이미 이불 속에서 글을 3~4편 정도 읽은 때였다.

이제는 날씨가 좀 풀렸으므로 책들을 챙겨 서쪽에 있는 서재로 옮겨야 했다. 떠나자니 아쉬운 생각이 들어 몸을 일으켜 서너 번 돌다가 곧바로 서재로 가서 쌓인 먼지를 털고 붓과 벼루를 정돈하고 도서들을 점검했다. 그리고나서 자리에 앉아보니 오랫동안 객지에 있다가 집에 돌아온 느낌이 들었다. 붓과 벼루, 책들을 다시 대하니 감회가 새로웠다. 자식과 조카들이 나와서 인사하는 것이 조금 어색한 듯했으나 사랑스러워 안아주지 않을 수 없었다. 아아, 이것이 인정이 아닌지. 병술년 정월 보름에 쓴다.

진솔한 감정의 발로는 쇳덩어리가 활기차게 못에서 뛰어놀고 봄날에 죽순이 성난 듯이 흙을 뚫고 나오는 것 같고, 가식적인 감정의 경우 먹물이 매끈한 넓은 돌에 발린 것 같고 기름이 맑은 물에 뜬 것과 같은 법이다. 일곱 가지 감정 중에도 슬픔이 가장 쉽게 드러나 감추기 어렵다. 슬픔이 북받쳐 울음이 터지게 되면 지극히 정성스러운 마음을 억제할 수 없다. 때문에 진정으로 우는 울음은 뼛속에 사무치게 되고 가식으로 우는 울음은 겉으로 뜨게 되는 법이니 모든 일의 진실과 거짓을 이로써 미루어 알 수 있는 것이다.

큰 슬픔이 닥쳤을 때는 앞이 캄캄하여 땅이라도 뚫고 들어가고만 싶고 조금도 살아야겠다는 생각이 들지 않는다. 다행히 내가 두 눈을 지녀 자못 글자를 깨우쳐 손에 한 권의 책을 들고 마음을 스스로 위로하노라면 잠시 후엔 처절했던 마음이 조금 안정된다. 만일 내 눈이 다섯 가지 색깔을 구분할 수 있을 뿐 책 앞에서 깜깜한 밤 같았다면 장차 어떻게 마음을 쓰게 되었을는지.

괴롭고 답답할 때 차분히 눈을 감고 앉아있노라면 눈동자 속이 하나의 착색한 세계가 된다. 붉었다 푸르렀다 검었다 희었다 하는 광채가 어른거려 형용할 수 없다. 조금 있다가는 뭉게뭉게 피어오르는 구름처럼 되고, 또 조금 있으면 푸른 파도처럼 되며, 또 조금 있으면 고운 무늬의 비단처럼 되고, 또 조금 있다간 부숴진 꽃송이처럼 된다. 어느 때는 구슬이 반짝이는 듯하고, 어느 때는 좁쌀이 흩어지는 듯하여 잠깐동안에 변했다 없어졌다 하며, 그럴 적마다 새로운 세계가 열려 흔쾌히 한 바탕의 번잡한 근심을 해소하게 된다.

명나라의 풍시가(馮時可)는 『전행일기(滇行日記)』에서 전남(滇南) 지방은 비록 눈이 산마루에 그득히 쌓여있을 때에도 추위가 살갗에 들어오지 않고 겨울에도 해가 짧지 않다고 했다.

당나라 심전기(沈佺期)의 시를 고찰해보면,

　　　사철의 기운이 추위를 적게 나누고
　　　해와 달과 별의 배치가 치우쳤도다

라고 한 것이 있으니, 믿을 만하다.

이백의 「유별종십륙경(留別宗十六璟)」이란 시에,

　　　내가 새 사위는 아니지만
　　　그 집 손위 누이와 부부가 되었네

하였으니, 이백의 아내가 종가임을 알 수 있다.

성리학을 공부한 선배들도 그림을 잘 그리는 사람이 있었으니, 김굉필·이황·김창협 세 선생이 모두 그림에 능력이 있었다. 특히 김굉필은 여러 가지 기법이 모두 좋은 사람이었다. 한편 『화전(畵傳)』에서는 사마광과 주자도 모두 유명한 화가였다고 했고, 『패설(稗說)』에서는 명나라 진공보(陳公甫)가 매화를 잘 그렸다고 했다.

지리산 속에 웅덩이가 있는데 그 웅덩이 위에 소나무가 죽 늘어서있어 그 그림자가 항상 웅덩이 속에 비치고 있다. 거기서 나는 물고기의 무늬가 매우 아롱아롱하여 가사(袈裟) 같으므로 이름을 '가사어'라 하는데, 대개 소나무 그림자대로 변화한 것이다. 그 물고기는 얻기가 매우 어려운데, 삶아서 먹으면 병 없이 오래 살게 된다고 한다.

우리 조선 초기에 삼정승이 1품의 벼슬아치가 두르는 허리띠를 이어받은 가문이 있었는데, 하연(河演)이 신석조(辛碩祖)에게 전했으나 신석조가 판서까지만 하고 죽었으므로 드디어 허리띠를 전승하지 못하게 되었으니 이는 중국 삼국시대 위나라 여건(呂虔)의 일과 같은 것이다.

청평산(淸平山)에 있는 절에 고려 때의 청평거사 이자겸(李資謙)의 두골을 담아놓은 돌로 된 상자가 있었는데, 경오년 큰 장마에 산에서 흐르는 물이 갑자기 몰아닥쳐 그만 돌상자를 잃어버리고 말았다. 또 김부식(金富軾)이 문장을 지은 비석이 있었는데 70년에 강원감사 유(兪)씨가 하급자를 시켜 탑본하게 하였다. 때가 겨울철이라 먹물이 얼자 숯불을 피워 달구었으므로 비석이 모두 부숴졌으니 사리를 모르는 세속의 관리가 하는 짓이 애석하기만 하다.

올눌제(膃肭臍)는 바닷개이다. 우리나라의 영해(寧海), 평해(平海) 등지에서 나는데 모두 수컷이다. 해마다 떼를 지어 바다를 따라 남쪽으로 이동하다 남해에 이르러 암컷을 만나 교미한다. 암컷을 낳으면 그 지역에 두고, 수컷을 낳으면 동해로 옮겨간다.

수나라 왕통(王通)은 15세에 남의 스승이 되었고, 원나라 진역(陳櫟)은 15세에 마을 사람들이 스승으로 삼았으며, 이제현도 15세에 사람들이 모두 그를 스승으로 여겼다.

자여역(自如驛)에 사는 사람이 망아지를 새로 샀는데, 콩이나 풀을 먹지 않으므로 오곡을 주었으나 역시 먹지 않았다. 마침내 사람이 먹는 것까지 모두 주어봤으나 먹지 않았다. 그러다가 소주를 주자 반가운 듯 마셨고 또

말린 대구를 썰어서 주니 잘 먹었다. 그 뒤에 두 가지를 먹이자 하루에 7~8
백리 씩을 갔는데, 정축년에 술의 제조를 막는 법령이 생긴 뒤 먹지 못해
죽었다.

옛날에 12세의 아이가 산속의 집에서 살며 시를 지었다.

> 깊은 밤 산장에서 잠을 자니
> 얽힌 마음 더없이 맑아라
> 문 앞에는 계곡물 흐르고
> 처마 끝엔 푸른 봉우리 섰네
> 늦가을의 지조 국화에 의탁하고
> 한가한 심정 거문고로 푸니
> 솔바람도 내 뜻을 아는 듯
> 이따금 외로운 시심에 답하네

옛날에 군직으로서 만호(萬戶)를 맡고 있던 임득충(林得忠)이라는 사람이
성격이 호방했었는데, 숭례문에 올라가 이렇게 읊었다.

> 화려한 누각 허공에 높이 솟아
> 마치 날아가는 기러기를 탄 듯
> 평소의 장엄한 뜻 기댈 데 없어
> 우주 만리 바람에 혼자 누웠네

전에 백성 가운데 김흥갑(金興甲)이라는 사람이 있었다. 시에 능력을 갖춰
자못 여유롭고 소박했는데, 「이웃집 늙은이 거문고 드네」라는 시를 지었다.

식사 뒤 종소리에 마음 절로 한가한데
다리 어귀 조그만 사립문 굳게 닫혔네
쓸쓸한 다듬이 소리 해질녘에 빨라지고
작은 마을 언제나 고목 속에 한가로워
울며 나는 외기러기 북쪽 성곽을 찾고
밝게 비추던 초승달 다시 서산에 기우네
이웃집 늙은이 본디 풍류객 아닌데
어찌 밤낮 술을 가지고 돌아오랴

그의 「손님을 보내고 절로 돌아오며」라는 시도 있다.

참선하는 자리로 돌아오니
고요하여 도의 경지 돋우는데
깨끗한 벽엔 늘 구름 기운 일고
넓은 문으론 산골 물소리 뿐
외로운 탑은 비바람 속에 섰고
아침 저녁엔 종 한 번씩 울리는구나
거듭거듭 하늘 멀리 고개를 돌려
슬며시 나그네 가는 길 염려하네

도덕은 옛날대로 지켜져야 하고 문장은 개혁해야 되는 법이다. 인간 본성은 동일하니 하늘의 이치기 때문이고, 재능은 수만 가지이니 기질의 차이 때문이다.

세상의 일이 모두 권(權)자 때문에 제대로 이루어지지 못한다. 통치니 권세니 하는 권을 뜻이 어두운 사람이 사용하다가는 잘못 권세의 권에 빠짐을 알아차리지 못하고, 기운이 넘치는 사람이 사용하다가는 저절로 실수하게 되고 마는 것이다.

서툰 사람은 넘치지 아니하니, 넘치지 않으면 결백하고, 결백하면 정직한 법이다. 아, 서툰 사람이 누구일까.

벼랑 위에 선 세 그루의 소나무가 층층이 크고 있어 노년·장년·유년으로 구별할 수 있다. 맨 아래 소나무는 맨 위 소나무의 손자이고, 중간에 있는 소나무와 맨 위 소나무는 맨 아래 소나무의 아버지와 할아버지이다. 이를 오래도록 완상하노라면 엄연히 윤리와 기강이 있어 보인다.

웃음에는 세 가지 정도가 있다고 보는데, 기뻐서 웃거나, 감개무량하여 웃거나, 취미가 맞아 웃는 것은 누구나 그럴 수 있는 것이지만, 무릇 경멸하여 웃고 아첨하느라 웃는 짓은 일체 하지 말아야 한다.

외손이 잇달아 문관의 벼슬을 지냈다. 고려시대 관리제도에 있어 예문관 응교(藝文官應敎)는 직급이 낮은 것이지만 반드시 문장과 덕망이 있어 앞날에 문단의 맹주가 될 사람을 가리기 위해 그 선발을 지극히 깨끗하고도 소중히 했는데, 우리 조선 초기에도 그대로 시행되었다. 권근(權近)이 응교를 지낸 다음 대제학을 맡게 되자, 아들 권제(權踶)가 그 직을 지냈으며, 권제가 또 이계전(李季甸)에게 전했는데, 이계전은 곧 권근의 외손이다. 그가 또 최항(崔恒)에게 전했는데, 최항은 곧 권근의 외손사위이며, 그가 또 서거정(徐居正)에게 전했는데, 서거정도 역시 권근의 외손이다. 채수(蔡壽)는 곧 권근의 아우 권우(權遇)의 외증손으로서 권근에게는 재종 외증손인데 또한 그 직책을 맡았었다.

처남과 매부가 한 때 정승이 된 적이 있었다. 좌의정 윤자운(尹子雲)은 영의정 신숙주(申叔舟)의 손위 처남으로서 한 때 같이 정승였는데, 신숙주가 시 한 구절 짓기를, "마음이 맞는 벗이 다같이 백발이 되었네" 하자, 윤자운이 화답하기를, "검은 머리 어진 정승은 오직 단심이라네" 했는데, 신숙주의 첩 이름이 지단심(只丹心)이기 때문이었다.

한 가문에서 세 명의 특이한 인물이 났었다. 정염(鄭磏)과 정작(鄭碏) 형제가 이미 몸을 건강하게 유지하는 방법에 탁월하였고, 그들의 사촌형 정초(鄭礎)는 젊어서 대과에 급제하여 화려한 벼슬을 여러 번 지내다가 병으로 사직하고 두문불출하며 불로장수하는 묘약을 만드는 비법을 연구했었다. 특히 정초를 두고 세상에서 전하는 말이 하늘의 신선이 그의 집에 내려와 시 한 구절 주기를, "계수나무의 꽃다운 향기 그윽하기에 / 하늘에서 신선이 내려왔노라" 하므로, 그의 호를 계헌(桂軒)이라 했다고 한다.

임금의 친족이 나이 79세가 되어 비로소 봉작되었다. 호천군은 세종의 증손이자 한남군 어(琇)의 손자이다. 한남군의 어머니 혜빈 양(楊)씨가 일찍이 단종을 봉양했었는데, 단종이 상왕으로 물러나게 되자 혜빈도 연좌되어 폐출되고 죽음을 당하였다. 한남군 어는 함양(咸陽)으로 귀양가 흥안군 중생(衆生)을 낳았고, 중생이 호천군을 낳았으나 이미 호적이 끊어져 평민에 편입되었다. 나이 79세이던 중종 29년(1534)에 대궐문에 엎드려 글을 올리자 비로소 다시 왕실의 계보에 넣도록 하고 호천부수(湖川副守)로 봉작하였으며, 명종 초년에는 그의 조부를 한남군으로, 그의 아버지를 흥안군으로 추봉(追封)하도록 했었고, 호천군 또한 아들의 공으로 인해 군으로 추봉하게 된 것이라 한다.

스승과 제자가 같은 시기에 성균관의 장관과 차관이 되었다. 이황 선생이 정3품의 대사성(大司成)이 되었을 때 이정(李楨)이 종3품의 사성이 되었는데 이정은 이황의 제자이다.

성균관 관원으로 정4품의 사업(司業) 1명을 두었다. 인조가 큰 난리를 극복하고나서 맨 먼저 초야에 있는 어진 사람을 찾되, 장현광1)을 사헌부의 정5품에 해당하는 지평(持平)으로 불렀는데 나이가 늙었다고 사양하자 특별히 성균관 사업으로 임명했었다. 우리 조선 초기에는 이런 관직이 없었으니 특별히 장현광을 위해 설치한 것이다.

생년과 관직과 위계가 서로 같았던 사람들이 있다. 홍섬(洪暹)이 갑자생으로 두 차례나 정2품의 대제학을 맡았었고 예조판서로 좌우찬성을 겸임하고 있다가 무진년에 정승으로 들어갔었는데, 이정귀(李廷龜)의 생년·문장·지위가 은연중 합치되었다. 그러나 홍섬은 80세를 살고 이정귀는 73세를 살았다고 한다.

세 손자가 한꺼번에 진사에 급제하였다. 신숙주의 손자 셋이 동시에 한양의 진사시험에 제일 제이 제삼으로 합격하게 되자, 서거정이 다음과 같이 시를 지어 축하하였다.

---

1) 장현광(張顯光)은 선조~인조 때 수 십 차례 관직에 임명되었으나 늘 사직했으며, 1637년 인조가 삼전도에서 항복했다는 소식을 듣고는 동해안의 입암산(入嵒山)에 들어가 학문을 닦으며 만년을 보냈음.

세 알의 구슬 나란히 꿴 삼형제
한꺼번에 오른 이름 특이한 공 세우리
누가 만일 그 집안을 묻는다면
한명회와 신숙주의 내외손이라

세 사위가 장원 급제자들의 모임인 용두회(龍頭會)에 참여했다. 찬성 채수
의 사위가 세 사람인데, 김감(金勘)·김안로(金安老)·이자(李耔)였다. 채수
가 장원 급제자들의 모임을 마련하였다. 김안로와 이자는 참석했지만, 김감
은 참석하고 싶었으나 장원하지 못했기 때문에 거절당했다. 김감이 자기
부인을 시켜 "못난 사위가 35세에 대제학에 올랐으니 이 자격으로 그 자리에
참석할 수 있길 바랍니다." 전했으므로, 채수가 웃으면서, "이야말로 참석하
게 하지 않을 수 없다."하고 불러다 잔치에 참여시켰었다.

스승의 어머니에게도 장수를 비는 술잔을 올렸다. 신유년의 삼방 장원
이석형(李石亨)이 삼방의 합격자들을 거느리고 스승인 권제에게 헌수하는
데, 이때 스승의 어머니 이씨가 나이 70이 넘었는데도 건강하여 병이 없었고,
아들 찬성 남(擥)·승지 지(摯)·중추 반(攀)·호군 마(摩)·사복 경(擎)이
모두 한때 공훈이 있는 신하로서 그 이름이 혁혁했다.

우의정이 이조판서를 겸임했다. 선조 신묘년(1591)에 유성룡(柳成龍)이
우의정이었는데 임금이 이조판서를 겸임하도록 권하므로 유성룡이 전에 그
런 사례가 없음을 들어 사양했으나 임금이 윤허하지 않았다.
태사간이 바로 도승지에 임명되었다. 인조 을축년에 정온(鄭蘊)이 대사간
으로 있다가 도승지로 전임되었다. 승정원의 옛 관례는 승지는 동부승지를
거쳐 차례로 승진하게 되어 있는데, 이번은 사간원을 거쳐 곧장 본직에 임명

되었으니 특별한 은전에서 나온 것이다.

의정부의 정승이 대제학을 겸임했다. 세조 때에 신숙주가 영의정으로서 홍문관과 예문관의 대제학·예조판서를 겸임했고, 어세겸(魚世謙)·이행(李荇)·김안로가 정승으로서 대제학을 겸임했으며, 선조 때에 유성룡이 좌의정으로서 대제학·이조판서를 겸임했다.

사신을 접대하는 관리들이 영예롭고 성대하게 뽑혔다. 고천준(顧天峻)·최정건(崔廷健) 두 중국의 사신이 올 적에 이정귀가 멀리까지 나가서 맞아들이는 원접사(遠接使)를 맡았고, 박동열(朴東說)·이안눌(李安訥)·홍서봉(洪瑞鳳)은 기록을 맡은 종사관(從事官)이 되고, 차천로(車天輅)·권필(權韠) 김현성(金玄成)은 글을 짓는 제술관(製述官)이 되고, 한호(韓濩)는 문서를 베끼는 사자관(寫字官)으로서 역시 일행 중에 있었으며, 이수광(李睟光)은 연회를 맡는 도사선위사(都司宣慰使)로 임명되었으니 대개 한 시대를 망라하여 뽑은 선량들이었다.

절개가 뛰어난 세 여인이 있었다. 형벌을 받다가 죽은 이윤장(李允章)의 아내는 이원익(李元翼)의 첩에서 난 딸이었는데 남편이 죽자 따라죽기로 맹세하여 먹지도 않고 울기만하다가 하루 쌀 한 줌씩을 먹고 상복을 벗지 않은 채 5년만에 죽었다. 그의 여동생은 이시행(李時行)의 아내였는데, 정축년에 강화로 피난갔다가 강화가 함락되어 오랑캐들에게 자녀를 모두 빼앗기자 그대로 서서, "나는 완평군 이 정승의 딸이다." 라고 부르짖고는 드디어 자결했다. 정3품 벼슬아치의 아내인 숙부인 이씨는 이원익의 큰 딸인데, 처음에는 여동생이 사로잡히게 되어 죽었다는 말을 듣고도 울지 않다가 까닭을 물어본 다음에는 울면서 말하기를, "죽기를 잘했다. 그 이름이 없어지지 않을 것이다." 하였다.

정씨 가문은 충효로 이름을 떨쳤다. 전에 사헌부 장령을 지낸 정백형(鄭百
亨)은 자가 덕후(德後)인데 병자호란 때 강화에 들어갔다가 오랑캐들이 성을
함락하자 예복을 입고서 임금이 머무는 곳을 바라보며 네 번 절하고 스스로
목매어 죽었으므로 충성을 표창하기 위한 정문(旌門)이 세워졌다. 그의 아버
지 효성(孝成)은 선조 때 청렴한 선비로서 이름이 났고 착한 행적이 있으므로
정문이 세워졌으며, 그의 할아버지 원린(元獜)은 독실한 효자였으므로 그
효행을 표창하는 정문이 세워졌다. 그리고 고조 성근(誠謹)은 곧은 성품에
직언하기를 좋아했으므로 연산군에 의해 죽었고, 증조 주신(舟臣)은 아버지가
비명에 죽은 것을 애통하게 여겨 먹지 않다가 목숨을 잃었으므로 중종 때
모두 정문이 세워졌다. 5대조 척(陟)은 세종 때 청백리로 뽑혀 기록되었다.

효자 · 열녀 · 충신 · 지사가 4대 동안에 여덟이나 났다. 이지남(李至男)은
천성이 지극히 효성스러워 장령으로 있던 아버지 언침(彦忱)이 을사년에 서
천으로 귀양갔다가 죽자 시신을 가지고 돌아와 장사하되 직접 흙과 돌을
날랐으며 아침저녁으로 묘소에 올라가 슬프게 통곡하므로 묘의 잔디가 말라
죽기까지 했다. 또한 절개있는 행실이 돋보이던 어머니 안(安)씨가 이질을
앓다가 위급하게 되자 그는 어머니의 변을 맛보았고, 목욕하고 하늘에 빌며
근심하다가 피를 토하고 죽었다.
　그의 부인 정(鄭)씨는 을사년의 이름있던 선비 정원(鄭源)의 딸로 그의
친정 식구들이 이미 멸문의 화를 입어 사라지고 계모 권(權)씨가 돌아갈 데가
없자 시어머니에게 간청하여 계모를 데려다 30여년을 봉양하였고, 남편이
죽자 하루에 한 줌의 쌀로 연명하며 추워도 옷을 갈아입지 않고 3년 동안
한결같이 초상 때처럼 곡을 하였다. 현종 12년에 국가에서 이지남과 부인

정씨의 정문을 세우도록 했다.

장남 기직(基稷)은 천부적으로 남달리 효성스러워 아버지가 죽자 슬픔이 극에 달해 울다가 머리가 희게 되었으며 1년상도 치르지 못한 채 세상을 뜨고 말았다. 차남 기설(基卨)은 올바른 행위가 있어 선조 때 등용하였다가 광해군 때에 누차 불렀으나 나아가지 않았다. 차녀는 성년이 되기 전에 아버지를 여희었는데 죽만 먹으며 3년을 울다 죽었다. 한편 기설의 아들 돈오(惇五)는 강화가 함락될 때 절의를 지키다가 죽었는데, 그의 아내 김씨마저 난리를 당하여 자결하였다. 차자 돈서(惇敍)는 강화에 있다가 적을 만나 의리를 굽히지 않고 바다에 뛰어들어 죽었다.

한 가문에서 3대 동안에 네 열녀가 났다. 정축년의 강화 전란에 이정귀의 부인 권씨, 이명한(李明漢)의 아내 박씨, 이소한(李昭漢)의 아내 이씨, 이명한의 아들인 일상(一相)의 부인 이씨가 모두 절개를 지키다가 죽었다. 이일상의 아내는 이성구(李聖求)의 딸인데 성구의 아내 권씨 역시 죽었으니 그 딸에 그 절개라 하겠다.

전처와 후처가 모두 열녀였다. 한오상(韓五相)의 다른 이름은 세익(世翊)인데 37세의 나이로 죽었다. 첫 아내는 정승 이성구의 딸로서 정축년에 강화가 함락되자 절개를 지키다 죽었고, 다음 아내는 부사 정기숭(鄭基崇)의 딸로서 남편이 죽자 자신도 자결했으나 다행히 절명하지는 않았는데 아들 균(均)이 또한 죽으매 마침내 먹지 않다가 굶어 죽었다.

3대가 장사를 치르는 중에 죽었다. 홍인우(洪仁祐)가 상례를 다 치르지 못하고 죽었고, 그의 아들 적(迪)도 상사를 다 마치지 못하고 죽었으며, 적의 손자 유부(有阜) 또한 예법에 벗어날 정도로 애통해 하다가 삼년상을 치른지 겨우 한 달 만에 죽었다.

세종의 손자 영순군이 거듭 과거에 합격했다. 세조 때 임금이 직접 제목을 정해 특별히 시험을 치는 등준시(登俊試)를 마련하여 종친과 문신들 가운데 원하는 자 누구나 과거시험을 보도록 했다. 세조가 친히 정치에 관한 계책을 묻고, 대신 정인지 · 정창손 · 신숙주가 시험관으로 참여했다. 세종의 다섯째 아들인 광평대군 여(璵)의 아들 영순군 보(溥)가 정1품으로서 응시하여 5등을 하자 세조는 영예를 축복하여 의정부에서 잔치를 베풀도록 지시했고 장원한 김수온(金守溫) 이하에게는 각각 안장 딸린 말을 하사하였다.

세조가 온양에 행차해서는 급제자들에게 다시 시험을 보이는 중시(重試)를 마련했다. 이때 영순군이 또 1등으로 뽑히자 임금이 크게 기뻐하여 하루를 더 즐겁게 놀도록 한 뒤 쌀 50석을 내리고 늙은이 3명과 아이 2백명으로 호위하도록 했으니 그야말로 특별한 은전이었다. 영순군이 4대의 조정을 내리 섬기며 두 차례나 공신록에 기록되었고, 비록 총명하고 활달하며 존귀한 위치에 있었지만 조금도 교만하거나 과시하는 기색이 없었고, 『계감(誡鑑)』 및 『육전(六典)』 편찬을 맡아보았으며 성종 때에 이르러 죽었는데 그때 나이 27세였다.

종실과 부마가 함께 급제했다. 영순군 보가 임시로 치는 등준시에 오르고 춘양군 내(徠)가 정기적으로 시행되는 식년시에 급제하였으며, 임금의 사위인 정현조(鄭顯祖)가 임금이 몸소 나와 시험을 보이는 친시에 3등으로 합격했다.

종실이 문무직을 겸했다. 세조 때에 진례군 형(衡)이 문무 모두에 재질이 있어 경상병사로 있다가 이조참판으로 들어왔다.

종실이 정승으로 들어갔다. 세조가 수양대군으로 있을 때인 단종 계유년에 영의정으로 임명되었다. 그리고 귀성군 준(浚)은 세조의 조카로서 이시애(李施愛)의 난을 토벌하여 두 차례나 공신이 되었고 무자년에 특별히 영의정으로 임명되었는데 이때 나이 28세였으며, 이미 18세에는 병조판서 21세에는 도원수를 지낸 바 있다.

임금이 스승이 되었다. 세조가 등준시로 13명을 뽑고서 그 사람들을 내전으로 불러 이르기를, "옛부터 과거와 관련하여 스승과 제자가 있는데 이번 과거에서는 내가 직접 시험을 보였으므로 내가 마땅히 스승이 되어야 하니 이 궁전을 마땅히 은전(恩殿)이라 해야 한다." 하였다. 몇 일 지나 왕과 왕비가 사정전(思政殿)에 자리하고 모든 급제자들이 잔을 올리는데 한결같이 제자가 스승을 모시는 준례대로 했으니 우리나라에 없던 훌륭한 일이다.

세 차례의 과거에 모두 장원급제하였다. 율곡 이이가 생원시에 장원했음은 물론 초시 합격자가 서울에서 다시 치는 회시(會試) 및 임금이 참관하는 전시(殿試)에 장원했고, 이민구(李敏求)가 또한 진사시·회시·전시에 장원했다.

종실이 무과에 급제했다. 세조 때 은천군(銀川君)이 강개한 기상과 민첩한 재주가 있었는데 일찍이 무과에 급제하여 수 차례 임금을 호위하는 궁궐의 장수가 되었으며 두 차례나 명을 받고 여러 도를 순찰했다.

형제가 한 지방의 장관이 되었다. 이파(李坡)가 평안도관찰사로 선임되었고, 이듬해에 그의 아우 봉(封)이 황해도관찰사로 나갔다. 한 시기에 형제가 다같이 한 지방의 막중한 소임을 맡았으므로 사람들이 모두 영광스럽게 여졌다.

정승의 부모가 생존해 있었다. 정태화(鄭太和)가 여섯 차례나 영의정이 되어 의정부에 있은 지 10여 년이나 됐는데 부모가 모두 건강하게 살아 계셨다.

아버지 및 남편과 아들이 모두 영의정이었다. 영의정 송일(宋軼)의 딸은 영의정 홍언필(洪彦弼)의 아내인데, 아들 섬(暹)이 또한 영의정이 되었다. 이에 노수신(盧守愼)이 조사(弔辭)를 짓기를, "덕으로써 삼종하며 정승의 영화누리고 / 백살에서 여섯 빠지도록 오래 살았네." 하였다. 그녀의 수명이 94세인 데다가 친정아버지 · 남편 · 아들 모두 평안감사를 지낸 바 있다. 아버지 때 처녀로 따라가 정원에다 복숭아나무를 심었는데 남편 때 부인이 되어 따라가보니 그 복숭아나무가 꽃이 흐드러지게 피었고 그 다음에 아들을 따라갔을 때는 복숭아나무가 이미 노쇠하였으므로 드디어 끌어잡고 한숨시며 인생의 늙음을 탄식했었다.

성균관 선비를 천거토록 했다. 문종 신미년(1451) 11월에 임금이 좌우 신하들에게 이르기를, "지금 조정에 배속되어 있는 사람들은 모두 부귀한 집 자제들로서 배우지 않아 학술적 지식이 없다. 성균관의 유생들 중에 반드시 경서와 역사를 꿰고 정치를 아는 사람이 있을 것이니 천거토록 하라." 하므로 진사 안양생(安良生)을 천거하니 임금이 높은 품계로 임용했다.

젊은 나이에 정승이 되고 대제학이 되었다. 귀성군 준은 28세에 정승이 되고, 윤사흔(尹士昕)은 39세에 정승이 되고, 이항복은 43세에 정승이 되었다. 이덕형(李德馨)은 38세에 정승이 되고 31세에 대제학이 되었으며, 김수항(金壽恒)은 44세에 정승이 되고 34세에 대제학이 되었다. 김감은 35세에 대제학이 되고, 이행은 40세에 대제학을 지냈으며, 남지(南智)는 17세에 경상도사(慶尙都司)가 되었으니 특이한 일이다.

주택을 하사받은 것은 세 사람뿐이다. 세종 때 황희(黃喜)가 주택을 하사받고, 선조 때 이원익(李元翼)이 주택을 하사받았으며, 숙종 때 허목(許穆)이 주택을 하사받았다.

노인들의 모임에 임금이 친히 참여했다. 태종이 예순 살 이상된 노인들의 모임에 참석하여 방명록을 가져다가 자신의 이름을 직접 썼다. 이 뒤로는 임금의 나이 60이 되면 임금의 이름도 실었으니 태종의 분부에 따른 것이다. 또 토지·노비·어장을 내려 정성스레 부양하고 노인당 대문 밖에서는 모든 관리들에게 말에서 내리도록 했다.

홍씨 가문에서는 3대가 장수를 누렸다. 홍유손(洪裕孫)은 남양(南陽)의 하급관리 집안의 후손이다. 김종직의 제자로서 호가 소총자(篠叢子)인데 무오사화 때 선량한 선비들이 모두 죽었으나 홀로 몸을 깨끗이 가져 오래 살다 마쳤고, 그의 아들 지성(至性)은 여러 분야의 학문에 해박하여 천 명의 사람들을 가르쳤는데 또한 오래 살기로 이름났었으며, 또 그의 아들 찬천(贊天)이 역시 80세까지 살았으므로, 세종 때로부터 인조 때까지 2백 70여년 동안에 단지 3대가 되었을 뿐이다.

7대가 오래 살았다. 태종의 왕자 익녕군 이(袳)가 80여세, 아들 수천군 정은(貞恩)이 87세, 아들 청기군 표(彪)가 83세, 아들 함천군 억재(億載)가 84세, 아들 문충공 원익(元翼)이 88세, 아들 완선군 의전(義傳)이 80세, 아들

창수(倉守)와 수약(守約)이 79세를 살아, 7대가 산 기간이 2백 70여 년이 된다.

이씨 가문의 축수하는 잔치가 베풀어졌다. 선조 35년에 승정원이 임금에게 아뢰기를, "참의를 지낸 이거(李蘧)의 어머니가 지금 99세이니 마땅히 늙은이를 대우하는 은전을 내려야 하겠습니다." 했다. 임금은 그 이듬해 1월에 고기와 쌀을 하사했고 그 아들의 벼슬을 종2품 우윤(右尹)으로 올리고 3대의 품계를 올렸으며, 또 그 아들에게 경기관찰사의 벼슬을 내리게 되자 술을 마련하여 축수하는데, 관리로서 그를 받드는 사람이 진흥군·금계군·윤판서·한참판·홍중추·남참판·이중추·진창군·여흥군·윤참지·권소정·강익위·이중부 등 13명이나 되었다.

이듬해에 크게 축수하는 잔치를 베풀게 되자 임금이 각 도에 명하여 물품을 공급하게 하고 국악을 연주케 하였다. 100세가 된 부인이 나이로서는 가장 높고 강정승의 부인이 계급으로서는 가장 높으므로 모두 대청 중앙에 남향으로 앉고, 이 이하 여덟 부인들은 각기 위계에 따라 서열을 정하여 동과 서로 마주하여 앉았으며, 그밖의 부인들은 각각 뒷줄에 차례대로 앉았다. 축하의 예가 끝나자 진흥군을 비롯한 모든 사람들이 다시 절을 하였다. 자손 중에 의관을 갖추고 선 사람이 19명이나 되었는데, 절충장군 문전(文荃), 국자전적(國子典籍) 홍립(弘立), 헌납 양(讓)이 가장 두드러졌다. 또 국가의식을 담당할 수 있는 집사의 반열에 16명이 있었는데 각기 술잔을 올려 축수하였다.

100세 부인은 채수의 조카딸인데 연산군 10년에 출생하였다가 선조 39년에 세상을 떠남으로써 1백 두 살을 먹었고, 관찰공은 70세에 세상을 떠났으나 두 누이는 모두 90세를 살았고, 손자 추부공은 또한 80여세를 살았으며, 여러 집사의 자손 중에는 정승으로 들어간 사람이 1명, 암행어사가 되어 조정에 오른 사람이 7명, 사헌부와 육조의 관원이 된 사람이 1명, 고을 수령으로 나간 사람이 6명이었다.

두 딸이 왕비가 되었다. 예종의 장순왕후와 성종의 공혜왕후는 모두 상당부원군 한명회의 딸이었다. 또 두 딸 중 하나는 왕비가 되고 하나는 왕자의 부인이 된 일이 있다. 서원부원군 한확(韓確)의 딸 하나는 덕종의 비인 소혜왕후가 되고 또 하나는 세종의 아들인 계양군 증(璔)의 부인이었다. 또 사위 둘이 모두 대군인 사람이 있으니 평양군 박중선(朴仲善)의 사위가 덕종의 아들인 월산대군 정(婷)과 예종의 아들인 제안대군 현(琄)이었다.

외손 일곱이 왕자였다. 홍일동(洪逸童)의 딸이 숙의로서 성종의 여인였는데, 완원군 수(䥌) · 봉안군 봉(㦖) · 견성군 돈(惇) · 익양군 회(懷) · 경명군 침(忱) · 운천군 연(愃) · 양원군 희(憘)를 낳았다. 한편 김원(金元)의 딸이 세종의 여인 신빈(愼嬪)였는데, 계양군 증(璔) · 의창군 공(玒) · 밀성군 침(琛) · 익현군 곤(璭) · 영해군 당(瑭) · 담양군 거(㻇)를 낳았으니 이는 여섯 왕자이다.

형제가 공주에게 장가들었다. 태조때 경신공주의 남편은 이애(李薆)였는데 아우 백강(伯剛)은 태종의 정순옹주 남편였고, 예종조의 현숙공주의 남편은 임광재(任光載)인데 아우 숭재(崇載)는 성종의 휘숙옹주의 남편였으며, 태종조의 숙녕공주의 남편은 윤우(尹愚)였는데 사촌동생 윤엄(尹嚴)은 숙경옹주의 남편였고, 성종조의 경순옹주의 남편은 남치원(南致元)인데 사촌동생 섭원(燮元)은 휘정옹주의 남편였으며, 선조조의 정선옹주의 남편은 권대임(權大任)인데 육촌동생 대항(大恒)은 정화옹주의 남편였다.

또 할아버지와 손자가 공주에게 장가든 경우가 있다. 세종조에 정현옹주의 남편은 윤사로(尹師路)인데 손자 섭(燮)이 성종의 정숙옹주의 남편였고, 성종조에 혜숙옹주의 남편은 신항(申沆)인데 그의 손자 의(檥)는 중종의 경현공주의 남편였다. 또 삼촌과 조카가 공주에게 장가든 경우도 있다. 정종조에 덕천공주의 남편은 변상복(邊尙服)인데 조카 효순(孝順)이 태종의 소선옹주 남편였다.

형제들이 장원 급제했다. 3대가 장원으로 급제한 것은 김천령(金千齡)·김만균(金萬鈞)·김경원(金慶元)이고, 형제가 장원한 것은 유자한(柳自漢)·유자빈(柳自濱), 민정중(閔鼎重)·민시중(閔蓍重), 유명천(柳命天)·유명현(柳命賢), 오원(吳瑗)·오찬(吳瓚)이다.

6형제가 과거에 급제했다. 원해굉(元海宏)의 아들 식(植)은 인조 임오년에 등과하고, 집(楫)은 인조 을유년에 등과하고, 적(樀)은 효종 갑오년에 등과하고, 격(格)은 효종 신묘년에 등과하고, 절(梲)은 현종 정유년에 등과하고, 철(橵)은 현종 계묘년에 등과했다.

경북 선산에서 어진 사람들이 났다. 선산에서는 고려 때부터 어진 사람이 배출되었으니, 김주(金澍)·길재(吉再)·김숙자(金淑滋)·김종직·이맹전(李孟專)·하위지(河緯地)·정붕(鄭鵬)·박영(朴英)이다.

어진 선비가 같은 시기에 장원했다. 이황과 조식이 다같이 경상도에 살면서 같은 시기에 모두 좌도 또는 우도의 초시에 응시하여 각각 장원하였으니 훌륭한 일이다. 두 선생이 같은 시대에 출생하여 같은 지역에 살면서도 평생에 서로 만나지 못했으니, 이황이 세상을 떠났을 적에 조식의 비애가 무척 심했으리라.

임금이 교외에까지 나가서 도원수를 전송했다. 우리 조선에서는 어유소(魚有沼)·윤필상(尹弼商)으로부터 임진년 이후에 이르기까지 한 번도 단을 설치하고 임금이 직접 출정하는 장수의 수레를 밀어주며 격려하는 예를 차린 적이 없었다. 인조가 즉위하던 해 4월에 도원수 장만(張晩)을 서쪽 교외에서 친히 전송했는데, 임금이 군복차림에 활과 화살을 갖추고 말을 타고나와 진영에 이르자 도원수가 장수와 병사들을 거느리고 활집과 화살통을 갖추고서 길 한편에서 맞이했다. 임금이 임시처소인 천막에 도달하자 병조판서가 군령을 발동하여 도원수를 불러들여 군대의 예로써 만나보았다. 의식이 끝나자 도원수는 임금 앞에 나아가 군악의 연주 속에 음식을 올렸으며, 임금은 그에게 차고있던 칼을 풀어주었으니 수 백년 이래 없던 일이다.

남쪽오랑캐와 북쪽오랑캐가 짝이 되어 활쏘기를 했다. 세조 신사년에 대마도주 종성직(宗成職)이 평무속(平茂續)을 보내 비밀리에 변방의 경계상황에 관한 보고를 하므로 임금이 기특하게 여겨 첨지중추원사(僉知中樞院事) 벼슬을 내렸다. 하루는 뒷뜰에서 활쏘기를 하는데, 평무속이 여진족 낭장가로(浪將家老)와 무예를 겨루므로 세조가 삼군도진무(三軍都鎭撫) 예조판서 홍윤성(洪允成)을 불러 격려했다. "자네가 예조의 장관이고 또한 병무를 맡아 국경의 일을 모두 주관하는데, 지금 남북이 한집안이 되어 모두가 책무를 다하는 것은 진실로 자네의 노고 때문이네." 그 뒤에 평무속이 예조판서를 만나기 위해 직접 그의 집으로 찾아뵙고 마치 노예처럼 지나친 예절을 차린다는 사실을 알고 세조가 특별히 편하게 서로 만나도록 배려하였다.

건강을 지키는 방법을 잘 아는 사람들은 밤 12시가 된 다음에 옷을 걸치고 동쪽 혹은 남쪽으로 향하여 책상다리를 하고 앉아, 서른 여섯 번이나 위·아랫니를 부딪치고 주먹을 불끈 쥔 채 숨을 정지하며, 마음 속으로 오장을 내려다보며 폐는 희고 간은 푸르고 비장은 누렇고 심장은 붉고 신장은 검어지도록 생각한 다음, 마음이 훤히 뚫리고 밝아져 아랫배 단전(丹田)으로 몰리기를 생각한다.

불교에는 백골관이란 것이 있는데, 한 점의 정기에 따라 인간의 형체가 시작되어 점차로 태 속에서 자란 다음 출생하여 어릴 적엔 젖을 먹고 장성하여 튼튼해지며 노쇠하면 병으로 죽게 되어 시체가 퉁퉁 붓거나 뻣뻣하게 말랐다가 오래 지나면 백골이 된다고 생각하는 것이다. 인간이 백골이 된다는 사실을 처음부터 염두에 두기 때문에 오히려 자신을 언제나 백골처럼 여김으로써 일탈을 싫어하면서도 집착도 않게 되는 것이다.

이와 같이 오래 살기를 꾀하는 양생가(養生家)와 인생의 허무를 강조하는 불가가 하는 짓을 우리 유가의 함양하고 성찰하는 공부에 비교해보면 모두 망령된 생각이다. 그러나 경박하고 허황된 무리로서 홀로 한가로이 지내면서도 뭇 욕망이 끝없이 얽히고 설켜 헤매는 것보다는 십배나 나으니, 한편으로는 양생가나 불가의 독실한 면이 사랑스럽다.

문장은 비유나 형용을 잘하는 것이 관건이다. 두보는 "거위 새끼 술빛처럼 누렇도다" 하였고, 소식은 "술빛은 사람 얼굴처럼 희도다." 하였으며, 조맹견(趙孟堅)이 쓴 매화에 대한 시에는, "매끈한 수염 일곱에 꽃받침 셋 / 눈은 씨앗 가지는 쥐꼬리 같네" 하였고, 부굉(傅宏)의 게에 관한 시에는, "게의 눈은 매, 발은 조개치레, 뇌는 큰 새우, 배는 매미 같고, 딱지는 주먹 쥔 것과 비슷하며, 쏘는 발은 집게와 비슷하다." 하였다.

유익기(兪益期)는, "빈랑나무 중에 큰 것은 둘레가 세 아름이나 되고 높이가 아홉 길이나 되는데, 잎사귀가 나무 끝에 모여있고 잎사귀 밑에 꽃받침이 달렸으며 꽃은 꽃받침 속에서 피고 열매는 꽃받침 밖에서 맺는데, 이삭은 기장이삭처럼 뽑히고 열매는 도토리열매처럼 붙는다. 나무껍질은 오동나무 같으면서도 두껍고 마디는 대나무 같으면서도 **빽빽**하며 속은 비었지만 겉은 단단하고 굽은 것은 무지개 뒤집힌 것 같으나 곧은 것은 밧줄 같으며 그 숲속을 지나보면 헌칠한 맛이 나고 그 그늘에 앉았으면 쓸쓸한 느낌이 돈다." 하였다.

송나라 이치(李廌)의 『화품(畵品)』에는, "용 두 마리가 산 밑에서 나와 한 마리가 꿈틀꿈틀 머리를 쳐들고 구름속으로 올라가자 물이 구름기운을 따라 올라가 위에 펼쳐졌다가 비가 되어 용의 발톱과 갈기 속에서 쏟아지매, 물고기와 새우가 딸려갔다가 더러 허공 중에서 떨어졌다. 다른 용 하나는 아직도 꼬리가 굴 앞에 있으며 큰 바위에 걸터앉아 머리를 들고 구름속을 바라보며 함께 오르려하는 듯 성난 발톱이 힘센 성성이 같더니 푸른 나무들이 모두 쏠리고 파도가 거칠게 일었다." 하였다.

당나라 육우(陸羽)의 『다경(茶經)』에는, "물고기 눈알 같은 물거품이 구멍에서 솟아나 구슬을 꿴 듯한 것으로써 물끓이는 온도를 맞춘다." 하였다.

이상과 같은 문장들이 바로 형용이 잘된 것임을 알 수 있다.

무슨 일이든 다행스러울 수도 불행할 수도 있는 법이다. 이광(李廣)이 작위를 받지 못하고 옹치(雍齒)가 작위를 받은 것만이 아니다. 도잠의 아들 다섯이 모두 개나 돼지 같았었지만, 지금 그들의 이름이 없어지지 않았다. 두보의 종 단(段)과 한유의 종 성(星)이 만일 무식한 사람의 종이 되었더라면 어떻게 되었을는지 아무도 알 수 없다. 장수로서 절의에 죽은 사람이 옛부터 몇 사람인지 알 수 없으나, 지금 중국사람들이 집집마다 관우를 신으로 받들되, 조각하거나 그리거나 지어붓거나 수놓거나 찰흙으로 빚거나 하여 만든 초상을 모시고 우리나라에서도 사당을 세웠으니 어찌 특별히 다행스러운 일이 아니겠는가.

증선지(曾先之)의 『십구사략』이 중국에서는 천하게 여겨 거의 없어지게 되었는데, 다행히도 우리나라에 흘러들어와 어린 아이들이 먼저 배우는 글이 되었다. 가장 우스운 일 중의 하나는 일본에서 정치를 관장하던 우두머리에게 대사마 대장군 박륙후(大司馬大將軍博陸侯)라는 이름을 붙이는 것이다. 이는 한나라 때 선제의 장인인 곽광(霍光)[2]이 머리를 조아리며 정권을 반환하였으나 임금이 사양하고 받지 않았으므로 누구나 모든 일을 먼저 곽광에게 아뢴 다음 임금에게 올린 데서 취한 것으로, 정치를 맡은 우두머리가 발호하여 왕을 폐하거나 세우는 일이 있을까 싶으므로 이런 이름을 붙인 것이 아닌가 여겨지는데, 과연 곽광에게 다행한 일이겠는가. 어찌하여 곽자도 가져다가 이름을 만들지는 않았는지 모르겠다.

물이나 곡식의 맛이 위에 들어가면 체내에서 생기는 액체가 각각 제길로 가게 되어 신맛은 먼저 간으로 들어가고 쓴맛은 심장으로 들어가고 단맛은 비장으로 들어가고 매운맛은 폐로 들어가고 짠맛은 신장으로 들어가는 법이다. 내가 일찍이 매운것을 다 먹기도 전에 눈물이 나고 신것을 먹다가 침을 흘렸었다. 이제야 비로소 간은 나무에 속한 것이어서 신맛이 돌아 나무의 기운이 왕성해지면 흙인 비장이 움직이며 예리한 샘이 열려 침이 솟아나게 되고, 폐는 금에 속한 것이어서 매운맛이 돌아 금의 기운이 왕성해지면 나무인 간이 움직이며 액체의 길이 열려 눈물이 흐르게 되는 것임을 알았다. 다만 신것을 먹지 않았어도 신것을 보거나 말하거나 생각만 해도 침이 금방 질질 나오는 이유를 모르겠다.

『예기』에서, 사랑하더라도 그의 악한 점을 알고 미워하더라도 그의 착한 점을 알아야 한다고 했는데, 이는 공정한 마음을 일컫는 광대하고도 곡진한

---

2) 대사마가 되어 어린 임금을 보필하여 박륙후로 봉작되었으며 13년 동안 모든 정사를 돌보 았음.

말이다. 또 『중용』에서, 악한 점은 덮어두고 착한 점은 드러내야 한다고 했는데, 이는 대체로 남에 대하여 처신함을 말한 것으로서 별로 곡진함은 없다. 한편 착한 일을 보면 내가 한 것 같이 여기고 악한 일을 보면 나의 병폐같이 여겨야 한다고 했는데, 이는 선악을 분별함에 있어 부족한 자신을 가엽게 여기는 진심이 있기는 하나 조금 모가 드러나는 말이다.

이 몇 가지에 있어서 일찍이 명심하지 않은 적이 없으며, 스스로 단점은 버리고 장점은 취하여 나 자신을 돌보기에 애써왔다. 그러나 주자가 남의 착한 점은 키워주고 잘못된 점은 바로잡아 주어야 한다고 한 말을 듣고서는 나도 모르게 그 크고 올바르며 무게있음에 감탄을 되풀이했다. 단점은 버리고 장점을 취함이 좋지 않은 것은 아니지만 이 말을 한 번 들으면서는 나 자신의 편협성은 물론 더욱 의리의 가치를 깨닫게 되었다.

사랑하면서도 악한 점을 알고 미워하면서도 착한 점을 알기와 착한 점은 키워주고 잘못된 점은 바로잡아주기는 공부가 독실해진 다음에야 할 수 있는 일이며, 내가 한 것 같이 여기고 나의 병폐처럼 여기는 것은 노력하면 할 수 있는 일이다. 그리고 악한 점은 덮어두고 착한 점은 드러내기와 단점은 버리고 장점을 취하기는 보통사람들도 거의 할 수 있는 것이다. 이러한 말들은 대개 어렵고 쉬움과 정밀하고 거친 것의 구별이 있다.

한편 엄밀하게 판단해보면 그 어그러짐을 벗어날 수 없는 말이 있다. 장자가, 착한 일을 하여 명예를 가까이 하지 말고 악한 짓을 하여 형벌을 가까이 하지 말라 하였는데, 만일 이 말과 같이 한다면 아주 작은 악은 가려서 하지 않는 것이 없고 커다란 선은 버려두고 감히 하지 않을 것이다. 그저 중간에서 비위나 맞추며 아첨하는 상황이 만연될 것이니, 이는 보통사람도 부끄럽게 여기고 하지 않을 일이다. 장자가 어찌 호탕하고 위대한 인물이 아니겠는가 마는 어째서 말이 미미한 사람과 흡사한지 모르겠다. 피해나 멀리하고 몸이나 보전하려는 그릇된 학문의 유행이 이에 이르렀으니, 이런 것이 우리 유학의 이단이 아닐 수 있는가.

유비는 활과 화살, 군마와 함께 늙은 일 개 무인으로서 그의 경력은 전투를 벗어나지 않는다. 그러나 그가 아들에게 훈계하기를, 악이 적다 하여 행하지 말고 선이 적다 하여 안하지도 말라고 하였다. 이 말은 또렷하고 반듯하여 장자도 능히 하지 못한 말이니, 그가 젊었을 때 학식이 풍부했던 노식(盧植)을 스승으로 섬기며 조금이나마 유학자들의 학술을 들었기 때문이다. 이렇듯 이단과 유학의 차별성이 어디서나 나타났던 것이다.

김계승(金啓升)은 필법이 독특하고 뛰어났으며 사람됨이 활달하였는데, 그의 도서와 인장에 '신라 헌강왕 제3자파 8대 평장지손'이라고 새겼었다. 용문산 완희재 주인 김계승의 '군일(君日)'이란 명칭은 곧 '진광(眞狂)'이라고 스스로 붙인 73세 늙은이의 다른 이름(字)이다.

약관에 왕이나 왕비의 덕을 새기는 직책으로 뽑혀 들어갔고, 이미 17세에는 도성의 문에 거는 현판을 쓰도록 선정되었었으나 마침내 참여하지 못했다. 영조 24년에 통신사가 일본에 갈 때 글씨를 베끼는 일을 맡아 따라갔다가 일본 궁전의 현판을 썼는데 일본 산동거사는 평하기를,

"그의 글씨만 보고 얼굴을 알지 못하면 되겠는가. 왕희지가 쓴 것인지 김계승이 쓴 것인지, 사람은 비록 다르지만 솜씨는 동일하도다. 너무나 독특하여 그 귀중함을 말하기 어렵도다."

하였고, 명나라 임본유(林本裕)는 평하기를,

"중국의 정통적인 필법이 종유(鍾繇)로부터 시작되어 옹기춘(雍紀春)에게서 그치고 다시 계승하는 사람이 없었는데, 김(金) · 이(李) 두 사람의 필법이 조선에서 났으니 조선의 산천이 어떻기에 그러한 인재들을 배출했는지 알수 없다."

하였으니, 그렇다면 이 두 사람의 필법을 현재 세상에서 제일가는 필법이

라 할 수 있다.

연산(連山)의 선비 강씨가 아들은 없고 딸만 둘을 두었는데 하나는 다섯 살 또 하나는 두 살였다. 어머니인 강씨 부인이 죽게 되자 장녀는 그 여동생을 업어주며 길렀다. 을유년에 장녀는 열두 살이고 차녀는 아홉 살였는데, 하루는 아버지 강씨가 이웃마을로 놀러간 사이 그의 집에 불이 났다. 두 딸이 불이 미치지 않을 곳에 자리를 깔고 먼저 사당으로 들어가 4대의 신주를 내다 차례로 자리 위에 안치했다. 또 들어가 장녀는 어머니의 신주를 안고 차녀는 다른 신주 하나를 안고 나오려는데 사당이 이미 불에 휩싸여 두 딸은 각기 신주를 안은 채 엎드려 죽게 되었다.

사람들이 불을 끄고 찾아보니 살갗은 검게 타서 문드러졌는데도 신주는 굳게 껴안고 있었던 까닭에 조금도 연기에 그을리지 않았다. 고을의 많은 선비들이 표창하기를 간청하자 임금이 윤허하되 '효를 다하다 죽은 강씨 두 딸의 문'이라 정문을 세우도록 했었으니, 대대로 그 가풍이 예절을 준수했으므로 두 딸이 아름다운 교훈을 익히 들었던 것이라 칭송되었다. 병술년 1월에 쓴다.

전라도 광주에 사는 시골 부인이 아들 둘을 두어 하나는 일곱 살, 하나는 다섯 살이었는데, 모두 병적에 편입되어 있으므로 마을 이장이 세를 징수하러 오갔었다. 부인은 밤이 새도록 물레로 무명실을 뽑는데 두 아이가 옆에서 잠이 들었다. 자애로운 마음이 일어나 부인은 손으로 두 아이의 음경을 만지며 혼자서 말하기를,

"너희들이 이것이 있어 사내자식이 됐기 때문에 내가 이토록 실을 뽑느라 고생하는 것이다."

했다. 두 아이가 거짓 잠든 체 몰래 듣고 있다가 이튿날 함께 아무도 없는

곳으로 가서 서로 마주보고 울며 말하기를,

"우리들이 음경을 지녔기 때문에 어머니가 근심이 많고 수고하시니 어찌 이를 없애어 어머니의 근심을 풀어드리지 않을 수 있겠는가"

하였다. 드디어 칼을 가져다가 형은 아우의 음경을 베고 아우는 형의 음경을 베어 묻어버리고서 솜으로 상처를 쌌다. 피가 바지에 흐르는 것을 본 어머니가 놀라며 묻자 아이들이 그 까닭을 말하였다. 어머니가 붙들고 통곡하기를,

"너희들이 음경 지닌 것을 원망한 것이 아니라 너희들이 사내자식으로 태어난 것을 어여삐 여겨 농담한 것이었다."

하였다. 수령이 이 말을 듣고 그 집의 세를 면제해 주었다는데, 5~6년 전에 우리 외가 친척 박여수(朴汝秀)한테서 들은 이야기이다. 병술년 1월에 쓴다.

두 책 속에 효자가 등장하는데 그 둘은 모두 구걸하는 아이들이다. 이제 그들의 이야기를 쓰려 하니 새삼 감동이 일어난다. 더욱이 일찍이 효성이 지극했던 왕연(王延)과 강혁(江革)을 생각할 때면 눈물이 솟아나 어찌 할 수가 없었던 일도 있다.

중국 소주(蘇州)에 사는 지체높은 사람이 달밤에 다리 위를 지나다가 그 아래에서 노래소리가 나는 것을 듣고 내려가보니 구걸하는 아이가 있었다. 아이는 한 노파를 흙덩이 위에 앉히고 구걸하여 얻은 술을 질병에 담아 꿇어 앉아서 올리며 노래를 불러 권하고 있었다. 다가가서 사연을 묻자 아이가 흠칫 놀라다가 웃으며 말하기를, 저는 가난한 사람이기에 이렇게라도 어머니를 즐겁게 해드리는 것이라고 했다. 그 사람은 한참동안 듣고 감탄하다가 돌아와 다음날 이 사실을 전했고 모두들 아이의 기특함을 칭찬했다. 그 뒤 어머니를 즐겁게 해드리는 일들이 거의 이와 같은 것임을 알게 된 사람들이

잔치할 적마다 여분의 접시를 차려놓으며, 누가 물으면 구걸하는 효자 아이를 주려고 기다리는 것이라고 했다.

중국 강소성(江蘇省) 오현(吳縣)에 구걸하는 아이 하나가 있었다. 심씨 성을 가진 그 아이는 장년이 되었어도 늘 심은군(沈隱君)이 살고있는 맹주(孟洲)에 와서 구걸하기를 청했으며, 얻은 것을 거의 먹지 않고 대롱과 광주리 속에 나누어 담았다. 심은군이 처음에는 눈여겨보지 않다가 오래 지나서 물어보니 늙은 어머니에게 드리려는 것이라고 했다. 심은군은 비로소 가상히 생각하고 가만히 사람을 시켜 그의 행동을 살펴보도록 했다. 아이가 한 언덕 아래로 가더니 땅에 앉아서 광주리 안의 음식을 꺼내 정리하여 받쳐들고 뱃머리로 갔다. 배는 비록 좁았으나 매우 정결했고 한 노파가 그 안에 앉아 있었다. 아이가 배로 올라가 어머니 앞에 음식을 차려놓고 꿇어앉아서 술을 따라 올리되, 어머니가 술잔 들기를 기다렸다가 일어나 춤을 추며 노래를 부르다 우스갯소리까지 하니 어머니가 자못 흐뭇하게 즐거워 하였다. 먹을 것이 다 떨어지면 다시 얻어오고, 만일 얻은 것이 없으면 자신이 굶는 한이 있어도 먼저 먹지는 않았으며, 여러 해를 날마다 이렇게 하다가 어머니가 죽자 아이가 나타나지 않으므로 심은군은 감탄하였고, 때때로 조금씩 돌봐주었다고 한다.

초나라 굴원이 동료들의 시기로 추방될 만큼 회왕을 섬겼던 것은 지나친 충성이고, 제나라 진중자(陳仲子)가 의롭지 못한 형이 주는 음식이라 하여 토해버렸던 것은 지나친 청렴이니, 무릇 선행이면서도 과도하게 빠지는 일은 보통 사람일지라도 감히 하지 않는 것이고, 성인들 역시 올바른 선행으로 여기지 않는다. 한나라 직불의(直不疑)가 금을 훔쳐갔다고 의심하는 사람에게 금을 사서 변상했었는데, 다행히도 그 뒤에 죄인이 잡혀 무고한 것이 밝혀졌지만 만일 죄인이 잡히지 않았다면 끝까지 도둑이란 이름을 쓰고 있었을 것인가. 금에 관한 것은 오히려 작은 일이다. 혹시 종묘제사에 쓰는 그릇을 도둑질했다고 무고하더라도 변명하지 않고 달게 죄를 받을 것인가.

당나라 누사덕(婁師德)은 남이 얼굴에 침을 뱉자 마르기만 기다리며 개나 돼지처럼 가만히 있었다. 나에게 악한 의도나 과오가 없었다면 씻어버리고 크게 성내지 않는 것이 옳은 일이지, 만일 그가 더욱 무시하고 칼로 찔러 피가 흐르더라도 아무렇지도 않게 평소처럼 해야할 것인가. 다만 누사덕의 말은 경박하고 성급한 사람과 사납고 고약한 사람에게는 교훈이 될 수 있다.

양나라 유응지(劉凝之)는 자기가 신고있는 신을 어떤 사람이 제것이라고 주장하자 즉시 주었는데, 그 사람이 뒷날 잃었던 신을 찾게 되어 돌려보냈으나 다시 가지려 하지 않았다. 물론 기꺼이 준 것은 남과 다른 점이다. 그러나 돌려주는데도 받지 않았음은 무슨 의의있는 일이겠는가. 지나친 아집이 아니라면 억지로 꾸미는 일이다.

금나라 왕거비(王去非)는, 이웃집에서 초상이 나 동쪽으로 나가기를 꺼려하고 있을 때 스스로 누에치는 방을 헐고 남쪽으로 나가도록 했으니, 이도 역시 중용에 맞는 일이 아니다. 이웃마을에 수재나 화재 또는 절도나 병환 등의 급박한 일이 생겨 남들의 목숨이 나에게 달려있다면 누에치는 방뿐만 아니라 더한 것이라도 힘이 닿는 데까지 해야할 것이다. 그러나 온당치 못한 하나의 관습은 책망하여 바로잡아 주더라도 될 텐데 도리어 그들의 뜻을 이루게 하는가.

명나라 양저(楊翥)는 이웃에 사는 불량한 자가 업신여겼지만 개의치 않았고 심지어 노새울음이 그의 어린 아들을 놀라게 할까 염려하여 팔아버렸으므로 그 불량한 자가 감화되었다고 한다. 그러나 자기집 노새가 무심코 우는 것이 이웃집 어린 아들과 무슨 상관이 있겠는가. 혹시 집에서 키우는 사나운 개가 그만 사람을 물었다면 팔아버릴 뿐만 아니라 죽여버릴 수도 있겠지만, 노새야 비록 울게 되더라도 꼭 그럴 필요가 없지 않은가.

우리나라의 황희 정승이 이석형(李石亨)을 시켜 『강목』의 책 제목을 쓰는데, 노비가 조촐하게 차린 상을 들고 황희의 자리에 다가서서 있었으므로 이석형이 황희에게 말하기를, "술을 가져온 모양입니다." 하니, 황희가 천천히 말하기를, "아직 그대로 있거라." 하자, 노비가 다시 다가서 있다가 소리 높혀 말하기를, "어찌 이리 더디십니까?" 하니, 황희가 웃으면서, "가져 오너라." 하였는데, 가져오자마자 어린아이 여럿이 더러운 옷에 맨발로 들어와 황희의 수염을 잡는가 하면 옷을 짓밟기도 하고 먹을 것을 모조리 집어가버렸으며, 심지어 두들겨패기도 하니 황희가 "아프다, 아프다" 했는데, 그 아이들은 모두 노비의 자식이었다. 이는 황희의 천성이 너그럽고 두터워 그러했던 것이나 주인과 손님 사이의 예절과 어른과 아이 사이의 기율에 있어서는 되지 않을 일이 아니겠는가.

대제학 윤회(尹淮)가 젊었을 때에 날이 저물어 여관에 들어갔다가 숙박을 허락하지 않으므로 뜰아래 앉았는데, 주인집 어린아이가 큰 진주를 가지고 있다가 마당에 떨어뜨리자 흰 거위가 삼켜버렸다. 주인이 찾다가 찾지 못하자 드디어 윤회를 의심하여 관청에 고발하려 했으나 윤회가 변명하지 않고 다만 "저 거위도 잡아 매라." 했다. 이튿날 진주가 거위 똥에서 나오게 되자 주인이 부끄러워하며 말하기를 "어제 어찌 말하지 않았는가?" 하였다. 윤회는 "당신이 흥분하고 있을 때 말을 하면 반드시 해부하여 찾아내게 될 것 같아 모욕을 참으며 짐짓 기다린 것이다."라고 했다. 윤회가 이미 '저 거위도 잡아 매라' 했는데도 주인이 어찌하여 헤아려보지 않았다가 뒤에 부끄럽게 여기는지 알 수 없다. 그리고 윤회도 어째서 분명하게 내가 저 거위가 삼키는 것을 보았으니 거위가 똥을 싸기를 기다리자고 말하지 않았는지 모르겠다. 그렇게 말했다면 주인이 마땅히 거위가 똥싸기를 기다렸겠지 설마 해부했겠는가. 만일 주인이 포악하여 해부하게 되더라도 '저 거위도 잡아 매라' 는 말을 가지고 따질 수 있었을 것이다. 이는 전해오는 말이 혹시 잘못된 것이 아니겠는가.

사람들이 백이 · 숙제의 사당에다 쓰기를, "초목도 주나라 이슬과 비에 자란 것이니 / 그대가 수양산 고사리 먹은 것이 부끄럽네" 하였고, 또 허유가 귀를 씻었다는 고사를 상상하여 그린 그림에다 쓴 시에, "물 중에 깨끗한 물 있다면 / 그 물이 이 물을 씻으리" 하였는데, 이는 남을 함부로 책망한 것으로서 곧고 두터운 마음을 손상함이 너무 지나치다고 본다. 그러므로 학자들이 비록 좋게 여기면서도 또한 섭섭하게 여기는 것이다. 현명한 사람들의 탁월한 절개인데도 오히려 뒷사람들의 논평을 받고 있으니 그보다 못한 사람이야 어떻겠는가. 더욱 처신하기 어려움을 깨달을 뿐이다.

인생에는 다섯 가지 큰 즐거움이 있었는데, 요즘 사람들은 무심히 여기고 오직 공을 세워 이름을 드날리는 것만 낙으로 여긴다. 그 다섯 가지를 말하자면 첫째는 초나라 노래자(老萊子)가 색동옷을 입고 어린아이 웃는 짓을 하여 부모를 즐겁게 한 것이요, 둘째는 요순시대 임금과 신하들이 정사를 의논하면서 태평한 세상을 이룬 것이요, 셋째는 문왕(文王)과 태사(太姒)가 거문고 · 비파와 종 · 북을 가지고 단란한 사랑을 노래한 것이요, 넷째는 공자의 3천 제자들이 은행나무 밑에서 온갖 예절을 익히던 것이요, 다섯째는 당나라 장공예(張公藝)가 9대를 한 집에 함께 살며 변함없이 화목한 것이라 하겠다. 이 몇 가지의 요체는 인륜에서 벗어나지 않는 것이었으니 인륜을 제대로 갖춘 사람에게 큰 기쁨이 있음을 알 수 있다. 성인의 자리는 인륜의 극치이기 때문에 우리는 다섯 가지 즐거움을 소망하는 가운데 세 가지 정도를 차지할 수 있을 것이다.

나는 아우 정대에게 훈계하였다. "네가 이제 열 살이나 되었으니 쉴새 없이 어리석은 점을 씻어내고 힘껏 어른들의 가르침을 따라야 하며, 한갓 뛰어다니며 놀기만 해서는 안 된다. 잠깐 사이에 열 다섯, 스물, 서른이 되는 것이요, 무식한 사람이 되면 누가 너와 상대하려 하겠느냐. 옛사람들은 어른이 되어서도 식견이 없는 것을 평생의 큰 부끄러움으로 여겨 일찍부터 기초를 마련키 위해 한 순간이라도 금쪽같이 아꼈다. 지금 너는 부질없이 노는 일에 빠져 비 끝에 먼지 버리 듯 시간을 허비하고, 하루를 떡 하나 먹어버리 듯 쉽게 흘려보내고 있으니 매우 근심스럽다."

또 구(具)씨의 공부하는 아들 궁기(宮其)를 가르쳤다.

"네가 벌써 열 다섯이나 되었다. 대체로 사람이 15~16세 무렵이면 어른이 될 틀이 이미 7~8할은 잡히는 법인데, 지금 너는 걸음걸이가 차분하지 못하고 앉으면 몸을 흔들어대며 말과 웃음이 헤프고 글읽기에 싫증을 내며 매우 거칠다. 무릇 총명함이란 지극히 아름답고 신비한 것으로, 가령 총명함을 맡은 신이 있어 네가 부지런히 노력하는 것을 보게 된다면 그런 뜻을 사랑스럽게 여겨 너의 가슴속에 들어와 있겠지만, 네가 만일 경박하고 태만하여 술 취한 사람 같기도 하고 미친 사람 같기도 하다면 비록 네 가슴속에 있다가도 너의 얼굴에 침을 뱉으며 홀연히 달아나버리게 될 것이다.

네가 두 볼이 통통하고 눈이 움푹하며 눈썹 사이가 널찍하니 무슨 일인들 하지 못하겠느냐마는, 사람들이 더러 네 얼굴을 예쁘게 보아 '사람됨이 저만하니 굶주리지 않을 것이다.' 칭찬하는 말에 뿌듯함을 느껴 글읽기를 다소 소홀히 해서 되겠느냐. 비록 네가 범여(范蠡)와 석숭(石崇)처럼 거부가 되어 황금을 울타리 밑에 버릴 수 있다 하더라도 아는 글자 하나도 없어 사람들이 너를 대할 적에 반드시 비루하게 여기는 마음을 더하게 된다면 네 마음이 편하겠느냐. 범여와 석숭인들 글을 읽지 않았겠느냐. 내가 너를 사랑하기에 훈계하는 것이니 너는 힘써야 한다."

한나라 정승 주아부(周亞夫)는 관상법에서 말하는 종리(從理)가 입으로 들어갔기 때문에 굶어죽었다고 하나, 남조(南朝)의 역사책에 나오는 수군도독 저나(褚蘿)는 얼굴이 매우 뾰족하고 종리가 입으로 들어갔다고 했으나 풍족하게 살다 죽었다. 한편 『사기』에 순임금과 항우의 눈동자는 겹이었다고 했는데 항우는 자결하여 죽었으며, 수나라 장수 어구라(魚俱羅) 역시 겹으로 된 눈동자를 가졌지만 임금의 의심을 받다 처형당하였고, 우리 조선의 남곤(南袞)도 겹으로 된 눈동자였고 우리 일가 중에도 눈동자가 겹으로 된 사람이 있었지만 남보다 낫기는 커녕 형편이 어려워 아침저녁으로 떡을 씹어 요기할 뿐이었다. 종리가 입으로 들어간 것은 마찬가지나 굶어죽은 자도 있고 넉넉한 자도 있었다. 또 눈동자가 겹으로 된 것은 같지만 하나는 어진 제왕이었고, 둘은 모두 좋게 죽지 못했으며, 하나는 충신과 인재를 모함하여 만고에 간사한 사람이 되었고, 하나는 단지 용렬한 보통 사람이었으니 관상하는 법을 과연 믿어야 하겠는가. 참으로 믿을 수 없는 것이다.

예절서의 그림을 보면 국가에서 쓰는 큰 상여의 수레축의 양끝에 붙어 차체를 지탱하는 복토(伏兔)가 있고, 의학서에는 콩팥계통을 복토라 했다. 여러 기구에 이러한 것이 많은데, 숨느라 엎드리기를 잘하는 토끼의 형상을 취하여 붙인 이름이다. 배에서 쓰는 도구 가운데 묘(猫)라는 닻이 있는데 고양이가 예리한 발톱으로 무슨 물건을 끌어다가 굳게 고정시켜 놓기 잘하는 형상을 취한 것이고, 또 치(鴟)라는 것이 있는데 솔개의 꼬리가 바람을 따라 잘 도는 형상을 취한 이름이다.

조카 광석이 여름철 시원한 바람이 부는 시내의 주름이 잡힌 널직한 바위에 오랫동안 누웠다가 갑자기 눈을 뜨며, "내 몸이 절반은 돌이 되었겠다." 하고, 이어 한탄하기를, "죽어서 이 산의 귀신이 되었으면 좋겠다."고 하였다.

마음 같아서는 한가한 틈에 온갖 화초의 본질과 생태를 관찰하여 꽃의 역사라 할 수 있는 『화동호(花董狐)』를 편집하고, 또한 고금의 **훌륭한 선비**들을 한데 모아 논평을 붙여 이름을 『고사본초(高士本草)』라 하고 싶다.

심사정(沈師正)이 수묵으로 그린 용은 턱이 비스듬히 모가 나고 앉은 길이가 한 길이나 되어 마치 다가와서 부딪힐 듯하고 수염 끝이 윤기가 나 물방울이 떨어지려는 것처럼 생동감이 있다.

방안 가득 금가루로 궁궐과 인물을 그린 일본의 벼루갑을 늘어놓고, 석봉 한호(韓濩)가 쓴 액자의 글씨첩을 목각하여 청색으로 장정을 하고, 필통을 마디있는 대마무로 만들어 도자기의 청색물감인 회회청(回回靑)으로 수(壽) 부(富)·귀(貴) 석자를 써서 굽고, 화분에는 봉선화·계관화 따위를 심어 늘어놓는다면, 사람들은 비록 우아한 선비를 연상할 것이나 나는 반드시 속물의 짓이라 할 것이다.

당나라 시인 왕유(王維)를 황금을 부어 만들어놓고 송대의 화가 미불(米芾)을 채색실로 수놓아 늘어놓고서, 좋은 계절의 아름다운 경치에 고상한 벗과 명사들을 맞이하여 시집과 화첩을 펴놓으며, 향기로운 꽃을 꺾어다가 맑은 개울에 띄우고 제사를 지낸다면, 이날은 시적 감성과 그림에 대한 느낌이 새로워질 것이니, 이 흥을 깨는 사람들을 오지 못하도록 문 앞에서 막아야 할 것이다.

전에 이렇게 탄식한 일이 있다. "밭 3천 평, 책 1만 권, 화초 수백 그루, 명필과 명화 5~6백 폭, 질 좋은 종이 10만 장, 이정규(李廷珪)의 먹 1천 자루, 중산(中山)의 질 좋은 붓 5~6 항아리, 단계(端溪)에서 나는 벼루 수십

개, 유명한 차와 특이한 향을 명사 10여 인과 부귀한 사람들에게 마음대로 공급해준다 하더라도 별 쓸모가 없어 고상한 선비가 되지 못할 것인데, 어찌 의관을 찢고서 버려진 백성이 되지 않으랴."

오래도록 누릴 수 있는 뜻에 맞는 일이라면 오색구름을 흩어지지 않게 하고, 유리를 쳐도 부숴지지 않게 하고, 학도 타고 다닐 수 있게 해야 할 것이다.

조카 광석이, "반짝이는 두 눈동자로 가을물에 환히 비치는 하늘을 굽어보다가 문득 하늘과 심령이 만나게 될 적에는 허공이 광대하게 보이니 그때의 느낌이란 아득하고 그윽하여 말로 표현할 수도 없고 또한 들려줄 수도 없다." 하기에, 내가 성을 내어 흘겨보며, "나의 두 귓구멍이 영롱하게 뚫려있는데, 유독 네가 하는 말을 들을 수 없겠는가?" 하였다.

훌륭한 사람은 가난을 편안히 여기고, 그 다음 사람은 가난을 잊어버리고, 못난 사람은 가난을 감추고 호소하다 가난에 짓눌리고 복종되며, 최하 수준의 사람은 가난을 원수처럼 여기다가 그 가난 속에 죽어간다.

입술과 혀에서 나와 낭랑하고 발랄한 것은 형태가 없는 글이고, 종이에 먹으로 표시되어 가지런하거나 들쭉날쭉한 것은 형태가 있는 말이다. 수염 · 눈썹 · 치아 · 두 볼을 기꺼이 접할 수 있어 간담이 서로 소통하기는 글이 말만 못하고, 정신과 사고가 은연중 교류되고 기운이 완곡하게 유통되기는 말이 글만 못한 법이니, 말은 해도 무늬가 없어 한 번 입에서 나와버리면 이미 흔적조차 사라지므로 글로 쓴 것을 귀중하게 여기는 것이다.

글을 짓고자 하면 마고(麻姑)선녀와 같은 긴 손톱을 가지고 통쾌하게 신비의 굴 속에 있는 것을 긁어내야 오묘한 빛이 문자 위에서 서너길씩 뛰놀게 되는 법이다.

남의 글을 모방하고 답습한 글은 부스럼에 지나지 않는다 하였으니 부스럼 치료 대신 무엇을 사용하여 시급히 그런 사람의 입을 막아버릴 수 있을지 난감하다.

매화가 있는 방에 유자를 놓아둠은 매화를 모욕하는 것이다. 옛부터 매화는 청아한 덕과 조촐한 지조가 있다는 것인데 어찌 다른 것의 향기를 빌어다가 그를 돕게 하겠는가.

재능이 있는 사람의 뱃속에는 한 줄기 봄날의 생수처럼 솟아나는 것이 있어 맑게 흐르는 소리를 내며 고운 물결이 일게 되고 멈추어 쌓여있지 못하는 법이다. 그것을 오른팔로 내보낸다면 졸졸 흘러서 붓대까지 미치어 붓끝에서 동그랗게 방울방울 떨어지는데 마치 수은방울 같기도 하고 장식돌 같기도 하고 인어의 눈물 같기도 하다.

옛 그림이나 기이한 책을 펼쳐놓자 거품이 날 정도로 웃어대고 때묻은 손으로 마구 넘기거나 움켜쥐고 심지어 문지르고 긁어보는 사람은 결코 그림이나 글을 알아보는 사람도 아니고 단아한 선비도 아니며 학식이 있는 사람도 아니다.

애도하는 글을 모아 비교해보면 갑이 죽자 을이 조상하고 또 을이 죽음에 병이 조상한 것으로서 끝이 없게 된다. 의논한 것도 모아서 꼼꼼이 견줘보면 갑의 말에 을이 비난한 것에 대해서는 딴 의논이 없을 듯한데도 병이 또한 비난하여 역시 끝이 없게 된다. 온 세상이 그저 이 두 가지 일을 가지고 이러저러하다는 것으로 세월을 보내는 건 아닌지 아쉬움이 남는다.

덕망있는 사람은 남이 비난하거나 칭찬할 때 사실이든 거짓이든 배부를 것도 없고 목마를 것도 없고 가려울 것도 없고 아플 것도 없다. 그러나 보통 사람들은 근거있는 칭찬이나 비난에 대해서조차 잘 대처하지 못하니, 만약 마땅치 않은 칭찬과 터무니 없는 비난에 있어서는 어떻겠는가. 마땅치 않은 칭찬이란 어찌 꿈속에서 밥을 더주고 그림자를 긁어주는 것과 다르고 터무니 없는 비난이란 어찌 꿈속에 마실 물이 떨어지고 그림자를 때려주는 것과 다르겠는가. 어리석은 사람은 꿈에라도 밥 더주기를 바라고 괴팍한 사람은 그림자 때리기를 개탄하는 법이다.

말 속에 칼날이 숨어있음은 물여우가 사람의 그림자를 쏘는 짓이니, 마주 한 자리에서 통쾌하게 꾸짖은 다음에 깨끗하게 뒷공론이 없는 것만 못한 것이다.

글짓고 시를 쓰는 작가나 시인은 좋은 계절의 아름다운 경치를 만나면 흥취에 젖어 어깨가 솟아오르고 눈에는 물결이 일며 두 볼에는 꽃이 피고 입에서는 향기가 나는 법이지만, 조금이라도 기회를 노리는 짓을 한다면 큰 결점이 되는 것이다.

시냇물이 맑고 돌이 깨끗한 데서 낙엽을 주워다가 끈기가 적은 메조로 밥을 짓노라면 구수한 향기가 진동한다.

고상한 이웃, 특이한 아우, 괴팍한 노비, 별난 자손, 이 괴이한 것 다음부터는 무엇이 있는지 나는 알지 못하겠다.

「초사(楚辭)」에 있는 구가(九歌)와 구장(九章)은 부럽기 그지없던 글로서 붓을 꺾고 벼루를 부숴버리고 싶을 적이 한 달에 거의 4~5차례나 되었다.

시가 귀신을 감동케 하고 글씨가 무궁한 조화를 탈취하고 그림이 신묘한 경지에 도달하게 된 사람들에겐 으레 가난한 삶이 뒤따르니 궁핍한 귀신이 붙어다니고 거의가 세상일을 알지 못하니 멍청한 귀신이 끼었나보다.

혀를 차며 탄식할 만한 세 가지 괴이한 일이 있다. 요임금 때 어찌하여 9년 홍수가 내리고, 아홉 가지 경서가 어찌하여 진나라의 화로로 들어가고, 제갈량이 어찌하여 일찍 죽어 한나라 왕실을 복구하지 못했는가.

세상에 세 가지 통쾌한 일이 있다. 주자가 「강목」을 편찬할 적에 정통성을 조조에게 주지 않고 유비에게 준 것, 단수실(段秀實)이 손에 쥐고 있던 홀(笏)을 빼앗아 모반을 꾀했던 주자(朱泚)를 친 것, 종각(宗慤)이 긴 바람을 타고 만리길 큰 파도를 돌파한 일이다.

효녀 조아(曹娥)의 비문은 점잖고 수려한 부인이 자긍심을 지키며 때로 애교있는 말을 하는 것과 같고, 저수량(褚遂良)의 『난정첩(蘭亭帖)』은 시와 술에 빠진 재주꾼이 한 번 단아한 선비를 보게 되자 자기 스스로 조금씩 단속해가는 것 같고, 미불의 『아집도서(雅集圖序)』는 두 잠 지난 봄 누에가 모두 활발하게 움직이려 하는 것 같다.

어떤 사람이 말하기를, "뱃속이 포만할 적엔 글읽기가 싫어 눕고 싶은 생각만 들다가, 뱃속에 조금씩 시장기가 돌아야 글읽기에 맛이 나게 되며 글읽는 소리가 공중에 퍼지니, 부귀도 좋은 일이고 글읽는 것도 좋은 일이다." 했는데, 나는 비로소 두 가지 좋은 일을 함께 누리는 사람은 천하에 행복한 사람임을 알게 되었다.

아무도 없이 조용하다 하여 함부로 말하지 말 것은 담에도 귀가 있어 듣는 사람이 있을까 두렵기 때문이요, 아무도 없이 깜깜하다 하여 방심하지 말 것은 방을 들여다보는 눈이 있을까 두렵기 때문이다. 극도로 조심하면 모든 장벽에 구멍이 환히 뚫려 귀나 눈처럼 여겨지고, 나귀의 귀가 쫑긋해지고 소의 눈이 날카로와지는 것이 무슨 뜻을 가지고 있는 것으로 보인다. 모두 삼가고 두려워해야 한다.

참벌의 등에 까맣게 '무공(巫工)' 두 글자가 쓰여 있다.

아침에 일어나 오이밭을 매다가 마루에 올라 붓을 잡으면 팔이 몹시 떨려 마치 풍랑속에 배가 흔들리 듯한다. 어떤 사람이 기이한 것을 좋아하기 때문에 짐짓 떨림글씨를 쓰는 것이라고 의심했지만, 병을 일부러 생기게 할 수 있는 것인가. 이것은 병도 아니고 다만 나약한 정신에서 온 것이기 때문에 이를 꾸짖을 뿐이다. 6월 아침에 나는 원각탑 동쪽에서 쓴다.

어린아이들의 털구멍과 뼈마디는 모두 어른들보다 작지만, 유독 눈동자는 더하지도 않고 덜하지도 않으니 아이들의 눈동자가 큰 것을 보면 참으로 기특한 일이다.

뿔이 달린 동물에게는 윗니를 부여하지 않았다. 그림 속의 용을 보면 뾰쭉 뾰쭉한 이가 입에 그득한 채 이와 입이 거의 합쳐졌으니, 용을 그리기 어려운 것이다.

납으로 된 탄환이 갑옷은 꿰뚫어도 석회는 뚫지 못하고, 큰 화포가 열 길 성을 부수지만 무명 천으로 막아낼 수 있다. 강력한 적이 왔을 때 유화책으로 제어한다면 특별히 무슨 수고로울 것이 있겠는가.

세상만물에는 둥근 형체가 많다. 사람과 짐승이 지닌 구멍, 사지의 마디, 초목의 가지, 등걸꽃과 열매, 구름·우뢰·비·이슬이 그렇다. 달은 해가 둥근 것을 표준으로 삼고 해는 하늘이 둥근 것을 닮으며 물은 이 세 가지를 기준으로 만물을 생장시키고 만물은 이 네 가지를 닮아 둥근 것이 대부분이다. 물이 어찌 둥그냐고 하겠지만 수은이나 물방울이 모두 둥글어 돌을 물에 던지면 물결이 호랑이 눈알처럼 구비치게 된다. 사람과 짐승의 눈동자도 물이 응결되고 해와 달을 닮았기 때문에 가장 둥근 것이다.

가게 심부름하는 아이가, "서산대사가 싸놓은 대변이 모두 산 생선으로 변했었으니, 이는 중들의 뱃속에 생선이 든 것이다." 하자, 말 모는 사람이 "부처가 사람들에게 생선을 먹지 말도록 하였다면 어찌하여 불상에다 도금할 적에 부레풀을 사용하겠는가." 했다. 부처가 사람들에게 비늘있는 생선, 깃달린 짐승, 털있는 짐승, 껍질있는 것들의 고기를 먹지 못하게 한 것이 아니라 계율을 마련하여 중생들이 크게 학살하는 짓을 막은 것이다.

말의 입술은 누에입술과 비슷하고, 호도씨는 부화할 벌이나 나비의 새끼 같으며, 쥐의 꼬리는 뱀과 비슷하고, 이는 비파와 같다. 서캐는 누런 보리알과 같고, 푸른줄무늬 오이껍질은 황록줄무늬 개구리 등과 같으며, 박쥐의 날개는 소의 볼과 같고, 노루꼬리의 끝은 매화의 수염과 같다. 귀뚜라미 소리는 대나무 대롱에 팥을 담아 흔드는 것 같고, 등불은 파리의 눈과 같으며, 겨울소의 넙적다리는 솔방울과 같고, 거미의 배는 사람의 엄지손가락과 같고, 가죽나무잎사귀의 꼭지는 말의 발굽과 비슷하며, 꽁보리밥은 개파리 떼와 비슷하다.

한유가 양거원(楊巨源)을 전송한 글에, "또한 승상에게 알리고 그의 고향으로 돌아갔다." 하고, 또 "그 도읍의 소윤(少尹)을 삼았다." 하였는데, 그의 고향이니 그 도읍이 과연 어느 곳인지. 한유의 붓놀림이 혼미해졌다.

갑이 말하기를, "인간의 좋은 일들이 '먹을 식'자에 구애되어 막히고 만다."고 하자, 을이 말하기를, "코밑에 있는 목구멍이 곧 잘못하여 빠지는 곳이다." 했다. 그러자 병이 말하기를, "매미는 코밑에 구멍이 없고, 맑은 바람이 시원한 높은 나무에 붙어 조금도 그치거나 위축되지 않고 온종일 마음대로 울어대니 통쾌하기 그지없다." 하기에 내가 듣고서 너무나 상쾌하여 서쪽 처마밑에서 적어둔다.

사람이 개한테 물렸을 적에 지렁이 똥을 상처에 발라두면 개털이 그 속에 서리게 된다. 이는 곧 독이 모여있기 때문이고, 상처가 이미 아물었는데도 개털이 그 위에서 나게 되면 그 사람은 반드시 죽고 만다.

청한(淸寒)이 "동이(同異) 이동 동이이 이동 동이 이동동" 하자, 누군가 댓구 짓기를 청하기에 내가 붓을 날려 앞구와 동일하다는 뜻으로 '한 일자'를 그리고, 공계(箜溪)가 "삼사(三四) 사삼 삼사사 사삼 삼사 사삼삼"하자,

또 댓구 짓기를 청하기에 다시 '한 일자'를 그리고 깔깔 웃으며 말하기를, "청한과 공계는 잘도 지껄인다." 했다.

부레풀과 밤버섯은 모두 밤이 되면 빛이 나고, 썩은 버드나무도 밤에는 도깨비불처럼 보이고, 캄캄한 밤에 고양이의 등을 스치면 불빛이 번쩍번쩍한다. 이 네 가지 것들은 어두운 음(陰)의 부류지만, 지극히 어두운 것은 밝은 것과 통하는 법이다.

무심코 하는 말을 유심히 듣는다면 세밀한 데 치우쳐 옹졸한 사람을 면치 못하게 되고, 유심히 하는 말을 무심하게 듣는다면 거친 데 빠지기는 하지만 호인이 되기에는 무난하다. 무심코 하는 말을 유심히 들으면 비록 화는 닥치지 않더라도 귀신이 해를 끼치게 되고, 유심히 하는 말을 무심하게 들으면 재앙은 닥치게 되더라도 하늘이 가엾이 여기게 된다. 무심코 하는 말을 무심히 듣되 침착성을 잃지 않으면 유심히 들은 것처럼 되고, 유심히 하는 말을 유심히 듣되 대범함을 잃지 않으면 무심히 들은 것처럼 되는 것이다.

수다스런 사람은 일을 만들기 좋아하는 편인데, 일을 꾸미다 보면 반드시 병폐와 근심이 닥친다. 차분한 사람은 일을 덜어버리기 잘 하는데, 일 줄이기를 오래하면 즐거움이 긴 법이다.

약초가 있는 정원 가장자리의 봉선화가 새벽비에 붉은 기운을 잃어버리게 되자, 어린 계집종이 꽃을 부여잡고 훌쩍거렸다. 달관한 듯이 보이는 한 사람이 물끄러미 바라보며 말하기를, 항우가 우미인(虞美人)과 이별할 적에 진정 저러했을 것이라고 했다.

남이 나를 버릴지언정 내가 남을 저버리지 말아야 한다. 좋은 말을 타고 목표를 향한 일념으로 큰 길을 달리듯 거리낌없이 너그럽고 부단히 정직한 마음을 갖도록 노력해야 한다.

새나 벌레같은 공중에 날아다니는 것들이 아주 빠르게 날 적에는 털 깃·눈·부리가 온통 한빛이 되어 자세히 분별할 수가 없다. 그런데 예나 지금이나 화가들이 날아다니는 것을 그릴 적에 상투적으로 미세한 부분도 빼놓지 않고 모두 그리려 한다. 이는 이름있는 화가라 하더라도 깨닫지 못하는 점이다.

장무선(張茂先)이 말하기를, 거북이나 자라 따위처럼 허리가 큰 것은 수컷이 없고, 벌 따위와 같이 허리가 가는 것은 암컷이 없다고 했다. 이 말을 듣고 내가, 개구리는 허리가 굵어도 교접하고, 잠자리는 허리가 가늘어도 교미한다고 했다.

호가 '신재(矧齋)'라는 자가 있었는데, 그는 가난하여 활과 화살을 직업으로 만드는 사람이었다.

마음이 통하는 벗을 만나지 못해 한숨짓거나 분개함은 쓸데없는 짓이다. 이름난 화가가 사람의 얼굴을 반쪽만 그려놓았다고 하자. 밥짓는 하인이나 물건파는 상인이 가리키며 비웃기를, 애꾸눈 하나만 가지고 보면 집모서리와 계단구석이 뚝 끊어져 비스듬히 보일 것이요 나중에는 반드시 크고 좋은 집이 장차 쓰러지겠다고 탄식할 것이라 했다. 세상일이 그렇지 않은 것이 없는데 개탄할 것이 무엇인가.

오로지 욕심을 버려야 욕되는 일이 없는 법이다.

남의 것을 빼앗아 자신만 살찌게 하려는 마음을 갖는다면 사람들이 어떻게 견디겠는가. 마침내는 남들에게 자기의 것을 빼앗기게 되는 법이다.

한 지관이 어리석은 사람을 유인하여 어느 언덕을 가리키며, "저기가 돼지 주둥이 형국이다." 하고, 앞에 있는 조그만 바위를 가리키며, "이것은 돼지 똥이 쌓인 형국이니 돼지 주둥이에다 장사지내면 말할 수 없는 부자가 될 것이다." 했다. 그 말을 듣자 그 우매한 사람은 기꺼이 그곳에 부모를 묻었다. 아아, 세상사람들이 오직 부자가 되기만 바라고 또한 풍수가들에게 현혹되어 조상을 욕되게 하는 부끄러운 일들을 서슴없이 한다.

고양이와 개는 서로 가까이 하지 않는다. 개가 고양이를 만나 무턱대고 쫓으면 고양이가 재빠르게 집귀퉁이로 올라가 개를 내려다보고 앉는데, 개는 머리를 흔들며 맥없이 물러가버린다. 그러나 개가 한 번 차고 물러선다면 고양이가 등을 활처럼 구부리고 볼을 비비다가 발톱을 펴서 개의 코를 후비게 되는데, 개가 정작 성을 낸다면 고양이가 어쩔 수는 없을 것이다.

갑은 소를 타고 을은 말을 타고 가다 여관에서 자고 새벽에 떠나게 되었는데, 그만 갑이 말을 타고 을이 소를 타고 갔다. 갑은 소를 타고 을은 말을 탔으리라 믿어 의심하지 않았다가 날이 훤해진 뒤에 털의 색깔이 다름을 알았다.

아침안개는 진홍색의 옥돌같이 붉고, 저녁안개는 석류꽃처럼 붉다.

남에게 돈이나 재물을 베풀되 억지로 하는 기색을 띠면 숨은 덕행이 크게 손상된다.

장초보(張肖父)가 쓴 이반룡의 문집 서문에, "한시의 악부형식 가운데 오언들은 「백두(白頭)」나 「맥상(陌桑)」 등의 작품들을 모방한 것이라고 하지 않았는가." 하였다. 나는 생각한다. 이처럼 이반룡의 글이 초나라 배우 우맹이 손숙오를 흉내내듯이 모방한 것이라면 후세에 선비들이 이반룡의 글을 배우는 것은 곧 우맹을 모방하는 일인데 모방하는 우맹과 진짜 손숙오는 거리가 멀지 않겠는가.

입아귀가 온전한 사람이 없는데 그런 사람은 곧 완전한 사람이 아니다.

호색가는 골수가 마르고 살이 빠지다가 죽게 되는 날 저녁에는 정욕이 상승한다. 그런데도 뉘우치는 마음이 없어 호색속에서 주려 죽는 귀신이 되는 법이다. 내가 일찍이 비웃고 가엾게 여기며 두려워하고 경계한다 하면서도 불행히도 나 자신이 집착하는 것은 생각치 않았으니, 내가 책을 좋아하는 것이 너무도 호색하는 것과 비슷하다. 요사이 유행하는 풍열 때문에 오른쪽 눈이 가렵고 아픈데, 사람들이 자못 책병이라고 놀리니 다소 그렇기는 하다. 그러나 독서는 하루도 쉴 수가 없어 눈만 뜨면 글자 속을 꿰뚫듯 책을 보게 되니 색에 빠지는 그네들로서는 응당 나를 야유할 것이다. 9월 그믐날 실없이 쓴다.

나의 시문을 과일에 비유하면 2할은 달고 3할은 시며, 나의 모습을 말에 비유하면 3할은 사육마이고 7할은 야생마 같다. 반쯤 익고 반쯤 설었으며 절반쯤 달고 절반쯤 시니 진홍빛의 윤기나는 옥돌이나 붉게 무르익은 과일처럼 혹은 푸른 구슬이나 잘 다듬은 말발굽처럼 될 날이 까마득하기만 하다.

안목이 있어 논평을 잘하는 사람이 시나 문을 읽어줄 때는 크고 잘된 글은 말할 것도 없고 비록 표현이 적절치 못하고 내용에 오류가 있는 작품이라 하더라도 값어치가 오르게 되니, 가만히 작자의 눈치를 보면 좋아하는 기색이 넘친다. 그러나 안목이 없어 논평을 잘 못하는 사람이 시나 문을 읽어줄 적에는 결점과 오류가 있는 작품은 말할 것도 없고 비록 크고 우수한 작품이라 하더라도 값이 떨어지게 되니, 작자의 표정을 보면 위축되어 근심하는 기색이 감돈다. 물론 값이 올라도 기뻐하는 기색이 없고 값이 떨어져도 근심하는 기색이 없는 사람이 바로 재능과 명성에 노예가 되지 않는 사람이다. 알 만한 사람과 더불어 논하게 된다면 나는 편안한 자리에 기대고서 웃음을 나누겠노라.

청나라 전겸익의 일생은 절반이 한족이고 절반이 호족이며, 학문은 한 때는 불교를 배웠고 한 때는 유학을 배웠으며, 문장은 해학도 아니고 수수께끼도 아니었으니 결국 낭(狼)이 뒷다리를 잃고 패(狽)가 앞다리를 잃은 격이다.

제나라에는 무염현(無鹽縣)이 있고 초나라에는 불갱현(不羹縣)이 있었다. 왜가리는 백조(伯趙)이고 개는 계촉(季蜀)이다. 한나라 때 청렴하던 두시(杜詩)가 있었고 명나라 때 강직하던 한문(韓文)이 있었다. 양사오(楊仕伍)와 이팔백(李八百)은 신선이었다. 진(秦)나라 장수 백기(白起)와 초나라 장수 황헐(黃歇), 초나라 이이(李耳)와 연나라 율복(栗腹), 오나라 손권(孫權)과 후한의 예형(禰衡)은 성명이 묘하게 짝이 된다. 지폐(地肺)와 천목(天目)은 산이고 불류(不留)와 당귀(當歸)는 약이다.

허공에 있는 빗발은 붙잡고 관찰할 수가 없는데, 만약 관찰해볼 수 있다면 원형으로 되었을까 육각으로 되었을까?

북두칠성의 윤곽이 네모진 것은 땅을 본딴 것이고 북두칠성의 자루가 세 번 꺾임은 하늘을 모방한 것인데, 사각은 모가 난 것이고 세 번 꺾임은 둥근 것이다. 북두칠성은 생명을 맡아 원기를 관리하는 것이기 때문에 하늘과 땅을 본뜬 것이다.

코 속에서 토해낸 회충으로 도자기의 깨진 틈을 붙일 수 있으니 끈끈함은 취하고 더러움은 잊어버리는 것이다.

많이 알면서도 저술을 하지 못함은 열매를 맺지 못하는 꽃과 같은 것이니 조만간 떨어져버리지 않겠는가. 저술은 하면서도 널리 알지 못함은 근원이 없는 물과 같은 것이니 언젠가 말라버리지 않겠는가.

한나라 문장가들은 자기와 다른 사람을 용납했고, 송나라 문장가들은 자기와 다른 사람을 배척했다. 그리고 명나라 문장가들 중에는 자기와 다른 사람을 업신여기거나 꾸짖거나 원수처럼 여긴 사람도 있었으니, 왕세정의 무리는 업신여긴 사람들이고 원굉도의 무리는 꾸짖은 사람들이며 전겸익의 무리는 원수처럼 여긴 사람들로서 세상 도의의 높고 낮음을 볼 수 있다.

두 대가리의 뱀과 아홉 개의 꼬리를 지닌 여우는 세상에 지극히 악한 것이지만, 현명한 사람은 피할 수 있고 용기있는 사람은 잡아죽일 수 있다. 그러나 오직 옷으로 몸을 꾸미면서 똑똑한 체하고 남을 헐뜯기나 잘하는 사람의 경우는 현명한 사람도 피하지 못하는데, 그것은 비방하는 자의 유언비어 때문이니 유언비어를 어떻게 막을 수 있겠는가. 또 용기있는 사람도 잡아죽일 수 없음은 그 숫자가 여럿이기 때문이니 인간을 어떻게 하나하나 함부로 죽일 수 있겠는가.

농사를 짓거나 장사를 하는 집에서 자라 주위에 스승과 벗 하나 없는데도 쾌히 문장을 깨우쳐 시원스럽게 세속의 때를 씻는 수가 있으니, 이는 부처가 될 수 있는 자질이다. 책이 많고 스승과 벗이 많은데도 글이 평생토록 무디고 거칠기만 한 사람은 장차 어쩔 것인지 슬픈 일이다.

깊이 알지도 못하면서 어찌 함부로 말할 수 있으랴.

생명을 해치는 일을 하지 않는 것이 곧 건강법이다. 약을 복용하는 것과 호흡을 통해 관절을 조절하는 것 등은 그다지 중요한 게 아니다.

문장가를 여인에다 비유한다면, 명나라 종성은 요조숙녀이고 원굉도는 재능있는 여인이다.

정말로 두렵기는 얄팍한 재주가 있으면서 호기를 부리는 것이고, 진실로 민망하기는 알맹이가 없으면서 많은 말을 늘어놓는 것이다. 하늘 자체가 고원한 것이 아닌데도 만물이 모두 하늘에 덮여 움직이는 것은 하늘이 공허하기 때문이니 마치 물고기가 물에 덮여 노니는 것과 같다.

일이 없는 낮에는 하늘을 바라보고 일 없는 어두운 밤에는 눈을 감는다. 흰 하늘을 볼 때는 마음이 고요해지고 눈을 감을 때는 마음이 온화해진다.

드높은 지조는 서리처럼 늠름하고 너그러운 도량은 봄처럼 따스하다.

고매한 사람이 저속한 사람을 대하면 졸음이 오고 저속한 사람이 고매한 사람을 대해도 졸음이 오는 것은 서로 맞지 않기 때문인데, 저속한 사람이 조는 것은 비루하여 말할 것이 없거니와 고매한 사람이 조는 것도 옹졸함에 지나지 않는다. 진정으로 고매한 사람이 있다면 절대 졸지 않을 것이다. 왜냐하면 능히 남을 용납하기 때문이다.

문장은 하나의 기능적인 것인데도 우아한 것과 졸렬한 것, 진짜와 모방의 구별을 혼동하고 있으니, 어떻게 감히 자연을 품평하고 인물을 감식하겠는가. 공정한 마음을 가진 사람이라야 문장을 알아보는 법이요, 편견을 가진 사람과는 함께 할 수 없는 것이다.

거짓된 문장은 말할 수 있어도 거짓된 도덕은 말할 수 없는 것이다.

평화로운 세상에서는 좋은 검이 쓸데없다. 독한 술로 신에게 제사를 지낼 때 왼쪽으로 검을 휘두르면서, "난신과 역적들이 어디로 도망갈소냐?" 하고, 오른쪽으로 휘두르면서, "헐뜯는 자와 간사한 자들이 어디로 도망갈소냐?" 하다가 등불에 검을 가까이 대고 보면 시퍼런 서슬이 그만 가을물처럼 보이게 된다.

백거이의 「하주부(荷珠賦)」에, "기운 곳에는 깃들지 않고 항상 반듯한 곳에 의지하며, 멈출 곳에 멈추되 반드시 연잎 복판에 위치하고, 둥글대로 둥글지만 물의 본성을 잃지 않는다." 하였으니, 학덕있는 사람이 처신하는 법을 비유한 것이다.

그리고 최응(崔凝)의 「금경부(金鏡賦)」에는, "거울집을 여는 순간 시원한 빛을 내쏜다. 푸른 하늘을 비추면 우주가 환히 통하고 만물이 그 속에 들어 텅비고 깊기가 한이 없도다. 맑아서 깨끗한 못과 같고 흔들면 번쩍이는 번개 같도다. 공정할 뿐 사심이 없어, 곱거나 추한 그대로를 보여준다." 하였으니 학덕있는 사람이 마음 밝힘을 비유한 것이다.

이목구심서 3

사람이 재물을 모으는 것은 자신의 생명을 보존하기 위해서이다. 그런데 용렬한 사람은 도리어 생명을 가볍게 여기니 어리석지 않은가. 우리집이 삼포(三浦)에 있을 때의 일이다. 어떤 사람이 허리에 돈 10꿰미를 차고서 얼음이 풀리려는 곳을 건너다가 미처 반도 건너지 못하고 빠져 겨우 상반신이 얼음 위에 걸렸다. 마침 강가를 지나던 사람이 급히 외치기를, "당신 허리에 찬 돈을 풀어버리면 살 수 있을 것이오." 하였다. 그러나 그는 고개를 흔들며 두 손으로 돈을 움켜쥐고 잃어버릴 것만을 걱정하다가 그대로 깊이 들어가고 말았다. 남을 가엾게 여기는 어진 마음이 절로 왕성하게 일어나는 것은 성인이나 어리석인 사람이나 모두 마찬가지이다. 그러나 이익을 추구하는 생각이 가득하면 결코 남을 가엾게 여기는 마음이 일어나지 않으니 참으로 기이한 일이다.

내가 전에 삼전도 얼음판을 건널 때 다음과 같은 일이 있었다. 어떤 사람이 소에 곡식을 잔뜩 싣고 가는데 소가 자꾸 뒤뚱거리며 미끄러지려 하자, 그 사람은 고삐를 움켜잡고 왔다갔다 하며 소리쳐 몰다가 거의 둘다 물에 빠질 지경이 되었다. 이때 마침 강가에 있던 사람이 멀리서 외치기를, "내가 건네줄 테니 내게 돈을 주겠소?" 하였다. 그가 "좋다"고 하자, 그러면 댓가로 얼마를 줄 수 있겠느냐고 묻는 사이에 소는 드디어 물속에 빠지고 말았다. 마땅히 사랑해서는 안 될 것을 사랑하여 그 정당함을 얻지 못하는 것은 어리석기 때문이다.

우리 집 행랑채에 소년 하나가 살고 있었다. 그 소년은 비둘기 길들이는 것을 지나치게 좋아하여 잠시도 비둘기 얘기를 하지 않는 날이 없었고 거의 옷 입고 밥 먹는 일조차 잊어버릴 정도였다. 그런데 하루는 어떤 개가 그의 비둘기 한 마리를 물어갔다. 소년이 쫓아가 비둘기를 뺏어들고 어루만지면서 눈물을 흘리고 매우 슬퍼하였다. 그러나 소년은 곧 비둘기 털을 뽑고 구워 먹었는데 그때도 서글픈 생각이 들었다고 했다. 그리고 비둘기고기는 꽤 맛이 있었다고 했다. 도대체 소년은 인자한 것인가, 아니면 욕심이 많은 것인가. 인간은 참으로 어리석을 따름이다.

그때 그때의 형편에 따라 적절히 일을 잘 처리하는 것은 글을 배운 지식인들에게도 어려운 일인데, 하물며 못배운 백성들이야 말할 것이 있겠는가. 백성 가운데 어떤 형제가 있었는데, 함께 아버지의 시체를 모시고 지극히 애통해하며 가다가 충청도 청주에 이르렀다. 아버지 시체를 한길에 내려놓고 지나가는 행인을 불러놓은 다음 그 형이 말하길, "우리 두 형제는 어버이를 잃은 슬픔을 당하여 아버지 시체를 메고 먼 길을 떠나 오느라 밥을 굶은 지 이미 여러 날이 지났습니다. 특히 제 아우는 수척해지고 기진맥진하였으니 어찌하면 좋겠습니까?" 하고 탄식하였다. 그리고 드디어 개고기를 사다가 칼로 저미면서 형은 또 사람들에게 말하기를, "아우마저 죽게 되면 누가 아버지 시체를 모시겠습니까? 그러니 제발 꾸짖지 말아 주십시오." 하였다. 그리고서 형은 아우에게 먹기를 권하였으나, 아우는 통곡할 뿐 차마 먹지 못하였다. 형도 통곡하면서, "그러면 내가 너를 위해 먼저 먹겠다." 하고 저민 고기 한 조각을 먹자 아우도 먹기 시작하였고, 다시 일어나 길을 떠나니 행인들 중 그들을 동정하지 않는 사람이 없었다.

어리석은 사람도 죽음이 두려운 줄은 잘 안다. 그러나 재물만 보면 죽음의 길도 서슴치 않고 마구 행동을 하곤 한다. 이는 요행을 바라는 마음 때문인데, 요행을 바라는 마음이 커지면 무슨 일인들 못하겠는가. 장마진 후에는 은을 채굴하는 구덩이에 물이 가득 괴어 그 물을 퍼내기 어려우므로 돈을 많이 주고 사람을 부리곤 하였는데, 그들을 개롱장(開壟匠)이라고 부른다. 그들은 은 구덩이 옆에 지하도를 파고 들어가다가 은 구덩이에 비교적 가까워진 것을 알면 그 지하도 곁에 몸이 겨우 들어갈만한 또 하나의 구덩이를 파놓는다. 그런 다음 은 구덩이와 지하도를 막고 있는 흙을 힘껏 파내게 되는데, 이때 눈길은 계속 옆의 구덩이를 향하면서 조심스럽게 작업을 하다가 물꼬가 터져나올 듯하면 재빨리 옆에 있는 구덩이로 뛰어 들어간다. 마침내 물이 터져 세차게 며칠을 쉬지 않고 나오다가 그친다. 그러는 동안 개롱장은 굶주린 채 구덩이에 앉아 있게 되고, 지하도 입구에서는 그의 아내와 자식들이 마음을 조리며 개롱장의 시체라도 흘러나오길 기다린다. 다행히 물길에 휩쓸리지 않고 물이 줄어든 다음에 무사히 나올 수 있게 되면, 그 개롱장은 의기양양해서 자기가 지하도를 요령껏 잘 팠기 때문이라고 자랑한다. 아, 그가 살아남을 수 있었던 것은 진실로 요행이다.

의롭지 못한 사람은 분수를 알지 못한다. 의롭지 못한 사람 가운데도 자기 분수를 아는 사람이 있긴 하지만, 편안하게 자기집에서 늙어죽는 사람은 만에 하나나 있을까말까 하다. 어떤 장사꾼 하나가 있었는데, 그는 저울대 속을 뚫고 그 빈 곳에 둥근 납덩이를 넣었다. 물론 그 납덩이는 매끄러워 굴러도 소리가 나지 않았다. 그런 다음 자기 물건을 팔 때는 그 납을 몰래 저울대의 머리쪽에 오게 굴려서 무겁게 하여 무게를 속이고, 남의 물건을 살 경우에는 그 반대로 하여 싼 값을 주었다. 그는 늙을 때까지 배불리 지냈으나 다른 사람들은 이런 속임수를 알지 못하였다. 그가 병들어 죽을 즈음에 그의 아들을 불러 경계하기를, "내가 치부할 수 있었던 것은 납덩이가 든 저울대를 잘 조종했기 때문이었다. 그러나 지나치게 많은 이익을 취하지 않고 알맞게 하였으므로 부당이득을 취한 것이 들통나지 않고 속임수가 발각되지 않았었다. 그러니 너는 나를 잘 계승하여 실패하지 않도록 조심하라." 하였다. 그러나 그후 그의 아들은 남의 물건을 두 배나 속여 부정한 방법으로 물건을 취득했다는 죄값을 받아 죽고 말았다.

횡재도 운수이나 함부로 마구 취해서는 안 된다. 포목장수 한 사람이 죽어 여러 동료상인들이 장례를 치러주고 있었다. 그런데 유독 어떤 장사꾼 하나만이 나무 밑에서 쉬고 있었다. 그는 아무 생각없이 땅바닥에 낙서를 하다가 구덩이에 은이 가득있는 것을 발견하고 재빨리 소매와 바지 속에 주워넣었다. 놀라기도 하고 기쁘기도 한 나머지 그는 주위를 둘러보거나 동료들에게 간다는 말도 잊고 그냥 돌아갔다. 돌아가는 길에 갑자기 온 몸이 가려운 것을 참지 못해 동대문 길가에 있는 집에 들어가 손으로 품속을 더듬었다. 그러자 청개구리가 펄쩍 튀어나오므로 그것을 땅에 냅다 집어던지니 죽어버렸다. 이렇게 품에서 청개구리를 찾아낼 때마다 땅에 집어던지니 품속은 텅비어 은이 한 푼도 남지 않게 되었다. 이때 그집 과부가 문틈으로 보니 한 남자가 은을 꺼내어 땅에 버리고 가버리기에 그 은을 모조리 주워 감추었다. 그는 청개구리가 없어진 것으로만 여기고 의연히 집으로 돌아갔다. 다음 날 은이 모두 없어진 것을 알고 그 장사꾼은 상심하여 전날 개구리 던졌던 곳으로 다시 와봤으나 아무것도 없었다. 단지 조그마한 은 두 낲만 보일 뿐이었다. 속상해하면서 은의 행방을 물으니, 그집 과부는, "무슨 미친 소리요. 은이라곤 없었어요." 하며 딱 잡아떼었다. 그래서 상인은 실망하고 나와

버렸다. 다시 찾은 은 두 냥은 2백 냥의 값이 나갔다. 당시의 상법에 동료상인의 장례를 같이 치르지 않은 사람은 벌금 2백 냥을 물게 되어 있었으므로 그는 이 2백 냥으로 벌금을 치렀다.

언짢은 일을 피하고 탈을 막는 데는 점을 치지 않아도 그 길흉을 눈치 빠르게 알아차릴 수 있으면 된다. 어떤 사람이 무과시험에 응시하러 가는 길에 여관에 머물게 되어 그의 화살을 벽에 세워놓았다. 그때 어떤 거지 아이가 뜰에 서서 그 방을 엿보고 있었는데, 아마도 그 화살의 수효를 암기하는 듯하였다. 이에 그 사람은 마음속으로 의심스러운 생각이 들어 곧 감탕나무1)를 깎아 그 화살의 크기와 수효가 똑같게 만들었다. 새로 만든 화살을 먼저 화살 놓아두었던 곳에 기대어놓고 원래 화살은 감춰두고 기다렸다. 밤중이 되어 도적이 여관으로 쳐들어오자 그는 용마루로 올라가 감탕나무 화살을 쏘았다. 그러자 도적이 물러서서 외치기를 '벌이야' 하였다. 벌이란 사람을 쏘는 것이므로 화살을 쏘라는 은어이다. 그가 연달아 쏘자 도적이, "화살이 이미 다 떨어졌으니 공격해도 좋다." 하였다. 그때서야 무인은 원래의 대나무 화살을 꺼내 쏘기 시작하였다. 마침내 도적은 화살을 맞고 쓰러졌다.

위기에 처해서도 버티고 살아남으려면 민첩한 사람이라야 한다. 그러므로 아무 일없이 한가로이 지낼 때도 변화에 처할 경우를 미리미리 생각해두는 것이 좋다. 한강의 어선들은 폭이 좁고 노를 많이 갖추고 있어 빨리 달릴 수가 있으므로 어떤 때는 다른 상선을 약탈하고 멀리 도망가곤 한다. 화물을 많이 실은 상선에 도적이 올라가 노략질을 하는데 그 방법은 상선안에 있는

---

1) 4~5월에 잘고 황록색인 홑성꽃이 피고, 열매는 둥근 씨과실로 붉게 익으며 재목은 단단하여 도장·조각 등에 쓰임.

밥숟갈을 거두어 그 수효만큼 사람을 죽이는 것이다. 어떤 상선에서 밥짓는 일을 맡은 사람의 경우 무식하면서도 지혜가 있었으므로 얼른 선창 밑으로 가서 숟갈 하나를 집어다 물속에 버리고, 도적 배로 헤엄쳐가서 배의 키 옆에 숨어가지고 그 배의 바닥부분 널판 밑에다 칼을 꽂아 표시를 해두었다. 잠시 후 도적들은 숟갈 숫자대로 사람을 죽이고, 재물을 전부 약탈해 갖고 도망갔다. 밥짓는 일을 하던 그 사람은 드디어 강화부에 사실을 알리고 한강의 모든 어선을 집합시켜 줄 것을 요청하였다. 이에 모든 어선이 포구에 정박하자, 그는 옷을 벗고 헤엄을 쳐서 물 속에 들어가 여러 배 가운데서 칼 꽂힌 배를 찾아내었다. 그리하여 그 도적들은 모두 법에 걸려 사형되고 말았다.

새해를 축하하러 간 사신이 북경에서 돌아올 때 상인 하나가 어미원숭이를 사 가지고 왔는데 그 원숭이는 마침 새끼를 배고 있었다. 우리나라로 들어오게 되자, 어미원숭이는 슬픔에 잠겨 머뭇거리면서 앞으로 나아가려 하지 않으므로 그 상인은 원숭이를 위로하였다. 어미원숭이가 도중에 새끼를 낳자 상인은 소매속에 새끼를 넣고가면서 꺼내어 젖을 먹게 했다. 하루는 어미원숭이가 새끼를 빨리 꺼내달라하여 머리위에 새끼를 이고 사람마냥 걸어가는데 소리개가 나타나 새끼를 채가고 말았다. 이에 어미원숭이가 슬픔을 이기지 못하므로 상인이 또 위로하기를, "네가 비록 슬퍼한다 하더라도 어쩌겠느냐. 원숭아, 너의 마음을 너그럽게 가져라." 하였다. 여관에 이르자 원숭이는 갑자기 닭을 잡아 털을 뽑아 머리에 이고 소리개가 채갔던 곳에서 빙빙 돌아다녔다. 소리개가 또 내려와 움켜쥘 때에 어미 원숭이는 재빨리 소려개를 잡아 찢어죽였다. 그리고 그 원숭이는 상인이 낮잠 잘 때를 기다렸다가 고삐를 풀어 목을 매어 자살했다. 아! 슬프다. 원숭이는 한낱 짐승이지만 사람이나 다름없으며 장사꾼은 사람이면서 오히려 짐승이나 다름없다

할 수 있으니, 어찌 사람이 귀하다 할 수 있겠는가. 그 원숭이는 사람에게 잡힌 데다가 또 새끼마저 잃었으니 죽지 않고 어찌하랴.

어떤 사람이 은장도를 차고 있었다. 그 자리에 있던 한 사람이 그 은장도를 갖고 싶어하므로 그 사람은 큰 고기덩어리를 주면서 농담삼아, "자네가 이 고기를 씹지 않고 그냥 삼킬 수 있다면 이 은장도를 주겠네." 하였다. 그러자 그 사람은 흔쾌히 승낙하고 그 고기를 삼켰는데 그만 목구멍에 걸리고 말았으며 두 눈이 튀어나오고 손으로는 가슴을 문질러댔다. 은장도를 차고 있던 사람이 놀라, "자네가 그 고기를 토해내면 공짜로 은장도를 주겠네." 하였다. 그러나 그 사람은 입으로는 말할 수가 없으므로 다만 손을 휘저어 그 말을 듣지 않겠다는 시늉을 했다. 그런데 한참 고개를 들었다 내렸다 하는 동안에 고기덩이가 내려갔다. 그 사람은 곧 은장도를 차지하고서 말하기를, "고기를 토해내고도 싶었지만, 처음에 내기한 것이 있듯이 토해낸 후 당신이 딴소리를 할지 어찌 알랴." 하였다. 아, 슬프다. 물질을 보면 탐이 나서 몸까지 망친다는 것은 바로 이를 두고 한 말이다. 아마도 은장도를 보고 고기를 삼키지 않을 사람은 거의 없을 것이다.

군도감(軍盜監)에, 장마비가 말끔하게 개자 큰 구렁이가 창고 옆의 족제비 구멍으로 들어가 족제비 새끼들을 삼키고는 배가 불러서 뜰에 나와 있었다. 잠시 후 족제비 암수가 급히 나와서 구렁이 앞에다 땅을 파는데 그 길이가 매우 길어 대나무 홈통 같았다. 또 그 양 끝에다 수직으로 구멍을 뚫는데 꼬리로부터 주둥이까지의 길이와 같을 정도로 깊이 팠다. 드디어 구렁이가 구불구불 기어서 파놓은 곳으로 들어갔는데, 머리로부터 몸 끝까지 꼭 끼어 빈틈이 없이 들어맞았다. 구렁이는 몸을 움직여보려 하나 움쭉달싹 못하고 배를 뒤집으려 하나 뒤집지도 못한 채 급기야는 죽고 말았다. 아마도 두 마리 족제비가 몰래 물어뜯었기 때문에 죽은 것 같다. 족제비들이 나와 구렁이의 배를 가르니 네 마리 새끼족제비가 죽어있었는데, 몸에는 다친 데가 없었다. 꺼내어 깨끗한 땅에 누인 다음, 암수가 번갈아 콩잎과 계장풀(鷄腸草)을 뜯어다가, 먼저 콩잎을 펴서 새끼들 밑에 깔고 계장풀로 두껍게 덮어주었다. 그리고나서 암수가 각기 양 쪽에서 주둥이를 잎사귀속에 묻고 입김을 부니 새끼들이 꿈틀거리며 살아났다. 아, 얼마나 지혜롭고 의로우며 자애로운가! 사람으로서 이 세 가지를 갖추었다면 훌륭한 인격자라 할 만하다. 어느 족제비 한 마리를 붙잡아 왔을 적에 여러 족제비들이 사방에서 모여들어 힘을 다해 그 위급함을 구해냈다는 얘기를 그전에도 나는 들은 바가 있다. 그것들의 의리는 참으로 경탄할 만하다.

논리정연하게 말하지 못하고, 남의 말을 따라 이러쿵저러쿵 지껄이는 사람은 거칠고 야무지지 않다면 어리석고 나약한 자이다. 올바른 길을 따르면 좋은 일이 생기고, 바르지 못한 길을 따르면 불행한 일이 닥친다고 하였으니 서거이(徐居易) 이전에도 이미 이와 같은 좋은 지표가 있었다. 눈동자를 보면 사람이 어찌 속일 수가 있겠는가 하였으니 진단(陳摶) 이전에 이미 이와 같이 사람을 잘 감별하는 좋은 방법이 있었다.

착한 사람을 따라다니다 보면 날이 갈수록 얻는 바가 있겠지만, 나쁜 사람을 따라 노닐면 날마다 잃는 것이 있게 될 것이다. 한편 감정에 휘말려 얻으면 기뻐하고 잃으면 슬퍼하는 사람은 보물을 자물쇠로 잠가놓고 도둑을 막느라고 겨를이 없다가 도둑이 자기 눈앞에 나타나도 정신을 못차린 채 자신의 목숨까지 함께 잃게 되니 슬프다.

간교한 눈짓으로 추파를 보내는 것은 투구꽃보다 독성이 더하고, 미소지으며 은밀한 언어를 쓰는 것은 미혹스럽기 그지없다. 이런 까닭에 인격자는 인간의 오관 중에 특별히 눈과 혀를 철저히 단속해야 할 것이다.

하루종일 조용히 앉아 올바른 말만 하는 사람을 나는 대단히 존경한다. 만일 조용히 앉아있을 뿐 바르게 말할 수 없는 사람은 2등급으로 떨어진다. 더구나 남을 따라서 히히덕거리기나 하는 사람은 3등급으로 떨어진다. 3등급의 사람이 좋은 사람인가, 1등급의 사람이 좋은 사람인가.

교묘하게 속이고 아첨하며 일생동안 남을 호도하는 사람이 있다. 비록 꾸미는 데 익숙하여 스스로는 대단히 처신을 잘한다고 생각할지 모르나, 그 가려진 것이 매우 얇으므로 감추고 덮을수록 속속들이 나타나기 마련이니, 고생스러울 뿐이다.

다른 사람의 착한 점을 드러내는 일은 한없이 좋은 일이다. 그렇게 선을 행한 사람은 이름이 소멸되지 않고 더욱 힘쓰게 되며, 듣는 사람은 그런 일을 본보기로 하여 자기 행동의 준거로 삼으며, 그 일을 말하는 나 자신 역시 그를 본받게 되는 것이다.

보잘것없는 저속한 곳에 처하기를 달게 여기는 것과 말을 거침없이 내뱉고 얼굴빛을 갑자기 바꾸는 것은, 권위를 잃는다는 점에서 마찬가지이다.

송지문(宋之問)은 간사한 사람이다. 그런데 그의 시는 소박하고 온유하니 과연 시가 바르고 아름다운 심성에서 나오는 것인가. 채경(蔡京)은 음흉한 사람이다. 그런데 그의 글씨는 굳세고 단아하니 과연 마음에서 우러나와 쓴 것인가. 이들은 예외적인 것이 아닐까. 그러나 시나 글씨는 기능적인 재주일 따름이다. 오직 그 기본이 되는 큰 줄거리가 어떠한가만 보면 거짓과 진실을 구분할 수 있다.

편지 글이란, 내가 하고 싶은 말이 있을 때 상대방이 알아들을 수 있도록 말하듯이 써야하는 것이니, 단정한 글씨로 전하고 싶은 내용을 간략하게 적으면 된다.

우리가 사슴이나 돼지 같은 짐승과 무리지어 살 수 있는가. 또한 생명이 없는 나무나 돌처럼 살 수 있겠는가. 그리고 시정잡배들과 더불어 놀아날 수 있겠는가. 만일 어느 누구에게 총명함·상서로움·우아함·순수함 가운데 한 가지만이라도 지니고 있다면 그는 나의 스승이다. 다행히 그런 사람을 얻어 동행하고 따르면 얻는 바가 지극할 터인데 어느 겨를에 그를 꺼리며 욕하겠는가.

진정 너그러운 사람은 참으로 드물다. 더러 관대하다는 사람이 있는데 그들은 대개 옳고 그름에 대해 분명하지 못해서 그릇된 것을 바로잡지 못하니, 그것이 어찌 너그러움이 되겠는가.

생기가 왕성한 어린이에게 마음껏 놀아나게 하고 지껄이게 한다면 장차 무슨 짓인들 하지 않겠는가. 아버지가 되어 아들을 가르치지 못하면 이는 자기가 저지른 잘못보다 더 심하다 할 수 있다.

책만 많이 읽고 생각이 부족하며, 말이 간결하나 취미가 없는 자의 헛된 이름은 많다는 다(多)자와 간략하다는 간(簡)자 때문에 붙여진 것이다.

내게 수많은 괴리와 갈등이 일어나는 것은, 내가 다른 사람들의 뜻과 원만하게 맞추려고 애쓰지 않고, 반대로 다른 사람들도 나와 원만한 관계가 될 수 있도록 노력하지 않기 때문이다. 무릇 한 사람이 하는 일에 있어서도 뜻이나 취지에 일치되는 점도 있고 그렇지 않는 점도 있으니, 나와 함께 하지 않는 자들 가운데서 각기 뜻이 같은 점만 취할 뿐이라면, 음모의 함정은 만들지 않아도 되고 적대하는 칼날은 거두어도 된다.

마음을 온유하고 평화롭게 가져 자연의 이치에 거역함이 없이 순종하는 것이 인생의 커다란 행복이다. 마음가짐이 너그럽고 평안하며 고요하면, 추위나 더위도 영향을 끼치지 못한다. 옛사람들이 불에 들어가도 타지 않고, 물에 들어가도 젖지 않는다고 한 것은 바로 이것을 가리켜 한 말이다.

세상에서 가장 상서롭지 못한 것은 아무 근거도 없이 남을 함부로 헐뜯는 것이다. 물론 근거 없는 중상이나 비방은 결국 탄로나기 마련이다. 한편 비방을 받는 사람이 만약 자신의 결백을 거칠게 변명하게 되면 매우 시끄럽게 되니, 비방하는 말의 경중을 더욱 조심스럽게 살필 일이다.

『주역』에서 말하기를, "분노를 참고 욕심을 억제하라, 또 말을 삼가고 음식을 절제하라." 하였다. 대체로 이 네 가지는 인생의 큰 방파제요 마음을 닦는 큰 학문이다. 바르게 생활하기 위해 마음과 몸을 닦는 것과 오래 살기 위해 몸과 마음을 편안히 하는 것이 어찌 두 가지 길이겠는가. 마음의 불은 타기 쉬우니 그것을 끄는 것은 분노를 참는 것이요, 콩팥의 작용을 일으키는 기운은 새기 쉬우니 그것을 새지 않게 하려면 욕정을 억제해야 된다. 지라는 기를 기르는 곳이다. 기가 흩어지지 않고 위로 올라가게 하는 것은 말을 삼가는 데서부터 시작되고, 또 기가 멈춰서지 않고 아래로 흐르게 하려면 음식을 절제하는 것으로부터 시작해야 한다.

자기를 통제하는 것은 분명해야 하지만, 남을 대하는 데는 포용이 필요하다. 사람들이 많이 모인 데서 남이 꺼리는 바를 끄집어내는 것은 진실함과 관대함을 크게 손상케 되므로 주의하지 않으면 안 된다. 우정을 오래 지속시키려면 먼저 작은 일이나 조그만 이유로 해서 생겨나는 미워하고 의심하는 마음부터 없애야 한다.

남이 재주와 학식이 있다는 말을 듣고는 한 순간이라도 마음 속으로 시기하고 의심하면서 겉으로 비웃고 비난하기를 일삼는다면 어찌 보통 일이겠는가. 크게 생각해보면 이는 독살스러운 기운이 있는 것이요, 깊이 헤아려보면 사형을 집행하는 사람의 마음이 싹튼 것과 마찬가지이니, 엄숙하게 반성해야 할 것이다.

몸을 움직이고 일을 처리함에 있어 항상 넉넉한 마음이 있어야 한다. 이 여유있고 너그러운 마음은 특히 행위하는 동안에 찾을 수 있는데, 이러한 고귀한 심성은 관심과 사랑에만 적용될 뿐 아니라, 냉정하게 결단하는 일에도 없어서는 안 된다.

나는 태어나면서부터 큰 뜻이 없고 스승조차 없어 고루하고 변변치 못한 사람이다. 백 가지 중에 한 가지도 잘하는 것이 없는 가운데 더욱 무능한 것이 넷이 있다. 곧 바둑을 둘 줄 모르고, 소설을 읽을 줄 모르며, 여색을 말할 줄 모르고, 담배를 피울 줄 모르는 것이다. 그러나 이 네 가지는 비록 죽을 때까지 할 수 없다 해도 해롭지는 않다. 만약 내가 자제들을 가르친다면 먼저 이 네 가지를 못하도록 지도하겠다.

나는 가혹한 추위와 맹렬한 더위를 당해서도 종일토록 어깨를 꼿꼿이 세우고 똑바로 앉아 있는다. 이것으로 미뤄 본다면 학식이 우주를 포괄하는 깊은 경지에까지 이르지 못하였다고 하더라도, 나태하고 경망스러운 것보다는 백 배나 낫다고 생각한다. 그러기에 일찍부터 배우려하지 않는 때가 없었다.

사람이 영리하게 살아가려면 마치 『곡례(曲禮)』에서 말하는, "방에 들어가려 할 때는 문앞에서 반드시 기침을 하고, 문밖에 두 켤레 신이 있을 때 말소리가 들리면 들어가고 들리지 않으면 들어가지 않으며, 문이 열려 있었다면 열린 채로 두고 문이 닫혀 있었다면 닫되 뒤에 들어올 사람이 있으면 다 닫지 말라."는 좋은 가르침대로 해야할 것이다. 때때로 영리한 체하는 자가 이런 것들을 소홀히 여기고 오히려 반대로 행동하여 창피를 당하니, 그들의 처신이라는 것을 알 만하다.

미친 듯이 호통을 치고 큰 소리를 질러서 사람을 복종시킬 수 없다. 그리고 거칠게 책을 읽고 조잡스럽게 낭송하는 것은 자신에게 이로울 바가 없다.

정신은 소모되기 쉬우며, 세월은 빨리 지나가버린다. 세상에서 가장 애석한 일은 아마도 이 두 가지일 것이다.

성인군자인 체하는 위선자가 되기는 쉬우나, 철저하게 진취적이거나 보수적인 사람이 되기는 쉽지 않다.

사람이 꿈을 꾸는 데는 반드시 그만한 이유가 있을 것이라 생각하여 꿈을 풀어서 일일이 검증해보려 함은 성격이 조급한 것이다. 나는 늘 꿈을 꾸어도 그것을 말하고 싶지 않다.

사내대장부라면 자신은 가난한 집에서 끼니조차 제대로 잇지 못한다 할지라도, 항상 남에게 베풀기를 좋아하고 궁핍함을 구제하고자 하는 마음을 가져야 한다.

맛있는 음식이나 좋아하여 복어국 같은 것을 먹고, 지관에게 현혹되어서 조상의 묘까지 파다 옮기며, 현란한 표현과 화려한 글에 집착한 나머지 자제로 하여금 경서를 멀리 하도록 만드는 사람들을 나로서는 의혹스러워 이해하지 못하겠도다.

어린아이들이 누워서 잠자는 것이나 좋아하고, 어른의 가르침은 받아드리려 하지 않으면서 멋대로 놀기만을 일삼는다면 성품이 해이해질 것이다. 이 경우 부족하고 못난 사람이라면 남에게 해를 끼치지는 않는다. 그러나 만일 경박하면서 머리가 뛰어나고 말솜씨가 좋은 아이라면 교묘히 꾸며낸 말로 남을 속이는 데 힘쓸 것이니 장차 무슨 짓인들 하지 않으랴. 이런 까닭에 어린이교육을 중하게 여기는 것이다.

우리가 사람을 만났을 때 천한 노예나 시중의 건달을 대하듯이 무례하게 행동하면 상대방은 노여워하고, 덕망있는 사람이나 현명한 사람으로 대우해주면 기뻐하는 것이 인지상정이다. 그러나 사람들이 처신하는 바를 보면, 스스로 자기를 노예로 만들기도 하고 건달로 만들기도 한다. 이런 까닭에 인격적인 사람은 스스로 반성하는 것을 중요시하며, 항상 거짓을 싫어하고 진실을 추구하는 것이다.

유학을 싫어하는 사람은 커다란 근본을 숨기기 위하여 미미한 결함이나 조그마한 허물이라도 들춰내려 하고, 점장이에게 빠진 사람은 세상과 백성들을 현혹시키고 있다는 사실을 감추려고 조금밖에 알지 못하는 것이라도 과장하기를 마지않는다. 이런 관습은 더욱더 개선되어야 할 점이다.

지나치게 너그럽고 두터운 행동과 빈틈없이 분명하고 세밀한 행동은 **좋지** 않다. 또한 어설프게 관대하고 너그러운 듯하며 어물쩍하게 정확하고 분명한 듯한 행동도 하지 말아야 한다.

과거에는 예법과 음악이 잠시도 우리 곁에서 떠나지 않았다. 후세로 오면서 음악은 없어져 더이상 할 말이 없다. 그래도 예법은 여기저기 흩어져 없어진 것도 있기는 하나 전부 사라지지는 않았는데 사람들이 이를 행하려 들지 않으니 어째서인가. 심지어는, "옛날과 오늘날의 시대가 다르고, 풍속의 변화를 되돌리기 어려우며, 빈부도 고르지 않기 때문이다." 한다. 물론 그렇게 말할 수도 있다. 그러나 과거와 현재의 차이를 진실로 헤아리기 어렵거니와, 풍속은 현실에 따라 다를 수가 있고, 빈부도 많고 적음에 따라 맞도록 하면 된다. 원기가 부족하여 병이 나면 인삼과 부자2)라야 고칠 수 있으나 구하기가 쉽지 않고, 한 손가락이 갑자기 자유스럽지 않을 때는 약쑥으로 뜸질하면 고칠 수 있으며 구하기도 쉽다. 그런데 사람들은 한탄하기를, "큰 것은 다스릴 수 없고, 작은 것은 하찮다." 하니, 어찌 사람의 생각이 그러한가.

선비나 군자가 몸가짐을 바로하고 지혜롭게 행동하는 데 있어 첫째도 『소학』이고, 둘째도 『소학』이다. 주자가 경서를 풀이한 공적은 더 말할 수 없으나, 『소학』을 편집한 일은 참으로 커다란 업적이다. 자제에게 『소학』으로 가르치지 않고, 막연히 경솔하고 거짓된 것만 꾸짖음은 눈금없는 저울

---

2) 부자(附子)는 바곳의 어린뿌리로서 양기를 돕고, 체온이 부족한 여러 병에 효험이 있는데, 특히 중풍, 담궐, 이질 따위에 약으로 쓰이는 맹렬한 극약임.

과 같다.

혼사에 있어 가문이나 따져가며 그 지위가 높은 이는 부추기고 낮은 이는 얕잡아보는 짓을 하지 않는 것도 덕행과 학문이 높은 사람들이 해야할 행동 가운데 하나이다.

독서와 글짓기에 평생을 다 바쳐 세상의 모든 일에 두루 박식하다 할지라도, 만약 이러한 지식 외에 실로 좋아하는 취미가 없다면 인간의 마음이 좁고 생각이 얕은 것은 이루 다 말할 수가 없다.

나의 몸은 참으로 작다. 그리하여 숨을 쉬고, 눈을 깜박거리며, 허리를 굽혔다 펴고, 움직이며 멈추는 것들은 내 뜻대로 하기가 쉽다. 그러나 내 몸을 떠난 허다한 것들은 그 많고 적음과 강하고 약함이 같지 않아 그것들로 하여금 내 뜻을 따르게 하려 해도 되지 않는다. 그러므로 항상 내몸부터 올바로 처신하기에 힘써 훗날에 해가 없도록 하는 것이 제일이다.

사람의 마음이 사악한 것에 빠져 회복할 수 없다면 어찌할 도리가 없다. 송나라의 담소를 잘 하고 시를 잘 지었던 정위(丁謂)는 조조(曹操)와 사마염(司馬炎)을 성인으로 여겼고, 송나라의 문장이 우아하고 정치에 뛰어났던 하송(夏竦)은 당나라의 성품이 교활했던 이임보(李林甫)를 재상 가운데서 가장 훌륭한 자라고 여겼다. 또한 안산농(顔山農)은 욕(慾)자로 학문을 삼았고, 허균은 남녀가 어지럽게 놀아나는 것을 하늘의 뜻이라 여겼으며, 김위는 『수호전』을 초학자의 입문서라 하여 자신의 사랑하는 아들을 그 책으로 가르쳤다. 이것들은 세상에 드러난 것으로서 참으로 놀랄 만하다. 그러니 마음씨가 바르지 못한 사람으로 이런 술책과 꾀임에 빠지지 않는 사람이 정말로 몇이나 될른지 모르겠다. 대부분 사람이 우물쭈물하며 감히 말하지 않을 따름이니, 위험스럽고도 안타까운 일이다.

행실은 항상 높은 곳에 오를 것을 생각해야 되고, 생활에 있어서는 늘 낮은 곳에 처할 것을 생각해야 된다. 만일 내가 평범한 사람이라면 착한 사람이 될 것을 생각해야 하고, 착한 사람이면 학식과 덕행을 갖춰 성인이 되기를 생각해야 하는데, 이는 꾸준히 노력하는 데 달렸다. 만약 큰 집에 살면서 호의호식하고 지내는 사람이라면, 장차 초가집에 살면서 거친 음식을 먹고 지내더라도 원망하지 않을 것이라는 생각을 해야 된다. 또한 초가집에서 살며 쓴나물을 먹고 지내면서도, 장차 토담집에 살면서 굶주려 죽더라도 원망하지 않을 것이라고 생각한다면 이는 겸손한 것이다. 대체로 이와 같이 한다면 어디 간들 걱정이 있으며 평안하지 않겠는가.

주공과 공자 이후로 수천 년 동안 도덕을 훼손시키는 자가 날로 늘어나고 있다. 한나라의 유가, 도가, 법가 등의 아홉 학파의 시끄러움은 견디지 못할 지경이고, 또 사람의 마음을 현혹시키는 예능이나 오락같은 잡다한 것들도 해를 끼치는 점은 마찬가지이다. 원·명 이래로 지금에 이르기까지 재미있는 소설이나 연의를 좋아하는 기풍이 출세지향적인 과거의 학풍과 더불어 해를 끼치는 바가 적지 않다. 멋있게 생긴 남자들이 소설과 과거문장에 빠져서 건전한 내용의 글을 쓰지 못하고 있으니 통탄하지 않을 수 없다. 소설을 물리치고, 과거에 정력을 다 쏟지 않는 사람은 역시 성스러운 유학을 보호할 수 있는 사람이다. 나의 말이 비록 실리와는 거리가 있을지라도 마음을 깨우치는 데는 효과가 클 것이다.

말이 쓸데없이 많은 것은 마음이 안정되지 못한 까닭이다. 신중하고 간결한 것이 말을 함에 있어 중요한 점이다.

스승과 벗은 현재의 경서요, 경서는 과거의 스승과 벗이다. 우리가 있는 힘을 다해 살아가면서 이 두 가지를 믿고 의지하면 그 아름다운 본심을 회복할 수가 있다. 만일 이 두 가지를 멀리 하거나 소홀히 여기는 자는 짐승과 다를 바가 없게 되는데, 그럴 경우 장차 어떤 결과가 닥칠지 나도 모른다.

속된 사람과 가까이 지내면 말과 행동이 꺼리는 바가 없게 된다. 그리하여 그 비천함을 알면서도 점점 자신도 모르게 그 속에 빠져들고 만다. 이는 대개 그런 사람이 나에게 따라붙는데도 내가 전혀 경계하지 않은 데 원인이 있다. 한편 정직하고 엄숙한 사람과 가까이 해야한다는 것을 모르는 것은 아니지만, 그렇게 되면 방만하게 행동할 수 없게 되고, 또한 그의 말이 나에게 유익한 가르침이 되는 것을 알면서도 당장 귀에 거슬리기 때문에 자연히 멀리하게 된다. 그리고 경계하는 말을 자주 듣게 되면 싫어하다 못해 마침내 상대방을 도리어 공격하게 되는데, 보통사람들로서는 특히 이 점을 주의하지 않으면 안 된다.

우리의 언어생활에 있어 진지한 대화가 요구될 때는 가슴 속으로부터 우러나오는 말을 해야지, 단지 목구멍과 입술 사이에서 나오는 상투적인 말이 되어서는 안 된다. 껍데기뿐인 어떤 말들을 내뱉지 않으려고 노력할 때 음흉한 사람이 되지 않는다.

언제나 활발하고 너그러운 쪽으로 생각을 하여 나의 막히고 치우친 곳을 뚫는 데 힘써야 한다.

문을 닫고 조용히 앉아 학문을 깊이 연구하다가 마음이 번거로우면 곧 산에 오르거나 물가를 거닐다가 돌아오는 것도 마음을 수양하는 좋은 수단이 된다.

선비가 한가로이 지내면서 독서조차 하지 않는다면 다시 무엇을 하랴. 독서를 하지 않게 될 때, 작게는 왼종일 드러누워 잠을 자거나 노름이나 하게 되고, 크게는 남을 비방하는 일이나 돈벌이와 여색에 빠지게 된다. 슬프지 아니한가. 그렇다면 나는 무엇을 할 것인가. 독서나 할 따름이다.

살아갈 수 있는 방법이 있는데도 계발하지 않는 자는 쓸모없는 사람이다. 그러나 힘과 꾀가 서로 맞지 않으면 어쩔 도리가 없다. 할 수 없는 일을 억지로 하면 법을 어기지 않을 자가 적고, 그런 경우 잘해 보려고 해도 졸렬해지기 쉬운 것이다. 그러므로 순리에 따르는 것이 바람직하다.

남들이 하지 않는 것을 나는 하고, 남들이 하는 것을 내가 하지 않는 것은 나를 과시하려는 행동에서 나온 것이 아니라 선행을 택했을 뿐이다. 남들이 하지 않는 것을 나도 하지 않고, 다른 사람들이 하는 것을 나 역시 하는 것은 맹종하려 해서가 아니라 옳은 것을 따랐을 뿐이다. 이런 까닭에 선비는 아는 것을 귀히 여기는 것이다.

나는 시골사람이라 어리석고 어두울 뿐만 아니라 넉넉하고 여유롭지 못하다. 그러나 내가 하고싶은 것은 근거없는 비방이나 밝지 못한 판단에 따라 멋대로 남을 평하지 않으려는 것뿐인데, 어떻게 하면 그렇게 될까.

진정한 영웅이나 수재들로서 조용히 숙고한 후에 일을 처리하지 않은 사람이 거의 없다. 민첩하고 날렵하여 겉으로는 경박한 듯 보여도 남모르는 침착함이 있다. 만약 막히고 둔해서 고요할 뿐이라면 그러한 안정을 어찌 귀하다 할 수 있겠는가. 그런 사람은 일을 해도 우물쭈물하다 못하고 만다.

칭찬하는 것은 사실을 넘어서기 쉽고, 헐뜯는 것은 몰인정에 가까운 것이다. 그러므로 실제보다 지나친 것은 진실로 옳아서가 아니요, 냉정한 것은 진실로 글러서가 아니다. 그러므로 선비는 가슴속에 참으로 옳고 그름의 분별이 있어야 한다.

나는 학문이 깊지 못해 말을 하거나 행동할 때 진실로 조급하고 망령됨이 많다. 그래도 한 가닥 떳떳하게 타고난 천성이 아직 사라지지 않았음인지 속으로 학문하는 사람을 매우 귀하게 여긴다. 알면서도 실천하지 못하고 좋아하면서도 행하지 못하는 것은 나약하고 쇠퇴하기 때문인데, 한 번 나약하고 쇠퇴해지면 소인이 되기란 순식간의 일이다. 나에게도 이런 부족함이 있는 줄 분명히 안다. 그러나 입을 함부로 놀려 학문을 배척하고 반목하여 경서를 얕보거나 앞뒤를 모르는 미친 자에게 나를 비교하면 성스러운 유학을 옹호한다고 해도 옳을 것 같다.

나는 몸이 피곤해서 드러누워 낮잠잘 생각만 하는데, 학문하는 사람은 늘 바르게 앉아 경건한 마음을 가진다. 또한 나는 정신이 산만하여 경서를 읽는 것이 마치 귓가의 바람소리 같은데, 학문하는 사람은 한 글자도 놓치지 않고 끝까지 연구한 후에라야 그만둔다. 게다가 나는 남에 대한 평가를 좋아하고 말이 추잡하여 야비해지곤 하는데, 학문하는 사람은 필요할 때만 말하고 그 말하는 것도 문란하지 않다. 나를 그에게 견주어볼 때 백이면 백 모두 그만 못하니 어찌 학문하는 사람을 사랑하지 않겠는가.

나쁜 소문은 두 배로 퍼지고, 좋은 소문은 반으로 줄어든다. 이는 양은 홀수이고 음은 짝수이기 때문이니, 덕망있는 선비는 그 반대가 되도록 힘써야 한다.

『주역』은 하늘과 땅의 변화여서 진나라 시황제의 불로도 태우지 못하였다.

남에게 돈을 빌릴 때의 마음과 남에게 돈을 갚을 때의 마음은 같지 않다. 그러나 훌륭한 사람은 그렇지 않다.

시(詩)가 비록 작은 법도지만 정통 음악이 사라져버린 뒤에는 시가 일신의 즐거운 음악이 되었다.

내가 남을 해치지 않았으니, 남들도 나를 해치지 않는다.

남에게 근거없는 비방을 한 사람은 반드시 까닭없는 재난을 당하게 된다.

평상시엔 오래 살기 위해 몸과 마음을 편안히 하고 병에 걸리지 않도록 노력하다가도, 절개를 지켜야 할 때가 되면 기꺼이 생명을 버리는 것을 효라고 한다.

예법을 아는 사람은 병법을 잘 안다. 금지하고 나무라며 보충하고 모으는 것이 마찬가지이기 때문이다.

글로써 남을 욕되게 하지 않는 것도 훌륭한 사람이 되는 기본이다.

마음씨가 바르고 어진 사람이 술에 취하면 착한 마음이 생기나, 어리석은 자가 술에 취하면 사나운 성질을 부린다.

먼저 성품을 본 뒤에 재능을 본다.

경서를 수박 겉핥기 식으로 다룬다면 경서가 병통이 되고, 문장을 출세의 수단으로 다룬다면 문장이 병통이 된다.

일의 내용에 따라 거기에 맞는 격식을 갖추어야 한다.

성질이 거친 사람일지라도 욕심을 버리고 남의 말을 받아들이면 충실하게 되고, 고집을 부리고 남의 말을 듣지 않으면 낭패를 보게 된다.

사물의 이치에 거스르는 것이 재난이 되는 줄만 알고, 일의 일상적인 법칙을 어기는 것이 재난이 되는 줄은 아직 모른다.

어린아이를 보고 가엾게 여기는 것은 아직 성숙하지 못했음을 생각하는 것이고, 늙은이를 보고 가엾게 여기는 것은 씩씩한 기운이 사라졌음을 안타깝게 생각하는 것이다.

사람은 천지의 올바른 기운을 받아 태어났다. 그래서 서면 머리가 양이므로 하늘로 향하고, 누우면 등이 음이므로 땅에 붙는다.

몸은 마음대로 부릴 수 있으나, 마음은 쉽게 부릴 수 없다.

말이란 한 사람 거치고 두 사람 거쳐 전해지는 동안 와전됨이 더욱 심해진다. 말만 믿고 남을 의심한다면 자신이 어리석어지는 걸 어찌하겠는가. 그러므로 용서를 귀히 여기는 것이다.

부자·형제·부부가 서로 남들에게 헐뜯고 비난하면, 사람들이야 그런 말들을 조용히 듣지만 귀신이야 용서하겠는가.

사람이 강건하지 못하면 성취하는 것이 없고, 글이 굳세지 못하면 부끄럽기 그지없고, 글씨가 힘차지 못하면 초라해서 볼품이 없다.

훌륭한 사람에겐 커다란 노여움이 있을 뿐이요, 작은 노여움은 없다.

독서를 통하여 얻는 것 중에 최상은 정신적 기쁨이요, 그 다음은 이해하여 활용하는 것이요, 그 다음은 널리 아는 것이다.

어린아이가 울고 웃는 것은 타고난 본성이지 인위적인 것이 아니다. 그러나 어른들은 자신의 기쁨과 노여움을 속이는데, 이 점은 어린이들에게 부끄러워해야 할 것이다.

술은 원기를 순환시키고, 감정을 열어주며, 예법을 실행하도록 하는 세 가지의 의의가 있다. 그러나 지나치게 마셔 정신이 혼미한 지경에 이르면 인간의 도리를 해친다.

남을 구제해줄 수 있는 능력을 가지고도 이를 행하지 않는 사람은 비록 크게 죄를 짓지 않았다 하더라도 죄인이라 불리운다.

하루의 반나절 동안이라도 우리가 욕심을 줄일 수 있다면, 평안하기가 옛날의 요순시절 같을 것이다.

예술적 재능을 갖춘 다음 하늘의 뜻을 기다리고 출세를 위한 과거 때문에 속을 태우지 않는 사람은 인간으로서의 기본적인 소양은 갖추었다 할 만하다.

항상 논리에 맞는지를 생각하여 말을 해야 한다.

의학서적을 읽으면 몸을 보호하는 방법을 안다.

하늘의 구름을 보고는 깨끗하고도 막힘이 없는 까닭을 생각하고, 물고기를 보면 물속에서 헤엄을 치며 잠겨있는 이유를 알아야 한다.

마을이 온통 기뻐하고 노래할 때는 나에게도 즐거운 마음이 절로 생긴다.

밤하늘에 가득한 별을 바라보고 있노라면 자연히 사람의 마음과 태도가 숙연해진다.

책을 많이만 읽는 것을 지혜롭다 할 수 있을까. 그렇다고 반드시 천착하고 섭렵해야 한다는 것은 아니다. 다만 읽는 양은 많아도 깊이 생각하지 않는다면 융통성이 없고 참신성이 떨어지는 문제가 있다.

남을 우습게 깔보는 사람은 자신의 식견을 넓힐 수 없다.

여럿이 모여 쓸데없는 이야기만 한다면 총명함이 사라질 뿐이다.

다른 사람들에게 가난을 편안히 여기고 도덕적 삶을 즐기라고 강요하거나, 그렇게 하지 않는다고 책망하는 것은 너그럽지 못한 태도이다. 안빈낙도의 안(安)이라는 것은 스스로 편안하게 여기는 것을 말하는 것이 아닌가.

문장은 사물에 대한 형용을 귀하게 여기고, 글씨는 자체의 아담함을 귀히 여긴다.

언어에 있어서는 요점을 중시할 따름이다.

세상에 귀하게 여길 만한 것으로 시문을 짓고 읊조리는 풍류적 기상을 들 수 있다. 장수(將帥)·부인·농민·상인에게 만약 이런 기운이 있다면 사랑할 만하며, 또한 만물에 있어 모두 그렇다.

교활한 사람은 경계하지 않을 수 없는데, 그를 두려워해서가 아니라 나의 자존심을 지키기 위해서이다.

책을 교정 보는 일이 명나라에 이르러 갖추어졌으니 명나라 유학자들의 공로는 한나라 선비들의 전문적인 업적에 뒤지지 않는다.

장기나 바둑에 관심을 갖기 시작하면 이로 인하여 성격이 거칠고 혼란스러워져 고칠 수 없게 된다.

선비는 학문에 앞서 먼저 옹졸한 마음부터 버려야 한다. 마음이 좁으면 곧 남을 의심하게 된다.

아집을 부리는 병폐는 무지하기 때문이고, 멋대로 행동하는 병폐는 경솔하기 때문이다.

일을 처리함에 있어서는 성사시키는 것을 중시하고, 독서하는 데 있어서는 활용하는 것을 귀하게 여긴다.

남에게 말을 함부로 내뱉는 사람은 훌륭한 선비가 될 수 없다.

크든 작든 일이란 앞뒤를 깊이 생각한 뒤에 추진할 것인지 안 할 것인지를 결정해야 한다.

한 집안에 못난 아들과 방자한 아들이 있으면 그들이 집안을 떨쳐 일으키지 못함에 있어서는 마찬가지이다. 그러나 방자한 아들은 어버이를 욕되게 하니 어찌할 것인가.

슬프고 슬프도다! 친척 사이의 불화도 대개 명예와 이익 때문에 생긴다. 고광(古狂)이 친척들에게서 떠난 까닭이 이 때문이었다.

간음과 탐욕에는 진실이 없은 지 이미 오래 되었고, 헛된 이름은 비록 없어지지 않았으나 마치 낡은 물건이 도깨비불을 빌어 움직이는 것과 같다.

말이 유창하다고 해서 어찌 이치에 어긋남이 없겠으며, 일을 까다롭게 처리한다고 해서 꼭 정확하다고 하겠는가.

남과 이야기하면서 그의 작은 허물을 자세히 살폈다가 그가 가기를 기다려 곧 비웃는 자들을 물여우의 무리라고 한다.

번거롭고 어수선함을 없애면서 진실을 북돋운다면 좋은 사람이라고 할 수 있다.

원망이나 비난은 나를 알아주는 사람을 만나지 못하는 데서 나타난다. 사실 남이 나를 알아주면 참으로 즐겁다. 그러나 남이 나를 알아주지 않는다고 해서 해로울 것이 또 무엇이겠는가.

간특한 사람은 꾸짖을 필요조차 없다. 효과도 없이 나의 말소리와 얼굴빛만 수고롭게 할 뿐이다.

남의 글에 대해 함부로 논단해서는 안 된다. 이것은 대단히 작은 일인 것 같지만 일찍이 큰 화가 여기에서 일어나지 않은 것이 없다.

서로가 너와 나라는 대립적 사고를 잊는다면 어찌 싸움이 있겠는가.

마음을 편안하고 고요하게 지녀야 한다는 것은 그렇게 하지 않으면 방자하여진다고 해서 하는 말이 아니다. 남을 의심하지도 말고 남이 의심한다고 분개할 필요도 없다.

일이란 9분(分)까지 잘 이루어지다가 1분에서 어그러지기 십상이다.

천박하고 못난 사람들은 꼭 성낼 만한 일도 아닌 것에 크게 화를 내고,

특별히 놀랄 만한 일도 아닌 것에서 크게 놀라니, 참으로 슬픈 일이다.

속된 사람이 깨닫지 못하는 것을 어찌하겠는가. 다만 맡겨둘 뿐이다.

명나라의 태조는 오랑캐 족속인 원나라를 내쫓았고 의종(毅宗)은 나라를 위해 죽었다. 이런 일은 중국의 하·은·주 삼대 이래로 명나라뿐이다. 한나라도 미치지 못한다.

못나고 어리석은 자제가 죽음과 같은 궁지에 빠졌는데도 구하지 못하는 것은 부형이 아주 무지하기 때문이다.

집안에 장기나 바둑과 같은 도박 기구를 들여놓는 것은 자손들로 하여금 도박을 하도록 이끄는 것이다.

도저히 견딜 수 없는 곳으로 남을 이끌지 마라.

화내는 것을 부끄럽게 여기고, 후회할 일이 있을까 조심하는 것은 사람됨의 기본이다.

콩팥 두 개는 마주 보고있는 형상으로 바깥쪽은 둥근 모양이고, 안쪽은 오목하게 구부러졌다. 그래서 두 귀는 마주 붙어있으면서 바퀴 모양의 뚫어진 구멍으로 되어 있다. 허파는 밑으로 늘어져있다. 그러므로 코의 위치가 매달려있는 꼴이다. 심장의 끝부분은 약간 남쪽을 가리키고있다. 따라서 혀는 그 모습을 닮아서 세로로 누워있고 끝이 뾰족하다. 비장과 위장은 서로 닿아 마찰을 빚는 모양으로 비장이 가로질러 위장을 감싸주고 있으니, 이것은 입술의 모양과 비슷하다. 간에는 모서리가 있는데, 이는 눈의 모양을 닮은 것이다.

심장은 하나로서 앞쪽에 위치하면서 위로 붙어있으니 불에 해당한다. 그리고 콩팥 두 개는 뒤쪽에 위치해 있으면서 아래에 붙었으니 물에 해당된다. 이로서 음과 양이 정확하게 마주하고 있음이 분명하다.

허파와 심장이 위쪽에 자리하고 있는 것은 원기와 혈액이 서로 조응하기 위해서이다. 간과 콩팥이 아래쪽에 위치해 있는 것은 아들과 어머니가 서로 의지하고 있는 것과 같다. 비장은 중앙에 자리하고 있는데 이는 땅의 바른 위치이다.

육부는 양인데, 여섯 부 가운데 근본이 되는 것은 위(胃)다. 그러므로 인두(咽頭)와 이어져서 앞에 위치해 있다. 오장은 음인데, 다섯 장기 가운데 근본이 되는 것은 폐다. 따라서 후두(喉頭)와 이어져서 뒤에 위치해 있다.

폐는 소리 자체이고, 목구멍은 피리이며, 심장은 음악과 같다. 혀는 이 소리들을 조절하는 것이요, 말은 음악을 이루는 것이다.

숨쉬고 먹고 침을 분비하는 세 구멍은 모두 입과 관련이 있다. 배설하고 정액을 분비하는 두 구멍은 고환과 관련되어 있으며 위아래의 관이 각기 용도가 다른 것이다.

사람이 맨 처음에 생길 때는 물이 바탕이 되어 이루어진다. 3개월이 지나면 오장육부 가운데에서 콩팥이 가장 먼저 만들어진다. 젖을 먹은 지 32일이

지나면 열이 부쩍나면서 크게 총기가 일고, 먼저 콩팥의 기운이 움직이니 물의 쓰임이 지극하다 하겠다.

동양의 오장육부[3]에 대한 그림에는 인(咽)이 후(喉)의 뒤에 있다. 그런데 서양의 그림을 보면 후가 인의 뒤에 있다. 이는 참으로 의아스러운 문제이다. 그러나 손으로 목을 차분히 더듬어 보면 위(胃)로 통하는 기관이 분명히 앞에 있으니, 서양의 그림이 맞는 것 같다.

목구멍이 앞에 있어 음식의 맛을 받아들이는 것은 양의 법칙이요, 항문이 뒤에 있으면서 음식의 찌꺼기를 배출하는 것은 음의 법칙이다.

폐는 원기를 일으키고, 심장은 피를 만든다. 그러므로 장부의 모든 계통이 폐와 심장에 통할 수 있어 서로 운반되는 것이다. 이는 오장육부가 근육으로 가득 차지 않고 가운데가 대나무통과 같이 비어있기 때문일 것이다.

척추뼈는 비유하자면 나무의 줄기요, 집의 대들보와 같은 것이다. 그러므로 오장이 모두 등 가까이에 위치해 있다. 또 심장에 있는 근육과 콩팥의 근육이 모두 척추뼈에 붙어있으니, 어찌 중요하다 하지 않으랴.

단양(單驤)이 옛날 이야기를 들어, "왼쪽 콩팥은 육부 가운데에서 방광이고, 오른쪽 콩팥은 명치로서, 육부 가운데 삼초(三焦)[4]에 해당한다. 남자는 정액을 저장하고, 여자는 태에 매어있어 이치에 맞게 역할을 다 한다. 삼초

---

3) 오장은 폐·심장·비장·간장·신장의 5가지, 육부는 대장·소장·담·위·삼초·방광의 6가지를 말하는데, 장은 내부가 충실한 것이고 부는 반대로 공허한 기관임.
4) 현대 해부학상의 췌장에 해당함.

에는 당연히 방광과 같은 형태가 있다."고 했다. 그런데 왕숙화(王叔和)는 말하기를, "삼초에는 오장이 있으나 형태가 없다."고 했으니 어찌 잘못된 것이 아닌가.

도대체 삼초란 무엇인가. 인체 가운데 상·중·하의 세 방향으로 위치하고 있어 사람의 마음이 맑고 욕심이 없으면 정기가 삼초에 흩어져 온 몸이 평화로운데 비하여, 한 번 욕심이 일어나면 마음의 불이 맹렬히 타다가 삼초의 정기를 모아 명치로 들어가 쏟아버린다. 그러므로 육부 중에 이 곳을 초(焦)라고 하는 것이다.

일찍이 서둔(徐遁)이 굶어죽은 사람의 오장육부를 살펴보니, 오른쪽 아래에 방광과 마주하고 있는 손같이 큰 기름막이 있는데, 두 개의 하얀 맥이 그 속으로부터 나와 척추에 끼어 올라가서는 뇌를 관통하고 있었다. 생각해보면 이것이 곧 도가들이 말하는 협척쌍관(夾脊雙關)이라는 것으로서, 손 크기의 기름막이 바로 삼초라는 것을 아마도 깨닫지 못한 것 같다.

중국 최고의 의학서인 『황제서(黃帝書)』[5]에는, "상초는 안개와 같고, 중초는 거품과 같으며, 하초는 도랑과 같다." 하였고, 유명한 의사 편작(扁鵲)은, "초는 원천에 해당하는 것으로 물과 음식의 통로가 되고, 호흡을 맡는 기관이다. 상초는 심장 아래 명치가 있는 위(胃) 입구 위쪽에 있다. 중초는 정확하게 위의 중간에 위치하고 있다. 하초는 배꼽의 아래이자 방광 위에 위치해 있다." 하였다.

이와 같이 단양과 서둔 두 사람의 말을 살펴볼 때 위치가 거의 맞는 듯하고, 황제가 말한 안개니 도랑이니 하는 삼초에 대한 논의도 버릴 수는 없다. 다시 생각해본다면, 형체를 갖춘 방광과 마주한 삼초가 있으니 안개·거품·도랑 같다는 말에 구애받을 필요가 없으며, 또한 안개·거품 같은 무형의

---

5) 자연철학에 기초한 병리학설로 이루어진 책인데, 전국시대로부터 한대(漢代)까지의 의학 지식을 포괄적으로 다루고 있음.

삼초도 있으니 편작의 말대로 세 곳에 나누어져 있다는 것도 그대로 받아들일 수 없다. 삼초가 이미 오장육부의 대열에 끼어 있으니 곧 형체가 있는 것이다. 그러므로 나는 유형의 삼초가 하나이고, 무형의 삼초가 셋인지 의심스러울 뿐이다.

또한 정액을 저장하고 태를 이어매는 것은 기관이 있은 다음에야 가능하다. 만약 삼초가 무형이라면 하나의 작은 살덩어리로 된 명치가 어찌 모든 것을 포용해서 기를 수 있겠는가. 그러나 태에 맨다 하였으니, 또 하나의 방광과 같은 보가 명치에 매이게 되는데, 이를 포문6)이라 하는 바 곧 기항지부(奇恒之府)이다. 그러므로 억지로 삼초는 유형의 것이라 할 수도 없다. 혈맥에 관한 서적에서는 삼초를 명치로 여기지 않고 자궁을 바로 명치라 하였다.

오장이 자리하고 있는 위치로 말하면 비장(지라)이 중앙에 있다. 복부의 내부로 말하면 콩팥이 그 중앙에 위치하고 있는데, 뼈를 덮고있는 명치에서부터 털끝에 있는 굽은 뼈에 이르기까지가 복부이다. 복부의 외부 한 가운데에 배꼽이 있는데, 그 배꼽으로부터 곧장 뒤에 콩팥이 서로 마주하고 있는 것이다. 이를테면 콩팥과 배꼽은 서로 겉과 속으로 상대가 된다. 사람이 맨 처음 형체를 이룰 때에는 태반이 가장 먼저 만들어진다. 그 다음에 태반의 한 가운데에서 하나의 줄기가 돌출하여 생겨나는데 이것이 탯줄이고, 탯줄 가운데에 한 점의 생생한 피가 있는데 이것이 콩팥이 된다. 그리고 다음에 지라가 되고 간이 된다. 그러니까 탯줄 가운데에서 콩팥이 맨 먼저 생겨나는 것이요, 형체를 이룬 후에 사람이 태어나면 탯줄은 비로소 말라 떨어진다. 말하자면 과일이 열매를 맺으려면 먼저 꽃받침이 생겨 꽃잎이 갖추어지는데,

---

6) 포문(胞門) 즉 산문(產門)이란 아이를 낳는 여자의 하문(下門).

꽃받침 뒤에 이미 좁쌀만한 열매가 맺혀있다가 열매가 성숙해진 후에 꽃받침이 비로소 떨어져나가는 것과 같다.

진(晋)나라 황보밀(皇甫謐)이 지은 『갑을경』이라는 의학서적에 이르기를, "콩팥을 가리키는 신(腎)이란 이끌어들인다는 뜻으로 원기를 끌어다가 골수에 통하게 한다." 했다. 『좌전』을 보면, 등(鄧)나라의 삼생(三甥)이 등군(鄧君)에게 초나라 문왕을 죽이라고 종용하면서, "만약 일찍 도모하지 않는다면 나중에 당신은 반드시 후회[噬齊]할 것이다." 하였는데, 주석에 이르길, "제(齊)는 제(臍)와 같다." 하였다. 생각해보면, 콩팥은 원기를 끌어다 골수로 통하게 할 수 있을 뿐만 아니라 배꼽을 끌어다 마주보게 할 수도 있다. 따라서 배꼽은 콩팥과 나란히 위치하고 있으므로 배꼽 제(臍)자에 가지런할 제(齊)가 붙은 것이다.

오장육부는 모두 오행에 따라 생겨났으므로 그 기관들의 성격과 기능도 각각 오행의 원리를 갖추고 있다. 폐는 피부의 털에 속하는데 털은 마르고 날카로우므로 쇠와 같고, 심장은 핏줄기에 속하는데 피의 색깔이 붉은 것이 불과 같고, 지라의 살덩어리는 흙과 같고, 간의 힘살막은 나무와 같고, 콩팥의 골수는 그 모양이 물과 같으니 이는 참으로 합리적인 이치다.

그러나 한 가지 기관이 네 가지 성격을 갖추고 있기도 하다. 가령 폐는 털이 마르고 날카로운 것과 같아 쇠의 성격을 받았으니, 털이 똑바로 선 것은 나무와 같고 그 빛이 검은 것은 물과 같으며 그 뾰족뾰족한 것은 불과 같고 그 기르는 것은 흙과 같다. 이런 식으로 유추해보면 다른 기능도 갖추고 있지 않다 할 수 없다.

태어날 때부터 정해진 것이 있으므로 콩팥에는 명치가 있고 운용의 묘가 있다. 이에 따라 배꼽은 정신의 둥지가 된다.

어떤 사람이 봉산(鳳山)에서 농사를 짓고 살았는데, 그는 글을 잘 알지 못한 채 겨우 한글을 조금 깨치고 있었다. 그의 집에는 『소학언해』가 한 권 있었는데, 그는 이 책을 가지고 있다는 것이 속으로 늘 자랑스러웠다. 그리하여 그의 모든 언어와 행동은 『소학언해』에 따라 이루어졌다. 그는 아내와 약속하기를, 집에 들어오고 나갈 때는 반드시 서로 절하기로 하였다. 그리고 날마다 서로 마주보며 단정하게 꿇어앉아 『소학언해』를 읽었다. 이웃 사람들이 모두 크게 놀라 그를 미쳤다고 비웃었다. 그런가 하면 어떤 사람은 그를 가리켜 굶어죽기 십상이라고 조롱하기도 했다. 그러나 그는 이런 비난에 조금도 흔들리지 않았다.

봉산은 바닷가의 한 구석진 곳이다. 그래서 옛부터 풍속이 거칠고 사나웠으며, 포악한 성질을 지닌 그곳의 사람들은 농업이나 상업을 하여 생계를 꾸려나갔다. 그 중에서도 더욱 건장한 사람들은 활쏘는 방법을 배워 무과 시험을 칠 뿐, 공부하는 사람은 아주 드물었다. 이 사람도 평소에 아무런 식견이 없던 사람이었다. 그러나 마음에 느낀 바가 있어 그와 같이 거친 환경 속에서도 스스로 힘써 노력하였으니, 그 사람이야말로 참으로 탁월하지 않은가.

강계(江界)에 사는 백씨는 금이나 은, 또는 구리 따위의 금속공예를 업으로 삼는 사람이었다. 그는 비녀와 칼집을 만들었는데, 비교적 다른 기술자보다 솜씨가 정교하였다. 그는 일을 할 때 반드시 갓을 바로 쓰고 꿇어앉아서 정성과 최선을 다했고, 물건을 팔 때는 두 가격을 부르지 않았으며, 또한 생활할 수 있는 정도면 그만이었으므로 돈벌려고 안간힘을 쓰지도 않았다. 어느 때는 두 팔을 휘저으며 호쾌한 노래를 불렀는데, 그 소리가 힘차고 드높았다. 밤에는 반드시 글을 지으며, 때로는 시를 읊어 책에다 적어놓기도 했다. 조급하게 얻고자 하지도 않았고 처량하게 근심하지도 않았으니, 그는 기술자가 아닌 선비 아닌가. 여러 기술자들이 늘 그와 일을 같이 하며 지내긴 했으나, 어찌 그 사람됨을 알았으랴.

경기도 광주에 사는 민생(閔生)이라는 사람은 젊어서부터 자신의 건강을 위해 노력하였다. 늙어서 뼈만 앙상하였으나 날렵한 학처럼 훤칠하였다. 그의 말에 의하면, 어렸을 때는 밥을 많이 먹어 창자가 터질 지경인데도 단념하지 않았다고 한다. 이 때 의사의 말을 듣고 하루에 한 숟갈씩 밥을 줄여나갔는데, 한참 지나니 나중엔 몇 숟갈만 먹어도 배고픔을 느끼지 못하였다고 한다. 그리고 나이 스물이 넘어서는 수련에 관한 서적을 읽으면서 어떤 때는 아예 먹지도 않았다는 것이다.

그러나 원기가 허약할 때는 그가 보통 사람보다도 더 심하게 병에 시달려야 했다. 따라서 늘 몇 숟갈씩 적당량의 식사를 하면서 때로 기운이 부족한 듯하면 대추나 감을 몇 개 먹거나 또는 술 몇 잔 마심으로써 그는 건강을 유지했다고 한다. 또한 도가의 건강법대로 몸과 손발을 구부렸다 폈다 하면서 신선한 공기를 마시고 내뱉기를 반복하기도 했다는 것이다. 그는 또 말하기를, "학은 경락의 기운을 잘 조절하므로 한 번에 천리길을 가도 배고픔을 못 느끼는데, 나도 이것을 배웠다."고 하였다. 그리고 두 아들에게도 그 기술을 가르쳤다고 한다.

삼화(三和)에 사는 곽옥(郭玉)이라는 자는 맹인이었다. 그러나 그는 성품이 총명하고도 민감하였다. 날마다 서당에 가서 사람들로 하여금 『소학』을 읽도록 하고 자신은 단정히 앉아 듣기만 하였는데, 『소학』을 줄줄 다 외었다. 또한 그는 『소학』에서 배운 것을 고스란히 실천했는데, 무엇보다 어머니를 섬김에 있어 정성껏 효도를 다 하였다. 또 일찍이 점치는 것을 배우면서, "역서는 점치는 데 있어서는 최고다."라고 하며, 읽는 것을 듣고서 그 이치를 깨달아 내용을 다 외었다. 노래소리나 피리소리가 요란하게 들려오면, 얼굴 가득히 기쁜 빛을 띠고 손뼉을 치면서 통쾌하게 웃곤 하였다. 진실로 맹인 중에 호탕한 사람이 아닌가.

임희수(任希壽)는 옛날 승지를 지낸 임위(任瑋)의 아들인데, 어렸을 때의 이름은 불남(芾男)이었다. 얼굴이 곱고 예뻐서 마치 여자 같았다. 일찍부터 문학에 뛰어났으며 그림에는 더욱 신통한 재주가 있었다. 그러나 그는 겨우 17살밖에 살지 못하고 죽었는데, 그의 화첩 세 권이 전한다. 그 화첩들에는 모두 한 때 이름을 날렸던 사람들의 초상화가 들어 있었다.

물론 그는 나이가 어렸었기 때문에 많은 인사들을 만나지는 못하였다. 다만 그의 아버지가 상제가 되었을 때 높은 벼슬아치들이 찾아와 조문하는 틈을 타서 그가 몰래 엿보고 그려놓았던 것이다. 또한 길을 가다가 갑자기 아는 사람을 만날 때도 즉시 그 모습을 그리곤 했다.

생활형편이 어려워 물감을 갖출 수 없었으므로 대부분 먹만을 가지고 그렸는데도 모두 살아 움직이는 것처럼 생동감이 있었다. 화가 강세황(姜世晃)이 자화상을 그리고 싶어 여러 번 그렸지만 모두 만족스럽지 못하여 임희수에게 가지고 갔다. 임희수가 광대뼈 사이에 몇 번 가필을 하니 강세황의 실물과 아주 비슷하게 되었으므로 강세황은 크게 탄복하였다. 원계손(元繼孫)이 일찍이 말하기를, "이언진(李彦瑱)의 시와 임희수의 그림은 세상에 제일이다." 하였다. 아, 이언진 역시 27세에 죽었으니, 재주란 본래 상서롭지 못한 것인가.

김홍기(金洪器)는 수련하는 방법을 배우는 사람이다. 나이는 50여 세인데 모습이 매우 깔끔하고 좀 야윈 편이다. 평생동안 여자를 가까이 하지 않았다. 아들이 하나 있는데 아마도 한 번 잠자리를 같이하여 낳은 자식일 것이다.

그는 산수에 노니는 것을 좋아하는 성격 때문에 집에 있는 날이 며칠 안 되었다. 하루에 수백 리를 돌아다녀도 신발은 새것 같았다. 더워도 땀을 흘리지 않고 추워도 떨지 않았다. 밥은 몇 숟갈만 먹고도 며칠을 지탱할 수 있었으며, 기름·장·생선·고기 등은 먹지 않았다. 일찍이 아주 적은 돈을 가지고 금강산에 들어가 수개 월 후에 돌아왔는데, 쓰고도 아직 몇 푼이 남아 있었다. 한편 한밤중에도 일어나 앉아 뼈마디를 고루 움직였는데 늘 뚝뚝거리는 소리가 났다.

김홍기는 이름있는 중과 함께 노니는 것을 좋아하였다. 당시 불교의 최고 경지에 들어간 담화(曇和)라는 중과 사겼는데, 그 중은 예전에는 태백산에 살다가 지금은 성주에서 살고 있다. 그 중은 본래 글은 모르지만 불경을 강독할 때에는 알지 못하는 것이 없었고, 맨발로 눈속을 걸어다녔다고 한다. 또 상안선사(尚顔禪師)라는 중이 있었는데, 그 역시 지혜와 덕을 겸비한 중의 우두머리로 금강산에 머물고 있었다. 김홍기는 금강산에 들어가서 그와 더불어 지내고 싶었으나, 집이 가난한데다가 처자식 때문에 그 뜻을 이루지 못함을 한탄하였다고 한다.

형조의 관리 중에 지수연(池受衍)이란 사람은 예법에 관한 학문을 익힌 사람이었다. 성대중(成大中)이 그와 더불어 가깝게 지냈는데 성대중이 전하기를, "그가 예법을 논의하는 것은 손바닥을 가리키는 것 같다. 그리고 『주자가례』 이후의 의식에 잘못된 것이 많은 점에 대하여 분연히 탄식하니 참으로 정숙한 기풍이 있다." 하였다. 또 그는 항간에 묻혀있는 뛰어난 선비들을 찾아내어 열거하였는데, 선비 김유성(金維城)은 시에 탁월했으나 평생동안 성당(盛唐) 이후의 책은 보지 않았고, 윤유성(尹有城)은 가난을 딛고 글을 읽으며 깊은 골짜기에서 나오지 않았는데 이희언(李希彦)이 『소학』을 대하듯 이이(李珥)의 책을 공경하였고, 최경섭(崔景燮)은 박학하여 문장에 통달

하였으며, 시장에 사는 김씨는 병법에 밝았고, 동네 입구에서 갓을 만드는 기술자 아무개는 병을 앓아 꼽추가 되었으나 시를 아주 잘 지었다고 했다.

순천에 있는 송광사에 간신히 한 사람의 몸이 들어갈 만한 토굴이 있었는데, 송광사의 중이 그곳에 열고 닫을 수 있도록 문까지 만들어 달아놓았다. 조생(趙生)이란 사람이 있었는데 늙으면서 기이한 데가 있었다. 늘 베로 만든 갓을 쓰고 책을 짊어지고 와서 그 토굴 안에서 지냈으므로, 그곳의 중이 때로 밥을 넣어주기도 하였다. 그는 밤낮으로 열심히 책을 읽었는데 그의 지식 수준이 어느 정도인지 남들이 헤아릴 수가 없었다. 어떤 때는 토굴에서 나와 책을 짊어지고 나가는데 그 행방을 알 수가 없었다. 나갔다가는 또 갑자기 들어오곤 했으므로 사람들이 그를 토굴의 조생이라고 불렀다. 아! 그는 학덕을 갖춘 숨은 선비가 아닐까. 그러나 나중에 증오(證旿)라는 중에게 들으니 조생은 사람을 잘 속인다는 것이다.

충주에 사는 변필재(卞弼才)는 광대이다. 변필재의 집안은 그로부터 거슬러 올라가 6대가 모두 효자였다. 변필재의 아들도 나이가 어렸으나 천성이 훌륭하여 어른과 같이 예절과 규범을 따랐으니 기특한 일이다.

홍유보(洪有輔)라는 사람이 충주에 살았는데 그에게는 쾌종(快宗)이라는 아들이 있었다. 어려서부터 똑똑하여 책을 두루 읽고자 하였으나 웃어른들이 그것을 막았다. 그가 8살이 되던 해에 어느 날 갑자기 행방불명이 되고 말았다. 집을 나간 지 이틀 후에야 책을 간직해 두는 곳에서 그를 찾았다. 그는 실컷 책을 읽느라 배고픈 줄도 잊고 있었다. 이로부터 그의 학문은 성숙해갔다.
어느 해 겨울 아침 울타리 밖에 중 하나가 땅바닥에 무릎을 꿇고 수척하게 앉아 있었다. 온 몸은 새벽 서리를 맞아 하얗게 변해 있었다. 이에 쾌종은 그 중을 방으로 불러들여 죽을 쑤어 먹였다. 그 중의 말은 시원하게 통하지 않는 것이 없었고, 쾌종은 그와 담소를 나누면서 기쁨을 함께 하였다. 이때 쾌종의 나이는 13살이었다. 그 중은 하룻밤을 자고난 뒤 종이 한 장을 남기고 쾌종의 집을 떠났다. 그 종이엔 다음과 같은 시가 적혀 있었다.

> 바다로부터 산 봉우리까지는 팔천리 길
> 날고 또 날아가면 채색 구름 끝에 닿지 않겠나
> 이 소승도 역시 인간이 아닌가
> 훗날 양양 땅 말에서 내릴 때 만나보리라

사실 이 시의 내용이 무슨 뜻인지 모르겠다. 어떤 사람은 그 아이의 장래를 말한 것이 아닌가 하나, 정확히 알지 못하겠다. 쾌종은 올해 16세라 한다.

신돈행(愼敦行)은 경상도 산청에 사는 하급 관리의 아들이다. 어려서 산청의 신시직(愼侍直)에게 배웠는데 그는 문학적 재능을 갖추었고 학문과 덕행이 뛰어났다. 성장하여 사대부들과 만날 적엔 반드시 대청 아래서 절을 하니 사대부들도 그를 공경하였다.

초시(初試)에 합격하고 상경하여 회시(會試)에 나아가 이름을 적을 때 담당자가 '유학(幼學) 신(臣) 신돈행'이라고 기록하자, 신돈행이 그것을 보고 급히 '공생(貢生) 신(臣)'으로 고쳤다. 어떤 사람이 이러한 그의 행동을 나무라자 신돈행은 말하기를 '유학이란 사대부의 명칭이요, 나는 시골 백성일 뿐인데, 어찌 그 이름을 옳지 않게 기록하여 우리 임금을 속이겠는가.' 하였다. 그의 다른 언행도 모두 이와 같았다.

서호(西湖)에 사는 처녀 김씨는 어려서부터 지혜로왔고 문장에도 솜씨가 있었다. 그러나 집이 가난하여 시골구석에서 품팔이를 하고 지내며, 나이 23세가 되도록 아직 시집도 못가고 있었다. 그의 어머니와 함께 잠을 자는데, 정해년 봄에 포악한 자가 침입하였다. 그 처녀는 손가락을 깨물어 '쥐 이빨이 집을 뚫으니 등불에 부딪치는 나방의 운명이네(鼠牙穿屋蛾命撲燈)'라고 8자의 혈서를 쓰고 물에 빠져 죽었다. 3일이 지난 후에 시체가 떠올랐는데, 얼굴빛이 마치 살아있는 사람 같았다.

병술년 7월 일본을 향해 바다를 건너가던 배가 침몰하여 1백 여 명이 죽은 일이 있었다. 오직 사공 한 명만이 배가 부서지려는 것을 보고 급히 배 밑으로 들어가 과일 궤짝을 짊어지고 나왔다. 조금 지나 배가 부서지자, 드디어 한 조각 널빤지를 타고 물에 떠있었으므로 배가 침몰될 때의 상황을 자세히 지켜볼 수 있었다.

통역관 현(玄)씨가 그의 손자 한 명과 종 하나를 데리고 동행인 몇 명과 함께 널빤지 하나에 올라타는 것이었다. 그런데 순식간에 17살 된 현씨의 손자가 물에 떨어져 죽었다. 이에 놀란 현씨가 날카롭게 소리를 지르더니 곧 기절하여 죽고 말았다. 그러자 그의 종은 머리를 풀고 혼을 부르면서 가슴을 치고 대성 통곡하였다. 그리고 종은 그의 상전인 현씨의 시체를 널빤지 위에 묶고 시체가 가라앉을까봐 걱정을 하고 있었다. 갑자기 함께 타고 있는 사람들이 널빤지가 좁다면서 얽어맨 것을 끊고 시체를 바다에 밀어넣어 버렸다. 그 종은 힘이 없어 끌어당길 수가 없었다.

사공이 탄 널빤지가 바람에 떠밀려 눈 깜짝할 사이 그곳을 지나쳐 버렸으므로 그들이 과연 어떻게 되었는지 알 수 없었다. 사공은 계속 과일로 연명하면서 며칠을 버틴 후에 동래(東萊)로 돌아와 정박하였다. 아! 현씨의 종은 충직과 의리를 지켰으며, 사공은 지혜가 있었다.

박붕규(朴鵬逵)는 행정 관리의 아들이다. 일찍 고아가 되었는데 학문에 뜻을 두고 있었다. 언젠가 병과 약에 관한 내용으로 자신을 경계하고 치료하는 글을 이렇게 지었다.

"나의 병은, 생각이 좁아서 막힘이 많고, 기질이 조급해서 견고하지 못하며, 성격이 활달함을 넘어 거만하고, 지혜는 밝지 못하여 헛갈림이 있으며, 정신은 열리지 못해 졸렬함을 드러내는 것이다. 더러 용기를 갖고 시작해도 끈기가 없으며, 놀이에 빠져 근본을 잃기도 하고, 거듭 편벽된 행동을 하다 위험한 데로 나가고, 신기한 것에 미혹되어 방황하기도 한다. 차차 자라면서 다행히 심한 지경에 이르지는 않았었다. 그런데 나이 20이 된 후에는 여러 증세가 점점 악화되었다. 움직이거나 가만히 있거나 얘기를 하거나 안하거나 간에 수시로 발작하니 이미 고질이 되어버린 것이다. 이렇듯 지금에 이르기까지 고치지 못하였으니 앞으로 회복할 수 없을 것 같다. 바라옵건대, 훌륭한 스승이 나타나 오묘한 비법으로 체질의 따뜻함과 서늘함에 알맞는 약을 조제하고, 급하고 느긋한 성격에 적합한 치료를 함으로써 빨리 병의 뿌리를 제거하고 원기를 회복하여 완전한 인간이 되게 해주신다면 감사하겠습니다."

그는 스스로 그 약을 교기반성환(矯氣反性丸)이라 이름을 붙였다. 이는 홍의(弘毅)·공화(恭和)·통련(通鍊)·돈박(敦樸)·평이(平易) 각 5냥으로 짓되, 순수한 자연 속에서 채취한 이 다섯 가지 재료에 맑고 큰 기운을 조화시켜 사방 한 치 되는 그릇에 담고 큰 쓸개 일부를 넣어 달인다. 그 뒤 깨끗한 물에다 씻어 찌꺼기를 제거하고 짓이겨 큰 주먹만하게 덩어리를 만들어 가을볕에 말린다. 그런 마음 자근자근 오랫동안 씹어먹는다고 하였다. 내가 심계(心溪)에서 살 때 김직재(金直齋)의 집에서 그를 만난 적이 있다.

원나라의 장자정(莊子正)이 지은 『산방수필(山房隨筆)』에 실려있는 설제기(薛制機)의 말에 따르면, 진영을 장사(長沙)로부터 남창(南昌)으로 옮김을 축하하는 글에, "밤에는 장사에서 술 취하고 새벽이 되어 상수(湘水)로 가니 돛대에 제비를 머물게 하기 어렵고, 아침에 남포(南浦)를 떠나 저녁에 서산(西山)으로 오니 흔들리는 방울소리를 듣는구나." 라고 했다는 것이다. 그리고 삼짇날에 손님을 청하는 글에는, "3월 3일에 장안(長安)의 물가에 미인이 많이 모여, 한 잔의 술을 마시고 한 수의 시를 읊는 것은 회계(會稽)의 산속에서 기도하는 일과 같네." 하였고, 또한 "좋은 시절, 아름다운 경치, 감상하는 마음, 즐거운 일, 이 네 가지는 함께 갖추기가 어렵고, 험준한 산과 높은 고개, 우거진 숲과 울창한 대나무가 있는 곳에 여러 어진 인물이 모두 이르렀다는 것은 호랑이를 잡아 묶는 수법이라, 대체로 얻기 어려운 것이다." 라고 했다는 것이다.

우리나라의 심제현(沈齊賢)이 술을 구걸하는 글에는, "밝은 달과 시원한 바람이 있는 이 감미로운 밤을 어떻게 보낼까. 좋은 날씨에 공기 맑으니 바로 이 날이라." 하였는데, 이것도 위와 같은 방법을 썼으니 매우 미묘하다.

주나라의 장홍(萇弘)은 촉나라에서 죽었다. 그런데 그가 죽은 지 3년 후에 피가 구슬로 변하였다 한다. 피가 구슬이 될 수 없는 것은 분명한 이치니, 구슬은 곧 보물을 말하는 것이다. 한나라 선제(宣帝) 때 도술을 부리는 한 선비가 말하기를, "익주(益州)에 금빛의 말이라는 이름과 구슬빛의 닭이라는 이름을 가진 두 신이 있는데 정성껏 제사지내면 오게 할 수 있다." 하였는데, 안사고(顔師古)가 주석을 달기를, "금의 모양은 말과 같고, 구슬의 모양은 닭과 같다." 하였다. 대개 구슬은 촉나라에서 많이 생산되는 것이다. 우연히 구슬을 얻은 것이지, 피가 구슬로 변한 것이겠는가.

송나라의 악가(岳珂)가 『정사(桯史)』를 저술하였는데, 그는 정(桯)자의 뜻을 알지 못했다. 『설문해자』에 의하면 정은 침대 앞의 책상이라 한다.

남옥(南玉)이 계미년에 외교문서 담당자로서 일본에 들어갔다. 늦은 밤 일본인 우창정잠(牛窓井潛)이 일백 운이나 되는 율시를 가지고 와서 화답해 주기를 요구하였다. 남옥은 10시 경에 붓을 들어 멈추지 않고 한 편을 끝마쳤는데, 이때까지도 닭이 울지 않은 밤이었다. 그 일본인은 남옥의 신속함에 놀랐다.

외교사절 일행이 강호(江戶)에 이르지 못하였는데, 시가 먼저 와있었던 것이다. 강호엔 송전(松田)이라는 나이 80여 세의 노인이 있었다. 그는 외국 사신을 접대하는 모임에 네 번이나 참석했었다고 스스로 말하면서 신청천(申靑泉)의 안부를 물었다. 남옥이 즉석에서 이렇게 화답하였다.

> 네 번이나 서쪽하늘을 지나 멀리서 떠오니
> 신성한 빛이 바닷속 섬에 어려 있어
> 흰 버들은 청천의 무덤을 지키는데
> 백발노인은 이 누각에서 거듭 환영을 하네

이에 노인은 신청천을 생각하며 눈물을 흘렸다. 남옥이 또 화답하기를,

> 사십육 년 전에 건너왔던 나그네
> 어여쁜 누각에 정성껏 기록하네

하니, 노인은 서글퍼하며 말문을 열지 못했다.

일본사람 임신언(林信言)은 집안 대대로 문관을 지냈는데, 어리석으면서도 자기 멋대로 행동하는 사람이었다. 그런데 우리 사신일행의 일정이 모두

그의 손에 달려있었다. 그러므로 우리는 일정이 지연되지나 않을까 깊이 우려하였다. 마침 임신언 밑에서 문서와 기록을 맡아보는 구보태형(久保泰亨)이 남옥을 찾아왔다. 남옥이 그의 시에 화답하기를,

임군이 홀로 외교문서의 책임을 맡았으니
일찍이 그대를 향하여 영광의 붓을 들었네

하였다. 구보태형이 편지 끝에 써서 보이기를, "삼가 성의를 다하여 돌아가는대로 상관에게 전하겠습니다."

하였다. 얼마 되지 않아 사신 일행은 급히 출발하라는 회답이 왔다. 이는 오로지 남옥의 힘이었다. 문장이 이처럼 사람을 감동시키니 남옥의 재주는 따를 수가 없다. 성대중이 남옥과 일본에 들어갔을 때 눈으로 직접 그 일을 보고 나를 위해 이와 같이 말해주었던 것이다. 남옥의 자는 시온(時韞)이고, 청천은 신유한(申維翰)의 호이다.

북서쪽의 어둡고 구석진 돌담은 내가 오줌을 누는 곳이다. 그 돌담에는 사향뒤쥐의 구멍이 있어, 그 냄새가 밖으로 새어나온다. 오줌 눌 때마다 구멍 속의 쥐를 잡아서 포를 만들고 싶은 마음이 일었으나 그때마다 살생은 하지 말아야 한다는 생각이 들었다. 날마다 이렇게 생각하면서도 그런 황당한 마음을 떨쳐버리지 못하였다. 다행히 계속 노력한 결과 지금은 그런 생각이 끊어졌고 죽일 마음이 일어나지 않는다. 이런 것은 물론 하찮은 일이지만 이보다 더 큰 일도 마찬가지가 아닐까 한다.

이재(李縡)가 한천(寒泉)에서 제자들을 가르칠 때, 늘 이른 아침에 여러 학생들이 모자와 허리띠를 갖추고 정원의 느티나무 아래에 모여 서로 인사한

다음 학당을 향해 엄숙히 기다린다. 스승이 사당에 참배하고 나와 학당의 대청마루에 앉아야 학생들은 비로소 대청에 오른다. 곧 스승이 높은 목청으로 의리를 지키려는 마음이 잠깐이라도 없으면 사람의 도리가 사라지고 만다는 구절을 세 번 읽을 때까지 모든 학생들은 공손하게 듣는다. 그 다음 『소학』·『시경』을 차례로 강의하고 난 후 매일 공부하는 과정으로서 사서 및 여러 성리학 서적을 강의한다. 강의가 모두 끝나면, 각자 그날의 강의 내용을 정리하여 선생에게 드린다. 그러면 선생은 손수 교정하고 마무리하여 되돌려 주는데, 날마다 이와 같이 했다.

홍세태(洪世泰)가 일찍이 육호룡(陸虎龍)과 친구가 되었다. 그는 늘 호룡에게 말하기를, "너의 이름은 매우 불길하니 빨리 고쳐라." 하였다. 그후 육호령은 결국 죄를 입어 사형당하였다. 홍세태가 늙어 손수 시를 다듬으면서, 베갯속에 은 70냥을 저축해 두고서 여러 제자들에게 자랑스럽게 보여 주며, "이것은 훗날 내 문집을 발간할 자금이니, 너희들은 알고 있으라." 하였다.

아! 문인들이 명예를 좋아함이 옛부터 이와 같았다. 비록 지금 사람들이 그의 시를 익숙하게 낭송하나, 죽은 홍세태의 귀는 이미 썩었으니 어찌 들을 수 있겠는가. 죽은 뒤에는 시를 비단으로 꾸미고 옥으로 장식해도 기뻐할 수가 없고, 또한 불로 사르거나 물에 빠뜨려도 성낼 수 없다. 죽어서 아무것도 모르는데 기쁨이니 분노가 무슨 의미이며 또 말한들 무엇하랴. 어찌하여 살아있을 때 은전 70냥으로 좋은 술과 돼지고기 등을 사서 70여 일을 즐기며 일생동안 주린 창자나 채우지 않았는가.

김시습은 시를 지었다가는 곧 물에 던졌으며, 최근에 이언진은 생전에 자기의 원고 반쯤을 태워버리고 남은 원고는 죽은 후에 무덤에 가지고 갔으니, 분명 홍세태와는 다르다. 그러나 사라지는 것을 두려워하지 않은 것과 없어지지 않기를 도모하는 것은 그들이 좋아하는 대로 맡길 따름이다. 어찌 반드시 아름다운 옥이라고 칭찬하고 나쁜 옥이라고 헐뜯겠는가.

이이는 강릉의 오죽헌에서 태어났다. 그가 직접 쓴 『격몽요결』이 아직도 남아있다. 김창흡(金昌翕)이 지은 시에,

격몽요결의 초본이 책장 위에 아직 남아
시험삼아 읽어보니 정신이 응축돼 있구나

하였다.

나에게는 성급한 기질이 있으므로 항상 너그러움과 여유를 가지려 애쓴다. 그러나 옳지 못한 것을 보면 나도 모르는 사이에 불끈 화를 내고 만다. 그리고나서야 또 급한 성질에 참지 못하고 불끈한 것에 대하여 후회하곤 한다. 그러므로 일의 실마리가 싹틀 때부터 차분히 관대와 포용으로써 마음을 진정시키노라면 얼마 후엔 별다른 일없이 무사해지므로 마음씀이 매우 넓어지게 되었다. 그러나 미리 예방하기란 어렵고도 어렵다. 때문에 내가 주야로 맹렬히 반성하는 것이다.

가래병을 고치려면, 시냇물에 사는 어린 물고기를 한꺼번에 산 채로 20내지 30마리를 먹어야 한다. 날마다 두세 차례씩 5~6일 동안 계속해서 먹으면 가래가 없어진다고 한다.

급(伋)이란 글자에 대해 『설문해자』에는 다른 뜻은 없고 단지 사람 이름이라고만 하였다. 공급(孔伋)의 다른 이름이 자사(子思)이니, 아마도 급자에

사의 뜻이 있는 것이 아닌가. 공자의 제자인 연급(燕伋)도 역시 다른 이름이 사이니, 급에 사의 뜻이 있음이 분명하다. 진시황이 책을 불사른 이후에 글자의 뜻이 헤아릴 수 없이 많이 자취를 감추었다.

옛날사람의 이름에는 모두 뜻이 들어있다. 공자의 여러 제자들을 예로 들 수 있다. 『설문해자』에 연(淵)자는 물이 빙빙 돌아드는 모양이라고 하였으니, 안자(顔子)의 이름자는 아마도 여기에서 취한 것 같다. 점(葴)은 점(點)자와 같은 글자로서 작은 점이란 뜻이다. 검으면 희어지기를 바라는 것이 이치인 까닭에 증점(曾點)과 해용점(奚容葴) 모두 다른 이름(字)으로 석(晳)이다. 그와 같이 적흑(狄黑)의 다른 이름도 역시 석이다. 쾌(噲)는 곧 목구멍이라는 뜻이므로 안쾌(顔噲)의 다른 이름은 자성(子聲)이요, 악해(樂欬)의 다른 이름도 자성이다. 또한 치(哆)는 입을 벌린 모양인데, 입을 일단 벌린 후에는 다물지 않을 수 없다. 그러므로 칠조치(漆雕哆)의 다른 이름은 자렴(子斂)이다. 땅을 상징하는 곤괘에 이르기를, "입을 다물면 허물이 없다."고 하였다. 여기서 다문다는 뜻의 괄(括)이란 포용한다는 뜻이다. 그러므로 남궁괄(南宮括)의 다른 이름은 자용(子容)이다. 또 길은 경유할 수가 있으므로 계로(季路)의 이름이 유(由)이고, 안무요(顔無繇)의 다른 이름도 로(路)이다. 또한 마을[里]은 거처할 수 있는 곳이므로, 후처(后處)의 다른 이름은 자리(子里)이다.

그 밖에도 담대멸명(澹臺滅明)의 다른 이름이 자우(子羽)이고, 고시(高柴)의 다른 이름이 자고(子羔)인 것 등이 있는데, 그 뜻은 오늘날 알 수가 없다. 대부분이 역시 진시황이 서적을 모아 불살라버렸기 때문이다.

근래 무주(茂朱)에 사는 사람 가운데 산이 무너진 곳에서 돌로 된 상자를 얻은 사람이 있었는데, 그 속에는 쇠몽둥이가 들어있었다. 그 쇠몽둥이에는

'한원범회(漢元梵回)'라고 새겨져 있었다. 지금은 용산의 조씨 집에 있다. 비록 깎이고 떨어져나가 희미해지긴 했으나 그 조각한 것이 매우 정교하였는데, 어떤 사람은 아마도 한나라 사람의 성명일 것이라고 한다. 그러나 한나라 때는 범자가 없었으며, 비록 있었다고 하더라도 나라의 물건이 어찌하여 상자에 담겨져 그 구석진 무주에 묻힐 수가 있겠는가. 곰곰히 생각해보면, 술책을 부리는 사람들이 주술을 써서 사람을 누르는 것이거나, 또 부적이나 주문에도 원·범·회 등의 문자가 있으니, 이 글자 역시 그런 종류가 아닐까. 그렇지 않으면 혹시 도선이나 무학 같은 무리들의 소행인가. 세상에는 알 수 없는 일이 많기도 하다.

존경은 친밀하고 가까운 처지일수록 소홀해지기 쉽다. 그러므로 가정에서 더욱 각별히 예절을 지키게 하는 것이 나라를 지키는 큰 둑이 된다. 요즘 풍습에는 부부 사이의 예절이 거의 없어 일단 혼례를 올린 후에는 도무지 절을 하지 않는다. 시동생과 형수가 서로 절할 때 시동생의 처가 형수 옆에 있으면서도 오만하게 절을 하지 않으니, 이것이 어찌 예절인가.

그런데 중국에도 이런 풍속은 있다. 심룡강(沈龍江)의 『문아향약(文雅鄕約)』에 이르기를, "시골 풍속에 있어 예법에 관한 문장이 번잡한 게 병폐인데, 오직 부부간의 예절에 대해서는 너무나 간략하다. 그래서인지 친하기 때문인지 일년만 지나도 서로 인사나 절을 하지 않는다." 라고 했다. 어찌 가깝다고 해서 예의를 지키는 것에 소홀히 할 수 있겠는가. 처음에 신랑과 신부가 만나 혼례를 치르기까지는 모든 예법을 다 갖추더니, 오래되었다고 마침내 예절을 잊어서야 되겠는가.

최근에 날마다 독서를 하면서 네 가지 유익한 점을 깨달았다. 물론 넓고 꼼꼼하게 옛일을 훤히 깨우치게 되고 뜻을 펴고 재주를 기르는 데 도움이 되는 점은 두말할 필요없다. 첫째, 굶주린 때에 책을 읽으면 소리가 훨씬 낭랑하여 그 내용과 취지의 맛을 통해 배고픔도 느끼지 못하게 된다. 둘째, 차츰 날씨가 추워질 때에 읽게 되면 원기가 소리를 따라 흘러들어 몸속이 편안하여 추위도 잊을 수가 있게 된다. 셋째, 마음이 괴로울 때 눈은 글자에 두되 마음은 책속의 이치에 집중시켜 읽으면 온갖 근심 걱정이 일시에 사라진다. 넷째, 감기를 앓을 때에 책을 읽으면 기운이 막힘없이 통하여 기침소리가 갑자기 그쳐버린다.

덥지도 춥지도 않고, 배고프지도 배부르지도 않고, 마음이 평화롭고 몸도 건강하며, 등불이 환하고 책이 정돈되어 있으며 책상과 자리가 깨끗하면, 독서할 마음이 저절로 생긴다. 만약 꿈이 크고 재주가 뛰어나며 나이가 젊고 건장한 기운까지 갖춘 사람으로서 독서하지 않는다면 과연 무엇을 하랴. 나와 뜻이 같은 사람이라면 독서에 힘쓸지어다.

날마다 사내아이에게 글을 가르치는데, 아침에 일어나 밥을 먹고 책을 읽으면 입놀림이 둔하여 잘 읽지 못했다. 하지만 밥을 먹지 않고 읽으면 속도가 배는 빠르고 소리도 시원스러웠다. 여러 번 시험해보아도 마찬가지였다. 아마 음식 기운은 막히지만 맑고 깨끗한 정기가 솟기 때문이리라.

자석이 쇠붙이와 서로 감응하는 것이 그림자나 메아리보다 더 빠르다. 내가 일찍이 자석을 가지고 좀 떨어진 곳에서 나침반을 향해 흔드니, 기이할 정도로 나침반 속의 바늘이 자석을 따라 돌아갔다. 다시 나침반을 유리로 덮어 틈이 없게 해도 기운이 통할 수 있어 같은 현상이 일어났다. 시험삼아 주먹 안에 꽉 쥐고 흔들어도 역시 그러했다. 또 벼룻돌로 나침반을 막은 다음 나침반을 궤속에 놓고 시험해 보아도 감응이 매우 빨랐다. 여러 손님들이 자리에 앉아 있었지만 그 이치를 알지 못하니 이상하다. 이것은 하나의 진실에 불과하다.

『사기』의 가혹한 관리를 적고 있는 대목에, "두주(杜周)가 법무를 집행하는 관직에 있으니, 이천석의 봉급을 받는 사람 중에도 수감된 자가 합하여 1백여 명이나 되었다. 여러 관리들이 변론서를 두주에게로 송부하는 것이 1년에 1천여 건이나 되었다. 사건이 큰 것일 경우에는 연좌된 증인이 수백이요 작은 사건에는 수십 인이며, 멀리서 오는 자는 수천이요 가까운데서 오는 자라도 수백 리를 와야 했다."고 쓰여있다. 여기서 수십 아래에는 인자를 쓰고, 수천 아래에는 이(里)자를 쓰지 않은 것은 좋은 문법이다.

경서는 이미 공자의 손을 거쳤으니 뒷사람들이 멋대로 그 내용을 보태거나 깎아서는 안 된다. 단지 편이나 권을 검토하고 교정하며, 글자의 의미나 정확하게 살펴 공경스럽게 지키면서 뜻을 잃지 않아야 성인의 도에 가까이 갈 수 있는 자질을 갖추게 된다. 그런데도 후세에 와서 경서를 모방해 지으니 이는 매우 온당하지 못하다.

진(晉)나라 때 광릉(廣陵)의 군수였던 공연(孔衍)은 한나라·위나라의 여러 역사책 가운데에서 아름다운 어휘와 모범적인 구절을 따다가 『한위상서(漢魏尚書)』 26권을 편찬하였다. 수나라에서 비서감을 지낸 왕소(王邵)는 수나라 문제 때의 일들을 기록하였는데, 모두 『한위상서』의 의례에 준하여 지었다. 왕통(王通)의 『속경(續經)』도 생각해보면 이것을 모방하여 지은 것 같다. 이와 관련하여 주자는 왕통이 한나라 이래의 고루한 문자와 언어, 그리고 비천한 명예와 공적을 주워모아 6대 경서를 모방해서 억지로 요순이나 하은주 세 왕의 반열에 올려놓은 것이라고 희롱하였는데, 이는 문제점을 꿰뚫는 적절한 말이다.

한나라가 비록 하은주 삼대에는 미치지 못하나 그래도 말할 것이 있거니와, 위나라나 수나라의 찬탈이 요순시대와 무슨 관계가 있는가. 또 왕통은 비록 자신의 능력을 헤아리지 않고 수식의 기교가 있어 스스로 깎고 다듬어 기술했다고 하자, 그렇다면 저 공연과 왕소는 과연 어떤 사람인가. 또한 세상의 평판을 들어보면 이탁오(李卓吾)는 주자가 왕통을 비판한 것에 대해서 감히 비웃었는데 도대체 왜 그랬는지 모르겠다.

진(晉)나라의 악자(樂資)는 『전국책(戰國策)』과 『사기』에서 자료를 찾아내어 『춘추후전(春秋後傳)』을 편찬하였다. 이것은 주나라의 정왕(貞王)에서 시작하여 『춘추전전』의 노애공(魯哀公)부터 난왕(赧王)에 이르러 진(秦)나라로 들어가는 사적을 이어 짓고, 또 진의 문왕이 주나라를 계승하여 이세(二世)의 멸망에서 끝나는 내용을 이어붙여 전체 30권으로 되어 있다. 이 책은 비록 경서의 가치를 드러내지는 못하였으나, 그래도 모방하여 지었으니 해로울 것은 없다. 그러나 비록 경서에 입각했을지라도 그 필법이 어긋나면 '호랑이를 그리려다 개와 비슷하게 되었다.'는 비난을 받게 된다.

『주자강목』은 바로 경서를 모방하여 지은 것으로 매우 바르고 뛰어나기 때문에, 나경륜(羅景綸)이 성인이 마땅히 다시 나와야 한다고 여긴 것도 헛된 말이 아니다. 후세의 정직한 사람들은 이 『주자강목』을 이어 책을 펴내는 것이 좋다.

우리나라의 이현석(李玄錫)이 지은 『황명강목(皇明綱目)』의 경우 혹시 별 도움이 안 될른지 걱정스럽기도 하다. 그러나 중국의 참된 선비가 일어나 붓을 잡고서 이뤄놓은 이름있는 산에 숨겨져 있던 것들을 거둬들이고, 풍속을 맡았던 관리들이 기록한 민간에 떠도는 이야기들과 현명한 사람들의 문집들을 모아, 전체적으로 옳고 그름을 따지고 경서의 목차에 따른 전기로서 손색이 없으니 반드시 볼 만한 것이 있으리라. 다만, 구석진 나라에서 태어나 책의 여러 종류들을 오랫동안 수집하지 못하고 기전·편년·기사본말 등

몇몇 방법만으로 역사를 서술하였으니 소홀한 점이 많지 않을까 싶다. 그러나 글씨쓰는 법을 세움은 늠름하여 공경할 만하다.

진우폐(陳于陛)가 말하기를, "오경 가운데 『주역』·『예기』 이외의 『시경』·『서경』·『춘추』는 모두 속편이 있을 수 있는 것들이다. 말하자면, 할아버지가 앞서 저술한 바를 그 자손이 할아버지의 뜻을 계승하여 부연하면 그 할아버지 된 자는 한없이 기뻐할 것이다." 하였다.

그러나 나는 성인의 말만을 경(經)으로 여기므로, 시대에 있어 하은주 세 왕조가 아니거나 저자가 공자가 아닌 것은 모두 경서가 아니라고 생각한다. 위로는 하늘이요, 아래로는 땅이듯이 예로부터 지금까지 경서는 스스로 경서일 뿐 속편이란 있을 수 없는 것이다. 끝없이 일어나는 병폐의 근원은 경서의 속편 운운하는 데서 나온다.

『춘추』는 역사에 속하므로 만약 현명한 사람이라면 대대로 그 법을 따르는 것이 옳다. 한편 시의 경우 『시경』에서 취했던 바와 같은, 민간에서 유행하던 시를 모으는 방법이 이미 없어져 후세로 내려올수록 체재가 판이해졌고, 또 내용이 다양하면서 정밀하지 못하여 모방할 수 없으니, 주자의 말을 따르는 것이 좋을 듯하다.

주자가 공중지(鞏仲至)에게 회답한 편지 속에 다음과 같은 대목이 있다.

"예로부터 시는 무릇 세 번이나 변하였다. 한나라 및 위나라 이전의 것이 한 등급이요, 진(晉)·송(宋) 때의 안연지(顏延之)와 사영운(謝靈運) 이후로 당나라 초기까지의 것이 한 등급이며, 심전기(沈佺期)와 송지문 이후 율시가 정착되면서부터 오늘날까지의 것이 또 한 등급이다.

그러나 당나라 초기 이전에 이루어진 시에는 진실로 작품의 우열은 나누어지되, 시 창작법은 변하지 않았었다. 율시가 나온 이후에 비로소 시의 창작법이 모두 크게 변하여 옛사람들의 시풍으로 돌아갈 수 없게 되었다. 일찍이 경서와 사서에 있는 운을 달아 지은 어구, 또는 『문선(文選)』이나 한나라와 위나라 때의 글, 또는 곽박(郭璞)이나 도잠의 작품들 중에서 뽑아 한 편의 글을 만들어 『시경』과 『초사』의 뒤에 붙여 모든 시의 기본으로 삼고, 또 그 아래 두 등급 가운데서 고전에 가까운 좋은 것을 택하여 각각 한 편을 만들어 도움이 되게 하고, 그런 다음 여기에 적합하지 않는 것은 모조리 내버리므로써 마음 속에 세속적인 언어나 뜻이 한 자도 없게 하면, 그 시는 기대하지 않아도 저절로 고상하게 된다."

예법은 대대로 상세하게 적어놓은 글이 있어 각각 스스로 책이 되므로 『예기』, 『주례』, 『의례』를 모방할 수 없다. 그러므로 어진 임금과 밝은 신하라면 이를 짐작할 수 있을 것이다.

양웅의 『태현경(太玄經)』과 사마광의 『잠허(潛虛)』에서 『주역』을 각기 25가지의 명목으로 나누었는데, 사실 이것들은 『주역』을 모방하여 지은 것 같다.

시는 비록 작은 예술적 재능이지만 의미와 기능 등은 단순치 않다. 3백 편의 시가 분노의 감정을 일으키고 잘못을 응징함은 말할 것도 없는데, 당나라에 이르러 율시가 나타나자 뜻이 어두어지고 융통성이 없어, 옛것을 숭상하는 마음을 가진 사람은 자못 우울해하며 좋아하지 않았다. 양중홍(楊仲弘)은 이렇게 말했다.

"무릇 율시를 지을 때는 기에서는 평온하며 반듯해야 하고, 승에서는 침착하고 조용해야 하며, 전에서는 변화가 있어야 하고, 결에서는 깊고도 무궁한 맛이 있어야 한다. 그러면서도 위 아래가 서로 연관되어야 하고, 처음과 끝이 조응해야 한다. 가장 피해야 할 것은 저속하고 천박한 의미, 문자, 어휘, 음운 등인데, 20년을 공부해야 비로소 체득할 수 있다."

사실 이것은 상앙(商鞅)의 작시법으로서 시인들이 수용하기는 힘들 것이다. 인위적인 기교가 지극하면 어떻게 자연스러운 천기(天機)가 발로될 수 있겠는가. 네 가지 속된 것을 기피해야 한다는 것은 질실로 유익한 말이다. 그러나 20년간 정력을 소비한다는 것이 얼마나 가련한 일인가. 그 마음은 마땅히 진흙덩어리를 쥐는 것과 다를 바 없으리라. 양중홍의 시가 과연 어떠했는가. 아마도 두보에는 미치지 못할 것이다. 그러나 두보는 작시법에 얽매였던 것 같지 않다.

나는 몸이 허약하여 모든 일에 있어서 어쩌다 정도를 지나치면 식은 땀이 흐르고 숨이 찬다. 그래서 가족이나 친척들은 나를 사랑하는 마음으로 더러 문학적 사고가 너무 날카로우니 그윽하고 소박하며 여유있는 글을 지으라고 충고하고, 또 공부하는 일에 지나치게 애쓰는 것을 보고 조금 조절하는 것이 좋다고 걱정해주곤 했다. 한편 의사는 원기를 보강하는 약을 많이 복용하거나, 건강에 관한 서적을 많이 읽어 호흡과 운동으로 모든 병을 물리치는 방법을 배워보라고 권했다.

윤성문(尹聖文)이 일찍이 말하기를, "자네의, 골격이 맑고 글이 맑으며 마음이 맑은 것이 오히려 걱정이네." 하였는데, 이제 내 골격을 보니 전보다 다소 건강해졌으므로 근심도 좀 풀렸다. 나는 항상 이 세 가지 '맑다'는 것에 대하여 스스로 웃으면서 그것은 나의 본색이 아니니, 맑다는 말 대신에 '약하다'는 말을 쓰는 것이 좋겠다고 여겼다. 성대중이 말하기를, "뼈가 가늘고 살이 많은 사람은 명예는 없어도 복이 있고, 반대로 살은 적고 뼈가 굵은 사람은 명예는 있어도 복이 없으니, 자네는 이 점을 명심하게." 하였다.

여러 사람이 이처럼 걱정해주는 것에 감격하여 나는 때때로 이빨을 두드리고 눈을 감는 방법을 실천하였는데 아주 효과가 있었다. 또 책을 읽다가 뜻이 심오하거나 모호하여 이해할 수 없을 때는 등에서 땀이 나고 머리가 가렵고 마음이 어지럽고 들뜨게 되는데 이렇게 되면 나는 독서를 중단하고 아무 생각도 하지 않았다. 밤에 책을 읽을 때는 자정을 넘기지 않으려고 했으며, 독서하다 글의 맛이 없으면 곧 그만두고 산보를 하되 30~40리를 넘지는 않았다.

나는 식사할 때는 토사곽란에 이르지 않도록 주의했다. 또 옛사람들이 말하는 몇 가지 금기할 것을 지켰다. 곧 화살을 피하듯이 바람을 피하고, 복어국과 이름없는 버섯을 먹지 않고, 무너질 듯한 다리나 봄날 얼음이 풀리는 곳은 지나가지 않고, 위험한 절벽과 가파른 골짜기엔 가지 않으며, 반사회적이고 비윤리적인 내용의 글은 짓지 않고, 또 술이나 여자에게 지나치게 빠지는 것을 늘 두려워했다. 그런데 다른 사람들은 어째서 경계하는 마음이 없을까.

나는 옛사람 가운데서 두 사람을 스승으로 섬기고 있다. 손담포(孫談圃)는 말하기를,

"임영(林英)은 나이가 70인데도 기운이나 모습이 조금도 쇠약해 보이지 않았으므로 어떤 이가 무슨 비결이 있어 그토록 정정하냐고 물은 적이 있다. 이에 임영이 대답하기를, 평생동안 번뇌를 몰라 내일 먹을 식량이 없어도 걱정하지 않았고, 일이 닥치면 즉시 처리하고 가슴속에 남겨두지 않았다고 했다."

고 하였고, 또 석임연(石林燕)이 말하기를,

"문노공(文潞公)은 벼슬을 그만둘 때 나이가 거의 80세였다. 임금이 그에게 건강을 유지하는 특별한 방법이 있느냐고 물었는데, 그는 다음과 같이 대답하였다. 다른 방법은 없고 다만 집착함이 없이 마음껏 즐기며, 밖의 일로 인해서 온화한 마음을 상하게 하지 않으며, 무모한 일은 감히 하지 않고, 문제가 생기면 고민한 뒤 가장 알맞는 대안에서 바로 그친다."

고 하였다.

날씨가 맑게 갠 날 한라산에서 멀리 중국의 강남쪽을 바라다보면 남서쪽

으로 하늘 밖에 산이 있는데 그 모양이 타오르는 불과 같다. 절강(浙江)의 상인들이 전하는 말에 의하면 그것은 송강부(松江府)와 금산(金山)이다. 북방과 서북방 사이에도 섬이 있는데 그건 알 수가 없다.

마(磨)·도(兜)·견(堅) 석자는 당나라의 수필집에 해당하는 『유양잡조』에 보인다. 주자가 이것에 대해 논한 바 있는데, 이와 관련 송렴(宋濂)이 일찍이 교훈적인 글을 지었다. 대강의 내용은 말을 삼가라는 뜻으로서 마치 옛날 쇠로 만든 인형의 입을 세 군데나 봉했다는 것과 같다. 내가 전에 그 아래에다 써 넣기를, "다른 사람의 총명함은 기뻐하되 나의 지혜는 자랑하지 마라." 하여 벽에 걸어 두었다. 여러 책에 모두 견(堅)이라고 씌어 있는데 『유양잡조』에만 건(鞬)이라 되어 있다.

애체(靉靆)라는 것은 지금의 안경이다. 남구만(南九萬)은 어렸을 때부터 안경을 썼다가 늙어서는 오히려 안경을 쓰지 않았는데 조금도 눈이 어둡지 않았다. 아마 안경은 젊은 사람이 사용해야 할 것 같다.

하루는 서상수와 비방을 막는 방법에 대해 이야기한 적이 있다. 서상수가 말하기를, "근거가 없는 비방은 남을 해칠 수 없다. 흙으로 빚은 인형과 나무로 만든 인형이 무엇을 알겠는가. 그러나 말이 많은 사람은 인형의 얼굴을 가리키면서 눈은 어떻고 입은 어떻다고 시끄럽게 수다를 떤다. 나무인형이나 흙인형과는 아무 관계가 없는 말이다." 하였다.

이목구심서 4

중국 명나라의 지리서인 『일통지(一統志)』와 백과사전격인 『삼재도회(三才圖會)』의 기록 중 우리 조선에 대한 조항에는 토산품이라 하여 돌 등잔이 나오는데 우리나라에는 원래 이러한 물건이 없으므로 늘 의아하게 생각하였다. 근래에 중국의 사신이 왔을 때, 우연히 남쪽 별궁에 들어갔다가 대들보 위에 붉은 실로 옥 등잔을 달아놓은 것을 보았는데 사발만한 크기에 매우 깨끗해서 볼 만하였다. 이는 바로 성천(成川)에서 나는 옥이었다. 옛날부터 우리나라는 이 옥으로 된 등잔을 달아놓았는데 중국에서 사신으로 왔던 사람들이 돌아가 토산품이라 전한 것임을 비로소 알게 되었다.

한편 그 책들에 기록된 접는 부채에 대한 주석에는, "대쪽을 엮어서 부채 살을 만드는데, 살이 많은 것을 귀히 여긴다……" 하였는데, 이는 바로 오십죽 별선(五十竹別扇)을 가리킨다.

어떤 사람이 말하였다.

"복어는 원래 독이 없고 복어의 눈에 나비모양의 벌레가 있다. 간혹 입이나 꼬리에 붙어있기도 하여 쉽게 눈에 띄지 않는데 이것이 사람을 죽인다. 또 그 알에 가장 많은 독이 있다. 그러므로 이 두 가지를 떼어내고 먹으면 매우 맛이 좋다. 복어알을 비롯하여 이름 모를 잡버섯과 저절로 죽은 짐승의 고기는 절대로 먹어서는 안 된다. 두꺼비가 변해서 복어가 되므로 독이 있는 것이다."

벌레들은 대체로 북쪽을 향하여 움직인다. 그러므로 벌레가 귀에 들어갔을 때는 귀를 북쪽으로 돌리고 서있으면 저절로 기어나온다.

웅붕래(熊朋來)가 말하였다.
"『주례』에 보이는 지해(蚳醢)의 지를 한나라 학자들은 왕개미알이라고 하였다. 관청의 일에 관한 것을 살펴보니, 별인(鱉人)이 등딱지가 있는 거북이나 자라 등을 잡는 것을 맡았는데 제사 때에는 조개·소라·왕개미알을 잡아 젓담그는 사람에게 넘겨준다고 하였으니, 왕개미알도 고동이나 조개와 같은 종류이며 이미 별인이 담당한 것으로 보아 수산물임을 알 수 있다.
『대대례기』의 한 편에 속하는 하소정(夏小正)의 2월조에서는, 수많은 작은 벌레들이 지를 굴린다고 하고, 그 주석에서 지는 개미알이라고 했으며, 이것은 제사에 쓰는 젓갈을 만드는 데 쓰인다고 하였는데, 그대로 믿을 수는 없다.
『예기』의 월령편에서는, 초봄의 화창한 때는 어린 벌레와 아직 낳지도 않은 것은 물론 이제 막 출생했거나 처음으로 날기를 배우는 새 새끼를 죽이지 말고, 짐승의 새끼를 죽이지 말며 알을 꺼내지 말아야 한다고 하였는데, 어찌 2월에 개미굴을 파고 알을 꺼내어 제사에 쓰는 일을 하겠는가.
『시경』의 항백(巷伯)에서는, 패금(貝錦)을 이루었다고 한 다음 그 주석에서 패(貝)는 지(蚳)라 한다고 하였으니, 지는 간혹 '조개 패' 변에다 쓰기도 한다.
의학서에는 이것을 먹으면 오래 살게 되며 눈이 밝아진다고 하였으니,

어찌 반드시 개미알만을 지라고 한 것이겠는가."

내가 처음에는 웅붕래의 말이 옳다고 여겼다. 그러나 교주(交州) 계동(溪洞)의 추장들이 대부분 개미알을 수집하여 절여서 장을 담는 것을 살펴본 후에야 웅붕래의 말이 틀린 것을 알았다. 전에 보니 소나무 뿌리에 큰 개미집이 있었는데 아이들이 개미를 잡아서 허리를 긁어낸 뒤에 핥아보고는 맛이 시다고 하였다. 나도 시험삼아 핥아보았는데 과연 초처럼 시었다. 그렇다면 분명히 그 알도 신맛이 날 것이며, 먹을 만하므로 젓갈이나 장 따위를 담그면 좋을 것이다.

태종 3년(1403)에 임금이 궁중 재물의 하나인 구리를 내어 활자를 만들도록 명령하였으니, 이것이 우리나라 금속활자의 시초다. 이 방법은 대체로 송나라 인종(1022~1063) 때에 벼슬이 없던 필승(畢昇)이라는 선비가 활자판을 만들면서 진흙을 이겨 글자를 새긴 다음에 불에 구운 데서 비롯하였는데, 다만 구리를 부어서 만드는 방법을 몰랐을 뿐이다. 세조가 즉위하기 전에도 납을 부어 활자를 만들었다. 지금도 더러 흙에 글자를 새겨 활자를 만드는 자가 있다.

경복궁으로부터 흘러나오는 개천 옆에 누워있는 돌짐승이 있다. 얼굴은 새끼 사자 같은데 이마에 뿔이 하나 있으며 온 몸에는 비늘이 있다. 새끼 사자인가 하면 뿔과 비늘이 있고, 기린인가 하면 비늘이 있는 데다 발이 범과 같아서 이름을 알 수 없다. 나중에 고찰해보니, 후한 때 남양현(南陽縣)의 북쪽에 있는 종자(宗資)라는 사람의 비석 곁에 두 마리의 돌짐승이 있는데, 그 짐승의 어깨 하나에는 하늘이 주는 복이라 새겨져 있고, 또 하나에는 귀신을 물리침이라 새겨져 있다. 뿔과 갈기가 있으며 손바닥만한 큰 비늘이 있으니 바로 이 짐승이 아닌가 싶다. 송나라 인조 때 교지군(交趾郡)에서 기린을 바쳤다. 모양은 소와 비슷하면서도 커다란 비늘이 있고 뿔이 하나 있었다. 심괄(沈括)은 이를 보고 기린이 아니라 하늘이 주는 복이라 하였다. 남양현에 있는 송균(宋均)의 묘 앞에도 두 마리의 돌짐승이 있는데 모양은 양과 같다. 왼쪽의 것에는 하늘이 주는 복이라 쓰여 있고 오른쪽 것에는 귀신을 물리침이라 새겨져 있다. 이는 같은 동물로서 두 가지 이름이 있는 듯 싶으나 자세히 알 수 없다. 남쪽 별궁에도 이러한 짐승이 하나 있는데 바로 경복궁에서 옮겨놓은 것이다.

세상에 전하는 말이 있다. 안평대군이 취중에 금박가루를 검은 천에 흥건히 뿌렸다. 그 뒤에 붓을 들어 그 뿌려진 금박가루의 점을 따라 초서를 만들기 시작했다. 그런데 다른 글자에는 그 금가루가 감춰졌으나 오직 인(人)자의 파임 위에만 세 점이 감춰지지 않았다. 그러자, 급히 붓을 안쪽으로 놀려서 彡자를 만들었다. 이는 단점을 숨기는 방법이었는데 후세 사람들이 이를 전하여 흔히 사람 인자를 𠆲자로 쓴다는 것이다.

후한 시대의 효녀였던 조아(曹娥)의 비문을 상세히 살펴보니, 하단에 승평(昇平) 삼년이라고 씌어있는데, 승(昇)자는 일(日)자 아래에 인(人)자를 쓴 것이니 혹시 안평대군이 이를 본뜬 것이 아닐까 한다. 승(昇)자는 승(升)자이니 승평은 진(晉)나라 목제(穆帝)의 연호이다.

명나라의 『일통지』에는 건국의 연혁 다음에 20 가지의 항목을 두었으니, 고을·경치·풍속·산천·토산물·제후지·관청·학교·서원·궁궐·교량·사찰·사당·왕릉·고적·벼슬·여관·인물·열녀·고승이다. 우리나라의 『동국여지승람』은 이를 본떠서 만든 것으로서 성씨 한 조목을 보태었는데 매우 잘한 것이다. 한편 『일통지』의 경우 인물 조항에 이름을 적으면서 자를 쓰지 않은 것과 더러 호도 쓰지 않은 것이 결점이다.

세상에서 흔히들 소미(少微)의 『통감절요』를 읽는데 소미가 실제로 어떠한 사람인지는 모르고 있다. 나중에 알게 되었는 바, 송나라 건녕부(建寧府) 숭안(崇安)에 사는 강지(江贄)라는 사람이 있었다. 그는 숨어살면서 벼슬하지 않았다. 역사의 초고를 쓰는 사관이 임금에게 올린 '사대부의 위치에 해당하는 별이 나타났다.'는 말에 따라 조서를 내려 선비를 등용하고자 세 차례나 초빙하였으나 응하지 않으므로 그에게 소미선생의 호를 내렸다. 『통감절요』는 비록 꼼꼼하지 못한 점은 있지만, 역사적인 논의가 풍부한 점이 매우 좋다.

　누군가 묻기를, "어느 집 분묘가 불에 타서 장차 다시 떼를 입히려고 하는데, 지관이 3월에 떼를 입히면 자손에게 크게 해로우니 사초해서는 안 된다고 합니다. 대체 이런 일이 예법에 있습니까?" 하므로, 내가 대답하였다. "비록 예법에 관한 책을 널리 살펴보지는 않았지만 상식적으로 생각해보면 그런 기록은 없을 듯싶다. 만일 아버지와 할아버지가 살아계시는 동안 거실이 낡아 무너지려고 하는 데도 금기에 얽매여 그냥 지붕 없는 방에 앉아서 수리하기에 좋은 달을 기다려야 하겠는가. 『예기』에 나오는 '죽은 사람 섬기기를 살아있는 사람 섬기듯 한다.'는 것이 본래 이와 같은 것이겠는가. 지관의 공갈은 나무랄 것도 못 되거니와 자손된 사람들이 그의 말을 따르는 것이 안타까울 따름이다."

　우리나라 사람은 저술 역량이 너무나 부족해서 문헌이 매우 적으므로 대가들이 한심스럽게 여긴다. 내가 한가할 때에 널리 잡다한 글과 문집들을 소상히 검토하여 분야를 나누고 범례를 정한 다음, 두우(杜佑)의 『통전(通典)』, 정초(鄭樵)의 『통지(通志)』, 마단림(馬端臨)의 『문헌통고(文獻通考)』를 본떠서 우리나라에 영원히 전할 책을 만들려고 한다. 그러나 첫째로 도와

줄 사람이 없는 것과 둘째로 글씨를 쓸 사람이 없는 것이 유감이다.

항상 어떻게 내 몸이 있게 되었는가를 생각하면 부모와 내 몸은 애당초
둘이 아님을 깨닫게 된다. 율곡 이이 선생이 말하기를, 사람들이 어버이에게
마땅히 효도해야 한다는 것을 모르는 사람은 없다. 그런데도 효도하는 사람
이 매우 적은 것은 부모의 은혜를 깊이 알지 못하기 때문이라 하였다. 나는
늘 '깊이 알지 못한다'는 말에 느끼는 바가 있다. 깊이 알지 못하는 것은
어두운 것이 아니고 무엇이겠는가.

나의 조카인 광석이 말하기를, 이 하늘 아래에 본디 나라는 것이 없었던
것을 부모가 형체와 기운을 주셔서 이렇듯 갑자기 나라는 것이 있게 되었다
고 하였다. 무엇보다 나는 '갑자기 나라는 것이 있게 되었다'는 말에 느낌을
받아 마음이 아득해진다. 그래서 이 말을 써놓고 다시 본다.

『노자』에서 이르기를, 큰 근심은 내가 몸을 갖고 있다는 데 있다고 하였다.
나는 일찍이 이 말이 불교가 스스로 혈육을 배척하기 위한 학문으로 나가도
록 이끌어준 것이 아닌가 하고 생각한 적이 있다. 그런데 동실부(董實夫)는
이를 주석하여, 자기에게 편벽되이 이롭게 하는 점을 제거하는 것을 뜻한다
고 하였으니, 이 주석이 참 좋다.

군자가 환란을 당하여 태연하기는 정말 어려운 일인가 보다. 무엇보다
소식과 왕수인이 위험과 고난을 두려워한 것에 대해 나는 탄식할 뿐이다.
소식이 시를 읊어 조정을 비방한 이유로 체포되어 배에 올랐을 때 그는 눈을
감고 물에 들어가는 것과 같은 예측할 수 없는 위험이 경각에 달렸다고 생각
하였다. 이윽고 이 상황에 대한 계책을 떠올리며, 그가 불행한 일이 닥치면
아우인 소철(蘇轍)이 반드시 혼자 살지는 않을 것이라고 생각했다. 그리고
서울에 이르러 하옥되자 틀림없이 죽게 될 것을 예상하고 극약을 준비해

가지고 있다가 함께 먹고 자살하려 하였다. 옥졸에게 준 아우와 결별하는 시가 있다.

> 임금님의 크신 은덕 봄빛과 같은데
> 고지식한 내 성격 자신을 위태롭게 했네
> 짧은 생애 다하지 못하고 먼저 죽으니
> 남은 열 식구 남에게 누를 끼치게 됐구나
> 이곳 청산에 뼈를 묻게 되리니
> 비오는 밤이면 귀신만 슬퍼하리라
> 그대와 난 영원히 형제가 되어
> 못다한 인연 다시 맺기 바랄 뿐

그후에 그는 황주(黃州)로 귀양갔다.

왕수인은 유근(劉瑾)에게 미움을 받아 귀주(貴州)의 시골 역무원으로 귀양 갈 때, 다시 뒤에 화가 미칠까 두려워하여 바닷가에 이르러 신을 해안에 벗어놓고 시를 읊었다.

> 도를 배워 쓰지 못한 채 세월은 가고
> 왜 이렇게 되었나 하늘도 무심하구나
> 살아선 나라를 도우려 했으나 부끄러울 뿐이고
> 죽어서도 어버이 걱정 잊지 못하니 여한이 많아
> 나의 충성심 해나 달과 같았으니
> 고깃배에 장사지내게 될 줄 꿈도 못꿨네
> 신하된 사람의 슬픔 어느 때 다하리
> 억울한 죽음 파도 소리에 실어 달래노라

그는 읊기를 마친 뒤 즉시 물에 뛰어들었다. 그런데 갑자기 두 어린아이가 나타나 겨드랑이를 부축하여 어느 마을로 옮겨주고는 열흘 만에 떠났다. 그후 유근이 형벌을 받은 후에야 비로소 등용되었다.

소식의 풍채와 왕수인의 기개로도 재앙이나 불행 사이에서 초월하지 못하였으니 하물며 그만 못한 사람들이겠는가. 만일 위의 두 사람이 스스로 목숨을 끊었더라면 오로지 살기만을 구하는 무리들보다 분명 나았을 것이다.

그러나 소식의 학문이 그런 단계에 이르지 못했으며 왕수인의 경우도 덕망을 쌓기 이전의 일이다. 다만 두 어린아이의 일은 허구에 가까우니 전기의 말은 믿을 것이 못 된다.

어떤 사람이 말하기를, 평소에 거짓말로 남을 속이기를 잘하는 사람이 있다면 반드시 온화한 기운을 해치게 된다고 하므로, 내가 말하기를, 그것은 매우 올바른 이치라고 했다. 이전에 누군가에게 들으니, 성난 사람을 풀어주지는 않고 오히려 충동질하여 싸우게 한 다음 구경하기를 좋아하는 자는 반드시 자손에게 해롭다고 했는데, 나는 이 두 말을 써서 좌우명으로 삼는다고 하였다.

사마광이 『자치통감』을 편찬할 때는 1백 20 종의 책에서 자료를 뽑았고, 주자가 『소학』을 편찬할 때는 거의 70 종의 책을 채록하였다.

고요한 밤에 하루종일 한 일을 생각해보면 반드시 후회스러운 일이 있고, 밤사이 있었던 꿈을 아침에 생각하면 두려움이 또한 크다. 밤에 꿈이 어수선한 것은 낮에 한 일이 엄숙하지 못한 데서 일어나는 것이다. 사람이 만일 고요한 밤에 후회하는 마음을 깊이 깨달아 낮에 하는 일에 조심을 한다면, 밤의 꿈자리가 자연히 편안해질 것이다.

흔히들 약석(藥石)을 약에 섞어쓸 수 있는 돌인 줄로만 알고 약과 석이 서로 다른 것인 줄은 모른다. 예전에는 돌로 침을 만들었으므로 침폄(鍼砭)의 폄자도 '돌 석' 부(部)를 따랐다. 당나라 때 고계보(高季輔)가 자주 상소하여 정치적 득실을 말하니 태종이 석회 스무 첩을 내리면서, "네가 약석과 같은 말을 올리므로 내가 약석으로 보답하는 것이다.……" 하였으니, 이것 역시 석회를 약을 만드는 데 쓰는 돌인 줄로만 알고 충직한 말을 약과 침에 비유하는 것은 모른 것이다.

근래에 김진사로 불리는 사람이 있었다. 삼전도(三田渡)를 건너면서 시를 지었다.

> 사람이 모래 위에 있을 때는
> 배에 탄 사람에 뒤질까 걱정을 하나
> 드디어 배 위에 오르게 되니
> 모래 위에 있는 이 기다리지 않네

이 시는 조급하게 다투는 자들을 경계하기에 충분하다.

천리마의 한 오라기의 털이 희다고 해서 성급하게 그 말을 백마라고 단정해서는 안 된다. 온몸의 수많은 털 가운데는 누른 것도 있고 검은 것도 있을지 어찌 알겠나. 그러니 사람의 일면만을 보고 그 모두를 평가하랴.

누군가 나에게 조언하였다. "옛날부터 사람이 한 가지라도 조그마한 재주를 지니게 되면 눈앞에 보이는 것이 없게 된다. 그리고 한 분야에 지식을 쌓게 되면서 차츰 남을 얕잡아보는 마음이 생긴다. 그리하여 작게는 욕하는 소리가 몸을 덮게 되고 크게는 재앙과 환난이 따르게 된다. 이제 그대가 날로 글에다 마음을 두니 힘써 남을 업신여기는 자료를 마련하자는 것인가." 그래서 나는 두 손을 모으며 겸손히 말하기를, "감히 조심하지 않겠는가." 하였다.

영조 42년(1766) 3월 11일 성대중이 찾아와서 말하였다.

"이언진이 병세가 점점 위급해지자 그가 쓴 시문의 원고를 불사르고 스스로 이르기를, 일한 노력의 결과가 해나 달과 빛을 다툴 수 없다면 마땅히 버려야 한다. 썩어 없어지는 것이 초목과 무엇이 다르겠는가 하더라."

내가 이렇게 말했다.

"어떤 이는 자신의 허물을 문장 탓으로 돌렸다. 불행이 닥치자 그 문장이 빌미가 되었다고 하는데 과연 그럴 것인가. 병이 깊어지면 원고를 불태우더라도 도움되는 것이 없으니 애석하구나. 예전에 당나라 시인 두목(杜牧)이 병중에 원고를 불살랐으나 이내 죽고 말았다."

그러자, 성대중이 말했다.

"이 일이 내 탓이 아니라고도 할 수 없다. 내가 그를 앞에 놓고 그의 시문을 읊으면서, 시문이 너무 신기하면 귀신이 분노하여 용서하지 않는다고 하였다."

그 말을 듣고 나는 말했다.

"모든 사람이 자기보다 나은 사람을 공경하고 시기하지 않으며, 자기와 상대가 되는 사람을 아끼고 다투지 않으며, 자기만 못한 사람을 어여삐 여기고 업신여기지 않는다면 세상이 정말로 평화로와질 것이다."

다시 성대중이 말했다.

"하늘이 인재를 낼 때에는 여러 꽃다운 기운을 모아서 탄생시키는 것이지 아무 뜻없이 하는 것이겠는가. 사람들이 하늘의 뜻을 모르고 기필코 시기하고 해치려 하는데, 이는 하늘의 뜻을 거역하는 심각한 일이다. 영조 39년 내가 일본에 갈 때 용인역에서 원중거(元重擧)와 같이 전송하는 글을 열람하면서 처음으로 그대의 글을 보았다. 그 서문에 쓴, '시적 상상[詩態]이 뭉실뭉실 봄날 구름과 같다'고 한 것은 한유의 시를 본받아 쓴 것임을 알 수 있었다. 그대의 시에서는, '태도(態度)는 뭉실뭉실 봄날의 구름이라'고 한 말이 많다. 그런데 '글[筆頭]은 굼실굼실 흘러내리는 가을 강물이다.'한 것은 어디에 나오는 말인가. 내 생각에 태(態)자는 봄날 구름에 비유되는 것이 매우 긴요하고 절실하나, 필두(筆頭)라는 두 글자는 가을 강물에 걸맞지 않는데, 왜 필두를 문란(文爛)으로 고치지 않는가?"

내가 말했다.

"황정견(黃庭堅)의 시에 '글[筆頭]은 굼실굼실 가을 강물에 쏟아지듯'이라고 보인다."

성대중이 말했다.

"사람이 부모없는 자가 있겠는가. 경서는 모든 글의 부모이다. 경서가 줄기라면 나머지 글은 가지나 잎에 불과하다. 명나라 사람들의 문집을 보면 맛이 없는데, 그 뜻이 천박하기 때문이다. 나는 소식의 글을 매우 좋아하면서도 때로는 가벼이 여기는 마음이 생기는데, 이는 시의 바탕이 경서에서 나온 것이 아니기 때문이다."

내가 말했다.

"그대는 지금 사람이 아니다. 이미 벼슬길에 나왔으면서도 틈틈이 글을 짓고 남의 글을 찾아서 자신의 것으로 만드니 어쩌면 그렇게도 부지런한가. 또한 매일 『주역』한 괘씩을 읽는다고 들었는데, 그런 일이 있을 수 있는가?"

성대중이 말했다.

"전에는 책을 널리 읽었으므로 부지런하다 할 만하나 과거에 급제한 뒤로는 구애받는 것이 많아서 뜻대로 되지 않는다. 다만 경서 중에 『주역』과

『예기』는 약간 공부하였다. 근래에 서시랑(徐侍郎)과 얘기하면서, 경서에 주석을 잘못 달아 그 폐단이 끝에 가서는 죽어 쓰러진 시체가 백만이 넘고 흐르는 피가 내를 이루는 데까지 이르기보다는 차라리 세상의 효자와 열녀의 행실을 모아서 한 권의 책을 만들어 교육에 도움이 되게 하는 것이 낫다고 하였다. 그대도 이러한 일들을 기록하여 나를 도와주게."

나는 말했다.

"내 뜻도 마찬가지다. 노력하여 그렇게 하는 것이 좋겠다."

명나라의 나흠순(羅欽順)이 말했다.

"예전에 선비로서 불교의 선 사상을 깨달은 자가 있었다. 일찍이 다음과 같이 한 편의 글을 지었다.

번뇌를 끊느라 병이 더욱 무거워지니
진리를 좋아하는 것도 욕심이구나
세상 인연 그대로 따라 거리낌없으니
생사 해탈 모두가 허공의 꽃 되도다.

송나라의 중 종호(宗杲)가 이 글을 가지고 글을 썼다. 언젠가 종호가 어떤 사람에게 보여준 글에 '물 위에 떠있는 호로병' 이라는 말이 여러 곳에 있었다. 위 글의 셋째 구절은 바로 물 위에 떠있는 호로병을 이른 것인데 불가의 이치가 참으로 이와 같다. 『논어』에 보면, 학덕이 높은 선비는 세상에 특별히 좋는 것도 없고 즐기지 않는 것도 없다. 오직 의리에 따라 실천할 뿐이라고 한 말이 있다. 그런데 공자가 이 말을 할 당시에 '의리에 따라 실천한다'는 한 마디 말을 뺐다면, 소위 특별히 좋는 것도 없고 즐기지 않는 것도 없다는 것은 물 위에 떠있는 호로병과 무엇이 다르겠는가."

내가 생각하기에 나흠순의 이 말은, 불교가 의리에 밝지 못해서 좇아야 하는 것과 등져야 하는 것을 제대로 가리지 못함을 안타깝게 여겨 '의리를 따라 실천한다'는 말을 인용하여 그 병폐를 구하려 한 것이라고 본다.

금년 2월에 내종사촌 동생 박상홍이 작은 표주박에 대해 짧은 글을 지었다. "담아도 한 움큼의 곡식을 넘지 못하고 퍼내도 한 잔의 물에 지나지 않지만, 물에 띄우면 두둥실 떠가고 흰갈매기와 어울리며 모래톱 사이에 걸리지 않는 것은 표주박이로다."

내가 그 글에 이어 이렇게 평했다.

"『장자』에 나오는 큰 박과 박상홍의 작은 표주박은 천천히 떠돌며 논다는 점에서는 마찬가지이다. 결국 이 말은 종호의 말과 같으니 박상홍을 만나면, '의리를 따라 실천한다'는 말을 전하여 그 뜻을 보태도록 해야겠다. 병술년 (1766) 3월 14일에 붓가는 대로 쓴다."

전한(前漢)의 동중서(董仲舒)가 말했다.

"모든 악을 안에 싸고서 밖으로 드러나지 않게 하는 것은 마음이다. 따라서 마음이라는 말은 싸고있다는 뜻이다. 그렇다면 진실로 악이 없는 기질을 받고 태어난 사람은 마음이 무엇을 싸고 있겠는가.

사람의 성품에는 탐욕의 심성과 착한 심성이 있다. 그런데 누구나 이 어질고도 탐욕스러운 두 가지의 기운을 한 몸에 지니고 있다. 원래 몸이라는 것은 하늘에서 취한 것인데, 하늘은 음과 양의 대립적 관계로 형성되니, 몸도 악한 심성과 어진 심성의 두 가지가 있게 된다. 하늘은 음양이 있어서 몸의 움직임을 금하는 것이니 사람의 마음과 하늘의 이치는 한 가지인 것이다.

본성을 벼에 비유하고 착함을 쌀에 비유하면, 쌀은 벼에서 나오지만 벼가 모두 쌀이 되는 것은 아니며, 또한 착함은 본성에서 나오지만 본성이 모두 착한 것은 아니다. 착함과 쌀은 사람이 하늘의 뜻을 이어받아 외부에서 이루는 것이지, 착함과 쌀을 이루는 것이 천연적으로 안에 있는 게 아니다.

본성에는 착한 단서가 있어서 그것을 움직여 부모를 사랑함이 짐승보다 나으면 그것을 일러 착하다고 하는데, 이것은 맹자의 말이다. 그리고 삼강과 오륜을 따르고 여덟가지 도의적 이치를 통하여 성실과 신의가 있으며 사람을 널리 사랑하고 포용하며 예를 좋아해야 착하다고 할 수 있는데, 이것은 여러 성인의 말이다.

성인은 도덕적 정치를 실행하는 자가 없는 시대에 명분을 가르치지 않으면 선을 실천할 수 있는 백성이 없다고 여겼다. 선을 구현하기가 이와 같이 어려우므로, 모든 사람의 천성이 모두 선을 감당할 수 있다고 하는 것은 잘못이다.

짐승의 본성에 비교하면 모든 사람의 본성이 착하다. 하지만 인간으로서 마땅히 지켜야할 도리로서의 선에 비추어보면 모든 사람의 본성이 착한 것은 아니다. 내가 본성을 가지고 선악의 기준을 정하되 그 기준이 맹자의 입장과는 다르다. 맹자는 기준을 낮춰서 짐승의 행동에 비겨 인간의 본성은 선하다고 하였지만, 나는 성인이 선하다고 하는 것에 기준을 두었으므로 인간의 본성은 선하지 않다고 하는 것이다."

송나라 진순(陳淳)은 말했다.

"맹자는 기질과 성품을 말하지 않았다. 그런데 순자는 인간의 본성은 악하다고 하였고, 양웅은 인간의 본성은 선악이 섞여있다고 했으며, 한유는 인간의 본성에는 상중하의 세 등급이 있다고 하여, 모두들 기질과 성품을 말했다. 한편 소식은 본성에는 아직 선악이 없다고 하였고, 호굉(胡宏)도 본성에는 선악이 없다고 하였다. 이처럼 모두들 사람과 하늘이 서로 만나는 곳에 대하여 어림짐작으로 사람의 본성은 하늘로부터 온 자연적인 것이라 하고, 끝내 본성을 단적으로 지적해서 어떠한 것이라고는 말하지 않았다.

마침내 정호(程顥)와 정이(程頤)가 주렴계(朱濂溪) 선생의 태극도에서 근거를 찾기에 이르러서야 이에 대한 설명이 더없이 명확해졌다. 그들의 말에 의하면, 인간의 본성[性]은 곧 하늘의 이치[理]라는 것이다. 이 본성이나 이치는 성인에서부터 길 가는 사람에 이르기까지 동일하다는 것으로서 매우 적실하다고 하겠다.

맹자가 본성은 선하다고 한 것도 이치를 말한 것이다. 다만 이(理)자의 언급을 통해 보다 분명하게 의미를 확정시키지는 못하였다. 호굉도 철저하게 살피지 못하고 불쑥, 선은 칭찬하거나 찬양하여 감탄하는 말이라 하여 또다시 실수했다. 이미 칭찬하고 찬양했다면 그것은 좋기 때문에 칭찬한 것이지, 어찌 좋지 않은 것을 칭찬하고 찬양하는 일이 있겠는가.

정자(程子)는 본성 외에 또 기질과 품성의 일단을 드러내어 바야흐로 선악의 근본 내력을 알게 하였다. 그러므로 그의 말에 따르면, 본성을 논하고 기질을 언급하지 않으면 갖추어지지 않은 것이고, 기질을 논하고 본성을 언급하지 않으면 밝지 않은 것이며, 그것을 둘로 나누면 옳지 않다고 하는 것이다.”

내 생각으로는 동중서의 견해가 어쩌면 그렇게도 밝지 못한가 싶다. 모든 악을 안에 싸고있다고 한다면 이미 이는 순자의 성악설이다. 또 탐욕의 심성과 어진 심성을 음양에 비유했는데, 대체로 하늘의 음양에 있어 양은 굳세고 음은 부드러운 바, 편벽되이 양은 어진 심성에만 속하고 음은 탐욕의 심성에만 속한 것이겠는가. 그리고 탐욕과 어짐의 기질이라 하고 나서 다시 탐욕과 어짐의 본성이라고 하였는데, 진순이 말한 기질만이 여기에 해당되는 것이 아닐까. 그는 또 천지가 낳은 것을 성정이라 한다고 했는데, 이 말대로라면 감정도 역시 본성이므로 본성이 이미 착하다고 하면 그 감정은 착하지 않고 어떻겠는가. 이는 본성이 감정의 다른 이름인 줄을 모른 것이다. 이처럼 그의 논지가 모호한 편이다.

양웅의 경우, 본성은 선악이 섞여있다는 말을 스스로 제창한 것이 아니다. 그는 동중서의 말을 본받아서 주장했을 뿐이다. 선비들은 편파적으로 양웅을 비난하는데, 그에 앞서 동중서를 나무라는 것이 옳다. 그러므로 주자는 동중서가 본성은 삶의 바탕이라고 말한 것에 대해서 논박하여, 마땅히 본성은 삶의 이치이고, 기질은 삶의 바탕이라 말해야 한다고 주장한 것이다.

명나라 섭자기(葉子奇)가 쓴 『초목자(草木子)』를 살펴보자.

"유가와 불가에서 본성을 말한 뜻을 고운 구슬에 비유하자면 모두 조개에서 나오는 것이지만, 유가에서는 고운 구슬이 조개의 내부로부터 나와 태에서 생긴 것이라고 하고, 불가에서는 고운 구슬이 외부에서 들어가 조개의 태에 붙어있는 것이라 하였다. 즉 본성의 출처에 대해 유가는 하늘에 근본을 두었고 불가는 자기 자신에 의한 것으로 파악했다."

동중서가 쌀에 비할 수 있는 선(善)도 외부로부터 이루어진 것이라고 한 말은 바로 불가에서 본성도 외부로부터 들어온 것이라고 하는 것과 같다고 나는 생각한다.

또한 동중서가 말한,

"하늘이 백성의 본성을 낼 때에 착한 바탕은 주었으나 완전히 착하게는 하지 않았다. 그리하여 백성을 위해서 왕을 세워 그들을 착하게 만들었는데 이것이 하늘의 뜻이다. 백성은 완전히 착하지는 못한 본성을 하늘에서 받아 가지고 왕으로부터 본성을 이루는 가르침을 받고, 왕은 하늘의 뜻을 받들어 백성의 본성을 착하게 만드는 것으로 임무를 삼는다."

라는 것은 사실 『중용』의 "하늘이 내린 것을 본성이라 하고 본성을 따르는 것을 도리라 하고 도리를 닦는 것을 가르침이라 한다."고 한 말과 같은 것이다.

동중서가 또 말하기를, "본성은 사람에게 눈이 있는 것과 같다. 어두운데 누워 눈을 감으면 보이지 않다가 눈을 뜬 후에야 보인다. 눈을 뜨기 전에는 볼 수 있는 바탕은 있다고 하겠으나 보인다고는 할 수 없다."고 하였는데, 이것도 소식과 호굉이 언급한, 본성에는 선악이 없다는 것과 같은 말이니, 그 뒤섞이고 거친데다 이랬다 저랬다 하는 것은 이루 다 말할 수 없을 정도이다.

김홍운(金洪運)이 말했다.

"인품에 있어 치우치고 막히지 않은 융통성을 귀하게 여긴다. 이는 마치 어느 땅을 파든지 다 물이 있는 것과 같다. 또 밝은 달이 물에 비침에 있어, 회수(淮水)를 비추는 달이 제수(濟水)를 비추지 않는 것도 아니며 강물을 비추는 달이 냇물을 비추지 않는 것도 아니어 어디든지 달빛이 있는 것과 같은데, 이는 달이 하나뿐이지만 모든 것을 통괄하기 때문이다."

그가 문장에 대해서도 논하였다.

"문장을 짓는 데는 스스로 깨달아 아는 것이 없으면 안 된다. 소식 같은 사람들은 깨닫는 방법을 터득하였기 때문에 볼 만한 작품이 많은 것이다. 『능엄경』과 『장자』는 꼭 한 번 읽어야 한다. 글짓는 이들에게 한 가지 병폐가 있는데, 원숙한 경지에 이르지 않았는데도 글자 수 줄이는 것을 급선무로 삼기 때문에 의사가 통하지 않는다. 말하자면 처음 시짓는 법을 배우는 자가 먼저 정신과 생각을 어떻게 표현할 것인가 하는 것은 배우지 않고 율격의 높낮이에만 마음을 써서 도리어 구속받지 않고 마음대로 쓸 때보다도 못한 것과 같다. 특히 글을 짓는 데 있어 지(之)·어(於)·호(乎)·야(也)와 같은 어조사들이 많더라도 부족한 경우가 있으며, 단지 어구법에 잘 맞느냐가 문제인 것이다."

내가 지난 해에 김홍운에게 준 시에, "어제 그대의 시를 읽고 / 천년 전

사람이라 생각했네."라고 한 구절이 있었다. 근래에 성대중이 비평하기를,
"내가 이전에 그가 쓴 '앉아서 조니 물풀꽃만 고요하네.'라는 구절을 보고
나도 그가 옛사람이라 생각하였다."고 한 바 있다. 그래서 나는 김홍운에게,
"그 시는 도대체 어떤 것인가?"고 물었다. 그러자 김홍운이 대답했다.

> "내가 여덟 살 때 고기잡는 늙은이를 두고 읊기를,
> 한 늙은이 백발을 드리우고
> 강물에 비친 그림자를 의심하네
> 고기는 잠기고 낚싯댄 움직이지 않아
> 앉아서 조니 물풀꽃만 고요하네
> 하였는데, 성대중이 이 시를 인용한 것이다."

조카인 광석이, "요사이 가끔 시를 짓는데 공연히 허전해지니 나도 모르
게 마음속으로 부끄럽습니다." 하면서, 시 한 구절을 읊었다.

> 뜰을 거닐며 아이는 잘도 노는데
> 낙수물 쪼는 닭은 흡족히 하늘을 본다
> 세상일 따르면 근심만 생기는데
> 가까이에 진실 있으니 자연에 맡겨야지

또 한 구절을 읊었다.

> 외딴 마을 하늘엔 별들이 가득하고
> 텅빈 가슴속엔 우주의 진리가 밝아
> 이따금 회심의 미소를 지으니

소리없는 가운데 신통한 기운 깃드는구나

내가 웃으며, "석가모니의 제자구먼." 하니, 광석이 좀 두려운 듯이, "어떡하지요?" 하기에, 내가 "마음에 얽매임이 없기 때문이다. 성현의 글을 힘써 읽으면 그만이지 시가 어떠하든 무슨 상관이겠는가. 다만 어디에 내놓아도 알아주는 사람이 없을 듯싶다." 하였다.

병술년 4월 초하루에 광석이 우리집에 왔다가 비가 억수같이 내려 돌아가지 못하고 머물러 있었다. 이튿날 그 누이가 죽었다는 소식을 듣고 자기 집이 아니어 대청마루에서 곡할 수 없다고 뜰에 내려가 곡을 하고자 했다. 내가 "대청마루에서 안 된다면 바깥마루에서 하면 되지 않는가." 하였다. 드디어 조카는 신위를 만들어놓고 슬피 울고나서 탄식하며 말했다.

"사람들이 상복 때문에 예를 다하지 못한 지 오래되었다. 물론 가난해서 예를 다할 수 없는 것은 어쩔 수 없다. 하지만 가난하지 않으면서 상복에 머리띠와 허리띠 등을 제대로 갖춰입지 않는 것은 어째서인가. 무릇 건과 띠만을 할 수 있겠는가. 이제 내가 양자가 되었으니 강복(降服)[1]하고 누이가 출가했으니 강복하면 5개월이다. 그러나 5개월이라도 그 큰 슬픔에 차마 건과 띠만을 하겠는가. 집이 가난하면 예는 형편에 따라 행할 수 있는 것이니, 관은 하지 않고 건에다 테두리를 하고, 의상은 하지 않고 상복과 베띠에 테두리를 치는 것이 어떻겠는가?"

슬픔에 잠긴 나는 "예는 의리로써 일으키고 법은 형편과 통한다는 것이 옳다. 다만 가난해서 상복을 입을 수 없는 것이 가슴 아플 뿐이다." 하였다.

---

1) 오복의 복제에 규정된 복보다 한 등급이 낮은 복. 이를테면 양자간 아들이나 시집간 딸의 생가나 친정의 어버이에 대한 복 따위.

성대중이 김 노인을 시켜 이언진의 부음을 전하기를, "병술년 3월 29일 오후 5시 경에 이언진이 죽었다." 하였으니, '삼청동 바위 아래서 죽는다.'고 한 것과 '도화원 속의 수정궁이다.'라고 한 시구는 예언이 아닌가. 부음을 듣고도 마침 나는 축하하는 자리에 참석하고 있었으므로 가서 조문하지 못하고 사람을 시켜 복건 하나를 부의로 보내 그의 아우를 위로하였다. 그리고는 꽃나무 주위를 서성이며 마음을 안정시킬 수가 없었다. 나는 성대중이 보낸 부고를 듣고서 슬피 말하기를, "조선의 이하2)가 죽었다. 아아, 한 시대에 태어나 그를 보지 못했으니 한스럽구나." 하면서 조카 광석을 돌아봤더니 그도 안색이 변하며 눈물을 쏟으려 하였다.

이형상이 나에게 말했다.

"천지 가운데 처해있는 이 작은 존재에 대해 진지하게 생각해보면 과거에도 알 수 없을 정도로 많았고 지금 세상에 살고있는 나와 같은 사람들도 수없이 많으며, 미래에 태어날 자도 수없이 많을 것이다.

또 우주상에 어떤 놀라운 일과 괴이한 것들이 있을까를 꼼꼼히 헤아려보면 나도 모르는 사이에 망연자실해져서 큰 창고안의 싸라기 한 알도 오히려 크게 여겨지니 세상에 해보고싶은 일이 거의 없다. 그러기에 밤낮으로 생각해도 유학에 전념하는 것만큼 가치있는 것이 없다. 인생이 덧없다고 하지만 그 짧은 동안이라도 힘을 다해 세상이 너무 커서 끝닿는 곳이 없다는 생각은 버리는 것이 좋다. 만일 일체 허공을 향해서 행동하게 되면 해볼 만한 일이 내게서 더욱 멀어지게 된다."

나는 이상형에게 말했다.

"그대가 말한 것처럼 우주는 너무나 크고 넓으며 그 속의 인생은 아득하고

---

2) 이하(李賀)는 당나라의 시인인데, 이언진이 시에 능력이 있는 데다 이하와 같이 27세에 요절하였으므로 이렇게 말한 것임.

아득할 뿐이다. 대체로 도가와 불가에서는 이를 깨달아 실제로 앞에 다가오는 일들을 모두 마음에 두지 않으며 스스로 돌이켜 그칠 줄을 몰라서 그럭저럭 죽기만을 기다릴 뿐이다. 실로 깨달음이 크고 높은 경지에 이르렀다고 할 만하다.

그러나 품을 팔아 생계를 유지하는 남자가 노동으로 쉬지 못하다가 장마철 무더운 방에 혼자 누워 잠자코 생각에 잠겼을 때를 상상해보자. 그의 생각이 과연 천지사방에 미칠 수 있겠는가. 다만 밥먹고 살아가는 게 문제일 것이다.

그러므로 생각이 넓고도 큰 경지에 이르고 스스로 돌이켜 생각하여 진실한 자는 훌륭한 사람인 것이다. 이렇게 볼 때 유학이 가장 올바른 도이고 도교나 불교는 지나치게 높아 황당한 것임을 알겠다. 진정 어리석은 사람은 어두운 자이다."

이형상이 말했다.

"우의란 가르쳐서 되는 것이 아니고 서서히 스스로 이루어지도록 기다려야 하는 것이다. 성급하게 비난하거나 칭찬하거나 혹은 옳고 그름을 가리려고 애쓰면 도리어 어긋나게 된다."

이에, 나는 말했다.

"같은 세상에 태어나 능력이나 뜻하는 바가 비슷한 가운데 서로 벗이 된다면 참으로 좋은 일인데도 이것을 모르고 시기하고 의심하며 다투려는 마음을 내어 서로 비웃고 욕하면 살고싶은 마음이 없어 쓸쓸해지기만 한다. 이렇게 되면 친구가 좋다고 전혀 말할 수 없다."

내가 말했다.

"하늘의 원리가 있으면 땅의 이치가 있는 것은 당연한 것이다. 그런데 후세에 오면서 풍수설을 주장하는 이들이 세상사람들을 현혹시켜 땅의 이치가 거의 사라져 조상의 무덤을 파내어 자손의 부귀를 바라기에까지 이르렀으니 그것이 어찌 올바른 이치이겠는가. 예컨대 새로이 심은 나무가 열매를 맺으면 종자가 다른 나무가 되어 끊이지 않는 것과 같으니 어찌 서로 감응하는 기운이 있다 하겠는가. 효성스런 자손이 조상의 시체를 안장할 때는 바람이 없고 해가 잘 비치는 마른 땅을 가려서 할 뿐인데, 이에 그치지 않고 화를 받느니 복을 받느니 하는 말에 미혹되면 분묘를 수없이 파옮겨서 조상의 유골이 다시 밝은 해를 보게 되는 것이다.

오랑캐의 풍속에 수장과 화장이 있는데 그 자손 중에도 빈천한 자만 있는 것이 아니라 부귀한 자도 있으며, 중국사람 가운데도 시체를 물속에 장사지내거나 불에 태운 자가 있으나 그 자손들도 장군이 되거나 재상이 된 자가 있다. 묘자리에 산의 정기가 통하느니 그렇지 않느니 따져볼 수 있겠는가. 더구나 풍수가의 말에, 신발이나 모자 형태의 산에 분묘를 쓰면 자손이 존귀해진다는 말이 있는데, 그러한 해석은 후세에 정한 것이니 천지가 개벽될 때 생긴 산과 무슨 관련이 있겠는가."

그러나 이형상이 말했다.

"풍수사상에는 깊이 빠져들어도 안 되고 그렇다고 배척해서도 안 된다. 나무와 열매는 바싹 말랐지만 그 기운은 살아있다는 말은 본래 서로 관계가 없다는 비유로서 비록 사리에 맞는 말이기는 하지만 우리가 모르는 곳에 감응하는 일이 있는지 어찌 알겠는가. 오랑캐의 수장과 화장은 그들의 풍속이 모두 이와 같아서 원래 증빙할 만한 것이 없다. 그러므로 자연스럽게 흥망성쇠에 맡겨두어야지 이에 구애되어서는 안 된다. 또한 불행히도 물속에 묻고 불에 태운 그 뼈와 살이 떨어진 곳이 혹시 명당이 아닌 줄 어찌 알랴. 다만 자손의 영달을 위해 자주 조상의 분묘를 옮기는 자는 결코 효자가 아니다."

내가 말했다.

"일곱 가지 감정 가운데 노여움이 가장 쉽게 일어나고 누르기 어렵다. 나도 툭하면 격노하여 큰 소리로 화내고 욕을 하며 흥분해서 어쩔 줄을 모르다가 노기가 약간 가시면 지나간 행동이 후회스러워 부끄러움을 이길 수 없다. 그러나 뒤에 다시 노여움이 일어나면 전에 후회하던 마음은 곧 잊어버린다. 만일 성낸 후의 후회하는 마음을 가지고 항상 미리 대비한다면 응당 성내는 일이 적을 것이고 비록 화를 내더라도 지나친 행동은 없을 것이다."

이형상이 말했다.

"자네 말이 매우 옳다. 나도 얼핏보면 성질이 느긋해서 불끈 화내는 일이 없을 듯싶으나 때로 화가 치밀면 스스로 누르지를 못하는데, 참으로 학문이 높은 경지에 이르지 못한 소치이다. 옛사람처럼 차분한 논리와 미소로 대화를 통해 일을 처리함으로써 기쁨과 노여움을 말소리나 얼굴빛으로 나타내지 않는 자는 비범한 사람이다."

다시 이형상이 말했다.

"옛날에 좋은 사람이 꽤 많았을 터인데 자취마저 없어져 이름이 전하지 않는 자가 반이 넘고, 또 이름이 전하더라도 그 거취를 알 수 있는 사람이 반도 못된다. 그러므로 저서가 없어서는 안 된다. 물론 저서도 다 전하기는 어렵다. 옛부터 저서가 전해오면 저자의 언행을 어제 일같이 완연히 알 수 있는데, 기록할 만한 것은 거의 없고 단지 새벽에 의관을 갖추지 못한 것만을 후회하고 두려워하며 자책하니, 아아! 그런 것으로 큰 허물을 삼는다면 그 사람의 자질이 과연 어떻겠는가. 더구나 50년간 앉아서 공부를 했다면 마땅히 귀범이 될 만한 게 많을 텐데도 저술하지 않음으로써 세상에 알려지지 않으니 애석하구나."

서질수(徐瓆修)는 나의 처남이다. 약관에 글솜씨가 있었는데, 그가 16세 때 지은 시를 보자.

> 아득히 하늘은 높고 들판은 넓은데
> 앙상한 나무가지 위로 황혼이 깃든다
> 달빛 아래 국화 핀 이 좋은 계절에
> 다듬이 소리와 피리 소리 조화롭다
> 가물거리는 등불 앞에 책을 펼치니
> 애처로운 기러기 문 앞을 날아가네
> 기다란 대나무는 힘없이 흔들거리고
> 차가운 밤 하늘에 이슬이 내리는구나

올해에도 지은 시가 있다.

> 아직도 꽃이 남아있는 초여름에
> 예쁜 수풀 찾아 봄빛을 즐기네
> 송·명대의 고운 시에 빠지는데
> 달은 깊숙히 산속으로 숨누나
> 처마에는 제비가 잘 집이 없고
> 휘청거리는 대나무는 그림자를 그리네
> 울창한 숲속으로 자리 옮겨 누우니
> 마을은 아스라히 안개속에 잠기누나

그는 지금 18세이다. 이 두 시는 포근한 느낌을 주는 매우 재미있는 표현이다.

아우 박상홍이 17세 때 지은 「시골에 머물며」라는 시가 있다.

> 햇닭이 처음 울고 보리타작 할 때면
> 버들잎 짙푸른 마을어귀 도랑물이 붇는다
> 이웃집 늙은이 어린애 함께 즐거워 하며
> 지난 밤에 내린 단비 남쪽으로 지나갔다네

금년에 그의 나이 19세이다. 올해 지은 시 한 구절을 옮긴다.

> 비를 맞고 뜰앞에 붉게진 꽃 슬퍼했는데
> 어젯밤의 별들이 어렴풋이 남아 있네

시의 문장에 묘미가 있다 하겠다. 또 그가 지은 시 한 편을 들어본다.

> 비갠 뒤 산빛이 발에 비쳐 서늘한데
> 떠나는 벗 붙잡아놓고 더불어 좋아하네
> 세상에 모든 일 한 바탕 웃음일 뿐
> 하찮은 벼슬에 수많은 이 늙었다오
> 서로 만나 평소의 그리움 모두 푸니
> 훗날 이 모임의 단란함을 알리라
> 산속의 봄은 눈에 가득 어른거리는데
> 한가로이 편안히 쉴 날만을 기다리네

시의 뜻이 매우 원숙하고 소년의 경박한 언어가 아니다. 나는 진정으로
그를 장하게 여긴다.

내가 장간(張幹)에게 말한 바 있다.

"오랫동안 전해오던 풍속이 크게 변하였다. 남효온이 지은 『추강냉화(秋江冷話)』를 보니 '우리나라 사람들이 몽고족의 춤을 본받아서 머리를 뒤흔들고 눈을 이상하게 뜨며 어깨를 추키고 팔을 구부려서 두 다리와 열 손가락을 동시에 굽혔다 폈다 하며 활을 당기는 시늉에 개 걷는 시늉까지 한다. 관직에 있는 정승·판서에서부터 배우는 물론 평민·여자에 이르기까지 이 춤을 추지 않는 자가 없는데, 특히 우찬성 어유소(魚有沼)가 이 춤을 잘 춘다. 나는 처음에 이를 풍류스런 일이라고 생각했었다. 죽은 친구 자정(子挺)이 극렬하게 이 춤을 비난했을 때도 나는 자못 수긍하지 않았었다. 그런데 얼마 후에 『한서(漢書)』의, 합관요(蓋寬饒)가 단장경(檀長卿)의 원숭이춤을 탄핵하는 대목을 읽은 뒤에야 비로소 자정의 주장이 옳았음을 알게 되었다.' 하였다. 이 일을 보면 남효온처럼 인품이 고상한 사람도 당초에는 그것을 그르다 하지 않았음을 알겠다. 지금도 과연 이런 풍속이 있는가?"

이에 장간이 말하였다.

"이상하게 여길 것도 아니다. 무릇 더러운 관습을 씻어버리지 못하는 것은 세상이 모두 그렇기 때문이다. 눈과 귀에 젖어 익숙한 것을 갑자기 없앨 수는 없는 것이다. 사실 요즘 과거급제하여 처음 임용된 자들에게 고참들이 학대하고 모욕을 주는 관례는 낡은 풍속으로서 그 망녕됨을 이루 다 말할 수가 없을 정도이다. 습속에 물들다보면 그 잘못됨을 누가 알겠는가."

다시 장간이 말했다.

"자기가 서적을 많이 가지고 있다면 비록 아끼는 책이라도 남에게 빌려주지 않아서는 안 된다. 예전에 송준길(宋浚吉) 선생은 남에게 책을 빌려주었다가 돌려받을 때 책 사이 사이에 보푸라기가 일지 않았으면 반드시 책을 빌어간 사람을 나무랐다. 어떤 사람이 책을 빌어다가 읽지 않고는 꾸지람을 들을

까 염려해서 짓밟거나 깔고 눕거나 해서 책을 훼손시킨 후에 돌려보내기까지
했는데, 이런 사람은 어른의 깊은 뜻을 모르는 자이다."

내가 서상수에게 말했다.

"여름에 얼음을 깎으면 탄알같이 둥글어지는데, 이것을 햇빛이 비치는
곳을 향해 마른 쑥을 받쳐놓으면 불을 얻을 수 있으니 도대체 무슨 이치인
가?"

그러자 서상수가 대답했다.

"대개 광채가 나고 투명하며 둥근 물건에서는 불을 얻을 수 있다. 마른
쑥에서만 불을 얻을 수 있는 것은 아니다. 그것은 양(陽)은 움직이고 움직이
면 둥글게 되는데, 이 양기(陽氣) 곧 불기운이 일어나는 것은 둥근 물건에는
흡수력이 한 군데로 집중되기 때문이다."

다시 서상수가 말했다.

"종친 낙창군(洛昌君)이 사신으로 연경에 갔을 때 서양의 이름있는 화가
를 만났다. 그가 그림을 그릴 때는 부레풀을 비단 위에 바른 뒤에 눈을 들어
한 번 살펴본 뒤 돌아앉아 재빨리 큰 붓을 움직여 짙은 물감을 칠하는데
대개 윤곽이나 쌍선을 그리지 않고 한 붓에 그려냈다. 가까이서 보면 매우
거칠게 칠해진 것이 볼품 없지만, 벽에 걸어놓고 멀리서 바라보면 뺨의 능선
과 옷의 꿰맨 부분이 실물이 살아 움직이는 것 같았다. 임금이 명하여 가져다
보고는 그 그림 위에 '그려진 형상 중 제일'이라고 썼는데, 그로부터 중국사
람들이 자주 그 방법을 본받아 그린다고 한다."

성대중이 박상홍의 시를 얻어보고는 당시(唐詩)와 맞먹는다 크게 칭찬하
면서 내가 있는 자리에서 처음으로 그의 시 한 구절을 소리내어 읊었다.

풀은 자라서 강변의 모래를 에워쌌고
아득한 달빛은 강가의 정자를 비추네

이어서 웃으며 말하기를, "풍채와 골격이 수려하고 우아해서 훌륭한 선비가 되기에 충분하다." 하고, 또 "소년들이 크게 성취하지 못하는 것은 모두 여색 때문이니 그 점을 늘 조심해야 한다."고 하였다.

장간이 말하기를, "최근에 『구봉집(龜峯集)』을 보니 율곡 이이와 우계 성혼 사이에 서로 칭찬하는 미더움이 마음 속으로 절실히 느껴져 본받을 만하였다. 우리나라 4백년간의 친구 사귀는 도리가 여기서 완전히 이루어졌다." 하였다.

허균이 지은 『부부집(覆瓿集)』 속의 내용들은 우리나라에서는 매우 드물 정도로 아름답고도 독특해서 즐겨 읽을 만하다. 그가 명나라 사람의 글을 배운 자이나 후한에서 동진까지의 일화를 적은 『세설신어(世說新語)』 1권을 그토록 아꼈기에 그 청아하고도 미묘함을 따르기 어려운 것이리라.

그가 선조 때의 화가 이정(李楨)에게 준 편지에 동산을 그림에 있어 배치를 설명한 것이야말로 가히 신묘한 경지에 가깝다 할 수 있을 만큼 탁월하다. 그 편지의 내용은 이러하다.

"큰 비단 한 폭과 노란색, 푸른색 등의 각종 물감을 우리집 심부름하는 아이를 시켜 그곳 서경(평양)으로 보내오니, 부디 다음과 같은 그림을 그려주기 바라오.

뒤로는 산이 둘러있고 앞에는 시냇물이 흐르는 집을 그린 다음, 온갖 예쁜 꽃과 긴 대나무 1천 그루를 심으며, 한복판에는 남향의 정자를 세우고 널찍한 앞뜰엔 패랭이꽃과 금선화(金線花)를 심고 진기한 돌과 화분을 벌여 놓으

며, 동쪽의 안방에는 장막을 걷은 사이로 1천 권의 도서를 진열한 것이 보이게 하고, 구리병에는 새털 하나를 꽂고 산을 아로새긴 술항아리를 상 위에 올려놓은 모습을 그리시오. 그리고 서쪽으로 난 창문을 열어젖히고, 작은 아씨는 나물국을 끓이고 손수 단술을 걸러 그릇에 붓고, 나는 마루에 깔아놓은 요 위에 누워서 책을 읽고, 그대는 누군가와 마주 앉아 담소하는 모습을 그리시오. 우리들은 모두 두건을 쓰고 실로 짠 신을 신고 두루마기 차림에 띠는 두르지 않았소. 그리고 한 가닥 향불연기가 발틈으로 스며들며, 두 마리 학이 돌이끼를 쪼고 있고, 아이가 비를 들고 낙엽을 쓰는 모습을 그리시오. 이런 모습의 생활이라면 인생의 즐거움은 이보다 더할 수 없을 것이오."

문장 가운데 슬프고도 진솔한 마음을 드러낸 것으로는 죽은 자의 생전의 행실이나 사적을 기록한 글을 들 수 있다. 구양수가 부모를 장사지내고 무덤 앞에 세운 비문에서는 지극한 효심을 엿볼 수 있고, 정이가 그의 형 정호의 묘지에 기록한 글과 우리나라 김창흡의 막내 아우인 탁이(卓爾)가 쓴 제문에서는 형제간의 우애를 볼 수 있으며, 명나라의 이몽양(李夢陽)이 부인의 무덤에 새긴 글에서는 부부간의 의리를 볼 수 있다.

자손의 죽음을 슬퍼한 것으로는 당나라 한유의 「제십이랑문(祭十二郎文)」과 송나라 육유(陸游)의 「지유녀(誌幼女)」, 그리고 우리나라 김창협의 아들 숭겸(崇謙)을 애도한 두 글이 진실로 눈물을 흘리게 한다.

또 스승이나 벗 사이의 깊은 정을 기록한 것으로는 송나라 소식의 「제구문충공문(祭歐文忠公文)」과 황간(黃幹)의 「주자행장」과 우리나라 이행(李荇)의 「박중열지(朴仲說誌)」가 있고, 지은이가 자기와 무관한 사람을 애도한 것으로는 명나라 왕수인의 「예려문(瘞旅文)」 같은 것이 있다. 이러한 글들은 흔치 않은 것들로서 수천년을 두고 사람의 마음을 고무시킨다.

우리나라는 신라 이후로 비록 뛰어난 인재가 있었어도 견문이 부족하여 한결같이 옛사람의 글을 답습하기만 했으므로 문장가라고 이를 만한 사람을 전혀 볼 수가 없다. 그런 가운데 허균만이 새로운 문학관을 이루었으니 훌륭한 일이다.

최립(崔岦)에게 보낸 편지를 통해 그의 뛰어난 소견을 엿볼 수 있다.

"글을 모르는 자들이 함부로 공의 시를 낮춰보는데 이는 너무도 어이없는 일입니다. 물론 공의 산문에서도 굳센 힘이 느껴지기는 하나 이는 대체로 반고(班固)와 맹자·한유를 바탕으로 해서 나온 것이라 봅니다. 그러나 공의 시는 본래 스승의 가르침 없이 자신의 독창적인 세계를 이루어서 의미가 깊고 언어가 기운차므로 운률을 고르고 좋은 말들을 주워모으는 자들의 미칠 바가 아닙니다. 그러므로 나는 공의 시가 산문보다 낫다고 생각하는데 공이 인정할는지 모르겠습니다."

김창흡의 견해도 이와 비슷하다. 그가 쓴 「관복재고(觀復齋稿)」의 서문을 보도록 한다.

"나는 세상 물정에 어둡고 무관심하여 아는 것이 없으나 시를 짓는 방법에 대해서만은 30년간 마음을 써왔다. 처음에는 반드시 격조를 높이 세우고 옛것을 따르는 것으로 기준을 삼았다. 이같이 우리나라 사람들의 좋지 않은 버릇을 바로잡기에 힘써, 시적 정취의 고양과 시창작 방법을 논의할 때마다 '한나라의 고시와 당의 율시는 품격이 아득히 높아서 하늘에 닿을 정도다.'라고 가르쳤다.

그러나 나 스스로 시를 지을 때는 어김없이 세상의 습속을 따른다. 말하자면 한시라고 한 것이 참으로 한시가 아니며 당시라고 한 것이 참으로 당시가 아니고 바로 나 자신의 한시며 당시인 것이다. 그리하여 시짓기의 어려움으로 싫증이 일었던 때의 시작 태도를 버리고 내 자리로 돌아와 다시는 성률의 결점 여부를 가지고 문제삼지는 않았다."

또 그가 쓴 『하산집(何山集)』 서문을 살펴본다.

"시를 짓는 데는 원칙이 없어서도 안 되지만 그렇다고 원칙에 구속을 받아서도 안 된다. 나는 일찍이 주자가 시에 대해 논의하는 것을 들었다. 『시경』에 있는 국풍과 소아·대아를 정(正)과 변(變)으로 나눈 그의 분별은 명확치 않은 것도 아니면서 어느 사람의 물음에 답하며 '관관저구(關關雎鳩)가 어느 곳에서 나왔는가?' 하였으니, 이 말이야말로 참으로 명쾌하다. 오랫동안 시에 대하여 고정되어있던 생각을 깨뜨려서 형식에 얽매인 자들을 구제하기에 넉넉한 말이라고 할 수 있다.

정작 시는 어떻게 해서 나오는 것인가. 시란 영혼에 바탕을 둔 생각을 사물에 의탁한 것이다. 푸르고 누른 것을 아름답게 꾸민 것이 문장이고, 궁성과 상성 등 여러 소리를 변화있게 배치한 것이 곡조가 되는데, 이것은 하나의 법칙으로 정할 수 있는 것이 아니고 오직 변화하는 데 맞춰서 정신이 자유로우면 이도 변하여 다양한 모습을 나타내는 것으로 시도 이와 마찬가지일 것이다. 그러므로 꼴이 변하기에 따라서는 눈 속의 파초라고도 할 수 있고 경지가 바뀌기에 따라서는 겨자씨 속의 큰 산이라고도 할 수 있는 것이니, 어찌 일정하게 안배해서 고정시킬 필요가 있겠는가.

우리나라는 시를 지어온 연원이 짧아서인지 따를 만한 지침서 같은 것은 없고 단지 금기시하는 것만 어수선하게 많으며 옛것을 답습하는 데 젖어 있으니, 이 두 가지가 실로 3백년간의 고질이 되었다. 그래도 선조 이전에는 비록 우열의 차이는 있으나 각자 자신의 고유한 모습을 표현했었는데, 임진 왜란 이후에는 차츰 세련미에 치중하여 갈고 꾸미기에 급급한 나머지 경계함은 더욱 많아지고 모방하는 습속이 더욱 심해져서 옛시를 규범으로 삼는 것이 아니라 철저히 그것에 구속받게 되었다. 그리하여 사물 하나를 지적할 때도 반드시 정해진 어휘를 따라야 하고 일의 요점을 기술할 때는 내력이 있는 말을 써야 한다. 조심스럽게 상투적인 틀에 맞춰서 감히 한 발자국도 여기서 나아가지 못하여, 마침내는 자연스러운 기운이 꽁꽁 묶여 움직이지 못하게 되었으니, 어찌 정체성을 탈피하고 격식을 벗어나서 한 단계 높이 오르는 자가 있겠는가.

결국, 모든 시인의 수준이 똑같다고 할 수 있다. 한 사람의 작품을 다른 사람들이 아무 생각없이 따르고 베끼니 작품이 천편일률적일 수밖에 없는 것이다. 아! '시로써 사람을 살펴볼 수 있다.' 하였는데, 어찌 이를 바라겠는가. 내가 우리나라 시가 법칙에 구애되는 것을 병폐로 여김이 이와 같다."

세상의 일과 사물이 자기의 귀와 눈으로 듣고 보아 기억하는 것만으로 전부인 것처럼 국한시켜 생각해서는 안 된다. 금나라 장종정(張從正)이 지은 『유문사친(儒門事親)』은 의학서적인데 그 책에 이르기를, "어느 민가의 노구솥 바닥을 살펴보니 쇠부스러기가 솟아있고 붉은 벌레가 있는데, 그 벌레는 나는 듯이 빠르고 주둥이가 매우 억세었다.……" 하였다. 이로써 나는 쇠가루를 먹는 새와 짐승이 있다는 것이 빈말이 아님을 알게 되었다.

도군석(陶君奭)이 말하기를, 집에서 맛좋은 술을 빚으려면 술항아리의 주둥이를 공기가 절대 들어가지 못하게 반드시 진흙으로 밀봉한 다음 몇 년을 묵혀두면 된다. 만약 조금이라도 공기가 들어가면 못쓰게 된다고 했다.

이는 재주있는 자들을 훈계하기에 적절한 말이다. 세상에 재주가 있으면서 드러내지 않는 자는 드물다. 글짓는 잔재주가 있을 경우 꾹 참고 가만히 있지 못하고 스스로 자랑하고 내세우며, 남이 알아주지 않을까 염려하다가 누가 자기를 비난이라도 하면 벌컥 화를 내고 칭찬하면 뛸 듯이 기뻐하니 슬픈 일이다.

중국 청나라의 엄성(嚴誠)은 을유년(1765)에 과거에 급제하였는데, 논이 3편이고 시가 1편이다. 이제 그 논 1편과 시를 기록한다. 논의 제목은 「윗사람 섬기기를 공경히 하고, 백성 기르기를 은혜로 한다.」는 것이었으며, 그 글의 내용은 다음과 같다.

"윗사람의 마음을 얻어서 그 마음을 가지고 아랫사람에게 미치게 하는 것이 원칙이다. 섬기는 도리와 기르는 도리는 상대적으로 극진히 할 수 있는 것이므로 대개 존경으로 윗사람을 섬기지 않고서 사랑으로 백성을 기를 수 있는 자는 없는 것이다.

춘추시대 정(鄭)나라의 대부 공손교(公孫僑)의 윗사람 섬기는 도리를 보면, 그가 백성들에게 은혜롭게 하리라는 것 외에는 달리 생각할 수가 없다. 하루하루를 임금을 위해 신하가 되어 충성을 다하겠다는 다짐을 하면서 어떻게 하는 것이 국가에 도움이 될까를 생각한다면 그 밑에 있는 자들에게 실로 이익이 있을 것이다. 내 생각에 그 임금을 존경하지 않으면서 남이 자기를 인정해주기를 바란다면 모순이 아닐 수 없다. 그렇다면 신하로서 임금에게 자신을 바치는 자와 남을 사랑하는 자는 반드시 마음속에 도를 품고 있을 것임에 틀림없다.

내가 듣기로 '자기 몸 지키는 도리는 공손함이다' 하였는데, 공손교가 바로 그 공손함을 지녔다. 그가 공경을 잊지 않았으니 이제 그는 백성의 주인이다. 그러므로 자기 몸을 지키면 공(恭)이 되고 윗사람을 섬기면 경(敬)이 되는 것이다. 다만 공손교가 윗사람 섬긴 것은 쉽게 말하기 어렵다.

정나라에 큰 화재가 발생하자 군사들이 성위에 올라가 윗도리 한쪽을 벗어 항복을 표시했을 때는 하늘이 참으로 그 임금을 좋게 여기지 않았고, 몇몇의 관리들의 경우 세력있는 집안인데다 따르는 자들이 많아 임금을 업신여김이 실로 심하였다. 이 무렵 공손교가 존귀한 집안의 자손이며 재주 많은 사람으로서 오랫동안 나라의 정권을 잡았는데, 이는 임금은 보통에 지나지 않았으나 임금을 받드는 데는 한 치의 소홀함이 없도록 삼갔기 때문이다. 그리하여 그동안 거친 임금이 넷이었는데도 공손하게 정성으로 섬겨서 모두 공적을 남기게 했다.

진(陳)나라의 포로를 진(晉)나라에 바칠 때는 군복을 입고 일을 행하였으면서도 장백(莊伯)이 조정에서는 조복을 입어야지 군복을 입을 수 없다고 주장했다. 이에 공손교가 진(晉)의 문공(文公)이 정백(鄭伯)에게 군복을 입고 주나라를 도우라고 명령했던 전례를 인용하여 장백의 주장을 꺾었다. 마침내 임금과 신하가 함께 화합하고 강대한 이웃 나라들이 두려워 복종한 것을 보면 공손교의 백성들을 다스리는 능력이 탁월했음을 알 수 있다. 그러니 누가 공경하는 마음을 통해 윗사람을 편안히 하고 아랫사람을 온전하게 하는 길이 있다 하지 않겠는가. 더우기 윗사람에게 마음을 다하는 자로서 아랫사람에게 마음을 다하지 않는 자가 없는 것이다.

옛 정승은 학문이 두텁고 깊이가 있어 나라의 어려움을 널리 구제하는 지혜가 갖춰지기를 바랐다. 자기 몸을 닦은 것으로 조정에 바쳐서 정성을 다하는 마음과 진지한 태도가 죄를 문책하는 것보다 더 엄격하며, 항상 자신을 단정히 함으로써 부하들을 거느렸다. 그리하여 임금의 위치는 언제나 존엄하게 되었으니 그의 성품이 크고 넉넉했음을 알 수 있다. 진실로 온 백성을 보호하려는 마음이 있어 윗사람에게 자신을 바치는 마음으로 아랫사람을 대한다면 사특하고 오만한 기운이 어느 틈에도 끼지 못하게 되며, 크나큰 덕을 지닌 사람은 한결같이 근심하는 마음을 근본으로 하기 때문에 모든 사람의 목숨을 맡을 수 있는 것이다.

내가 공손교를 볼 때 정치의 초점이 백성을 다스리는 데 있음을 알게 되니, 그를 일컬어 '베푼다'라고 한 것은 참으로 적절하여 더 보탤 말이 없다.

정나라가 강대한 나라의 침략을 받아 곤욕을 치른 것이 여러 번이었다. 진(晉)나라와 초나라의 무리들이 정나라의 모든 군사를 징발하였으니 어진 선비가 정나라의 풍속을 읽어보면 백성들이 그 명령을 감당하지 못하였음을 알 수 있다.

이런 국난 속에서 공손교가 백성을 평소에 덕망으로 보살피지 않고 갑자기 백성을 위한 정치를 펼치겠다고 하였더라면 국토를 방위하기 어려움은 물론 외교도 제대로 이루어지지 않게 되며 농토는 황폐하고 재물은 더욱 소모되어 백성들이 그 임금을 미워하게 되었을 것이다. 이렇게 되면 그 책임이 장차 누구에게 돌아가겠는가. 더구나 이는 백성은 바로 임금의 백성이라는 것을 생각치 못한 결과가 아니겠는가.

윗사람의 마음을 헤아려 자기의 마음으로 삼는다면 사라지지 않는 적국의 칼날에 우리의 백성이 풀이 베이듯 죽임을 당할까 늘 염려하게 되고 윗사람의 은혜를 미루어 아랫사람에게 사랑을 베풀게 되면 나라가 탈이 없을 것이니 어찌 외침을 염려하겠는가.

공손교가 정나라의 정승이 되면서부터 40년간 멀리 제후들을 찾아가 외교를 잘하였을 뿐만 아니라 안으로 모든 백성의 부모가 되기에도 부끄럽지 않았다. 특히 무기를 쓰지 않아 나라 안팎으로 근심이 없어지고 온나라 사람들의 마음이 평안하였으니 백성의 칭송을 듣지 않을 수 있겠는가. 정녕 그가 덕이 없었다면 어찌 백성들과 더불어 노래하고 춤추었으랴. 그가 윗사람을 섬기고 백성을 다스림이 이와 같았던 것은 윗사람의 마음을 얻고 아랫사람에게 은덕을 베풀었기 때문이다.

이것이 작은 나라의 신하의 위치에 있으면서도 예를 알아 마침내 제후들의 야욕을 불식시키고, 삼대 이후에 태어났어도 어짐이 있어 곧 왕의 기풍을 따르게 된 까닭인 것이다. 그리하여 항상 실행함이 온당하였고 법을 정하면 어기는 자가 없었다. 이에 비하면 후세의 엄중하기 그지없는 법치라는 것은 입에 올릴 바가 못 된다."

글이 매우 간결하고 명징하여 장황한 우리나라 과거문장에 비할 바가 아니다. 고시관이 이 글의 뒤에다 평하기를, "얽매이지 않고 활기차게 써나간 점에서 이를 따를 자가 없다. 성조가 아름답고 운율이 빼어난 데다가 규모가 클 뿐만 아니라 내용이 미묘하고 소박해서 반짝이는 구슬을 움켜쥔 듯 참신하고 깨끗하며 비범한 글이다." 하였다.

이 밖에 또 2편의 논이 있으나 다 기록하지 않는다. 다만 제목의 하나는 공자의 말을 따다 붙인 「내가 주나라 예를 배웠다」이고, 다른 하나는 「크므로 변화시킬 수 있는 것을 거룩함이라 하고 거룩하여 알 수 없는 것을 신비함이라 하는데, 맹자의 뛰어난 제자인 악정자(樂正子)는 둘의 중간 위치다」라는 것이다.

엄성이 지은 시 한 편의 제목은 「8월의 추수」로서 오언시로 읊고 8개의 운자를 달았는데 등(凳)자 운을 썼다.

> 농사짓고 거둬들일 때 기다렸는데
> 살진 곡식 일찍 익어 흐뭇하구나
> 드넓은 하늘 맑게 개인 날을 잡아
> 조급한 마음 서늘한 새벽을 기다려
> 빗살처럼 줄을 맞춰 고랑에 서서
> 구름이 흘러가듯 곡식을 베어가네
> 김맬 때는 호미들이 바쁘더니
> 추수할 땐 낫들이 한창
> 거둔 곡식 고깃배에 나눠 싣고
> 게잡이 등불 달고 늦게야 돌아오네
> 닭 잡아 농사신에게 감사를 드리고
> 사람들 불러 모아 술잔치 베푸니
> 온마을에 신바람이 가득하고

부인네와 아이들은 기쁨이 넘쳐
시골 사람들 임금의 은혜 잊고
크나 큰 공로 말하는 자 없구나

이 시에 대해 고시관이 비평하기를, "시의 격조는 초당(初唐)의 심전기(沈佺期)나 송지문(宋之問)의 작품과 같고, 시적 분위기는 성당의 전원시인인 저광희(儲光羲)나 왕유(王維)의 것과 비슷하다." 했다.

이언진은 먼저 자기의 방 이름을 넣어 「호동거실(衚衕居室)에서 읊다」라고 하여 1백 수십 수를 지었는데 그 중 2수를 옮겨보자.

새벽 4시 쯤 되자 종이 울리고
거리마다 사람들 분주히 오간다
주린 자 먹을 것 구하고 낮은 사람 벼슬 바라니
사람들의 마음을 앉아서도 알겠네

나의 자는 우상(虞裳) 호는 송목(松穆)
나를 벗으로 삼을 뿐 남을 벗하지 않아
글을 잘하는 이백과는 같은 성이고
화가인 왕유가 다시 태어났다네

내가 성대중에게 물었다. "이언진이 스스로 왕유를 가리켜 자기의 전신이라고 말하는 것은 어째서인가?" 그랬더니 성대중이 대답했다. "일본에 있을 때 그가 그린 「바다를 건너는 여섯 척의 돛단배」라는 그림을 보았는데, 별로 좋지 않았으니 참으로 우스운 말이다."

한편 이언진의 세 번째 시가 있다.

닭벼슬은 갓처럼 보기 좋게 솟아 있고
소의 턱 아래 늘어진 살은 자루처럼 크네
집에서 늘 보는 것이라 기이할 게 없는데
낙타의 등마루는 놀랍고도 괴이하네

그의 생각에 닭의 벼슬과 소의 멱미레가 비록 기괴하게 보이지만 희한하
게 돌출한 낙타의 등마루만은 못하다는 것이다. 스스로를 대문장가에 비유한
기이한 작품이다.

그의 네 번째 시는 다음과 같다.

돈 전(錢)자엔 무기의 모습 분명한데
모든 사람들 자세히 살피지 않네
두 개의 창이 한 푼의 돈 다투는 꼴
돈을 욕심내는 자 반드시 죽게 되리라

이 말은 석성금(石成金)의 글에 나오는 것인데, 여기에 이언진이 운만 달
았을 뿐이다.

이언진은 자신의 문집에서 양연3)을 이렇게 칭찬하였다.

"환관이 능히 정승 같은 고관들을 죽이고 환관이 능히 고관들의 재산을

---

3) 명나라 희종(熹宗) 때 사람. 환관인 위충현(魏忠賢)이 국정을 농락하여 어진 재상들을 몰아
  내자 상소하여 그를 탄핵하다가 체포되어 옥사하였음. 양연(楊漣)이 체포될 때 수만 명의
  백성들이 지나가는 길가에서 향을 피우면서 그가 살아 돌아오기를 빌었음.(『明史』 244권,
  양연전).

몰수하며 환관이 능히 고관들의 삼족을 멸할 수는 있었지만, 세상 사람들로 하여금 양연이 불충했다고 말하게 할 수는 없었네."

일찍이 성대중이 하루에 세 번씩이나 이언진에게 사람을 보내서 문장을 구했으나, 그가 감추고 허락하지 않다가 나중에 마지못해 시 세 수를 종이 끝에 써주었는데 아직도 그 먹물 흔적이 새롭다.

　　　　육유의 시풍 두보와 비슷하니
　　　　그윽한 마음 주고받은 듯하구나
　　　　그의 시 좋은 점 아는 이 있다면
　　　　빼어난 안목 귀하기도 하도다

　　　　왕세정의 기세는 시단의 으뜸이요
　　　　풍수에 비유하면 큰 줄기의 수맥
　　　　세상에 뽐내는 수많은 무리들이야
　　　　그에다 견주니 자그만 봉우리

　　　　쇠뭉치로 사나운 말을 내리치니
　　　　크도다 이는 영웅의 말이라
　　　　그까짓 애첩 척부인을 질투하는가
　　　　우습다 한고조 부인이 어리석구나[4]

이언진이 일본에 갔을 때 지은 시 「해람편(海覽篇)」은 정말로 작은 종이를

---

4) 한나라 고조의 부인 여태후(呂太后)가 고조의 애첩 척부인(戚夫人)의 손발을 자르고 눈을 뽑고 벙어리가 되는 약을 먹여 변소에 버렸다고 함.

뒤흔들고 솟아오르게 하며 빛나고 괴이한 것이 많아서 한 번 보면 수 만리를
내달리는 뜻이 있다.

지구상의 모든 나라
별이나 바둑처럼 벌여 있도다
월(越)나라에선 상투틀고
인도에선 머리를 깎네
제(齊)와 노(魯)엔 도포
우리나라엔 털옷
환하고 우아한 차림에
지껄이는 소리 요란해
서로들 끼리끼리 모여
온 누리에 가득차네
일본의 영토는
파도 따라 출렁이는데
그 숲에는 단목(摶木)이요
그 위치 해돋이라네
수놓은 비단 길쌈이요
귤과 유자 토산품이라네
낙지 고기 기괴하고
소철나무 특이해
중심 산은 방전(芳甸)이고
별자리는 구진(句陳)
남북이 봄가을 다르고
동서가 밤낮이 다르네

중앙엔 커다란 산이요
정상의 눈 곱게 반짝이네
소떼를 가리는 큰 나무
까치 잡는 아름다운 옥돌
단사 황금 주석들이
산 속에서 생산되네
오오사칸 큰 도시라
많은 보물 간직했구나
빛나는 건 은이고
둥근 건 보석이며
붉은 것 푸른 것은
모두가 보물 빛이라네
귀한 향불을 피우고
보석이 더미로 쌓였네
코끼리 이빨은 입속에서 뽑고
무소 뿔은 머리 위서 자른다네
페르샤 사람이 놀라고
절강 저자가 무색하네
수레를 끌며 모여드니
음식점도 수없이 늘어섰고
세계의 지중해라
온갖 물건 생동하네
게의 등에다 돛대 달고
물고기 꼬리엔 깃발 달았구나
보루 같은 건 굴조개의 집

집 지키는 건 거북

산호 바다 변할 때는

도깨비 불 타는 듯

푸른 바다 되고 나니

구름 노을 찬연해라

수은 바다 변할 때는

수많은 별 흩어진 듯

온둘레를 크게 물들이니

비단 천 필 펴놓은 듯

큰 용광로가 될 적에는

오색 금빛 영롱하네

하늘을 가르고 용이 날 땐

천둥소리에 번개불 이는데

동쪽하늘 구름새로 비늘 손톱 번쩍이고

서쪽하늘 구름새로 팔다리가 보이는구나

수염 달린 두렁허리와 조개는

이리저리 황홀하게 노니네

백성들은 맨 몸에 갓만 쓰고

밖에서는 벌이요 안으로는 전갈 같아

일을 할 땐 죽끓듯 소란하고

남을 괴롭힐 땐 교활하기 그지없어

이익을 위해서는 서로가 물어뜯고

조금만 거슬려도 미친 듯 달려드네

부녀들은 농담만 일삼고

아이들은 덫이나 놓는다네

조상은 버린 채 귀신을 따르고
살생을 즐기면서 부처에 아첨한다
글씨는 보기에 졸렬하고
말은 알아 들을 수 없어
남녀의 만남이 어지럽고
벗들의 우정도 분별이 없구나
새소리 같은 그들의 언어
어느 통역도 다 몰라라
초목은 너무나 기괴하여
문장가도 표현하기 힘들고
모든 물 한 데 모여드니
도도한 흐름을 이루는데
물의 족속 만만치 않음은
신비한 그림책을 보는 듯하네
칼에 새긴 글자들도
다시 써야 하리라5)
지형의 같고 다름과
섬의 다양한 모습
서양 사람 이마두가
실로 짜고 칼로 베듯 했네
못난 내가 시를 읊으니
말은 속되나 뜻은 진실하리
이웃 나라 사귐에 배움 있거니

---

5) 중국 남북조시대 도홍경(陶弘景)이 『고금도검록(古今刀劍錄)』을 지었는데, 여기에 일본 것
은 실려 있지 않으므로 다시 써야한다는 뜻임.

굳은 화평을 잃지 않아야 하네

　글이 사마천의 「화식전(貨殖傳)」과 한유의 「남산시」를 섭렵한 데다 황홀
하고 영특한 재주를 가지고 미묘하고도 투명한 이치를 드러내고 있다. 한편
으로는 『산해경』에서 운을 잇고, 『박물지』의 글자를 주워 맞췄으며, '산호해
(珊瑚海)'니 '대염국(大染局)'이니 하는 말은 왕사임(王思任)의 '천목유환(天
目遊喚)'에서 따온 것이다.

　이언진이 일양(壹陽)의 배 안에서 스승인 이용휴(李用休)의 말을 생각하
며 지은 시는 다음과 같다.

　　　　공자의 도와 석가의 가르침은
　　　　경세와 출세로 일월처럼 빛난다
　　　　서양인들 일찍이 인도에 갔었으나
　　　　예나 지금이나 부처라곤 하나 없네
　　　　선비들 중에도 이런 장사꾼들 있어
　　　　기이한 이야기 붓을 놀려 지어내네
　　　　털나고 뿔달려 지옥에 떨어진다니
　　　　평생에 남 속인 벌 마땅히 받게 되네
　　　　맹독한 그 불꽃이 일본까지 미쳤으니
　　　　큰 절들이 방방곡곡 널리도 벌여 있구나
　　　　섬 나라 백성들 화복이 두려워
　　　　분향과 쌀공양 거르는 날이 없네
　　　　부처를 좋아하나 부처가 싫어하는 방법으로
　　　　물고기 굽고자르며 멋대로 도살하네

마치 남의 자식 죽여 놓고서
그 부모 봉양하겠다는 것인가
육경이 대낮처럼 세상을 밝힐지라도
이 나라 사람들 까막눈 어찌하겠나
해뜨고 해 지는 곳 무엇이 다르리오
따르면 성인 되고 거스르면 악인되네
스승의 말씀대로 대중을 가르치고자
이 시를 지어 할 말 대신하네

일기도(壹岐島)는 일명 승본해(勝本海)이다. 이언진이 여기를 지날 때 지은 시는 다음과 같다.

맨발의 오랑캐들 모습도 흉칙한데
오리빛 도포 뒤엔 별과 달을 그렸구나
화려한 옷의 계집애가 문밖으로 나오는데
머리를 빗다 말고 엉성하게 동여맸네
울다 지친 어린아기 어미가 젖 먹이고
손으로 등을 치니 흐느낌 소리 거칠다
사신들이 오신다고 북을 두드리며
산 부처 맞는 듯이 많은 사람 둘러섰네
벼슬아치는 정중히 절하며 선물을 바치는데
산호와 큰 구슬을 소반에 내놓았네
서로가 벙어리요 주객이 나눠 앉아
눈치로 알아채고 붓으로 말을 하네
그들도 나무를 가꾸는 취미가 있는지

관청 뜰안에 종려와 귤나무 가득하구나

진사 이광려(李匡呂)의 자는 성재(聖載)이다. 그의 시가 단아하고 조금도 자질구레한 말이 없어서 참으로 읊조릴 만하다. 그의 「강을 지나며」라는 절구는 다음과 같다.

강 줄기를 따라 물결을 헤쳐가니
서풍에 부딪혀 파도가 거세지네
뒤따라 오는 배는 여울을 달리는데
앞서간 배는 모래위를 구르는 듯하구나

두미포(斗尾浦)가 끝나려고 하니
우천(牛川)의 모래가 차츰 보이는데
멀리서 사람의 눈을 밝혀주는 건
영성강(靈城江) 가에 늘어선 집들

가게주인이 사람을 막고 앉으며
방안에 베틀을 놓았다 하니
뜻밖에도 시골의 누추한 집에서
나를 붙잡아 빛을 주었네

밭마다 채소가 풍성하고
땅위엔 서리가 뒤덮고 있어
새벽에 골짜기 걸으니 바지가 젖어
차가운 기운이 낙양보다 심하구나

우뚝 선 소나무 뜰을 덮는데
아른거리는 그림자 연못의 마름 같네
아, 저 구담(龜潭)의 물 아름답기도 해라
어찌 알겠나 먼저 건넌 사람들을

강가에 보이는 정겨운 마을들
뛰어난 산수보다 보기가 좋아
푸른 숲과 띠로 이은 지붕들이
끊임없이 사라졌다 나타나네

책이 있어도 깊이 읽지 않으니
그동안 몹시도 무료했는데
뱃머리에 앉아 가는대로 맡겨두니
강빛은 나날이 예뻐 보이네

내 나이 쉰 살도 안되었는데
친구들이 줄어드니 안타깝기 그지없다
깊은 계곡이 있다고 한들
남은 해 누구와 돌아가 쉬겠나

성묘차 금탄(金灘)에 갔더니
두 형님이 마주보며 슬퍼하네
이 자리서 어떻게 작별을 고하랴
우리 형제들 오랜만에 만났다네

4월 초하루 물이 조금 빠진 뒤에 지은 시는 다음과 같다.

삼강에 뜬 배들 맑은 물 저어가니
금릉을 한성에다 마땅히 비할 만 하구나
첩첩이 둘러싼 산들 눈앞을 가로 막으니
곱고 푸른 기운 신비로움을 모으네

탄금대에서 김창흡의 운을 따라 지은 시는 다음과 같다.

금탄서 달천(㺚川)으로 거슬러 올라가니
강물 굽어든 곳에 탄금대가 있구나
우뚝한 산 하나 곧바로 보이고
우거진 숲 겹겹이 포개 있네
임진년 우리 군사 이곳에서 패배했으니
분노한 여울소리 부딪치고 찢기는 듯
신립장군은 진정 북쪽의 장수라
위엄있는 모습 초목에 서려 있도다
교활한 오랑캐 휘두르는 칼날에
배수진도 헛되이 자취만 남았네
차령산맥의 거점을 잃고 나니
팔도가 온통 적군에 짓밟혔네
왜구의 침략으로 국가가 위태하니
병력은 모자라나 몸을 던져 싸웠도다
목숨을 버리는 것 나의 본분인데
안타까운 건 나라가 망하는 일

황폐한 사당이 국난을 슬퍼하며
높은 곳에서 푸른 강물 굽어보네
탄금대의 물고기 먹지 말아야 하리
응당 충혼이 뱃속에 서렸을 터이니
달천의 물은 마시지 말아야 하리
전사들의 뼈가 쌓였을 터이니
행주성과 한산도에선
끝내 왜적을 물리쳤건만
우리 장군은 앞서 쓰러지니
슬프고 애통함 그침이 없도다

평양의 기녀가 섣달 그믐날 밤에 지은 시가 있다.

세밑 쓸쓸한 방에서 잠 못이루며
형제들을 생각하니 처량도 해라
가물거리는 등불은 수심을 돋우니
눈물로 가야금 뜯으며 묵은 해를 보낸다

이 작품의 필법이 아주 미묘하다. 그 기생은 이듬해에 죽었다고 한다.

청나라 초기의 문인 여유량(呂留良)의 시를 열람하니 명나라 말기의 문장가들이 파벌을 만들어 서로 공격한 것이 진(秦)나라와 대적한 항우의 싸움과 후한이 덕망 있는 선비들을 가뒀던 화보다도 심하였다. 이로써 세태의 변화를 알 수 있는 바, 예전에는 보지 못하던 것이다.

호주(濠洲)에서 주원장이 일어나자
동남쪽의 두 귀신이 뛰어놀았네
귀신 둘은 송염(宋濂)과 유기(劉基)
문풍을 바꿔서 시경과 초사를 따랐도다
유기의 화려함은 전에 없던 것
물속에서 우뢰치며 고문을 일으켰네
송염의 학문은 근원이 있으니
오경에서 우러나 구차하지 않아
진헌장(陳獻章)의 시적 향기는 태평가 같고
심종각(沈宗埼)의 북소린 줄없는 거문고 같네
슬프구나 한 번 이리굴 속으로 떨어져
풀무에 넣고 연기와 함께 금붙이 이뤘네
주워 모은 이몽양과 하경명의 시들
판에 새긴 죽은 법이라 참으로 하찮구나
시풍의 기준을 성당으로 삼았으니
문단은 이로부터 더욱 그릇되었다
일곱 문인들 일어나 저작은 많다지만
모래밥 먼지국 같이 표절만을 일삼네
이반룡은 거리낌없이 경망스럽고
왕세정은 박식하다 멋대로 설쳤다
종성(鍾惺)과 담원춘(譚元春) 폐단을 꼬집었으나
아는 것 없이 대드는 모습 밉기도 해라
지금도 그 해독 여전히 남아
끼리끼리 다투는 것 당연한 일
운한(雲閒)이 다하기 전 서릉(西陵)이 일어나

한 번 외치매 모두들 찬동하네
옛부터 죽고 나면 말할 수 없는 것
밤되어 집의 혼귀 하늘 향해 원망하네
말도 곡조도 이미 다 끝이 났으니
영원히 어느 누구 논할 자 없네
손상(孫爽)은 나의 오랜 친구요
시의 격조 누구도 따를 수 없구나
한·위·육조·당·송·원중에
짓고보면 우연히 비슷하다네
지난해 그대와 더불어 놀며
『시경』·두보·기주(虁州)를 익히고
동파와 방옹(放翁)의 화려한 시 배우니
모두가 역력히 원류가 있어
손상의 우아함에 감탄하면서
뱃 속의 많은 글 붓으로 써내네
우리처럼 평범한 자 어찌 알랴만
아무 관계 없는 자들 요란하구나
지난 봄 벼루 안고 오문(吳門)에 놀며
오문파의 운한 손씨 되었어라
말도 못하고 고향으로 돌아온 장의(張儀)
집에 이르러 혀가 있음을 기뻐하였네
이제 초계(苕溪)와 삽계(霅溪)에서 걸식하며
깊은 밤 등불 아래 고뇌의 시를 읊는다
시 짓기 두려운 건 후생이 보기 때문
작은 상자 안의 책은 종이로 묶었네

항아리에 담긴 시를 가져다 보이기에
창문 열고 읽노라니 가슴이 트이는 듯
각운은 적절하고 법도는 새로우며
자구 배열 정밀해서 손댈 곳 전혀 없어
변화된 그대 시풍 놀라서 다시 보나
이런 것은 어려운 바 아니라 하네
그대와 나 할 일이 서로 다르거니
어찌 죽을 때까지 붓이나 놀리리오
아! 손 선생 쓸쓸하고 슬프구려
지금이 어느 땐데 이런 재주 내었나
일찍이 태조가 두 귀신 죽인 것은
세상조화 누설함을 시기했기 때문
어떻게 짝이 되어 함께 노닐며
해와 달과 함께 돌아가리오

이목구심서 5

개벽된 지 벌써 오래되었으니 원기가 점점 쇠약해지는 것도 당연한 이치다. 둥지에 살면서 나무열매를 먹던 때의 백성은 몸집이 크고 힘이 넘쳐서 지금 사람과는 달랐다. 그러므로 맹렬한 더위와 혹독한 추위에도 병이 나지 않았으며, 자연스레 모두가 1백 살을 누릴 수 있었다. 그러다가 삼황오제 이후 집을 지어 살고 옷을 입도록 하는 문명시대에 이르러서는 풍속이 크게 변했다. 그때부터 사람이 점점 약해져서 밖에서 잠을 자고 바람을 쐬면 그 괴로움을 견디지 못해 일찍 죽는 조짐이 있었다. 그러므로 하늘이 신성한 사람을 낳아서 보호하지 않을 수 없었고, 이후부터 생물의 체구와 기력이 점점 줄어들었다. 그래도 주나라 때는 중국 북방의 오랑캐와 같은 무리가 있었으나, 후세에 어찌 이런 무리가 있겠는가.

일찍이 왕들이 예법을 마련하는 데는 하늘의 이치와 인간적 질서를 참작해서 부족함이 없게 하였다. 가령 부모의 상사에 염습하기 전에는 물 한 모금도 입에 넣지 않았고, 염을 하고 나면 벌써 사흘이 지나게 되는데, 그제야 죽을 먹기는 하나 아침 저녁에 쌀 두 줌뿐이었다. 삼우제(三虞祭)와 졸곡(卒哭)을 마치면 거친 밥에 물을 마실 뿐 채소와 과실은 먹지 않는다. 소상(小

祥)을 지내면 채소와 과실을 먹고, 대상(大祥)을 지내면 단술과 장을 먹으며, 담제(禪祭) 후에는 단술과 술을 마시고 말린 고기도 먹었다.

하은주 3대 때는 사람마다 기력이 건장하였다. 60살이 되어야 비로소 고기를 먹었으니, 60이 못된 사람은 나물에 밥만 먹었어도 기운이 아무렇지도 않았다. 그러므로 비록 상을 당해도 기운이 크게 손상되지 않았는데, 지금 사람이야 이 예법을 어찌 낱낱이 지켜내겠는가.

『논어』에서는 이렇게 말하고 있다.

"옛날사람에게는 세 가지 병폐가 있었는데 지금에는 그것마저도 없어졌다. 옛적에 뜻이 높은 이는 작은 의리에 얽매이지 않았는데 오늘날 뜻이 높은 이는 방탕하고, 옛적에 긍지를 가진 자는 청렴하였는데 지금 긍지를 가진 자는 사납기만 하며, 옛적 우둔한 자는 곧기만 하였는데 지금의 우둔한 자는 간사할 따름이다."

범씨(范氏)는 주석을 달았다.

"말세에 거짓이 불어나니 어찌 어진 자만이 옛날 같지 않겠는가. 백성의 본성이 물욕에 가리운 것도 옛사람과는 다르다."

이 말처럼 지금 생각해보면 과연 후세의 간사함과 거짓이 날로 왕성해서 하은주 3대 때와 같도록 변화시킬 수가 없다. 이서우(李瑞雨)가 『초연재문집(超燕齋文集)』 서문에 쓰기를, "하늘은 원기의 모체가 되니 비유하면 술독과 같네. 원기를 빚어서 사람을 만드는데 용수로 날마다 술을 거르네. 옛날은 가고 지금에 와서 거친 모주됨이 마땅하네. 술은 없어지고 찌꺼기가 남아 오직 초파리만 우글거리게 되었네." 했으니 참으로 명언이다.

아주 옛날 글자는 사물의 모양을 본뜬 것이다. 그러므로 한자의 구성원리인 육의(六意) 가운데도 사물의 형태를 본뜬 것이 반이 넘었다. 그리고 창힐(蒼頡)이 새 발자국에서 암시 받아 올챙이 모양의 과두문자(蝌蚪文字)를 만들고부터 주나라 때에 이르도록 다른 글자가 없었다. 주나라 선왕(宣王) 때부터 중세의 문명이 점점 발달했는데, 사주(史籀)가 비로소 옛글자를 변경해서 대전자(大篆字)를 만들었다. 진(秦)나라 이사(李斯)가 소전자(小篆字)를 만들기에 이르러서는 옛뜻이 더욱 줄어들었는데, 왕차중(王次仲)이 팔분(八分)을 만들고 정막(程邈)이 예서(隷書)를 만든 후에는 옛글자는 점점 쇠퇴하고 말았다.

옛 전자(篆字)는 순박하게 그 형상만 본뜬 것이므로 일(日) 자는 다만 한 동그라미였고, 월(月) 자는 반 동그라미였다. 조(鳥) 자는 새와 같았고, 어(魚) 자는 물고기 같았으며, 구(口) 자는 입 같고, 목(目) 자는 눈 같았다. 곡선의 획을 긋더라도 한 군데도 꺾이거나 뾰족한 형세가 없었다. 천지 사이에 저절로 생긴 사물에는 둥근 것이 매우 많다. 비록 모난 것이 있더라도 네모 반듯한 것은 없으며, 사람 몸뚱이의 털과 뼈, 구멍과 마디, 오장육부 하나도 네모난 것은 없다.

식물이나 동물 모두 마찬가지로 나무의 열매와 새들의 알 따위는 더욱 동글동글하니, 하늘의 이치는 감추기 어려운 것이다. 풀 가운데 비록 익모초 같은 것이 있으나 어찌 네모 반듯하면서 날카로운 것이 있겠는가. 이들은 대부분 하늘의 뜻에 따라 태어난 것인데, 하늘은 양(陽)으로서 둥근 까닭에 사물이 모두 하늘을 닮은 것이다. 그러나 사람이 만든 여러 가지 물건에 모난 것이 많이 있다. 둥근 것의 이치는 살아 구르므로 규모가 크고, 모난 것의 이치는 한계가 있으므로 규모가 작다.

진(秦)나라 때부터 풍속이 한 차례 크게 바뀌었기 때문에 글자도 따라서 변했다. 팔분과 예서 따위에는 하나도 둥근 모양이 없이 모두 모난 꼴로 바뀌어졌다. 일(日) 자 같은 것은 네모지게 톡 튀어나왔고 월(月) 자는 윗쪽이 평평하면서 아래쪽이 비었으니 이 글자들을 어찌 해와 달 모양을 본뜬 것이라 하겠는가. 어(魚) 자와 조(鳥) 자에는 날개와 비늘 모양이 없고, 구(口)

자와 목(目) 자에는 속눈썹과 부리 형상이 없다. 획을 긋고 점을 찍은 것이 갈구리 같고 창 같으며 칼 같고 송곳 같은 것이 종횡으로 비뚤비뚤해서 둥글고 아름다운 형세가 아주 없는데, 이것은 사람의 힘으로 되돌릴 수 있는 것이 아니다. 이미 전국시대에 병기로 다투었고 진나라 때 와서는 사람을 수없이 죽인 까닭에 글씨도 저절로 다섯 가지 병기를 본뜨게 되었다. 이는 대개 진나라 이전에는 양에 속했고, 진나라 이후는 음에 속한 때문이었다. 소전(小篆)은 곧 과두와 주문(籒文)의 후손이고 팔분과 예서의 선조인데, 천성이 맹독한 이사가 그때의 풍속을 본뜬 것으로 이미 살상의 조짐이 나타난 것이다.

초서에 이르러서는 세상 변괴가 더욱 심각했는데, 장전(張顚)을 초서의 성자라 했음은 그가 보통사람과 달리 미치광이었기 때문이다. 송나라의 소식과 황노직(黃魯直) 시대가 되어서는 제멋대로 기울어지고 뒤틀려서, 다섯 가지 병기를 본뜬 것이 더욱 범벅이 되었으니 말세의 일이었다. 명 태조 때에 와서 『홍무정운』을 만들었는데 글자체가 흐릿한 중에도 자법은 진실로 엄중했고, 천하에 반포해서 같은 문자를 사용하는 치적을 이룩하였다. 그러나 모나고 날카로운 것은 자못 명나라 3백 년 동안 지극히 밝고 삼엄하던 정치가 반영된 것이다. 무릇 나라를 다스리는 자는 이 방식을 철저히 지켜 과거시험에 적용한다면 문자학의 본질을 이해하게 될 것이다.

인도문자나 몽고문자는 왼쪽으로 돌아서 오른편을 향하며, 중국의 문자는 오른쪽으로 돌아서 왼편으로 향하는데, 이것도 음과 양의 분별이다. 우리 조선의 훈민정음도 자체가 오른쪽으로 돌아서 왼편으로 향하니 중국문자와 다르지 않음을 알 수가 있다.

진단(陳搏)이 화산(華山)에 들어가서 숨어살고 있었다. 주세종(周世宗)이 그를 불러서 수은과 유황의 화합물인 주사(朱砂)로서 금과 은을 만드는 방법을 물었으나 대답하지 않자 산으로 돌려보냈다. 그 후에 송 태종이 불러서 다시 왔는데, 정승 송기(宋琪) 등이 묻기를,

"선생이 수양하는 방도를 깨쳤다니 우리에게 가르쳐줄 수 있겠소?"

하니, 진단이 말하기를,

"연단하고 수양하는 방법은 아무도 알지 못하는 것이오. 가령 밝은 날에 신선이 되어 하늘에 오른다 하더라도 세상에 무엇이 유익하겠소. 지금 임금께서 고금의 역사를 환하게 알고 다스림과 어지러움을 깊이 천착하시니, 진실로 도(道)가 있는 어진 분이오. 진정으로 임금과 신하가 같이 덕을 쌓고 힘을 합쳐서 변화를 일으키고 다스림을 이룩할 때이니, 부지런히 실천 수련하는 것이 이보다 더할 것이 없소."

하였다. 송기 등이 그의 말을 문자로 기록하여 올리니 임금이 더욱 훌륭하게 여겼다.

한편 원나라 때에 지공원군(指空元君)이라는 이름을 가진 이상한 중이 있었다. 순제(順帝)가 도를 물었더니 그가 대답하기를,

"수양한다는 것은 임금이 날이 밝기 전에 일어나고 어두워진 뒤에 밥을 먹음으로써 정무와 형벌을 밝게 한다면 세상이 다 편해지고 인륜이 올바로 서는 것을 의미하니, 어찌 천지가 임금을 길이 돕지 않겠습니까?"

하였다. 또 정승 삭사감(槊思監)이 찾아와 정성껏 음식을 차려 공양하면서 지공원군에게 복을 받는 길을 물었는데, 그가 이르기를,

"흉악하고 모진 자가 여기에 오면 임금의 권위가 서고 어리석은 백성이 와서 공양하면 나라 풍속이 순박해지지마는 임금의 신하가 여기에서 한가로이 머물면 백성에게 유익함이 없으니, 대신과 재상이 오는 것은 옳지 못하다고 하겠습니다. 행실을 닦는다는 방도가 많지마는 그 이치는 한가지로서 남을 이해하고 백성을 편케하는 데 있습니다. 국가에 충성하고 어버이에게 효도하며 자기 잇속을 차리지 않고 모든 일을 공평하고 정당하게 하는 것입

니다. 임금을 정성과 지혜로 보필하여 자기 본분을 다한다면 인간으로서의 삶이 꽃을 피울 것이며 최상의 신하가 될 것입니다."

하였다.

진단은 신선의 술법을 익힌 자이고, 지공원군은 불가의 법도를 배운 자이건만 말이 이와 같았으니 서로 잘 통한다고 할 만하며, 억지로 유인해서 제 무리로 만들고자 하는 자들이 아니었다. 옛날에 엄준(嚴遵)도 촉한의 수도 성도(成都)에서 점술로 행세하면서 각자 그 사람의 형편에 따른 충효와 우애를 권유했다. 무릇 학문을 하는 자들이 모두 이러한 도리를 깨닫는다면 좋을 것이다. 비록 그 자질과 능력에 따라 사람을 쓰는 우리 유가의 도라도 활용만 잘하면 세상에 버릴 사람이 없게 된다. 또 이상한 마술이나 요술 등을 굳게 믿는 자는 어찌 이 두 사람의 말에 비추어 자신을 반성하지 않겠는가.

근래 풍수설에 관심을 둔 박중창(朴重昌)이라는 사람이 있는데, 그가 늙기는 했으나 그 술법이 세상에 유명하였다. 내가 일찍이 풍수지리에 대해 얼마나 아느냐고 물었더니, 그는 머리를 흔들고 웃으면서,

"사람들이 하늘의 이치를 따르지 않고 한갓 땅의 이치만 일삼는데, 나라고 별 수 있겠는가."

하였다. 이 말이 풍수설에 현혹된 자들에게 꼭 맞는 말이었다.

옛사람이, "세상 밖의 일은 그냥 두고 따지지 않는다." 했는데, 이 말은 매우 중요하고도 예리하였다. 그러나 호기가 있는 사람은 사물 하나에 대해서도 모르는 것을 부끄러워 하는 법이다. 그렇다면 우주처럼 거대한 것은 오히려 알아서는 안 된다는 것인가. 마음을 가다듬고 고요히 생각하여, 의지하거나 치우침이 없는 생각이 광막한 데에 이르게 되면 발광(發狂)하기에 충분하다. 굴원이 지은 『초사』 천문편(天問篇)도 발광한 소리였다.

여러 글 중에 특별한 것만을 대략 적어본다.

『춘추』 원명포(元命苞)에는, "해는 왼쪽으로 도는데 하늘을 한 번 돌면 23만 리이다." 했고, 『논형(論衡)』에는, "해와 달은 하룻낮 하룻밤에 2만 6천 리를 간다." 하였다. 『설문해자』에는, "해의 지름은 4백 리요 둘레가 1천 2백 리며 땅에서 2만 5천 리 되는 거리에서 황도(黃道)를 따라 운행한다." 하였다. 『서경』 고령요(考靈曜)에는, "햇빛이 40만 6천 리를 비치는데 해는 여러 별 너머 1만여 리 밖에서 나온다." 했고, 『진서(晉書)』에는, "해는 항상 땅으로부터 8만 리 거리에 있다." 하였다. 서정(徐整)의 『장력(長曆)』에는, "해와 달의 지름은 1천 리이고 둘레가 3천 리인데 하늘보다 7천 리가 낮다." 하였다. 『주비(周髀)』에는, "햇빛이 밖으로 지름 81 리의 지면까지 비춘다." 했고, 『설서(說書)』에는, "해와 달이 지면 45만 리를 비친다." 하였다. 북송의 호원(胡瑗)은, "남극은 땅밑으로 36 도를 들어가고, 북극은 땅위로 36 도를 나와서 하룻낮 하룻밤에 90여만 리를 간다. 사람의 한 번 내쉬고 한 번 들이쉬는 것이 한숨이 되는데 한숨을 쉬는 동안에 하늘은 벌써 80여 리를 운행한다. 사람이 하룻낮 하룻밤에 1만 3천 6백여 번 숨을 쉬기 때문에 하늘은 90여만 리를 운행한다." 하였다.

서정의 『장력』에는, "큰 별의 직경은 1백 리이고 중간 별은 50 리이며 작은 별은 30 리이다. 북두칠성은 별 사이의 거리가 9천 리인데 모두 해와 달 아래 있다. 그리고 그늘진 별로서 보이지 않는 것은 거리가 80 리이다." 하였다. 『관령내전(關令內傳)』에는, "북두칠성은 별 하나의 면적이 1백 리이고 서로의 거리는 9천 리이다." 하였다. 『서경』 고령요에는, "땅에는 네 계절이 있다. 동지가 되면 땅이 북쪽으로 올라가서 서쪽이 3만 리이고, 하지에는 땅이 남쪽으로 낮아져서 동쪽이 3만 리인데, 춘분과 추분에는 땅이 복판에 있게 된다." 했고, 또 "28수 너머 동쪽과 서쪽이 각각 1만 5천 리가 되니, 이것을 네 계절을 뜻하는 사유(四游)의 두 끝이라 이르며 사표(四表)라고도 이른다. 사표 안과 온갖 별자리 안의 직경이 총 38만 7천 리가 되고 하늘

복판의 꼭 반이 되는 곳은 19만 3천 5백 리인데, 땅이 그 안에 있어 두께가 3만 리이다. 춘분 때는 땅이 한복판에 있는데 이때부터 땅이 점점 낮아지다가 하지에 이르면 1만 5천 리나 낮아져서 땅 위쪽이 하늘 복판과 맞닿는다. 하지 후에는 땅이 점점 높아지고 추분이 되면 땅이 1만 5천 리나 높아져서 땅 아래 쪽이 하늘 복판과 맞닿는다. 동지 다음부터는 땅이 점점 낮아지는데 땅은 항상 3만 리 안에서 높았다 낮았다 한다." 하였다.

『관자(管子)』에는, "땅이 동서로는 2만 8천 리이고 남북으로는 2만 6천 리인데, 물 밖에 나온 것이 8천 리이고 물 속에 잠긴 것이 8천 리이다." 하였다. 『회남자』에는, "하늘에는 아홉 구역의 구부(九部)와 여덟 가지 법도의 팔기(八紀)가 있다. 그리고 땅에는 아홉 지역의 구주(九州)와 여덟 기둥의 팔주(八柱)가 있는데, 구주 너머에 팔연(八埏)이 있고 팔연 너머에 팔굉(八紘)이 있으며 팔굉 너머에 팔극(八極)이 있다. 팔극의 넓이는 동서로 2억 3만 3천 리이고 남북은 2억 3만 1천 5백 리이다." 하였다. 『시함신무(詩含神霧)』에는, "하늘과 땅의 거리는 1억 5만 리이다." 하였다. 『산해경』에는, "우 임금이 신하인 수해(豎亥)를 시켜 동쪽 끝에서 서쪽 끝까지 걸음수를 재어보았더니 5억 10만 9천 8백 8 보였다." 하였다. 『하도괄지상(河圖括地象)』에는 "우 임금이 다스린 나라 안의 땅이 동서로는 2만 8천 리이고 남북으로는 2만 6천 리였다." 하였다. 『효경원신계(孝經援神契)』에는, "아홉 지역 즉 구주로 나뉘어진 땅을 헤아려보니, 큰 산과 냇물이 모여드는 곳, 잡풀이 나는 곳, 새나 짐승이 모이는 곳이 9백 11만 8천 24 경(頃)이고, 자갈밭이어서 손대지 아니한 거친 곳이 1천 5백만 3천 경이었다." 하였다. 『회남자』에는, "우 임금이 신하 대장(大章)을 시켜 동쪽 끝에서 서쪽 끝까지 걸음수를 세어 봤더니 2억 3천 5백 25 보였다." 하였다.

『관령내전』에는, "땅의 두께는 1만 리이다." 했고, 『장형영헌(張衡靈憲)』에는, "땅의 깊이는 1억 1만 6천 2백 리이다." 했으며, 왕영(王嬰)의 『고금통론(古今通論)』에는, "땅의 두께는 3만 리이다." 하였다. 『관자』에는, "천하 명산이 5천 3백 70인데 철이 나는 산이 3천 6백 9 곳이다." 했고, 『괄지도(括地圖)』에는, "천하의 샘이 3억 3만 5백 19 군데이다." 했는데, 동떨어지게 먼 지역은 거의 알 수가 없다.

중국에서 태어나지 않은 자로서 문장에 능숙하기는 매우 어려운데, 이는 언어장애 때문이다. 중국은 한 마디 말이라도 문자 아님이 없다. 어린아이 때부터 귀로 듣고 입으로 말하는 것이 모두 소리와 뜻이 있다. 다만 글을 배우기 전에는 눈으로 무슨 글자인지를 분별하지 못할 뿐이다. 그러므로 석호(石虎)가 눈으로는 글을 몰랐으나 사람을 시켜 한나라 역사를 읽게 하여 옆에서 듣고는 마음으로 환하게 알았고, 정현의 여종도 능히 『시경』을 외웠다. 비록 글을 모르는 시골의 무식한 백성들이라도 남이 소설 따위의 재미있는 책을 읽어주면 듣고는 모두 손뼉을 치며 시끄럽게 웃었다. 옛날에는 남녀가 겨우 4~5살만 되면 먼저 『논어』·『효경』·『열녀전』 등의 글을 읽는데, 입과 귀가 서로 통하기 때문에 눈으로 글자를 익히기 쉬우므로 그 반만 노력해도 성취되었던 것이다. 그러나 우리나라 아이들 같으면 어찌 『논어』 등의 글을 쉽게 읽어 내겠는가.

예컨대 백 마디 어휘의 글을 중국사람에게 읽게 하면 늘거나 줄어짐 없어 다만 백 마디 어휘일 뿐이지만, 우리는 우리말로 풀이하므로 백 마디 어휘가 거의 3~4백 마디 어휘가 되고 또 토가 있어서 거의 50~60 어휘가 늘어나 중국과 비교하면 4~5 갑절이나 된다. 그리하여 일년 내내 부지런히 공부해도 우리나라 사람의 문장에 대한 식견이 결국 중국사람에게 미칠 수 없음은 뻔한 일이다. 중국의 어리석은 백성이 도리어 문자를 깨친 우리나라 사람보다 나으니, 중국의 무지한 백성에게 문자를 깨치기 위해 우리나라 사람이 쏟은 만큼의 공부를 시킨다면 그 수준은 대단할 것이다.

더구나 우리나라 사람은 나쁜 풍속에서 쉽게 벗어나지 못하고 있다. 서울 및 서울 근교와 지방의 언어가 아주 다른데 이는 각 지역의 시각과 소견이 좁기 때문이다. 또 지식이 부족한 저속한 선비는 글자의 뜻을 몰라 큰 콩과 작은 콩도 분별하지 못하고 항상 콩이 크다[豆太]라고만 일컬었는데, 대개 두(荳)를 작은 콩이라 하고 태(太)는 큰 콩이라 한 것이다.

또한 왕에게 올리는 표문을 짓는 자가 두분(荳分)과 태평(太平)으로써 대구를 삼았으니 풍속이 고루하기 그지없다. 관청의 문서에서는 대두 몇 섬이라고 적으려면 번거롭다는 이유로 큰 대(大) 자만 쓰고 그 밑에다 점 하나를 찍어서 콩 모양을 나타내었다. 이 그릇된 관습이 오래되자 대 자와 점이 합쳐져 태(太) 자로 되었고, 온 세상이 모두 큰 콩을 태(太)라 하는 것이 굳어져서 이제는 피할 수 없게 되었다. 심지어 푸른 생콩을 세간에서는 청태(靑太)라 하였는데, 김안국(金安國)의 일기에도 '마을 사람이 청태를 보내왔다.'라고 하였다.

옛부터 서적이 많아진 것은 대개 같은 종류에 속하는 책이나 좋은 글을 뽑아 모은 책이 나오기 시작한 데에 연유하였다. 여러 서적에서 구절과 문장을 뽑아내어 여기에는 넣고 저기에서 빼고 하여, 앞부분을 고치고 면을 바꾸기도 하였다. 같은 종류에 속하는 유서(類書)들 중에는 더욱 보잘것이 없고, 좋은 글을 모았다고 하는 선서(選書)도 많기는 하지마는 대략은 같으면서 조금씩 다를 뿐이다. 『연감유함(淵鑑類函)』이 유서 가운데 대표적인 책인데, 청나라 강희 황제가 신하 장영(張英) 등 1백 30여 명에게 명령해서 편찬한 것이다. 무릇 43부 4백 50 권이고 목록이 4권이다. 강희가 직접 서문을 썼다.

"옛적에 공자께서 『주역』 계사(繫辭)를 지었는데, '방위는 같은 것끼리 모인다.' 하고 또 '하늘에 근본한 것은 위와 친하고 땅에 근본한 것은 아래에 친해서 각각 같은 종류를 따른다.' 했고, 계사에는 '하나의 이름은 작으나 같은 것들을 모은 것은 크다.' 하였다. 시간과 공간을 뛰어넘어 사물의 이치가 『주역』에 다 갖추어져 있는데, 『주역』이라는 글은 이치에 의해서 사물을 묘사하고 사물에 근거하여 말을 증명함으로서 세상의 의문을 해소하고 천하의 일을 이룩한 것으로 각각 그 같은 종류들을 따라서 밝힌 것이다. 그렇다면 유서를 꾸민 것도 위대한 사람들의 뜻에 어긋남이 없는 것인가. 유서로서 가장 드러난 것은 『예문유취(藝文類聚)』·『북당서초(北堂書鈔)』·『초학기(初學記)』·『백첩(白帖)』·『두씨통전(杜氏通典)』이다.

그러나 송나라·명나라 이래로 편찬한 것 중에 범위와 내용이 방대하면서도 번거롭지 않거나 간략하면서도 핵심을 파헤친 것은 드문데, 유안기(兪安期)가 엮은 『당유함(唐類函)』만이 제법 상세하게 진술되어 있다. 대체로 구양순(歐陽詢)이 꾸민 『예문유취』를 근본으로 삼고 『북당서초』·『초학기』·『백첩』·『두씨통전』을 조금씩 깎고 붙여 만든 것이다. 유안기가 명나라 사람이면서도 『당유함』이라 한 것은 그것이 모두 당나라 때에 편집된 것이기 때문이었다. 거기에는 이미 송나라 이후의 글이 빠졌고, 당나라 이전의 글도 빠진 것이 있다. 이에 신하에게 명령하여 멀리 고찰하고 널리 찾아서, 옛 서적을 참작하고 근대의 것도 망라하여 없는 것을 보태면서 간략하게 논했다."

그 범례는 다음과 같다.

"원본 『당유함』에 『예문유취』·『초학기』·『북당서초』·『백첩』이 기재되었고, 『두씨통전』·『세화기려(歲華紀麗)』 등 여러 글이 곁들여져 있으나, 이것은 모두 당나라 초기 이전의 예술적인 글이다. 그러므로 이번에는 당나라 초기 이후로부터 오대·송·요·금·원과 명나라 가정(嘉靖) 연대까지로 했는데, 채록한 것은 『태평어람(太平御覽)』·『사류합벽(事類合璧)』·『옥해(玉海)』·『공첩(孔帖)』·『만화곡(萬花谷)』·『사문유취(事文類聚)』·『문원영화(文苑英華)』·『산당고색(山堂考索)』·『잠확유서(潛確類書)』·『천중기

(天中記)』・『산당사고(山堂肆考)』・『기찬연해(紀纂淵海)』・『문기유림(問奇類林)』・『왕씨유원(王氏類苑)』・『사사유기(事詞類奇)』・『한원신서(翰苑新書)』・『당시유원(唐詩類苑)』 및 21사(史)와 제자(諸子)・문집・설화 등을 다 수집하고 죄다 전례를 따라 엮어 넣었다. 원본『당유함』에는『예문유취』가 첫째이고,『초학기』가 둘째,『북당서초』가 셋째,『백첩』등의 글이 넷째이면서 시문이 뒷마무리로 되어 있었다. 이번에는 승려・총론・연혁・연기를 첫째로, 고사를 둘째로, 대우를 셋째로, 적구(摘句)를 넷째로, 시문을 다섯째로 했다."

내가 생각할 때 내용이 풍부하고 광범위하기로는 이루 말할 수 없으나 명나라 때의 사실 및 시문의 수록이, 다른 시대와 비교해서 자못 거칠고 간략한 점이 있는 것은 흠이 될 만하다고 본다. 그리고 이(夷) 자를 혹 이(彝)로 바꾸거나 이(夸)로 썼음은 고루한 버릇이었다. 현(玄) 자를 원(元) 자로 바꾸고 엽(曄) 자에 화(華)의 내리긋는 획을 없앤 것은 대개 강희 황제의 이름자를 피한 것이었다. 윤(胤) 자에도 을(乙)이 없다.

목홍공(木弘恭)의 이름은 세숙(世肅)인데 일본 대판(大坂) 상인이다. 낭화강(浪華江) 가에 거주하며 술을 팔아서 재물을 모았다. 날마다 귀한 손님을 초대해서 시를 짓고, 수 천금의 비용을 들여 1년간 3만 권의 책을 사들였다. 이런 이유로 축현(筑縣)에서 강호(江戶)까지 수천리 사이에 있는 모든 선비들이 세숙을 칭송하였다. 그는 또 장삿배에 부탁해서 중국 선배들의 시 두어 편을 구해다가 벽에 걸었다.

강가에 겸가당(蒹葭堂)이라는 갈대집을 짓고, 축상(竺常)・정왕(淨王)・합리(合離)・복상수(福尙修)・갈장(葛張)・강원봉(罡元鳳)・편유(片猷) 등 여러 사람과 더불어 누각 위에서 조촐한 모임을 갖기도 하였다.

갑신년(영조 4)에 성대중이 일본에 갔다가 세숙에게 청해서『겸가당아집도(兼葭堂雅集圖)』를 만들었다. 세숙이 직접 그림을 그렸고 여러 사람이 두루마리에다 시를 썼으며 축상은 서문을 지어서 주었다. 축상은 중이었으나 고전에 대한 지식이 풍부하고 또한 타고난 성품이 침착해서 옛사람의 풍치가 있었다. 정왕은 축상의 제자로서 청초함이 매력적이었으며, 합리에겐 특이한 재주가 있었다.

그들의 시와 문을 여기에 기록하고자 하는데 비록 글이 편협함을 벗지는 못했으나 먼 나라 사람들의 풍류가 그럴 듯하다. 글씨가 모두 산뜻하고 그림도 속된 기운을 벗어났다.

하곡(河曲) 합리의 시

수 천리 고향이 모두 물인데
누군가 오나라 경치 같다고 했네
부유하게 잘 사는 집이 많고
나그네들의 풍류가 넘쳐
봄날 새벽에 술이나 마시니
계 모임의 그림 멋스럽기만 하네
배 돌려서 좋은 일 전해오는데
아직도 사람은 갈대밭에 있구나

영산(映山) 복상수의 시

둘러 앉은 이 자리 풍경이 좋아
끊임없이 붓끝을 놀리고 있네
이름난 곳에 갈대는 묵어 있고
작은 동산에 새들이 한가로워

파란 마름은 항상 물에 떠있고
고운 꽃가지는 절반쯤 누에 들었네
금석 같은 계 모임을 어찌 알겠나
거문고 타는 즐거움 그침이 없어라
서로가 강변에서 만난 짝들이지만
멋대로의 모습은 나의 소탈함이네
사람은 봄날 맞아 술에 취했고
집에는 만권의 책 갈무리했도다
누각을 에워싼 산빛이 청량하고
한 웅큼 물을 뜨니 달빛도 비었구나
탈속의 글 짓기 어렵지 않아
깊고 그윽한 정 남음이 있네

두암(蠹菴) 갈장의 시

오랜 세월 모인 벗 문장이 있고
꽃밭과 약초에 초가집 있어라
주점의 술은 사마상여가 팔던 것1)인가
서가 책은 이승휴의 것2) 못지 않네
담로(淡路)섬에 엷은 구름 갈매기떼 날고
가랑비 오는 낭화강 기러기 지나가는데
강물에서 유람하는 사람 몇이나 되나

---

1) 전한 시대의 문인 사마상여는 문학을 사랑하는 양나라의 효왕 밑에서 열심히 글을 짓다가
효왕이 사망한 후 고향에 돌아갔으나 직업도 없이 어렵게 지내던 중 부호 탁왕손의 딸
문군(文君)과 함께 달아나 술집을 열었음.(『사기』, 사마상여열전).
2) 당나라 이승휴(李承休)는 2만여 권의 책을 소장했다고 함.(곤학기문(困學記聞)).

갈대 너머 포구엔 돛대가 보이네

　격범(隔凡) 강원봉의 시

봄 되어 물이 조금 불어나니
갈대밭에 작은 배를 매었도다
어느 누군들 오랜 벗 아니랴만
시는 새로운 마음에서 나왔네
밤 비가 갠 뒤 바다를 보고
새벽 꽃이 모여서 강을 덮었구나
때마침 큰 술잔을 허락했으니
두서너 항아리를 기울이리라

　지암(芝菴) 정왕의 시

높은 집에 벗들이 늘 모이고
더우기 봄볕이 우리를 부름에랴
새벽 강에 구름과 안개 끼었고
꽃 피자 새들이 날아들었네
도가도 우리들을 용납하지만
시문 짓는 선비 저 사람이라
평생에 허물없는 좋은 사이니
아무도 주객을 물을 수 없어
숲 속의 하루 길기도 한데
왼종일 담소로 봄을 즐겼네
뜻있는 사람 모이는 자리

그리움에 천리길을 찾아왔도다
겨울엔 『사기』를 공부할 만하고
두 동굴은 책을 두기 좋아라3)
서쪽의 창밑이 싫지 않아서
도리어 촛불켜고 앉아 있다네

　목홍공 세숙의 시
작은 집채 강 굽이에 있어
몇 해를 함께 거닐었다네
서로 붙잡고 술을 마시고
날마다 글을 논하며 노래불렀지
친구 사귈 곳을 누가 알겠나
소년 모이는 곳 달갑지 않아
굳은 만남 이처럼 있는데
실천키 힘들다 걱정들 하네

　북해(北海) 편유의 시
겸가당에 낭화강의 봄날이 오니
봄의 정감 그림 속에 새롭네
한없이 흐르는 흥 누가 알겠나
은근히 이방인에게 적어 준다오

---

3) 중국 호남성에 있는 대서(大西)·소서(小西)라는 두 산의 동굴에는 1천여 권의 책이 보관되
어 있다는 고사가 있음.(군국지(郡國誌)).

담해(淡海) 축상의 서문

겸가당에 함께 모이는 것은 물론 글이 있기 때문이다. 그러나 사람들의 뜻하는 바가 각자 다르고 삶의 방식도 같지 않은데 즐거워하고 흡족하게 여김이 어찌 한갓 글 때문이겠는가. 대개 생각이 다르면 서로 등지기 쉬운데 세숙이 특유의 능력으로 사이좋게 조화시키고, 생각이 비슷하면 한 쪽으로 빠져들기 쉬운데 세숙이 절제를 통해 보기좋게 정돈하였다. 이리하여 여기 겸가당에 선비들이 모이게 된 것이다. 세숙이 예절과 화합으로써 선비들을 결집시킨 까닭으로, 한 마을에서 한 나라 나아가 천하에 이르도록 그 사람을 찬양하지 않는 이가 없다. 세숙의 사람 사귐의 폭과 안목이 참으로 풍부하지 않은가.

때마침 조선의 여러분이 동쪽으로 왔다. 세숙을 비롯한 우리 모두가 여관 안에서 그분들을 뵈었는데 세숙을 옛날부터 알고 지냈던 것처럼 좋아하였다. 그후 그분들이 돌아갈 무렵에, 성대중 선생이 세숙에게 『겸가아집도』를 그려 줄 것을 부탁하고 함께 모인 자에게는 그 끝에다가 각자 시를 쓰도록 청하면서 '가지고 돌아가서 수 만리에 그리운 대상으로 삼겠다.'고 하였다. 아아, 성선생의 마음이 겸가당에 남아있는 자들과 어찌 다름이 있겠는가. 그러니 당연히 세숙의 사귐이야말로 한 고을 한 나라에서 온 천하에 이른다고 하겠다. 그렇다면 어떻게 해서 만리 밖의 사람들이 서로 두텁게 사귈 수 있었던 것인가. 국가에서 외국 귀빈을 접대함이 엄숙하고도 신중하기는 하나 만나서 사사로이 즐거움을 주었던 것은 세숙의 무리였다. 그러나 세숙이 비록 예절 바르게 잘 대접을 하였다 하더라도 진실로 국가에서 관여하지 않았더라면 어찌 이와 같이 좋은 결과가 있었겠는가. 나는 글이 전부라고는 생각치 않으나 성선생께서 나를 세숙처럼 여겼고, 이역 만리의 사귐에 감격한 속마음을 겉으로 나타내지 않을 수 없기에 『겸가아집도』 끝에 이렇듯 서문을 쓰게 되었다. 일본 보력(寶曆) 14년 갑신 5월 4일, 담해 축상은 낭화강 가에서 쓰다.

시를 적은 두루마리 끝에 이렇게 쓰여 있다.

"겸가당에 모이는 자는 편효질(片孝秩), 나파효경(那波孝敬)·합려왕(合麗王)·복승명(福承明)·강공익(罡公翼)·갈자금(葛子琴)·중 태진(太眞)·중 약수(藥樹)·주인 목세숙이다."

사나이 장건(張健)은 옥성(玉城)의 후예이다. 11살 때에 두보의 「동곡칠가(同谷七歌)」에 화답해서 그의 사촌형 탁(倬)에게 부쳐 보냈는데 말 뜻이 매우 웅건하고 단아하였다.

일곱 수로 된 그의 시를 차례로 적어본다.

　　　사람들은 거친 음식 싫어하지만
　　　나는 시냇물에 귀를 씻고 싶네[4]
　　　스스로 십 년 동안 깨끗한 옷 짓고
　　　빈 골짜기에 띠풀로 집을 지었지
　　　세밑 추운 날씨 음산한 바람 부니
　　　병든 말은 슬피 울고 풀도 말랐네
　　　그리움에 술 안 마시니 더욱 처연한데
　　　낙양에서 돌아오는 꿈만 꾼다오

　　　별빛에 장안을 멀리 바라보며

---

4) 요 임금이 허유(許由)에게 천하를 넘겨주려 하자 허유는 더러운 말을 들었다 하여 시냇물에 귀를 씻었는데, 소부가 이를 안 다음 "내가 소에게 물을 먹이려 했었는데 소의 입이 더러워질까 염려스럽다." 하고 상류로 올라가 물을 먹였다고 함.(『고사전(高士傳)』).

깊이 쌓인 생각 하늘 뜻에 붙였네
장대 짚고 거닐다가 멈칫거리며
짧은 옷이 종아리를 겨우 가렸지
잔잔한 눈에 나그네 꿈 섞이어
쓸쓸한 밤 빈 뜰을 촉촉히 적시네
달빛 비낀 책상에서 노래 부르니
고운 글에 답하는 뜻 구슬프다오

형과 내가 각지에서 떠돌고 있지만
우리 모두 겨울밤 빗속에 글을 읽었네
천 길 잣나무 집 앞에 우뚝 섰는데
세모의 바람과 비 차기도 해라
야윈 닭 울어대도 달은 아직 깊은데
밤마다 내 옆에 있는 꿈을 꾸네
맑은 창 밖에 핀 매화 손수 꺾으니
여인의 소박한 자태 하얀 살결 같아라

꽃을 꺾으며 이별을 안타까워하는데
꿈속에서도 형은 굳세고 난 미련하네
내년엔 오동나무 잎이 가득 필텐데
가을 빗소리 언제나 함께 들으리
지난 해엔 장안에 가 있었는데
용과 뱀 그린 깃발 눈에 가득했네
형 생각에 슬픈 노래조차 못했는데
아마 형도 내가 그리워 낮에 졸겠지

바람이 거친 밤 서재에 누웠는데
온통 주위는 산이요 숲이 습하네
해 저무는 성안에 눈이 엉겼고
강가의 찬 구름이 바위에 서렸네
동녘 담장의 신발소리 앉아서 듣다가
털옷 입고 눈 쌓인 것 와서 보왔지
떠돌이 생활 서울에 꿈만 아득하니
큰 바닷물 구름마을로 돌아가려 하네

폭포는 수 천리 머나먼 곳에 있고
산천 초목은 무성하여 눈길을 끄네
장안과 멀어 동쪽을 바라보기 괴롭고
푸른 바다 서쪽에서 즐기고 싶어라
그 옛날 동쪽 언덕 오동나무 밑에
잎새 하나 가을 소리에 비바람 그쳤네
새벽 꿈 못 꾸고 겨울 밤은 긴데
소나무 잣나무는 창밖에서 쓸쓸하구나

밤낮으로 형 생각 늙어만가는데
산언덕 아스라이 앞 길이 막혔네
길이 멀어 뒤척이며 어찌지 못해
새벽녘 창가에 누우니 달이 올랐구나
하릴없이 빈 촛불만 마주하는데
나 대신 흘리는 눈물 상심케 하네
슬픈 노래로 「양춘곡(陽春曲)」 화답하니

차디찬 세밑 바람 빠르기도 해라

   조카 광석은 거의 환상에 가까운 생각을 하고 말하는 것이 너무나 커서 불가나 노자의 학설에 빠져들 뻔하였다. 내가 매우 걱정했더니 그 뒤로 열심히 공부를 하였다. 성현의 뜻을 받들어 집에 들어오면 부모에게 **효도**하고 문밖에 나가면 어른을 공경하여 법도가 뛰어났으니 참으로 칭찬할 만했다. 게다가 그가 읊조린 시는 보통 사람의 수준을 훌쩍 벗어나 깨친 것이 많이 있었다. 사람들이 몰라 주었으나 나는 그가 읊은 한 마디 한 마디가 모두 도(道)임을 알았다. 그래도 너무 괴이하고 궁벽한 것을 가끔 경계하여 일찍이 웃으면서, "그대의 시는 완전히 『능엄경』을 읽은 자의 말이지 『대학』을 읽은 자의 말은 아니네." 했더니, 두 손을 마주 잡고 말하기를, "마음에 얽매임이 없어 말이 지나쳤는지 모르지만 우리 유가의 도에 무엇이 해롭겠습니까." 하였다.

   귀정로(歸井魯)의 자는 도재(道哉)인데 그는 일본사람이다. 스무 살 겨우 지났는데도 재치가 있고 영리하며 민첩하였다. 그가 지은 「풀피리」의 노래에,

> 달이 밝고 바람은 찬데
> 풀피리 소리 맑기도 해라
> 나그네 시름 어이 그리 많던가
> 외로운 모습 아닌 데가 없네
> 서리 내리자 모든 집이 쌀쌀하고
> 평평한 모래땅 외딴 망루가 있구나
> 허공을 나는 원망스런 기러기

모두 고향을 향해 울며 나네

하였고, 버들가지를 꺾어 오오사카로 가는 손님을 전송한 시에는,

하남(何南)의 버들 아래 객이 떠나니
짧기만한 가지가지 괴로움 뿐이네
봄비에 푸른 빛을 스스로 보태
우리의 애간장을 끊어 내는구나

하였다.

자흠(子欽) 변약순(邊若淳)은 시를 지음에 있어 상투어 쓰기를 부끄럽게
여겼다. 스스로 한 문호를 만들어서 말이 모두 매끄럽고 뛰어났는데, 사람들
이 더러 비웃었으나 동요하지 않았다. 성품은 소탈하고 고매하였으며 그가
시를 짓기 시작하면 조금도 움직이는 일이 없어 마치 돌부처 같았다. 자흠이
눈 덮인 지붕에 피어오르는 연기가 아침햇살에 붉게 변한 것을 읊조렸다.

들판의 눈 둥그스레 지붕을 덮어
흰 낙타가 엎드린 것과 비슷해
등 위에 차가운 연기 서리더니
붉은 해 비치어 광채가 나네
낙타가 함부로 소금을 먹은 듯
유별나게 살덩어리 우뚝 솟았네

자흠이 남들 앞에서 그 시를 외면 사람들은 반드시 포복절도하였다. 자흠

이 눈을 싱긋하면서, "남의 시를 들을 때 옷깃을 여미고 앉아 침묵 속에 허튼 웃음 짓지 않는다면 그 시는 반드시 엄숙한 것일 텐데, 내가 읊으면 사람들이 반드시 웃으니 왜 그럴까?" 하였다. 가을에 자흠이 여러 문인과 함께 백련봉(白蓮峯)에서 놀다가 시를 지었다.

> 고요한 와엽정(瓦葉亭) 이름도 드높은데
> 바람에 부대끼는 잣나무 껍질을 벗었구나
> 바위가 깨끗한 건 샘물의 덕택이고
> 밤도 어둡지 않음은 달빛 때문이네
> 피어나려는 국화를 서린들 막을 수 있나
> 발길을 옮기려해도 경치가 놓아주지 않네
> 일곱 사람의 시가 모두 뛰어나니
> 서로 가락을 알아 함께 소리를 듣는구나

밤에 읊은 시는 다음과 같다.

> 벼룻물은 겨울지나 쪽빛처럼 맑아
> 우리의 모지라진붓 용납해 주는데
> 한가히 나그네 입에 칠하여 지나는 학을 부르고
> 자고 있는 누에 위에 교묘히 시름의 무늬짜네
> 우정은 매화처럼 추위와 더위를 함께하고
> 세상 인정은 귤과 같이 시면서도 달구나
> 평생의 도리는 정녕 다름 없으리
> 등불 앞에 그림자 셋이 따르네

어느 봄날 자흠을 만났는데 그가 자신이 지은 두어 시구를 외웠다.

노란 새싹 푸른 꼬투리 아이처럼 살랑살랑
넘실거리는 물결 비단 무늬같이 고와라
따뜻한 물속 오리새끼 거품에 노닥이고
빈 절 암여우가 부처 앞에 공양드리네

나는, "예전에는 바로 명나라의 중랑(中郞) 원굉도(袁宏道)더니, 근래에
들으니 치천 박상홍이 중랑집을 본다 하더라." 하였다. 이어 자흠과 더불어
두어 편을 지었는데 갑자기 격조가 달라진 듯하였다.

봄은 전부 드러내고 싶지 않아 버들에 먼저 달려들고
구름은 의지할 데 없이 구슬피 삼나무를 넘어가네

자흠은 정신 수양을 위해 특별히 공부한 것 같다. 그가 웃으면서, "중랑서
원을 지어서 나를 배향하겠는가. 한 중랑은 비록 없을 수 없지마는 근래에
백 중랑을 만든 것은 너무 지나친 것이 아닌가." 하였다.

어떤 사람이 관아재(觀我齋) 조영석(趙榮祏)이 그린 우리 풍속도를 수집
해 그대로 그린 것이 70여 첩이나 되었는데 서화가 허필(許佖)이 거친 말로
논평했다. 세 여자가 재봉질하는 그림에 쓴 것은,

한 여인은 가위질하고
한 여인은 주머니 만들고
한 여인은 치마를 깁는데

세 여인이 간(姦)을 이루니
접시를 뒤엎을 만하네

하였고, 의녀(醫女) 그림에 쓴 것은,

천도같이 높은 상투 목어같은 구렛나룻이
붉은 회장 초록 저고리와 만났도다
벽장동(壁藏洞)에 새 집 샀으니
오늘밤엔 누구집에서 즐겼나

했는데, 기생집이 벽장동에 많기 때문이라 했다.
유득공은 화첩마다 여섯 자의 촌평을 하였다. 흙담 쌓는 그림을 평한 것은,

물고기가 강에 놀아 길고짧음 합치고
나무가 흙을 이겨 오르내림 더디구나
끼니마다 많은 밥 먹어치우고
품삯으로 큰 돈을 갈무리하네

하였고, 조기장수 그림을 평한 것은,

싱싱한 조기 지고 가면서
큰놈 거머쥐고 너스레 떠네
계집종 대문에서 달려 나오며
큰 소리로 조기장수 부르네

하였다. 이진옥(李進玉)이 또 평하기를,

생선장수 대답하는 우렁찬 소리
어찌 그리 귀가 밝고 입도 빠른지
잘 듣지 못한다면 팔지도 못하고
생선이 썩어서 본전을 잃는다네

하였다. 진옥이 물통 때우는 장인 그림도 평하면서,

낡은 벙거지로 가려 해는 못봐도
땜쟁이의 목소리는 크기도 하네
고운 겨로 구멍 때워 남을 속이나
물 부으니 그 자리가 쏼쏼 다 새네

하였다.

유득공은 미장이 그림을 평하면서, "끝내 한 켤레 버선을 안 벗고 섬돌에 불쑥 올라 크게 꾸짖는데, 돌이 많고 말똥은 적으니, 이런 일꾼은 처음 본다." 라고 하였다.

문인이나 선비로서 통속을 모르면 훌륭하다고 할 수 없는데, 이 두어 사람은 그 오묘함을 곡진하게 터득했다. 만약 상것들의 통속이라고 물리친다면 그건 인정이 아니다. 청나라 선비 장조(張潮)가, "진정한 문학적 선비라면 통속의 글을 잘하지만 일반사람은 문학적 선비의 글을 못할 뿐만 아니라 통속 글에도 능하지 못하다." 했으니, 참으로 식자의 말이었다.

강희 31년에 유구국 중산왕 정(貞)이 진언하였다.

"강희 23년, 책봉사 왕집(汪楫) 편에, 저의 나라 가신자제들을 국자감에 들어와 독서하도록 허락하신 문서를 받았습니다. 저는 유지를 받들어서 이미 강희 25년에 관리 양성집(梁成楫) 등 세 사람을 공사 위응백(魏應伯)과 함께 도성으로 보냈으며, 황제께서 국자감에 들어가서 글을 읽게 하신 깊은 은혜를 입었습니다. 그리고 매달 녹봉을 주고 계절마다 의복까지 주시니, 양성집 등은 높고 후한 성덕에 감동하여 독서에 전심전력하고 있습니다.

다만 제 아비가 전에는 조공을 바치는 사신으로 가면서 만리 먼 길에도 노고를 피하지 않았으나, 이제는 늙어서 봉양하는 사람이 필요하게 되었음을 마땅히 생각치 않을 수 없는 저의 처지입니다. 또 양성지 등 세 사람이 모두 아내는 없지만 부모가 살아 있습니다. 하물며 신의 나라 사람은 모두 우매한데 양성집 등이 국자감에 진학한 후부터는, 그들이 나라에 돌아와 신하로서의 충성과 자식으로서의 효도를 역설함으로써 황제께서 펼치시는 도와 같은 덕화가 옅지 않음을 선포하도록 해주기를 저는 바라고 있었습니다. 이번에 양성집 등이 귀국해서 부모 봉양하기를 청하는 등의 사정에 대해 제가 감히 가부가 어떻게 되는지 함부로 참견할 수 없아오니, 부디 감안하시길 엎드려서 청하옵니다."

유구 풍속이 여러 오랑캐 중에 가장 아름다워서 세상에서 작은 조선이라 이르는데, 지금 이 문서를 열람하니 참으로 그러하다. 그 사람들의 성명도 중국 사람들과 같았다.

우동(尤侗)이 외국의 경치와 풍속을 읊은 한시에서 유구를 이렇게 말했다.

환회문(歡會門) 안에 멋진 부채 펼쳤는데
아리따운 계집이 쌀을 머금어 술잔을 올리네
금비녀 꽂은 벼슬아치는 온화한데
공부를 하다가 새로 태학에서 왔네

주석에서는 '문 이름이 환회이고 금빛의 둥근부채로써 호위를 한다. 미인이 쌀을 품어 술을 만들며 술 이름을 미기(米奇)라 한다. 관리는 모두 금비녀를 꽂으며, 자제가 국자감에 입학해서 글을 읽다가 돌아오면 장사(長史)가 된다.' 하였다. 우동이 대체로 양성집이 국자감에 입학한 일을 말한 것이므로 아울러 여기에 기록하였다.

사물을 읊는 것에는 예로부터 서위(徐渭)와 겨룰 사람이 없는데, 사용된 어휘가 단순하지 않았다. 그의 수선화와 설모란(雪牧丹) 그림을 읊조린 시이다.

> 두약초(杜若草) 푸르게 강물과 닿았는데
> 자고새는 푸드득 강안개 속으로 내리네
> 순 임금의 두 부인 창오산에 갔으니[5]
> 대숲 옆에서 어떤 울음소리도 내지 마라
>
> 흰 바다에 봄이 덮여 꼭두서니풀 짙은데
> 솔 그을음 급한 모양에 미처 붉지 못했네
> 달 아래 선녀의 연지 찍은 뺨
> 누가 일찍이 보았는가 그림 속에서

『군방보(群芳譜)』에, "송나라 홍매(洪邁)가 가래병이 있었다. 임금이 밤에 사신을 보내서 명하기를 호도알과 생강을 잘 때에 씹어 먹되 두어 차례만

---

5) 순 임금의 아내 아황과 여영은 순 임금이 창오(蒼梧)산에서 죽자 상강(湘江)에 이르러 통곡하다가 빠져 죽었는데, 그들이 흘린 피눈물로 인하여 흑색의 반점이 있는 반죽(班竹)이 생겼다고 함.

하면 곧 낫는다고 하였다. 말씀대로 먹었더니 아침에 가래 기침이 그쳤다."
하였다.

『이견지(夷堅志)』에는, "임천(臨川)에 사는 사람이 살모사한테 물려 곧 죽게 되었다. 팔 하나가 다리만하더니 조금 후에는 온 몸이 붓고 누렇게 되면서 검어지기까지 하였다. 한 도인이 새로 길어 온 물에다 향백지(香白芷) 1근을 조합해서 먹이니 누런 물이 입속에서 나오고 비린내가 진동하여 사람들이 못견딜 지경이었다. 한참 후에 부기가 다 빠지고 전처럼 회복되었다." 하였다.

『유근별전(劉根別傳)』에, "올 봄에 돌림병이 있을 참이니 대추씨 14개를 먹는 것이 좋다. 날마다 먹게 되면 온갖 나쁜 기운이 다시 범접하지 못한다." 하였다.

손공(孫公)의 『담포(談圃)』에는, "증노공(曾魯公)이 일흔살 남짓되었을 때 이질로 고통을 겪었다. 고을 사람 진응지(陳應之)가 수매화6)와 작설차를 복용케 하여 드디어 나았다. 아들 효관(孝寬)이 그 부친에게 말하고 그 의술을 이상하게 여겨서 한 책 끝에다 기록해 두었다." 하였다.

『계신잡지(癸辛雜志)』에는 다음과 같이 여러 치료법이 나온다.
"위소(韋昭)가 이르기를, 지금 사람 중에 말의 간을 먹는 자는 작약과 함께 다려먹는 것이 마땅하다고 하였다. 말 간이 지극히 독해서 간혹 잘못 먹고 죽기도 한다. 먹고서 중독된 것을 제어하는 데는 작약보다 좋은 것이 없다.

---

6) 수매화(水媒花)란 흐르는 물이 가루받이를 시켜주는 꽃.

그러므로 작약이 유독 약이라는 이름을 얻었다."

"옛날에 인도의 중이 우리나라에 와서 국수 먹는 사람을 보고 놀라면서, 국수에 큰 열이 있는데 어째서 먹는 것인가 생각하다가 무우를 보고나서 의문이 풀렸다."

"목구멍이 막히는 병은 증세가 매우 위급하면서 심각하다. 옛사람들은 장대산(帳帶散)을 붙였는데, 오직 백반 한 가지뿐으로 그것도 더러는 효험이 없었다. 경험 많은 의원이 가르쳐주길 오리의 부리와 담반(膽礬) 즉 황산동을 곱게 갈아 진한 초에다 섞어 목구멍에 부어넣으면 되는데 목구멍에 조금만 흘러내려가면 금방 심한 구토를 하게 되면서 끈끈한 가래를 거의 두어 되나 토한 다음에 곧 낫는다 하였다. 그러나 담반은 진짜를 구하기가 어려우므로 관심있는 사람은 미리 준비하지 않을 수 없다."

"곰쓸개는 먼지를 잘 제거한다. 가령 맑은 물 한 그릇에 먼지를 덮어 씌우고 웅담을 좁쌀만큼 넣으면 엉켰던 먼지가 짝 갈라지게 된다. 따라서 눈에 무엇이 가리워진 것을 곰쓸개로 치료하면 매우 효과가 있는데, 항상 깨끗한 물에다 조금씩 타서 쓰면 눈에 끼었던 먼지가 다 없어진다. 빙뇌(氷腦) 한두 조각을 넣기도 한다. 혹 눈물이 흐르고 가려우면 생강가루를 조금 타기도 하는데, 가끔 은젓가락으로 찍어서 눈에 넣으면 아주 신기한 효과가 있다. 충혈된 눈병에도 쓸 수가 있다."

"나는 정강이에 종기가 나서 걷는데 불편하고 통증에다 가려움증까지 있었다. 친구 유화보(兪和父)가 웃으면서 자기가 사흘이면 이 병을 낫게 할 수 있다고 했다. 그 방법에 대해서는 먼저 맑은 부추물로 헌 부위를 씻고 마른 다음, 매우 곱게 간 국방주차환(局方駐車丸)을 쓰되 유향(乳香) 약간을 더해서 마른 가루를 뿌려주면 효험이 당장 나타난다고 하였다. 즉시 그 말대로 했더니 수일 만에 호전되었다. 본디 주차환은 이질과 설사를 치료하는 약이지만, 허는 것도 기와 혈이 엉켜서 생기기 때문에 여기에도 효과가 있다. 의(醫)란 것은 의(意)이니, 옛사람이 처방해서 병을 치료하는 데 뜻밖에 나오는 생각이 이와 같았다."

"어린아이들의 천연두는 진실로 위태로운 것이나 시끄럽게 하지 않는 것이 무엇보다 중요하다. 대개 오장의 기운을 강하게 하는 이외에는 자연스럽게 놔두어야 한다. 오직 본사방(本事方)에는 능금산이 가장 좋다고 하였다. 남검(南劍)의 진강옹(陳剛翁)은 절대로 승마탕(升麻湯)을 많이 먹이지 말 것이며, 다만 사군자탕에다 황기 한 가지를 넣어 먹여야 한다고 했다. 괄창(括蒼)의 진파(陳坡)는 말하길, 세 살 된 손자가 열이 난 지 7일 만에 온 몸에 발진이 일면서 넘겨졌다. 두드러기 색깔이 검고 입술이 얼음처럼 싸늘하여 위급한 증세였다. 어떤 선비가 마침 약이 있다 하면서 잠시 조제한 후에 먹이는 것이었다. 한참 있으니 몸이 붉고 윤택해지면서 회복되었다고 하였다. 약은 개파리 일곱 마리를 짓뭉개고 술을 조금 타서 만들었다. 다만 파리가 여름철엔 매우 많아서 쉽게 구할 수 있지만 겨울엔 개의 귀 속에 숨어있음을 알지 않으면 안 된다."

"천연두를 앓은 후에 남은 독이 위로 올라가면 드디어 안구에 질병이 생겨서 눈으로 사람을 분별하지 못하게 된다. 경험이 풍부한 어느 의원의 처방으로는, 뱀허물 하나를 깨끗하게 씻어 불에 쬐어 말리고, 또 하눌타리 뿌리의 가루를 같은 분량으로 해서 곱게 만든 다음, 새끼 양의 간을 벌리고 그 안에 약을 넣어서 삼 껍질로 묶고 뜨물에다 삶아 먹이면 무릇 열흘 남짓하여 낫는다고 했다."

『정사(桯史)』에는, "의원의 말에 의하면 몽둥이 매를 맞으면 흉터가 생기는데, 다만 피부에 상처가 난 즉시 금박을 붙이면 흉터가 없어진다고 한다. 이는 쇠가 나무를 이기는 성질 때문인 듯하다." 하였다.

『차지(車志)』에, "왕형정(王亨正)이 쇠고기 구이를 즐겨 먹었다. 갑자기 학질을 앓기 시작했는데 반년이 되도록 온갖 약을 써도 효과가 없었다. 하루는 나른한 중에 꿈을 꾸었는데 누런 옷을 입은 사람이 그에게 쇠고기를 먹지 않으면 살 수 있지마는 다시 먹으면 죽는다고 하였다. 꿈에서 깬 후 왕형정은 다시는 먹지 않기로 맹세했고 드디어 병도 나았다." 하였다.

『계신록(稽神錄)』에, "강서(江西) 마을에 사는 어떤 사람이 벼락을 맞아 죽었다. 조금 후에 공중에서 외치는 소리가 들리는데 '안 되었구나, 지렁이를 짓이겨서 배꼽을 덮어두면 살아날 것이다.' 하므로 그 말대로 배꼽에 지렁이를 붙였더니 드디어 깨어났다." 하였다.

『양로방(養老方)』에는, "정월 16일 조피열매 가루 한두 푼에다 머리때를 넣어서 누에콩 크기만큼 만든 다음 가운데를 오목하게 파서 눈언저리에 얹어두고, 잘 익힌 쑥을 쌀알크기로 비벼서 오목한 속에다 넣는다. 이렇게 하여 눈언저리마다 일곱 방 혹은 아홉 방을 뜸하며, 청명 날을 기다려서 다시 같은 방법으로 뜸한다. 3년만 잇달아서 뜸하면 눈이 더욱 맑아지고 광채가 더해진다." 하였다.

초씨(焦氏)의 『유림(類林)』에는, "동짓날 밤 12시경에 머리를 1천 2백 번

빗으면 양기를 돕게 되어 평생동안 오장에 기운이 잘 유통하는데, 이를 신선의 머리씻는 법이라 부른다." 하였다.

『광제방(廣濟方)』에는, "입동날 뽕잎 1백 20 장을 따고 윤년에 10 장을 더 채취하여 두었다가 눈 씻을 날짜에 그때마다 10 장씩 달여서 그 물에 씻으면 온갖 눈병이 치료된다." 하였다.

『월령광의(月令廣義)』에는 세 가지 정도의 치료법이 전한다.
"입추날 해가 떠오르기 전에 가래나무잎을 채취해서 정해진 방법대로 기름에 볶은 다음 잎을 찧어 즙을 내고 그 즙을 진하게 달여서 갈무리하여 두었다가 부스럼에 바르면 금방 낫는다."

"입추날 붉은 팥 일곱 알이나 또는 열네 알을 정화수로 먹되 서쪽을 향해서 삼키면 가을내내 이질에 걸리지 않는다."

"입추날 첫닭이 울 때 정화수를 길어다가 어른이나 아이 모두가 조금씩 마시면 온갖 병을 물리칠 수 있다."

『수신기(搜神記)』에는 "장사선(蔣士先)이 하혈하는 증세가 나타나자 어느 누가 몰래 자기에게 독약을 먹여 중독이 되었기 때문이라고 탄식했다. 그 집에서 가만히 숙근초(宿根草)를 자리밑에 넣어두었더니, 문득 크게 웃으며 자신을 중독시킨 사람은 장소소(張小小)라고 외치면서 소소를 잡으려 하니 벌써 달아나고 없었다. 이로부터 숙근초를 중독성을 해소하는 약으로 사용하였는데 그 효과가 매우 컸다." 하였다.

갈홍의 『치금창방(治金瘡方)』에는, "장미 뿌리를 태운 가루 한 숟가락씩을 하루 세 번씩 복용한다." 하였다.

『고금험록(古今驗錄)』에는, "5월 5일 전에 목욕재계하고 뽕나무 밑에 있는 토규7)를 보아두었다가, 5일 낮 12시가 되면 뽕나무 밑에 가서 '계여호구당소바하(繫黎乎俱當蘇婆訶)'라고 주문을 왼다. 주문을 마친 다음 손으로 뽕잎 뒷면을 한 차례 쓰다듬는다. 그리고 나서 토규와 오엽초(五葉草)를 씹어 그 침을 손에 잘 문질러 두 번을 고루 바르며 7일 동안 손을 씻어서는 안 된다. 그 뒤 뱀·벌레·전갈·독벌 따위에 물린 자를 이 손으로 문지르면 곧 낫는다." 하였다.

유우석(劉禹錫)의 『전신방(傳信方)』에는, "판관 장연상(張延賞)이 얼룩거미에게 머리를 물렸는데, 하룻밤을 자고 나니 종기가 두어 되들이 사발만 하여 거의 목숨을 지탱하지 못할 지경이었다. 그가 자신을 구원할 수 있는 자를 부랴부랴 수소문했는데, 한 사람이 찾아 와서 '고칠 수 있습니다.' 하였다. 드디어 큰 쪽풀의 즙을 한 주발 내고 거기다가 사향과 석웅황(石雄黃)을 더한 다음 거미를 넣으니 곧 물이 되었다. 이것을 물린 데에 찍어 바르니 이틀 만에 나았다." 하였다.

『본초강목』에는, "송나라 때 동경에서 운하를 뚫다가 돌비석을 파냈는데, 거기에 범서를 큰 전자로 쓴 시 한 수가 있었으나 아는 자가 없었다. 임영소(林靈素)가 한 자씩 분별해서 번역해보니, 이는 풍증을 치료하는 처방문이었다. 그 치료법은 자색 부평초를 햇볕에 말린 다음 꿀과 섞어 환을 만들어

---

7) 토규(菟葵)란 골격은 없으나 근육은 매우 발달하고, 많은 촉수는 단사상(單絲狀)을 이루는 벌레임.

늘 한 알씩 콩으로 담근 술과 함께 먹으면 되는데, 1백 알을 넘게 먹으면
곧 완전한 사람이 된다는 것이었다. 그 시에,

> 뿌리도 줄기도 없는 신비한 풀
> 산에도 언덕에도 흔치 않구나
> 처음엔 동풍에 날리는 버들솜 같더니
> 물위에 떠서는 파릇파릇 나부끼누나
> 신선도 한 번 먹으면 깊은 병이 낫는데
> 채취하는 시기는 칠월 중순이라네

하였다." 했다.

『감우전(感遇傳)』에는, "청주자사(靑州刺史) 장사평(張士平)이 중년에 부
인과 함께 장님이 되었다. 하루는 선비 하나를 만나 그가 시키는 대로 한
곳에 우물을 파고 솟아오르는 샘물로 씻었더니 눈이 처음과 같아졌으므로
그 선비에게 세상사람을 구제할 수 있는 말을 남겨줄 것을 요청한 바, 그의
대답은 다음과 같았다. 자・오년에는 5월 술・유방(方)과 11월 묘・진방,
축・미년에는 6월 술・해방과 12월 진・사방, 인・신년에는 7월 해・자방과
정월 사・오방, 묘・유년에는 8월 자・축방과 2월 사・미방, 진・술년에는
9월 신・미방과 3월 인・축방, 사・해년에는 10월 신・유방과 4월 인・묘방
이 길한데, 그 방위와 연월일시를 살펴서 우물을 파면 곧 명당이 된다는
것이었다. 장사평이 가르침을 받고 나자 선비는 하늘로 올라가버렸는데, 이
는 태백성관(太白星官)이었다." 하였다.

『풍속통의(風俗通義)』에는 두 가지 치료법이 나온다.

"범은 양기가 있으며 온갖 짐승 중에 으뜸으로서 짐승을 잡아먹고 도깨비를 잡아먹을 수 있다. 사람들은 갑자기 귀신으로 인하여 병을 앓게 되면 범의 가죽을 태워 마심으로써 고쳤는데, 그 발톱만 차고있어도 나쁜 기운을 피할 수 있다."

"요즘 사람들은 갑자기 귀자비병(鬼刺痱病)을 앓게 되면 수탉을 죽여서 환자의 가슴 위에 붙인다. 적풍(賊風)을 앓는 자는 계산(鷄散)을 만들어 먹으면 되고, 동향의 닭집에서 기른 닭볏으로는 고병(蠱病)을 치료할 수 있다."

『안씨가훈(顔氏家訓)』에도 두 가지 치료방법이 들어있다.
"유견오(庾肩吾)가 항상 회나무 열매를 먹었는데, 나이가 70이 넘었으나 눈으로 잔 글씨를 볼 수 있고 수염과 머리털이 오히려 검었다."

"일찍이 나의 이가 약하여 흔들흔들 빠질 것만 같았으며 뜨겁거나 찬 음식을 먹을 때는 아파서 고통스러웠다. 『포박자』에서 말하는 이를 단단하게 만드는 법을 보니 이른 아침에 이를 3백 번 두드림이 좋다는 것이었다. 그래서 몇 일 동안 시행했더니 곧 나았다."

유우석(劉禹錫)의 나력8) 치료하는 법에는, "수은 3냥을 쇠그릇 안에 담고 오랫동안 볶으면 검은 재같이 되는데, 이 재를 술에 타서 나력 위에 바르고 헝겊을 붙여둔다. 자주 헝겊을 떼고 농을 닦아낸 다음 다시 붙인다. 보름쯤 이렇게 하면 아프지도 않고 터지지도 않으며 부스럼도 없어지게 된다." 하였다.

---

8) 나력(瘰癧)이란 경부(頸部) 임파선(淋巴腺) 만성 종창(腫脹)임.

『필담(筆談)』에는 세 가지 치료법이 나온다.

"거미가 벌에 쏘이면 토란 줄기를 살짝 씹어 터뜨린 다음 쏘인 데를 문지른다. 그뒤부터 벌에 쏘인 자가 토란 줄기를 꺾어다 붙이면 나았다."

"한 농부가 갑자기 온몸이 썩어 문드러지게 되었다. 천사(天蛇)의 독 때문인 것으로 판단한 절의 중이 나무껍질을 갖다가 1말쯤 되도록 달여놓고 마음 내키는 대로 마시도록 하였는데, 첫날에 병이 반쯤 낫더니 2~3일이 되자 말끔히 나았다. 그 나무를 자세히 살펴보니 바로 물푸레나무의 껍질였다. 아직도 천사가 무엇인지 정확히는 모르는데, 어떤 이는 풀 사이 국화에 붙어 있는 거미로서 사람이 그 독에 쏘이고나서 이슬에 젖게 되면 이 병에 걸린다고 한다. 그러므로 이슬이 내린 풀 사이로 다니는 사람은 조심해야 한다."

"궁궁(芎藭)이를 오랜 기간 복용하는 것은 좋지 않다. 사람을 갑자기 죽게 하는 경우가 많기 때문이다. 또한 고삼(苦蔘)은 이를 깨끗하게 하나 콩팥의 기운을 해쳐서 사람의 허리를 무겁게 한다."

『묵장만록(墨藏漫錄)』에도 두 세 가지 정도의 치료법이 있다.

"여지(荔芰) 껍질을 불태워서는 안 된다. 그렇게 하면 죽은 벌레를 끌어들인다."

"천평산(天平山) 백운사(白雲寺)의 중 몇 명이 버섯 한 움큼을 따다가 함께 볶아 먹었다. 밤이 되자 구토증이 발작했는데, 그 가운데 세 사람이 급히 원앙초를 가져다가 날로 씹어먹고 드디어 나았다. 원앙초는 등나무처럼 덩굴이 지고 누른꽃과 흰꽃이 함께 피며 아무 곳에나 있다. 등창과 수중다리

독의 치료에 더욱 효과적인데 먹거나 붙이거나 간에 모두 좋다. 이는 심존중 (沈存中)의 좋은 처방문에 기재된 인동덩굴의 꽃이다."

송나라 왕안석이 정승이 되어 하루는 임금 앞에서 정사를 아뢰는데, 갑자기 한쪽 머리가 아파 참을 수가 없으므로 집에 돌아가서 병을 치료하기를 청했다. 신종(神宗)은 신하를 시켜 그를 드러눕도록 하고 금잔에 담은 좋은 약을 하사하면서, "왼쪽이 아프거든 오른쪽에 쏟아넣고 오른쪽이 아프거든 왼쪽으로 쏟아넣으며, 왼쪽과 오른쪽이 모두 아프거든 아울러 쏟아넣으면 두통이 즉시 나을 것이다." 하였다. 다음날 조정에 들어가 은혜에 감사드리니, 임금이, "궁중에는 태조 적부터 민간에 전하지 않는 이와 같은 처방이 수십 가지 있는데 이것도 그중 한 가지이다." 하고, 그 처방문을 하사하였다.
소식이 금릉(남경)을 지날 적에 왕안석이 그 치료법을 가르쳐 주었으므로 이용해 본 결과 신통하였다. 잠시 눈이 붉어지긴 하지만 곧 두통이 나은 것이다. 그 방법은 날 무우의 즙을 내고 거기다가 빙뇌를 조금 넣어서 고루 섞은 다음, 고개를 뒤로 젖히고 사람을 시켜 콧구멍에 한 방울씩 넣는 것이었다.

『지림(志林)』에는 세 가지 치료법이 나온다.
"의원 이유희(李惟熙)가 말하기를, 마름과 가시연밥은 모두 물에서 나는 것이지마는 마름의 성질은 차고 가시연밥의 성질은 따뜻한데, 마름꽃은 해를 등지고 피고 가시연밥은 해를 향해 피기 때문이라고 했다. 그는 또, 복숭아나 살구의 씨가 쌍으로 된 것을 먹으면 곧 사람이 죽게 되는데, 그 나무들의 꽃은 본디 다섯 잎이 나오는 것으로 여섯 잎이 나올 경우에는 씨가 반드시 쌍으로 되어 있다고 했다."

"요환(姚歡)이 몸에 버짐과 옴이 생겨 목에서 발뒤꿈치까지 두루 퍼졌는데, 어떤 사람이 깽깽이풀뿌리를 먹도록 가르쳐 주어서 드디어 나았고, 오래 먹었더니 머리털이 희어지지 않았다. 용법은 그 뿌리의 털을 없애고 하룻밤 술에 담갔다가 볶아 말려서 가루로 만든 다음 꿀에 버무려서 오동씨만한 크기로 환을 만들어 먹는다. 다만 빈속에 먹되 한낮과 잠자기 전에 술과 함께 스무 알을 삼킨다."

"미불(米芾)에게 일러준 말에, 송진은 진짜가 좋은데 이를 고운 베포대에 담아 하룻동안 물에 적셨다가 끓이며, 물 위에 뜨는 것을 깨끗한 대나무조리로 건져내서 새로 길어온 물에 넣는다. 오래 끓여도 물 위에 떠오르지 않는 것은 모두 버리고 쓰지 않는다. 여기에다 솔뿌리에 붙어사는 복령(茯苓)을 넣되 조제하지 않고 껍질만 없앤 채 가루로 만들어서 고루 섞는다. 이것을 매일 아침 3돈 씩 입 안에 넣고 조금 데운 물로 뒤섞은 다음 손가락으로 치아를 깨끗이 닦고나서 다시 미지근한 물을 머금어 우물우물하여 뱉아내면, 이가 단단해지고 건강한 얼굴을 보존할 수 있으며 수염도 검게 된다고 했다."

『민수연담(澠水燕談)』에는, "중 보명(普明)이 풍증에 걸려서 눈썹과 머리털이 다 빠지고 온 몸이 썩어 문드러졌다. 문득 어떤 사람이 와서 장송명(長松明)을 복용하도록 가르쳐 주었으나 알아 듣지 못하자, 큰 노송의 뿌리를 파서 먹는 것이라고 다시 설명해주었다. 뿌리의 껍질이 모싯대뿌리 같은 빛깔의 것을 세 치나 다섯 치를 잘라서 쓰는데 맛이 약간 써서 인삼 같으며 향기가 좋고 독성이 없다. 이것을 먹으면 사람에게 유익하여 여러 가지 중독을 풀어주고 정신을 맑게 한다고 했는데, 그 말대로 복용했더니 열흘이 못되어서 머리털이 다시 나고 얼굴 모양도 전과 같게 되었다." 하였다.

『묵객휘서(墨客揮犀)』에서는 다음과 같이 세 가지를 적고 있다.

"사람의 귀 속에 잘 들어가는 벌레가 그리마만 있는 것이 아니다. 진드기·개똥벌레·딱정벌레·조협충(皂莢蟲) 같은 것도 모두 귀에 들어가서 해를 끼칠 수 있다. 나의 종조부께서 복통을 많이 앓았는데, 배가 아플 때는 벌레가 갉아먹는 것과 같다고 했다. 누군가가 복숭아나무 잎사귀로 베개 만드는 것을 가르쳐주므로 그대로 하였더니, 하루 저녁에 벌레가 코에서 나왔는데 모양이 매의 부리와 같았다. 어떤 사람의 귀에 그리마가 들어갔는데 극도로 심할 경우는 머리를 기둥에 부딪쳐서 피가 흘러도 모를 정도로 가려움을 참을 수가 없다 하였다. 그리마가 귀에 들어가면 가끔 뼈 속의 기름을 파먹으며, 겨울이 되면 여러 마리로 번식하기도 한다. 벌레가 귀에 들어가면 오직 생기름을 한 방울씩 넣는 것뿐이다."

"버섯으로 국을 끓일 때에 얼굴을 국물에 비쳐봐서 그림자가 나타나지 않으면 먹어서는 안 된다. 먹으면 사람이 죽기 때문이다."

"능소화(凌霄花)·금전화(金錢花)·거나이화(渠那異花)는 모두 독이 있어 눈을 가까이해서는 안 된다. 어떤 사람이 능소화를 쳐다보다가 잎에서 떨어지는 이슬이 눈에 들어갔는데, 나중에 장님이 되고 말았다."

『유양잡조』에서는 다음과 같이 다섯 가지 정도 말하고 있다.

"오이가 코가 둘이거나 꼭지가 둘인 것은 사람을 죽게 하며, 낙숫물 지는 곳에 있는 채소는 독이 있고, 노란 오랑캐꽃과 붉은 겨자도 사람을 죽게 한다. 만취하여 기장 짚대 위에 누워서는 안 되는데, 누우면 눈썹과 머리털이 빠지기 때문이다. 아기 밴 부인이 생강을 먹으면 아이가 태 안에서 녹는다. 10월에 서리맞은 채소를 먹으면 사람의 눈에 광채가 없어 보인다. 배 밑바닥에 있는 이끼로는 돌림병을 치료하고, 과부가 깔던 볏짚자리는 어린아이 곽란을 없앨 수 있다. 스스로 목매달아 죽은 끈으로는 미친 병을 고칠 수 있고, 상주의 옷깃을 태운 재는 얼굴의 기미를 없애주며, 동녘 닭장 회나무를 재로 만들어서 목쉰 것을 치료할 수 있다. 게의 배 밑에 털이 있는 것은 사람을 죽게 하고, 꼬리가 두 갈래인 짐승과 사슴이 얼룩진 표범 같거나 염소의 염통에 구멍이 있는 것은 모두 사람에게 해를 끼칠 수 있으며, 백말 안장 밑의 살을 먹으면 사람의 오장이 상한다. 까마귀가 저절로 죽어서 눈을 감지 않은 것, 오리 눈이 하얀 것, 까마귀 뒷발톱이 넷인 것, 알에 '八'자가 씌어 있는 것은 모두 사람을 죽게 한다."

"구욕(鴝鵒)의 눈동자를 뽑아 사람의 젖을 타서 갈아가지고 눈에 한 방울씩 넣으면 아주 먼 데까지 볼 수 있다."

"백로(百勞)는 박로(博勞)인데 백기(伯奇)가 변화한 것이라고 전해온다. 그 새가 밟았던 나뭇가지로 어린 아이를 때리면 빨리 말할 수 있게 된다. 남방에서는 어머니가 아이를 뱄을 적에 젖먹이가 곽란 같은 병을 앓으면 왜가리 털로 치료한다."

"코끼리 앞가슴에 가로질러 있는 작은 뼈를 재로 만들어서 술과 함께 복용하면 사람이 물에 떠서 마음대로 움직일 수 있다."

"호랑이 수염은 치통을 고친다. 한편 늙은 가지를 먹으면 창자와 밥통이 두터워지고 기운이 발동하면서 병을 일으키게 되는데, 그 뿌리는 동상을 치료할 수 있다."

『서계총어(西溪叢語)』에서는 다음과 같이 세 가지를 말하고 있다.

"허숙미(許叔微)는 의술에 정통하였다. 그가 이르기를, 오장의 벌레가 모두 위로 올라가는데 오직 허파에 있는 벌레만 아래로 내려가므로 치료하기가 가장 어렵다고 했으며, 물개 발톱을 가루로 만들어서 약을 조제하여 초나흘날이나 초엿샛날에 치료해야 하는데, 그 이유는 이 두 날에는 허파의 벌레가 위로 올라가기 때문이라고 했다."

"천주(泉州)에 사는 한 중이 누에의 의한 중독증을 잘 치료하였다. 중독된 자가 있을 경우 먼저 백반가루를 맛보게 하여 맛이 떫지 않고 달게 느껴진다고 하면 다음에는 검정콩을 먹인다. 이를 먹어도 비린 줄 모르면 중독된 것이므로, 곧 석류나무 뿌리 껍질을 진하게 달여서 마시게 한다. 약물이 내려가면 곧 산 벌레를 토해내므로 낫지 않는 자가 없었다. 이회지(李晦之)는 이르기를, 무릇 중독된 데에는 백반과 아다(牙茶)를 가루로 만들어서 냉수로 마신다고 했다."

"후한 영제의 후궁였던 왕미인(王美人)이 아이를 가졌으나 젖이 나오지 않는 것을 순우의(淳于意)가 고쳤다. 그가 왕미인으로 하여금 낭탕(蒗蕩) 한 움큼을 술로 마시게 하였더니 곧 젖이 나온 것이다. 지금 의술에서는 낭탕이 젖을 통하게 한다는 말이 없다."

『노학암필기(老學庵筆記)』에서는, "나의 친척 가운데 상소(相小)라는 아이가 새삼의 씨로 만든 알약을 먹은 지 두어해 만에 갑자기 등에 종기가 났다. 인동덩굴 꽃이 필 무렵인 4~5월에는 마침내 종기의 증세가 매우 위급하게 되었다. 그래서 인동덩굴 꽃이 들어간 처방대로 약을 지어 이틀 동안에 두어 근이나 먹였더니 등의 종기가 말끔히 사라져버렸다." 하였다.

『풍창소독(楓囪小牘)』에서는, "소식이 손수 종이쪽지에 적은 내용은 다음과 같다. 발 병에는 오직 위령선(威靈仙)·우슬(牛膝) 두 가지를 가루로 만들어 꿀에 버무려 환약을 지어 빈속에 복용하면 반드시 효과를 볼 수 있다. 다만 위령선은 진짜를 구하기가 어렵기 때문에 보통 의원이 쓰는 것은 자잘한 고본(藁本)이 많다. 진짜의 경우는 맛이 매우 쓰고 색깔은 검은 자색으로서 호황련(胡黃連) 모양 같아야 하며, 질기지 않고 연해서 부러뜨리면 고운 먼지가 일어나고, 밝은 데를 향해 보아 끊어진 곳에 검고 흰 무리가 있는 것이다. 종기와 손발 굳어지는 병을 모두 낫게 하며 오래 복용하면 달리는 말을 따라가서 잡을 수 있다. 위령선과 우슬 두 가지를 등분하여 오장의 기운이 허함과 실함을 참작해서 마시는데, 술이나 데운 물로 만들어 먹을 수 있으나 차로 마시는 것은 금한다." 하였다.

『학림옥로(鶴林玉露)』에는, "영남 사람들은 빈랑(檳榔)나무 열매로 차를 대신하는데 이는 축축하고 더운 땅에서 일어나는 독기 즉 장기(瘴氣)를 막을 수 있다고 한다."고 하였다.

『채란잡지(採蘭雜志)』에는, "한 여인이 음부 속이 가려운 증세가 있었으나 감히 남에게 말도 못하고 매우 괴로워하였다. 평소에 정성들여 관세음보살을 숭앙하던 이 부인이 한창 가려움증을 앓고 있을 때 어느 여승이 약상자 하나를 가지고 나타나서 '이것을 달여서 씻으면 곧 나으리라.' 하고 홀연히 사라졌다. 함을 열어 보니 이는 사상자(蛇床子)·오수유(吳茱萸)·고삼이었다."고 하였다.

『낭현기(嫏嬛記)』에는, "어떤 사람이 뱀에 물렸는데 너무 고통스러워 차라리 죽으려고 하였다. 어린아이 하나가 나타나서 '칼 두 자루를 물 속에서

간 다음 그 물을 마시면 효과가 있을 것이다.' 말하고 나서는 파란 도마뱀이
되어 벽 틈으로 들어가버렸다. 그 사람이 그 처방에 따랐더니 곧 나았다."고
하였다.

『잠거록(潛居錄)』에는, "8월 초하룻날 주발로 나뭇잎에 맺힌 이슬을 받아
그 물로 진사(辰砂)를 갈아서 상아 젓가락으로 몸에 군데군데 찍어 바르면
온갖 병이 모두 사라지는데 이를 천구(天灸)라 한다. 옛사람은 이 날을 천의
절(天醫節)로 삼아서 황제와 그 아래 신하에게 제사한다." 하였다.

『요화주한록(蓼花洲閒錄)』에는, "범문정공(范文正公)의 네 아들 중 맏이
가 순우(純祐)인데 병서에 능통하고 도가를 배워서 신도 부를 수 있었다.
하루는 귀신을 만나기 위하여 앉아있는데, 마침 처남 채교(蔡交)가 지팡이로
방문을 치는 바람에 신이 놀라서 오지 않게 되었다. 이로부터 그는 실성하였
다. 한편 아들은 있었으나 일찍 죽었고, 다만 손녀 하나가 있었는데 그녀도
남편이 죽은 후에 미쳐서 늘 방안에 갇혀 살았다. 창 밖에는 큰 복숭아나무가
있었고 마침 꽃이 풍성하게 피어있었는데, 하루 저녁에는 그녀가 창살을
끊고 나무에 올라가서 복사꽃을 거의 다 먹어버렸다. 다음날 아침에 사람들
이 보니 위태롭게 나뭇가지에 앉아 있었으므로 사다리를 놓아 내려주었는데
그 후 그녀의 미친병이 드디어 나았다. 그리하여 낙양 사람 임서(任謂)와
재혼해서 타고난 명대로 살다가 죽었다." 하였다.

『양가만필(養疴漫筆)』에는 다음과 같이 많은 처방법이 쓰여있다.
"물에 빠져 죽은 사람과 금가루를 먹고 죽은 자에게는 오리 피를 먹이면
살릴 수 있다."

"귀가 갑자기 어두워진 자에게는 전갈을 쓴다. 독을 없애고 가루로 만든 다음 술에 타서 귀에 한 방울씩 넣는데 물소리가 들리면 낫는 것이다."

"구기자의 기름을 짜서 등불을 켜고 책을 보면 시력을 좋게 할 수 있다."

"칼·도끼 따위의 쇠붙이로 인한 상처는 큰 외톨밤을 갈아서 말린 다음 가루로 만들어 붙이면 곧 낫는다. 갑자기 당한 위급한 경우에는 날밤을 씹어서 붙여도 효과가 있다."

"여러 악성 종기가 처음 생길 때에 당귀에다 황벽피(黃蘗皮)·강활(羌活)을 고운 가루로 만들어 섞고 산 가마우지 다리를 찧어서 낸 즙에다 조합하여 부스럼 주위에다 붙인다. 이렇게 하면 저절로 독기가 한 군데로 몰려서 작은 핵이 되어 곧 터진다. 직접 부스럼 위에 붙이는 것은 절대로 좋지 못하다. 독기가 사방으로 번져서 걷잡을 수 없게 될 염려가 있기 때문이다."

"목구멍에 생선 가시가 걸렸을 때는 개 침을 쓰고, 곡식 가시랭이가 걸린 경우에는 거위 침을 쓰면 낫지 않는 것이 없는데, 이는 모두 경험적 사례에서 나온 것이다."

"송의 효종이 일찍이 이질을 앓았는데 여러 의원이 치료했으나 효과가 없어 고종의 비 덕수(德壽)가 걱정이 많았다. 궁궐 안을 지나다가 우연히 소약(小藥)을 만났으므로 내시를 보내어 이질을 치료할 수 있겠느냐고 물었다. 소약이 자신의 전문과목이라 하므로 드디어 불러왔다. 그가 병을 얻게 된 연유를 물었으므로 호수의 게를 많이 먹었기 때문이라고 대답하자 진맥을 하더니 그는 냉리(冷痢)라고 판단하였다. 그리고 새로 캐낸 연 뿌리를 곱게 갈아 뜨거운 술에다 타서 먹어야 한다고 했다. 그 치료법에 따라 두어 번 복용하자 곧 나았다."

"눈에 붉은 독기가 생긴 병에는 우렁이 한 개를 껍질을 벗기고 황련 가루를 덮어서 버무린 다음 이슬이 내리는 곳에 두었다가 새벽에 가져다보면 우렁이 살이 물로 되어 있는데, 이것을 눈에 한 방울씩 넣으면 붉은 독기가 저절로 사라진다."

"월주(越州)의 어느 벼슬아치가 젊었을 때 기침병을 앓는데 온갖 약을 써도 낫지 않았다. 어떤 사람이 가르쳐주기를 남쪽으로 향한 뽕나무가지 한 묶음을 가지마다 한 치 길이로 잘라 남비에 넣고 다섯 주발 가량 물을 부은 다음 한 주발이 되도록 달여 두었다가 한창 더운철 갈증이 날 때에 마시라는 것이었다. 한 달을 먹었더니 나았다고 한다."

"상산현(象山縣)에 몸이 붓는 수종을 앓는 백성이 있었는데, 귀신에 의한 재앙이라 생각하고 점장이에게 물었더니 점장이가 약 방문을 주었다. 우렁이·큰 마늘·질경이를 갈아 고약을 만들어 큰 떡같이 이겨서 배꼽 위에 붙여두면 물이 소변을 따라 나온다는 것이었다. 그렇게 하였더니 몇 일 만에 드디어 나았다."

『문창잡록(文昌雜錄)』에는, "한 선비가 고기 가시가 목구멍에 걸려서 여러 날 음식을 먹을 수 없었는데, 문득 아무것도 섞지 않고 끓인 물을 파는 걸 알고 사서 먹었더니 갑자기 아무 탈도 없게 되었다. 그 후 손진인(孫眞人)의 글을 보니 이미 이 방법이 나와 있었다. 정주통판(鼎州通判) 유응신(柳應辰)이 나를 위해 고기 가시 걸린 것을 치료하는 방법을 가르쳐주었다. 그 내용은 거꾸로 흐르는 물 반잔을 가지고 먼저 그 사람에게 물어서 응답하게 한 다음 그 기운을 불어서 물속에 넣게 하고, 동쪽을 향해 원(元)·형(亨)·이(利)·정(貞)을 일곱 번 왼 다음 기운을 빨아들이면서 물을 마시는데 조금만 마셔도 곧 낫는다는 것이었다. 일찍이 시험해 보았더니 매우 효과가 있었다." 하였다.

『속명도잡지(續明道雜志)』에는, "어떤 부잣집 자식이 나와 몰래 창녀의 집에서 놀고 있었는데, 그때 이웃사람이 서로 싸우다가 집을 밀어서 벽이 움직였다. 부잣집 자식은 놀라고 두려워 황급히 도망하다가 시장으로 뛰어들었다. 마침 시장에는 처형 당한 시체를 벌여놓고 있었는데 그가 달아나다가 그 시체 위에 엎어졌다. 더욱 크게 놀란 그는 집에 돌아와 미친 병을 앓게 되었다. 방안시(龐安時)가 약을 지으면서 죄수를 목매어 죽인 노끈을 구해다가 불에 태워 재로 만든 다음 약 한 제와 조합해서 먹였더니 그 병이 나았다." 하였다.

『소담(蘇譚)』에는 다음과 같이 여러 처방법이 쓰여있다.
"중풍·더위로 인한 병·기운이 막히는 병·중독증·까무러치는 병·토사를 않는 건곽란 등 일체의 갑작스러운 증세에는 생강 즙에다 어린아이의 소변을 조합해서 먹이면 증세를 즉시 해소시킬 수 있다."

"위국공(魏國公) 서붕거(徐鵬擧)가 늙은 나이에도 계집 거느리는 일이 줄지 않았다. 어떤 사람이 그 비법을 전하는데, 붉은 대추 수 십 개를 젊은 첩으로 하여금 입에 머금고 자도록 했다가 다음 날 그 대추를 달여먹는다는 것이었다."

"몸이 으스스하면서 배가 아프고 음부가 조이는 위독한 증세를 치료하는 데는, 급히 뜨거운 술을 먹인 후 다음과 같은 총위법(葱熨法)을 쓴다. 파의 밑동 한 묶음 가량을 삼 노끈으로 묶은 다음 대가리와 꼬리를 끊어버리고 가운데 부분만 한 치쯤 남겨서 배꼽에 두텁게 얹어놓고 그 위에다 베조각을 덮고 다리미로 다려서 뜨거운 기운이 배에 들어가도록 하되, 파가 뭉개지면 다시 바꿔서 땀이 흐르고 아픈 것이 그칠 때까지 한다."

"코가 붉어지는 병은 풍토병 같은 증세와 더불어 위의 열이 올라와서 생긴 것이다. 한 약방문에 따르면, 식염을 곱게 갈아두고 새벽에 일어날 때마다 조금씩 집어서 이를 문지른 다음 물을 머금어 우물우물 양치질하고 나서 도로 손바닥에 뱉아 그 물로 낯을 씻는다. 한 달 남짓 하면 코 빛깔이 예전대로 회복될 뿐만 아니라 이도 튼튼해진다."

"입안에 생기는 모든 부스럼의 경우, 밤이 되어 누웠을 때 자기의 양쪽 불알을 손으로 꼭 잡고 왼쪽과 오른쪽을 번갈아가면서 30~50번을 문지르고, 잠자다가 깰 때마다 그렇게 하면 약을 먹는 것보다 낫다."

"산후에는 병이 있거나 없거나 할 것 없이 아이의 소변을 좋은 술에다 끓여서 뜨거울 때 마시면 온갖 탈이 발생하지 않는다."

"소아의 급만성 경련에 가래가 많아서 목구멍이 막혀 나오는 소리가 물 흐르는 소리 같으면 이를 조연(潮涎)이라 부른다. 이 때 금성몽석(金星礞石)을 한 차례 불에 달군 다음 갈아서 고운 가루로 만들어 생 박하즙에 넣고 벌꿀을 조금 집어 넣어 따뜻한 물에 타서 먹이는데, 오래 복용하면 그 약이 저절로 가래를 싸서 대변을 통하여 나온다."

『승암외집(升菴外集)』에는, "고독9)이 위쪽에 있으면 승마(升麻)를 먹여서 토하게 하고 아래쪽에 있으면 울금(鬱金)을 먹여서 내리게 한다. 간혹 승마와 울금을 합쳐 먹이기도 하는데 그렇게 하면 토하거나 내리게 된다. 송나라 시랑(侍郞) 이손암도(李巽岩燾)가 뇌주(雷州)의 추관10)이 되어 죄수를 신문하다가 이 방문을 얻어서 살린 사람이 매우 많았다." 하였다.

『숙원잡기(菽園雜記)』에는, "치질의 경우에는 고거채(苦蕒菜)를 쓰는데, 싱싱한 것이든 마른 것이든 물에 풀어질 정도로 삶는다. 고거채 끓인 물을 건더기와 함께 그릇에 담고 판자 하나를 가로질러 얹은 다음 그 위에 앉아서 뜨거운 기운을 쐬는데, 물에 손을 담글 수 있을 정도가 되면 고거채를 흔들어 가면서 환부를 자주자주 씻다가 물이 식으면 곧 중지하며, 하루에 두어 차례씩 한다. 내가 선부(宣府)에 사신으로 갔을 때 일찍이 치질을 앓았었는데 태감(太監) 궁승(弓勝)이 이 치료법을 가르쳐 주었으므로 수일 동안 씻었더니 과연 효과가 있었다. 고거채의 거(蕒)를 다른 곳에서는 거(苣)라 하며 북방에 매우 많고 남방에도 있다." 하였다.

『설저(說儲)』에는, "일정한 시기에 따라 유행하는 질병을 치료하는 데는 대황(大黃)을 먹는 것이 좋다. 진의중(陳宜中)의 꿈에 도인이 나타나서 '재앙이 유행하여 사람들이 질병으로 많이 죽을 터인데, 오직 대황을 먹는 자는 살게 될 것이다.' 하였는데, 이 일은 『송사(宋史)』에 보인다." 하였다.

『저기실(楮記室)』에는, "미친개나 독사에 물린 상처에는 인분을 바르는데,

---

9) 고독(蠱毒)은 뱀, 지네, 두꺼비들의 독기가 있는 음식을 먹어서 복통, 가슴앓이, 토혈, 하혈, 얼굴이 푸르락누르락하는 증세를 일으키는 일.
10) 추관(推官)은 중죄인을 신문하는 관원.

새로 배설한 인분이 더욱 좋다." 하였다.

『돈재한람(遯齋閑覽)』에는, "회서(淮西)의 선비 양면(楊勔)이 중년에 이상한 병에 걸렸다. 소리내어 말을 하면 문득 배 안에서도 소리가 따라 나더니 두어 해 동안에 그 소리가 점점 커지는 것이었다. 한 도사가 이르기를, 이는 사람의 목구멍에 말소리를 흉내내는 벌레가 붙어있기 때문이므로, 오랫동안 치료하지 않으면 가족에게 전염된다는 것이다. 마땅히 『본초강목』을 읽되, 벌레가 말소리에 따르지 않는 대목을 만나거든 그 방문대로 먹도록 하라고 했다. 『본초강목』을 읽어내려가다가 대 뿌리에 기생하는 균에 이르니 벌레의 소리가 없으므로 그것으로 만든 약을 몇 알 먹었더니 드디어 나았다." 하였다.

『물리소지(物理小識)』의 경우 두 가지 처방이 나온다.

"아이가 바늘을 삼켰을 때 유향(乳香)[11] · 여지(荔芰) · 박초(朴硝)를 가루로 만들어 개나 돼지의 기름에다 소금과 함께 타서 마시면 절로 낫는다. 만약 쇠조각을 삼켰을 땐 쥐엄나무와 요사(硇砂)를 쓴다. 뇌효(雷斆)는, 철이 신비한 모래를 만나면 진흙반죽같이 물렁물렁하게 되는데, 그 신비한 모래라는 것이 곧 요사라 했다. 하자원(何子元)은 여러 해 동안 금은을 단련하던 쇠망치도 쥐엄나무로 자루를 하면 즉시 부서진다고 한 바 있다. 철 속의 굳은 덩이를 핵이라 하는데 유향에 넣으면 그 핵이 흩어진다. 복주(福州)에서 생산되는 철은 모두 덩이로 되어 있지만, 붓을 깨끗한 물에 담갔다가 돌려 그은 다음 탁 치면 획 그은 곳을 따라서 끊어지는데, 이 이치도 매우 기이하다."

---

11) 열대식물인 유향수(乳香樹)의 분비액을 말려 만든 나무 기름.

"갓 태어난 아이가 울지 않을 적엔 표주박을 치면서 고양이를 울게 하면 아이가 곧 울게 된다. 아이가 말할 때가 되었는데도 말을 하지 않으면 왜가리가 밟았던 나뭇가지를 가져다가 아이를 때리면 곧 말을 한다. 진관(陳貫)은, 울지 않는 아이를 세간에서 민적생(悶寂生)이라 하는데 옆에 있는 사람이 그 아이 아버지의 이름을 불러서 아버지가 응답하면 아이가 곧 운다고 했다."

『막씨팔림(莫氏八林)』에는, "만일 낚시바늘을 삼켰을 때는 그 낚시줄에 한 쪽을 자른 고치를 꿰되 자른 쪽을 안으로 향하도록 하고, 그 뒤에다 반들거리는 염주를 포개 꿰어 목구멍 안으로 바짝 밀어 넣는다. 그렇게 해서 낚시바늘에 고치를 덮어씌운 다음 당기게 되면 바늘씌운 고치가 염주 뒤를 따라 나온다." 하였다.

『객중한집(客中閒集)』의 경우 대략 다섯 가지 정도 이야기가 나온다.
"장갑(張甲)이 스승 채모(蔡謨)의 집에 붙어살면서 멀리 나가 몇날 밤을 묵게 되었다. 채모가 낮에 졸다가 꿈을 꾸었는데, 장갑이 나타나서는 자기가 갑자기 근심으로 인한 가슴앓이를 만나 배에 가득찬 것을 토하지 못해서 죽었다는 것이다. 그리고 이러한 건곽란은 쉽게 치료할 수가 있었는데도 사람들이 그 병에 맞는 약을 몰랐기 때문에 자신이 죽게 되었다면서, 오직 산 거미의 다리만 끊어버리고 그냥 삼키면 낫는다고 하였다. 채모가 꿈을 깨어 찾아보니 장갑이 과연 죽어 있었다. 그 후 건곽란을 앓는 자가 있어 시험했더니 곧 나았다."

"밤은 연주(兗州)와 선주(宣州)의 것이 가장 좋다. 한 송이에 여러 알이 들었는데 가운데 있는 납작한 것을 율설(栗楔)이라 하며, 이것으로 콩팥의 기운이 허약해서 허리와 다리에 힘이 없는 것을 치료할 수 있다. 자루에 담아 통풍이 잘되는 곳에 보관하여 마르기를 기다렸다가 아침마다 10여 개를 먹은 다음 돼지 콩팥을 넣고 끓인 죽을 곁들여 먹는데, 오래 계속하면 반드시 건강해진다. 대개 바람에 말린 것이 햇볕에 말린 것보다 낫고 불에 굽거나 기름에 볶은 것이 삶거나 찌는 것보다 낫다. 다만 잘게 씹어서 침과 함께 삼키면 도움이 되지마는 만약 배가 부르도록 한꺼번에 많이 먹게 되면 도리어 비장을 해치게 된다. 소자신(蘇子申)의 시에,

나이 따라 허리 병 다리 병 절로 생기는데
산에 사는 자 밤 먹는 일 비방 때문일세
누군가 와서 말하기를 새벽과 늦은 밤에
천천히 씹어 삼키고 백옥장(白玉漿)을 마시라네

했는데, 이것이 밤을 먹는 비결을 깨친 것이다."

"『중주집(中州集)』에 이르기를, 정우(貞祐) 연간에 고기(高琪)가 국정을 잡았을 적에 선비들이 태형을 맞는 처참한 광경을 보게 되는 경우가 많았는데, 이때 의술에서 지렁이즙을 술에 타서 먹이고 꿀로 된 환약을 먹이면 매를 맞아도 아픔을 몰랐다고 전했다. 범중(范中)의 시에는,

씹는 맛이 뛰어남을 누가 알겠나
아침에 지렁이 술 한잔이 향기롭구나
몇 해 전부터 장안에 종이값 비싼데
시는 가벼이 알고 약방문만 중히 여기네

하였다. 맞아서 시퍼렇게 멍들어 부은 데는 무우를 이용해서 뜨겁게 찜질

하면 곧 낳는데, 더러는 녹두가루를 섞어서 붙이기도 한다."

"코끼리의 앞니, 수쥐의 간과 뇌, 밤가루나 새·닭 꼬리깃을 태운 재와
흰 매실, 사람의 손톱이나 치아를 검은 이[虱]와 혼합하여 쓰면 모두 살
속에 박힌 화살촉을 나오게 한다. 장자화(張子和)의 「유문사친방(儒門事親
方)」에는, 단오날 미치광이 식물을 채취해서 환약을 만든 다음, 황단12)을
입혀서 배꼽에 올려놓으면 화살촉이 저절로 나온다고 되어 있다. 유천숙(劉
薦叔)이 이르기를, 요즈음 군대에서는 마른 비름나물과 사탕만 발라도 화살
촉과 납총알을 나오게 할 수 있다 하며, 이는 항상 검증되고 있는 것인데
옛 방문에는 기록되지 않은 것이라 했다."

"지렁이똥이 벌에 쏘인 데를 치료할 수 있다. 내가 젊었을 때 감귤을 따다
가 벌에 쏘였는데, 급히 샘물로 지렁이똥을 이겨서 발랐더니 아픔이 그쳤다.
옛사람에게 들으니 땅벌이 거미줄에 걸렸는데 거미가 나와서 벌을 잡다가
쏘여서 땅에 떨어졌고, 그 거미가 담모퉁이를 기다가 뒷발로 지렁이똥을
묻혀 쏘인 데를 바르고 나서 탈없이 기어갔으며, 마침내 거미가 그물에 걸린
벌을 잡아먹는 것을 보았다는 것이다."

『비설록(霏雪錄)』에는, "갈가구(葛可久)는 고소(姑蘇) 사람이다. 한 마을
에 사는 17~18세쯤 되는 부자집 딸이 갑자기 사지가 마비되어 먹지도 못하
고 심지어 눈도 깜박이지 못했다. 갈가구는 치료하기 어려운 일이 아니라며,
그녀의 방안에 있는 화장대와 노리개 등을 모두 찾아 관 위에 펼쳐놓은 뒤
땅을 파서 구덩이를 만들었다. 그리고 여자를 구덩이 안에 가둔 다음 못

---

12) 황단(黃丹)은 납과 석류황(石硫黃)을 끓여 합하여 만든 약재.

나오도록 하고 나서, 집사람들에게 여자가 손발을 움직이고 소리지를 때를 기다리도록 주의시켰다. 얼마 되지 않아 여자는 과연 소리를 쳤으며, 이에 약 한 알을 먹인 다음 이튿날 구덩이에서 나오도록 하였다. 이 여자가 평소에 향을 즐겼는데 비장이 향기에 침식되어 생긴 일이었다고 그는 말했다.

『군쇄록(群碎錄)』에는 다음과 같이 두 가지가 쓰여있다.
"파두(巴荳)와 말똥구리를 갈아서 상처에 바르면 화살촉이 나오게 된다."

"『송사』에 보면 장수(張收)가 미친개에게 물렸으나 두꺼비 회를 먹고서 나은 바 있으며, 또한 살구씨를 깨뜨려서 상처에 바르면 금방 낫는다고 되어 있다."

『근봉문략(近峯聞略)』에도 두 가지가 쓰여있다.
"강서(江西) 사람들은 추위로 인해 생기는 상한병(傷寒病)을 앓을 때 두시탕(豆豉湯)을 많이 마시는데 땀이 나면 곧 나았다."

"최근에 어린아이가 추를 입 안에 넣고 놀다가 잘못하여 삼켰는데 어떤 외국의 중이 엿 반 근을 먹였더니 곧 추가 똥을 따라 밖으로 나왔다. 금, 은, 동, 철, 주석을 삼킨 자는 엿을 먹는 것이 좋다."

『삼여췌필(三餘贅筆)』에는, "버섯을 끓일 때는 골풀을 타거나 은비녀를 담가 보는데, 만약 그것들의 빛깔이 검어지면 독이 있는 것이므로 먹지 말아야 한다." 하였다.

『진여(塵餘)』에는, "꽤 명성있는 의원이 촉 지방에 들어가고자 하다가,

땔나무를 진 사람이 땀을 뻘뻘 흘리고 강물에 가서 목욕하는 것을 보았다. 그 사람이 꼭 죽을 것 같은 생각에 의원은 구원해야겠다고 결심하였다. 그런데 그가 가게 안으로 들어가더니 큰 마늘을 가져다가 자잘하게 썰어서 뜨거운 국수에 타서 먹으며 땀을 비오듯 쏟았다. 의원은 가난하고 미천한 신분의 사람도 약을 아는데 하물며 부귀한 자이겠는가 생각하고 마침내 촉에 들어가지 않았다."고 하였다.

『국파총화(菊坡叢話)』에는, "아직도 젖을 먹는 어린아이가 있는데 그만 어머니가 잉태를 하게 되면 젖먹이 아이는 갑자기 두 눈썹이 검푸르게 변하고 설사를 하며 누렇게 야위는데, 이 병을 세상에서는 기(記)라 부른다. 「이아익(爾雅翼)」에서는 '때까치로 계병(繼病)을 치유할 수 있다' 했는데, 계병이란 어머니가 임신 중에 아이에게 젖을 먹이다가 아이가 학질 같은 병을 얻게 된 것이다." 하였다.

이목구심서 6

초연수(焦延壽)가 지은 『역림(易林)』의 괘는 모두 4천 96으로서, 말이 매우 기이하고 오묘하니 세상에서 특유한 문자이다. 이는 그의 심리가 영통하여 사물에 대하여 느끼지 않음이 없었기 때문인 것 같다. 또 세상을 비난함이 매우 혹독하여 한숨짓고 눈물나는 곳이 많은데, 이는 정치가 날로 쇠퇴하였던 한나라 원제와 성제 시대에 대한 울분을 이 책을 빌어 표현한 것이 아닐까 싶다. 조롱과 해학으로 배를 쥐고 웃게 하는 것도 진정 훌륭하다. 이와 같은 초연수를 누가 군자라 아니 하겠는가.

종성(鍾惺)이 말했다. 『역림』은 비방하는 말 같기도 하고 뜬소문 같기도 하고 농담 같기도 하고 수수께끼 같기도 하고 풍자 같기도 하고 탈속한 것 같기도 하여, 생각이 남다르고 정감이 그윽하며 글이 심오하고 판단이 명쾌하다. 그리고 다시 말하기를, 수십 또는 수백의 언어로 다 표현할 수 없는 것을 한 글자, 한 구절 속에 정확하게 나타냈다고 했다. 이 지적이야말로 참으로 명언이 아닌가.

초연수의 『역림』의 점괘에 나타난 말은 그 감응함이 신비할 정도였다. 우리나라에 임진왜란이 일어나기 전에 어떤 사람이 앞일을 점쳤다. 글이 모호해지고 풍속이 피폐해졌으니 옛날 모습대로 돌아갈 것이라 예측하고, 엎어져 죽은 시체가 삼대같이 널려있고 흐르는 피가 절구공이를 떠다니게 하며 사람들이 모두 그 어미만 알 뿐 아비를 모르게 되고서야 싸움이 그칠 것이라고 했다. 그 후 임진왜란이 일어나고 명나라 군대가 우리를 구원하러 왔을 때 부녀자를 간통하여 자식을 많이 낳았으니 그 말이 틀리지 않은 것이다.

근래에 또 들으니 서울에 사는 한 사람이 아내를 잃어버리고 이웃 선비에게 와서 점쳐주기를 요청했다는 것이다. 선비는 본디 점칠 줄을 몰랐으므로 초연수의 『역림』에 의하여 점괘를 꼽아보았는데, 남산의 대확(大玃)이 백성의 아름다운 아내를 훔친 것으로 나왔다. 그러므로 선비는 그에게, 시험삼아 남산에 가서 계속하여 대확을 불러보면 반드시 대답하는 자가 있을 것이고 이어 아내를 찾게 될 것이라고 했다. 그가 선비의 말대로 했더니 과연 키가 큰 총각 하나가 문밖으로 나와서 대답했으며, 놀랍게도 그의 아내가 집안에서 절구질하고 있었다고 한다.

『주역약례(周易略例)』는 위나라 왕필(王弼)이 지은 것이다. 이 책에 대해 비록 유가에서는 도가의 명분과 이론을 가지고 『주역』을 논했음을 비난하지만, 내용이 분명하고도 문장이 깨끗하여 읽을 만하다. 형도(邢璹)가 말하길, 『주역약례』는 크게는 일부의 지귀(指歸)를 총괄했고 작게는 여섯 가지 획수[六爻]의 득실을 밝혀서 역순의 이치대로 따르고 진정과 허위의 발단에 대응 변화하였으므로 효용에는 드러남과 숨김이 있고 말에는 어려움과 쉬움이 있으니 이를 보는 자는 천지를 꿰뚫고 귀신을 헤아려서 널리 나라를 구제할 수·있을 것이라고 했으니, 그 책에 대한 믿음이 매우 독실하다 하겠다.

『주역약례』의 명상(明象)에서는, "대체로 형상은 뜻을 나타내는 것이고 말은 형상을 밝히는 것이라고 했다. 형도는 주석에서, 하늘은 능히 변화할 수 있고 용은 변화하는 동물이므로 하늘의 형상을 드러내려면 용을 빌어서 나타내고 용을 밝히려면 말을 빌어야 하는데 용은 뜻을 상징하는 것이다"라고 했다.

『주역약례』에서, "말은 형상을 밝히는 것인데 형상을 얻으면 말을 잊고, 형상은 뜻을 지니는 것인데 뜻을 얻으면 형상을 잊으니, 마치 올무는 토끼를 잡는 것인데 토끼를 잡으면 올무를 잊고, 통발은 고기를 잡는 것인데 고기를 잡으면 통발을 잊는 것과 같다. 그렇다면 말은 형상의 올무이고 형상은 뜻의 통발인 것이다." 했으며, 주석에서는 "이미 용의 형상을 얻었으면 그 말은 잊어도 되고, 이미 하늘의 형상을 얻었으면 그 용은 버려도 된다." 했다.

『주역약례』에, "비슷한 것 끼리 결합하여 그 형상으로 삼을 수 있고, 뜻에 맞으면 그 상징으로 삼을 수 있다. 뜻이 진실로 건실함에 있다면 하필 말[馬]이어야 하며, 비슷한 것이 진실로 온순함에 있다면 굳이 소[牛]이어야 하는가. 어떤 사람은 말을 하늘에 고정시켰으나 64괘의 비괘(賁卦)를 따져보면 말은 나왔지만 하늘은 없다. 그렇듯 낭설이 퍼져 기강을 세우기 어렵다." 했다.

나는 그 말이 지극히 이치에 맞으므로 이를 기초하여 독서의 방법으로 삼을 수 있다고 생각했다. 그런데 어찌하여 세상에서는 그 말의 격조가 후세의 화려함만 못한 것으로 생각하고 도가의 학문이라 하여 배척하는 것일까. 마음을 가라앉히고 고요히 읽는다면 깊은 도리를 깨닫게 되니 진(晉) 시대의 고답적 공론이라는 것으로 공격해서는 안 된다.

경방(京房)은 초연수의 제자로서 『역전(易傳)』을 지었는데, 이 책은 실로 역괘의 괘효가 상응하는 역학의 원조이다. 그 내용에는 삼역[1]을 분별하고,

---

1) 삼역(三易)은 「연산(連山)」, 「귀장(歸藏)」, 「주역(周易)」을 가리킴.

오행을 운행하고, 사계절을 바르게 하고, 24절기를 조절하고, 72기후를 살피고, 오성2)의 위치를 정하고, 28수가 제자리에 놓이게 하며, 괘가 나타나는 점과 그렇지 않은 점을 밝히고, 음양오행의 운행을 설명하는 것들이 있는데, 경방의 글이 오랜 세월을 지나는 동안 분열되어 여러 가지로 전해지고 있다.

송 철종 연간에 고려에서 바친 서적 가운데 『경씨주역점(京氏周易占)』10권이 있었으나 지금은 없어지고, 전하는 것은 『역전』 3권만 있을 뿐이다. 한편 송나라 때 고려에서 헌납한 서적 중에 『안자조의(顔子朝義)』가 있었는데 아마 위서(僞書)인 것 같다.

도대체 고려는 어디에서 『역전』을 얻어 다시 중국에 바친 것일까. 그리고 헌납한 『역전』이 오늘날 비록 중국에 전하지 않는다지만 우리나라에서도 전하지 않음은 어찌된 것일까. 그것도 또한 위서가 아닐까. 생각해보면 초연수가, "내 도를 깨달아 몸을 망칠 자는 경방이다." 했으니 더욱 초연수가 현명한 사람임을 알겠다.

삼분(三墳)의 글이 송 신종 연간에 당주(唐州)의 민가에서 비로소 나왔다. 『주례(周禮)』 태복(太卜)에, "삼역은 첫째 『연산』, 둘째 『귀장』, 셋째 『주역』이다." 했다.

두자춘(杜子春)은 말하기를, "『연산』은 복희씨가, 『귀장』은 황제가 지었다."고 했다.

정현(鄭玄)은, "하에서는 『연산』, 은에서는 『귀장』, 주에서는 『주역』이라고 했다." 하였다.

공안국(孔安國)은, "복희, 신농, 황제의 글을 삼분이라고 한다." 했다.

공영달(孔穎達)은, "『세보(世譜)』 같은 글을 살펴볼 때 신농을 연산씨 혹

---

2) 금성, 목성, 수성, 화성, 토성.

은 열산씨(列山氏)라 하고 황제를 귀장씨라고도 했으니 이는 모두 저자가 살던 고장이름을 가지고 책이름을 대신한 것이다. 『주역』의 주라는 것도 기양(岐陽)의 땅이름을 취한 것이다." 했다.

정초(鄭樵)는, "하후씨(夏后氏)의 역서는 당나라 때 와서야 비로소 나왔으나 지금은 없다. 『귀장』에 대해서는 『당서』에 사마응(司馬膺)의 주석본 13권이 있었으나 역시 지금은 없고, 『수서』에 설정(薛貞)의 주석본 13권이 있었으나 지금 남아있는 것은 『초경(初經)』, 『제모(齊母)』, 『본저(本著)』 3권 뿐인데다 글의 내용이 빠지고 뒤섞인 것이 많고 그 말이 거칠고 그 뜻이 고루하니 뒷사람이 과연 이런 글을 지을 수 있겠는가?" 했다.

마단림(馬端臨)은, "『연산』·『귀장』은 하나라·상나라의 역서이다. 그렇지만 『귀장』은 『한서』 예문지에 『연산』은 『수서』 경적지(經籍志)에 없으니, 아마도 두 글이 진나라·수나라 사이에서 나왔을 것이다. 그리고 『연산』이 유현(劉炫)이 지은 위작이니, 『귀장』도 이 같은 종류이다." 했다.

장여우(章如愚)가 말하기를, "두자춘의 말이 과연 옳은 것일까? 도대체 『귀장』에서 무엇을 근거로 요가 순에게 두 딸을 시집보냈다 하고, 또 어떤 근거로 은(殷)왕을 말했던 것인가? 『귀장』은 황제의 글이 아니고 『연산』도 복희씨의 글이 아니다. 그렇다면 정현의 말이 나은 것일까? 또 『세보』에서는 무엇을 근거로 『연산』·『귀장』이 모두 고장이름을 가지고 붙인 것이라 했단 말인가? 하·상의 글이라고도 할 수 없다. 아마도 복희씨·황제가 그 이름을 짓고 하·상 때에 역서의 내용을 만든 것 같다." 하였다.

『예기』의 「예운(禮運)」편에, "내가 하늘과 땅을 얻었다." 하였는데, 그 주해에, "상나라의 음양서를 얻은 것인데, 그 남아있는 책 가운데 『귀장』이 있다." 했다. 이 같이 『귀장』이 상나라의 글이라면 『연산』이 어찌 하나라의 것이 아니랴.

황보밀(皇甫謐)이 말하길, "하나라는 염제(炎帝)로 인하여 『연산』이라 했고, 은나라는 황제로 인하여 『귀장』이라 했다."고 하였는데, 『연산』이 과연 복희씨의 글이라면 황보밀이 어떻게 염제 운운할 수 있었을까?

주나라는 동지달을 일월의 시작으로 삼았는데 대개 하늘의 이치를 얻은 것이므로 『주역』은 건괘를 첫머리로 했고, 상나라는 섣달을 일월의 시작으로 삼았는데 실로 땅의 이치를 얻었으므로 『상역』은 곤괘를 첫머리로 했고, 하나라는 정월을 일월의 시작으로 삼았는데 참으로 인간의 이치를 얻은 것이므로 이를 괘의 첫머리로 할 도리가 없었다. 결국 간(艮)이 정월에 가깝기 때문에 『하역』은 간을 첫머리로 했다.

오래(吳萊)가 말하기를, "『주역』은 매우 오래된 것으로서, 역사 이전의 역서는 복희가 그린 것인데, 문왕이 이를 정리했다."고 하였다. 그런데 복희씨가 어떻게 『연산』을 역서로 하고 또 간을 괘의 첫머리로 했는가. 연산은 열산인데 열산은 본디 신농의 옛나라이며, 괘의 첫머리인 간은 또 산이 포개어 있는 형상이다. 또 귀장은 본래 황제의 별명이요, 다른 역서가 아닌 「곤건역」이 바로 이 『귀장』인데, 어찌 둘로 쪼갤 수 있으랴. 내가 이제 말이 각각 다른 여러 사람의 견해를 널리 모아서 간추려보건대 장여우의 말이 조금 낫다고 하겠다.

삼역과 삼분은 서로 다른 것이므로 혼동하여 말해선 안 된다. 진짜와 가짜를 논할 것 없이 『연산』·『귀장』은 순전히 점괘를 풀이하는 글인데, 오늘날 전하지 않고 있다. 그리고 삼분을 보면, 삼역에 나오는 괘의 형상을 나란히 기술하고, 성(姓)에 대한 기록·황제의 명령·정치에 관한 글 등을 실었는데, 『서경』의 전과 모3)를 모방한 것이다. 그런데 『연산』·『귀장』은 각각 글이 있으나, 이른바 「곤건역」은 어째서 그 글이 없단 말인가. 「곤건역」을 만약 『주역』으로 돌린다면, 삼분에 무엇 때문에 형분(形墳)·지황(地皇)·헌원씨

---

3) 전(典)은 요전(堯典)·순전(舜典), 모(謨)는 대우모(大禹謨)·고요모(皐陶謨)·익직모(益稷謨)를 말함.

를 기술하고 「곤건역」에는 음양·수토·풍우 등의 명목을 나열했을까? 생각해보니, 『연산』·『귀장』을 위작한 자가 『주례』의 삼역 설만 따르고 별도로 『주역』을 편찬하지 않았으며, 삼분을 위작한 자는 공안국의 복희·신농·황제의 글이라는 설에 좇아 성(姓)에 대한 기록 등 편을 나누어 편찬하고 아울러 삼역을 만들었는데 괘의 형상이 스스로 모순되었음을 쉽게 알 수 있다.

이제 삼분의 「곤건역」을 읽어보면 "일산의 우뚝선 봉우리, 월산의 비스듬한 산마루, 구름 빛이 영롱, 산 내음은 자욱, 시냇물 기운이 떠있네" 등 언어가 육조(六朝)의 말씨이지 어찌 요순 이전의 문자이겠는가? 또 복희의 글에 이른바 "천자가 명령하는 곳에 올랐다."는 것도 천박하기 그지없다. 『한서』예문지에도 이 같은 명목이 없고 그 후 수 천년을 내려오면서도 볼 수 없었던 것인데, 송나라에 이르러서 민간에서 나왔단 말인가? 오히려 근거가 있는 『급총서(汲塚書)』만도 못하다.

처음으로 서문을 쓴 자가 독실한 척하며, 『서경』의 윤정(胤征)편에서 정전(政典)에 나오는 '때에 앞서는 자도 죽여서 용서하지 않고, 때에 미치지 못하는 자도 죽여서 용서하지 않는다.'는 것을 인용하였으니, 어찌 뒷사람이 속일 수 있는 것이겠느냐고 했다. 내가 생각하기에 간사한 자가 위서를 만들려면 슬쩍 옛날책을 인용해서 그 자취를 어지럽힌다고 보는데, 이게 바로 잔재주인 것이다. 양나라 주흥사(周興嗣)가 지었다는 『천자문』을 한나라 장제(章帝)가 썼음은 어찌된 것인가. 이것도 같은 부류이다.

자하(子夏)와 자공(子貢)은 모두 성인의 문하에서 직접 가르침을 받은 제자이므로 시를 말함에 있어 당연히 이견이 없어야 할 것 같은데, 자하의 『모시(毛詩)』 소서(小序) 및 자공의 『시전』을 읽어보면 어찌 그다지도 상반되는가. 예컨대 『시경』의 관저(關雎)편을 가지고 논의해보자.

『모시』 소서에서는, "이는 요조숙녀를 얻어 군자에게 짝지워줌을 즐거워

하는 것이다. 따라서 의도가 어진 여자를 얻는 데 있는 것이지 여색에 빠지게 하는 데 있지 않으며, 아름답고 지혜로운 여자를 생각할 뿐 선한 가치를 해칠 마음이 없는 것이다." 했는데, 『시전』에서는, "문왕의 비인 사(姒)씨가 숙녀를 얻어 궁궐 안에서 봉사케 할 것을 생각하여 관저를 지은 것이다." 했으니, 서로 크게 다르다.

주자가 동한(東漢)의 위굉(衛宏)이 지은 것으로도 의심했지만, 그 지내온 내력이 멀다는 점을 감안하면 오히려 그 동안에 참말로 전수한 증거가 있을 수도 있다고 보았던 것이다. 위굉은 사만경(謝曼卿)에게 배우고 사만경은 모공에게 배웠는데, 반고가 말하기를, "모공이 스스로 자하에게서 나왔다고 했는데도, 정현은 곧바로 옛 서문를 가리켜 자하가 지었다고 했으니, 실로 모공의 말을 따른 것이다." 했는데, 그 원류를 생각해보면 이와 같다고 하겠다. 그렇다면 위굉이 그 스승이 전한 말을 엮어서 만들었는데, 정현은 이를 구실로 하여 자하의 글이라고 하는 것일까?

이제『모시』소서를 고찰하건대, 풍·아·송의 편찬 순서가 주자의『시집전(詩集傳)』과 같으니, 주자가 모장(毛萇)의『시전』을 따른 것은 모장의『시전』이 소서와 서로 표리관계에 있기 때문이다. 다만 생시(笙詩)4)의 차례는 주자가『의례』를 따랐으므로 소서와 같지 않다.

4가시라는 것을 살펴보면, 제나라 사람 원고(轅固)가 지은『시전』은 위(魏) 시대에 없어지고, 노나라 사람 신배(申培)가 지은『시전』및『시설(詩說)』중『시전』은 진(晉) 시대에 없어져서 지금은『시설』1권만이 전하고, 연나라 사람 한영(韓嬰)이 지은『내전』·『외전』이 있었는데, 지금은 단지 『외전』만 전할 뿐이며, 조나라 사람 모장이 지은『시전』이 있는데, 여기 네

---

4) 『시경』소아(小雅)의 남해(南陔), 백화(白華), 화서(華黍), 유경(由庚), 숭구(崇丘), 유의(由儀) 등 6편을 말함.

사람을 합하여 4가라고 한다.

한나라 때는 3가에 해당하는 원고·신배·한영의 글만을 가르쳤지만, 위굉·가규(賈逵)·마융(馬融)·정현의 무리가 모두 『모시』를 좇았고 배우는 자들이 흔연히 이를 따랐으며, 위·진에 이르러는 3가가 모두 사라졌다. 자하에서 10여 차례 전하여 노나라 사람 모형(毛亨)에 이르렀고 모형은 모장에게 전수하였으니, 모장은 소모공이고 모형은 대모공이다.

자공의 『시전』과 신배의 『시설』은 거의 비슷하다. 그 편집의 순서가 두 글 모두 주남(周南)·소남(召南)·노(魯)·패(邶)·용(鄘)·위(衛)·왕(王)·제(齊)·위(魏)·당(唐)·조(曹)·증(鄫)·정(鄭)·진(陳)·진(秦)·소아(小雅)·소아속(小雅續)·소아전(小雅傳)·대아(大雅)·대아속(大雅續)·대아전(大雅傳)·주송(周頌)·상송(商頌)으로 되어 있는데, 다만 「시설」에는 상송 위에 두 개의 송(頌) 자가 있음이 다를 뿐이다.

구양수가 말하기를, "주남·소남·패·용·위·왕·정·제·빈(豳)·진(秦)·위·당·진·조로 되어있는 것은, 공자가 시를 깔끔히 정리하기 전의 것으로 주나라 악관의 우두머리였던 태사(太師)의 음악의 차례이고, 주남·소남·패·용·위·왕·회(檜)·정·제·위·당·진·진·조·빈으로 되어있는 것은, 정씨의 『시에 관한 계보』의 차례이다." 하였는데, 생각해보면 모두 소서·주전(朱傳)과 같지 않다.

자공의 『시전』과 신배의 『시설』에 나오는 시 「서리」[5])에 대한 해석의 차이는 참으로 의아스럽다.

『시전』에는, "왕세자 의구(宜臼)가 그 임금 유왕(幽王)을 시해하고 낙읍(雒

---

5) 서리(黍離)는 망국의 성터가 황폐해서 기장 같은 식물이 자라 쓸쓸한 광경.

邑)에서 자립했는데, 윤백봉(尹伯封)이 황폐해진 호경(鎬京)를 지나다가 슬퍼서 시를 지었다." 했고,

『시설』에는, "유왕이 신(申)을 치니 신후(申侯)가 역습하여 희(戲)에서 왕을 맞아 활을 쏘아 시해하고 평왕(平王)을 신에 세웠다. 신에서 낙읍으로 도읍을 옮길 적에 진백(秦伯)에게 군대를 거느리고 가서 서쪽 오랑캐들을 호경에서 몰아내도록 명령하고, 곧바로 윤백봉을 보내어 진백의 군대를 위로하게 했는데, 윤백봉이 진(秦)나라 사람들에 의해 밭으로 변한 종묘·궁궐터를 지나다가 벼와 기장이 자란 것을 보고 차마 떠나지 못하고 방황하면서 이 시를 지었다."고 했다.

이른바 의구가 유왕을 시해했다는 것은 알 수 없는 일이나 『시설』이 『모전(毛傳)』에 조금 가깝다.

『시전』에는, "제(齊)나라 양공(襄公)이 왕가와 혼인했으므로 주나라 사람이 이를 부끄럽게 여겨서 하피농의(何彼穠矣)[6]를 지었다." 했는데,

『시설』에는, "하피농의는 제 양공이 노 환공(桓公)을 죽이자 주나라 장왕(莊王)이 일을 평화롭게 해결하기 위해, 관리 영숙(榮叔)을 시켜 환공에게 작위를 내리도록 하고 이어서 환공의 뒤를 이은 장공(莊公)으로 하여금 혼인을 주관케 하여 환왕의 누이를 양공에게 시집보내게 하니, 주나라 사람이 이를 슬퍼하여 지은 시이다." 했다.

두 사람이 모두 이 시를 소남에 넣지 않고 왕풍(王風)에 넣었으니, 이는 이치에 거의 맞는다. 주나라의 평왕과 제나라의 양공은 분명히 실존 인물인데, 주석에 '오정(午正)의 왕과 제일(齊一)의 후(侯)'라고 한 것은 알 수 없는 일이다. 『춘추』의 장공 원년에, "공주가 제나라로 시집갔다."고 썼는데 이는

---

6) 『시경』 국풍의 편명.

환왕의 딸이자 평왕의 손녀가 양공에게 출가했기 때문에 시에서 이렇게 말한 것이다. 그러므로 『시설』에서 '환왕의 누이'라고 말한 것은 잘못된 일이다. 그 시를 자세히 음미해보면, 뛰어난 권위와 가문에서 우아함을 느끼게도 하지만, 양공이 선한 사람이 아닌 뜻을 은연중에 보여주듯이, 부끄럽게 여기고 슬퍼한 것이다.

정어중(鄭漁仲)이 말했다.

"3백 편의 시는 모두 노래라 할 수 있는데, 노래로 부른다면 각각 그 나라의 소리에 따라야 한다. 주남·소남·왕풍·빈풍의 시가 다같이 주나라에서 나왔지만 네 나라의 소리로 나뉘어졌고 패·용·위풍의 시가 다같이 위(衛)나라에서 나왔지만 세 나라의 소리로 나뉘어졌다."

그렇다면 하피농의는 무슨 까닭으로 왕풍에 넣지 않았을까? 아마도 시를 지은 시대는 동주(東周)이고 시를 모은 곳은 소남이기 때문인 것 같다.

『한시외전(韓詩外傳)』 10권은 경서, 역사서 등 이것저것을 끌어다가 약간 뜻을 달리하여 표현하는 것이 있고, 틈틈이 저자의 말을 넣기도 했다. 대체로 우의적인 말이 많아서 때로는 도가의 흐름과 같고 더러는 미래를 예언하는 데까지 영역이 미치고 있는데, 이는 유학 고유의 풍습인 것이다. 문장이 뛰어나서 읽을 만하고, 그 언어가 절실하여 새길 만하다. 효자의 말을 많이 인용하여 애절하지 않음이 없으니, 그 사람은 예절 바르고 겸손한 자로 여겨진다. 비록 완벽하게 순진하다고 단정짓기는 힘들더라도 역시 유학자의 윤리가 있다. 한 가지 일을 인용하고는 끝에 가서 반드시 시의 말을 따서 풀이하고 있지만 도리에 맞지 않는 것이 많다. 경우에 따라서는 "태평한 시대에는 벙어리·귀머거리·절뚝발이·애꾸·뼈쩡다리·난장이는 물론 요절하는 일이 없네."라고 했듯이, 사정에 어두운 면도 있다.

『시경』 주송(周頌) 유고(有鼓)에서, "눈 먼 자여 눈 먼 자여 / 주나라의 종

묘 뜰에 있네."라고 했는데, 소경들을 모두 주(紂)나라의 남은 백성이라 한
점은, 과연 그럴 수 있는지 매우 의아스럽다. 그러나 인간의 본질과 성품을
논함이 매우 크고 바르기에 동중서의 애매모호한 학문에 비해서 훨씬 낫다.
글의 내용 가운데는, "예나 지금이나 하늘의 이치는 하나이다. 그러므로 하늘
의 이치에 따라 오랜 세월이 흘러도 삼라만상의 타고난 본성이 흔들리지
않는다."는 것도 있다.

또 『시경』을 끌어다가 『한시외전』에서는 다음과 같이 말하고 있다.

"누에고치의 본성은 실이 되는 것이지만 여공이 불을 피워 물에 데치어
한 올 한 올 뽑아내지 않으면 실이 되지 못하고, 알의 본성은 병아리가 되는
것이지만 어미 닭이 오랫동안 가슴에 품지 않으면 병아리가 되지 못한다.
마찬가지로 사람의 성품이 착하지만 거룩한 임금이 이끌어서 도덕성을 길러
주지 않으면 군자가 되지 못한다.

『시경』 대아편에 나오는 시다.

　　모든 백성 하늘이 내셨지만
　　그 수명은 믿을 수 없다네
　　시작은 있기 마련이나
　　마무리 잘하기는 드문 일"

대덕(戴德)의 「예기」가 『대대례』가 되고 대성(戴聖)의 「예기」가 『소대례』
가 되니, 바로 이것이 삼례, 즉 『주례』·『의례』·『예기』의 반열에 들어간다.
『주례』·『의례』는 주나라 사람의 옛 경전이고, 두 대씨의 기록은 여러 학설
을 모아서 각각 두 책으로 만든 것이다. 한나라가 일어났을 때 예절서가
무릇 3백 14편이었는데, 대대(大戴)가 줄여서 85편으로 만들었다. 그리고
소대(小戴)가 다시 이를 43편으로 줄이고, 곡례·단궁(檀弓)·잡기(雜記)를

상하편으로 나누었다. 마융(馬融)이 다시 여기에다 명당위(明堂位)·월령(月令)·악기(樂記)를 더해서 전부 49편으로 만들었다.

　이제 대대의 글은 앞의 38편이 모두 없어져 단지 39편에서부터 81편까지만 남았는데, 또 중간에 4편이 없어지고 거기에다 73편이 둘이 있어서 모두 40편이다. 이른바 81편이라는 것도 이하 4편이 또 빠진 것이다. 소대가 뽑아 모은 것이 정밀하고 중요한 게 많아서 예절에 관한 경전으로서 푯대가 되기에 충분하므로 한나라 때부터 오늘에 이르기까지 가르침의 대본이 된다. 대대의 글은 군더더기가 많기 때문에 세상의 선비들이 중히 여기지 않았다고 본다.

　『대대례』의 하소정(夏小正)편은 하나라 시대의 연중 세시풍속을 전해온 것인데 한나라의 선비가 조목마다 주석을 더한 것이 아닌가 싶다. 그 달에 맞게 제목을 붙였는데 글이 매우 간략하면서도 품위가 있다. 주석은 원문과 잇달아 있으나 하(何)자와 야(也)자를 많이 쓰고있는 것이 공양(公羊)·곡량(穀梁)의 글과 같으므로 본문과 주석을 쉽게 분별할 수 있다. 애공문(哀公問)편 및 투호(投壺)편은 『소대기』와 크게 다를 것 없으며, 예절의 고찰은 경서 풀이와 같고, 증자대효(曾子大孝)편은 제사의식과 서로 비슷하다. 학문 권장 및 예의 3가지 근본은 『순자』에 보이고, 보부(保傅)편은 가의(賈誼)의 글에 보이며, 제계(帝繫)·본명(本命)·역본명(易本命) 등은 『관자』·『회남자』·『공자가어』 등의 글과 같다. 『소대기』의 월령은 여불위(呂不韋)에게서 취하였고 치의(緇衣)는 「공손니자(公孫尼子)」에 바탕을 두었으며, 중용·대학은 자사와 증자가 지은 것이고, 곡례·왕제(王制)는 후창(后蒼)이 만든 것이다. 그렇다면 두 대씨의 『예기』는 모두 여러 학설을 모은 것이니, 자기 손으로 만든 것은 있을 수 없다.

　동중서의 『춘추번로(春秋繁露)』가 17권 82편인데, 그 중에서 세 편은 소실되었다. 본전인『한서』동중서전을 살펴보건대 춘추시대에 있었던 일들을 논한 것으로, 문거(聞擧)·옥배(玉杯)·번로(繁露)·청명(淸明)·죽림(竹林) 등 수 십편 10여만 자였는데, 안사고(顏師古)의 주석에, 모두 동중서가 저술한 책이름이라 했다. 한편 오늘날 책을 통틀어서『춘추번로』라고 부르고 있는데, 편명에 옥배·죽림·옥영(玉英)·정화(精華) 등이 있을 뿐, 이른바 청명이 없는 것으로 보면, 이 몇 가지가 모두 책이름이요 결코 편명이 아닌 것으로 생각된다. 원래『춘추번로』가 몇 편, 옥배·청명 등의 책이 각각 몇 편씩 있었을 것인데, 후세에 착오를 일으켜 합쳐서 한 책으로 만든 것이라 하겠다.

이제『춘추번로』가 단지 서명으로 되어 있을 뿐이고『춘추번로』의 편명이 없는 것을 보면, 더욱 본전에서 문거·옥배·번로 등을 서명으로 열거했음을 가늠케 한다. 다만 그밖의 편명은 모두 편 안의 몇 글자를 따서 붙인 것이니, 예컨대 초장왕(楚莊王)·왕도(王道)·멸국(滅國) 같은 것이다. 편 안에 본디 옥배·죽림 등 글자가 없는 것을 어찌하여 억지로 만들어 이름을 붙였는가. 책이 한 번 흩어지자 뒷사람이 알지도 못하고 함부로 그 중 몇 편의 이름을 깎아버리고 이 같은 이름으로 바꾼 것이다. 그렇지만 옥영·정화·청명이 어찌하여 증감을 달리하는지 알지 못하겠다.

지금 비록 어느 편부터 어느 편까지가『춘추번로』의 글이고 어디서부터 어디까지가 옥배·죽림 등의 글인지는 모르지만, 하나로 합쳐서『동씨춘추』·『동씨서』또는『동자(董子)』로 부를 수 있다. 옥배를 고쳐서 문공(文公)편으로 죽림을 고쳐서 상사(常辭)편으로 옥영을 일원(一元)편으로 정화를 신사(愼辭)편으로 하고, 거기에다 삼책(三策) 및 춘추결사(春秋決事)까지 붙여서 하나로 묶는다면,『동씨전서(董氏全書)』가 되기에 충분하므로 단지『춘추번로』로 부르는 무의미한 이름보다 좋을 것이다.

동중서의 글은 거침이 없고 원숙하여 모두 읽을 만하니, 왕충(王充)의『논형(論衡)』에서, 글 중에 힘이 있는 글이라고 칭찬한 것이 공연한 말이 아니다. 주자가 일찍이, 논리적인 표현에 힘써 화려하지 않은 것이 극히 좋은 점이라고 했는데, 이제 보니 과연 그렇다. 단 성정을 논의함에 있어 어수선한 편이고, 때로 근거없는 것에 구애받고 있는 점이 아쉽다. 동중서 같은 유학자도 이 정도였으니, 유향(劉向)의 부자야 어떻겠는가?

『한서』 위상전(魏相傳)에 보면, 위상이 한고조 유방이 저술한 『천자소복(天子所服)』을 인용해서 말한 것이 있다.

"춘·하·추·동의 변화에는 천자가 복종해야 할 것이니, 마땅히 천지의 이치를 법칙으로 해야 합니다. 중알자(中謁者) 조요(趙堯)로 봄을, 이순(李舜)으로 여름을, 아탕(兒湯)으로 가을을, 공우(貢禹)로 겨울을 맡게 하소서."

네 사람의 이름이 우연히도 당·우·하·상 나라들의 임금의 이름과 같다. 뜻이 있어 네 계절에 분담했을 텐데 이상스럽다.

명나라 왕세정이 일찍이, 표절하고 모방하는 것이 시의 커다란 병폐라고 했는데, 그 자신의 시가 온전히 이 같은 병폐를 범하고 있다. 아아! 왕세정·이반룡의 무리가 조금이라도 개원·대력 시대의 어구를 말하지 않았더라면, 원굉도·전겸익 등의 비난을 받지 않았을 것이다.

춘추시대의 인물을 논하는 일은 진실로 어렵다. 원종도(袁宗道)가 여러 나라 대부에 대해 우열을 가지고 논평한 바가 있다.

"큰 공적으로 논한다면 마땅히 관이오(管夷吾)를 으뜸으로 하여 호언(狐偃)·조최(趙衰)가 그 다음이 되고, 손숙오·백리해(百里奚)가 또 그 다음이다. 덕성으로 논한다면 유하혜(柳下惠)를 으뜸으로 하여 공손교·거원(蘧瑗)·계찰(季札)이 다음이고, 사회(士會)와 그 아들 사섭(士燮)이 또 그 다음이다."

그 서열을 논함이 매우 치밀하고도 정확하다.

한나라 장안의 허상(許商)이 산수를 잘하여 구경(九卿)에 이르렀다. 그의 가르침을 받은 당임(唐林)은 덕행, 오장(吳章)은 언어, 왕길(王吉)은 정치, 계흠(炔欽)은 문학에 탁월하다고 했다. 왕망(王莽)의 시대에 당임·왕길은 구경이 되고, 오장·계흠은 박사가 되었다. 허상이 공자의 학문을 계승했으니, 왕망이 그 제자를 씀이 마땅하다고 할 만하다.

양무구(楊無咎)가 창녀의 집에 놀면서 작은 구슬에다 매화가지를 그렸더니, 그것을 보기 위해 왕래하는 선비들이 많아졌다. 그리하여 창녀의 집이 소문났었는데, 도둑이 그 구슬을 훔쳐간 뒤로 사람의 발길이 금방 뜸해졌다.

장일인(張逸人)이 일찍이 최씨의 목로주점에 붙여 시를 지었다.

　　무릉성 안에 있는 최씨 집 술은
　　이 땅엔 없고 하늘에만 있는 걸세
　　떠도는 도사가 한 말이나 마시고서
　　흰 구름 짙은 동구 밖에 취해 누웠네

이로부터 최씨 집의 술을 찾는 자가 더욱 많아졌다. 시와 그림은 잔재주에 속하는데도, 갑자기 창녀의 집과 술집의 값을 올림이 이와 같거늘, 하물며 성현을 섬기는 자이랴.

송나라 동유(董逌)의 『전보(錢譜)』에 우리나라 돈을 실었는데 모두 네 가지 종류로서, 삼한중보(重寶)·동국통보(通寶)·동국중보·해동통보이다.

고려 숙종 정축년에 비로소 돈을 주조하였으니, 이 네 종류의 돈은 그때 만들어진 것이라 하겠는데, 조선통보가 『전보』에 실려있지 않아 아쉽다.

춘추시대는 2백 42년인데 『좌씨전』이 19만 자이고, 황제부터 한 무제에 이르기까지 3천여 년인데 『사기』가 70만 자이며, 반고의 『한서』는 12제(帝) 2백 31년에 1백만 자이다. 시대가 내려올수록 일이 더욱 많아지고, 일이 많을수록 말이 더욱 번잡하게 된다.

술마시는 데 쓰이는 여섯 가지 그릇에는 배가 그려져 있는데 이는 뒤집힘을 경계하는 것이고, 술주정하는 것을 후(酗)라 하는데 이는 흉악한 성질을 경계하는 것이다. 『주례』의 평씨(萍氏)가 술을 함부로 빚거나 파는 행위는 금하는 일을 맡았는데, 『본초강목』에 보면 개구리밥[萍]이 능히 술을 이긴다고 했으니, 옛사람의 술에 대한 경계가 치밀하다고 하겠다. 그리고 취한다는 취(醉) 자는 죽음을 뜻하는 졸(卒)에 매이고, 깬다는 성(醒) 자는 산다는 생(生)에 매였으며, 술잔 치(巵) 자는 위태로울 위(危)와 비슷하고, 술잔 배(杯) 자는 아닐 불(不)에 속한다.

석개(石介)는 『괴설(怪說)』을 지어서 양억(楊億)의 문체를 풍자하였고, 왕이(王彝)는 『문요(文妖)』를 지어서 양유정(楊維楨)의 작품을 깎아내렸는데, 글 이름이 괴·요로 되어 있으니, 남을 비방하려다가 도리어 자신이 괴요, 즉 괴이하고 요망한 것에 빠짐을 깨닫지 못했다.

『동사강목』에, 단군이 팽오(彭吳)에게 명하여 국내의 산천을 다스려서 백성이 살 자리를 정했다고 했으니, 홍수의 세상에서 중국의 백우(伯禹)가 있었던 것과 같은 일이다.

『본기통람(本紀通覽)』에, 우수주(牛首州)에 팽오의 비가 있다고 했는데, 우수주는 지금의 춘천이다. 김시습의 시에, "춘천은 본디 맥(貊)의 나라 / 길 통하기는 팽오 때부터" 하였다.

『한서』의 식화지(食貨志)를 살펴보면, 무제 때에 팽오가 길을 뚫어 예맥과 조선을 통하게 하고 창해군(滄海郡)을 두었다고 했으니, 그렇다면 팽오는 무제의 신하요 단군의 신하가 아니다. 우리나라 사람의 일에 정밀치 못함이 이와 같다.

갈홍의 『포박자』에서 이렇게 말하고 있다.

"세간에 신부를 희롱하는 법이 있으니, 여러 사람이 모여있는 데서 저속한 말로 묻고 빨리 대답하기를 요구하면서, 회초리로 때리기도 하고 발을 얽어 매어 거꾸로 매달기도 하므로 피가 흐르고 팔다리가 꺾이기에 이른다."

양신(楊愼)의 『단연록(丹鉛錄)』에서는 다음과 같이 말하고 있다.

"오늘날에도 이 풍속이 남아있어서 신부를 맞는 집에서 새 사위가 몸을 피하여 숨으면 뭇 남자가 다투어 농지거리로 신부를 희롱하는데, 이를 학친(謔親)이라고 이른다. 혹 치마를 걷어올린 다음 바늘로 살을 찌르기도 하고 버선을 벗기고 발바닥을 때리기도 한다."

이는 우리나라에서 신랑을 괴롭히고 놀리는 것과 같다. 신랑의 발을 거꾸로 매달고 발바닥을 몽둥이로 때리는데, 이를 족장(足杖)이라고 한다. 이때 죽게 되는 자도 있으니 누습임에 틀림없다. 그러나 농지거리로 신부를 괴롭히는 것이 더욱 추악하다.

가의(賈誼)가 죽었을 때의 나이가 겨우 33세였는데, 그는 이미 석서부(惜誓賦)에서, "내 몸이 늙어 날로 쇠약함을 슬퍼하네." 했고, 또 "나이를 자꾸만 먹으니 몸이 나날이 쇠하네." 했는데, 그 말이 노련하여 여유가 없으니 불미스러운 것이다.

박은(朴誾)이 화를 입을 때의 나이가 겨우 26세였는데, 시에 흔히 '늙다' 또는 '쇠하다'는 글자를 써서, "몸은 점점 시들고 얼굴은 주름져 / 시와 글씨의 맛 흰 머리로 느끼겠네." 하는 글귀가 있었으니, 정상에 반하는 것은 상서롭지 못한 것이다.

이밀(李密)의 「진정표(陳情表)」에는 충효의 뜻이 무성하니, 그는 진실로 어진 사람이자 착한 선비이다. 양절(陽節) 반씨(潘氏)가 「진정표」에서 "어릴 때에 위조(僞朝, 촉나라)를 섬겼습니다." 라고 한 말을 나무랐는데, 손상애(孫霜厓)의 시에, "위조라 했음은 공의 글이 아닌 것 같은데 / 당시의 필적을 볼 수가 없네." 했다. 양신이 말하기를, "불가서에서 이 글을 인용하여서 위조를 황조(荒朝)로 만들었으니, 이밀의 초본에 그렇게 쓴 것이다. 그런데 진(晉)나라에서 이를 고쳐서 『사기』에 넣었다." 했으니, 손상애도 또한 불가서에서 인용한 것을 본 것일까?

항주 사람이 소나무를 가지고 작은 조각을 만들었는데, 종이처럼 얇게 깎고 유황을 녹여 그 끝에 바른 다음, 발촉(發燭) 또는 쉬아제후비(焠兒齊后妃)라고 이름을 붙였다. 가난한 자가 발촉 만드는 일을 직업으로 삼은 것은 이것이 시초이다. 『청이록(淸異錄)』에, "삼나무를 얇게 깎아 유황을 바르고, 이를 불을 당기는 것이라 부른다." 했는데, 우리나라에서는 버드나무를 깎아서 만들고 단지 석류황(石硫黃)이라고 부른다.

고려 초기의 언어에 큰 것을 왕이라고 했는데 이는 왕건 태조가 일어나리라는 예언이고, 고려 말기에 별안간 멥쌀을 입쌀[李米]이라고 했으니 이는 우리 조선왕조가 일어날 조짐이었던 것이다.

후진(後晉)의 출제(出帝) 시대에 절강성의 아이들과 장사치들이 모두 조
(趙) 자를 어조사로 삼아 얻는 것을 말할 때에는 조득(趙得)이라 하고 옳다고
할 때에는 조가(趙可)와 같은 식으로 말했다. 그 뒤 송나라가 들어서자 전씨
(錢氏)가 땅을 바쳤으므로 절강성이 모두 조씨에게 소속됐다.

누군가 초추(抄秋)와 초동(抄冬)의 뜻을 묻기를, "7월·10월이 초가 되는
가, 아니면 9월·12월이 초가 되는가? 세상사람이 혼용하는데 그대는 어떻
게 생각하는가?" 하였다. 그래서 나는 종백경(鍾伯敬)의 시에 나오는 "초동
의 외로운 배 초동(初冬)에 떠나온 것이네."라는 구절을 인용하여, "초는
마지막 달을 말하는 것이다."라고 했다. 그리고 양나라 원제(元帝)의 『찬요
(纂要)』에서는, "9월을 말추(末秋)·초추라고 하고, 12월을 모동(暮冬)·초
동이라 한다."고도 했다.

옛날에는 사람이름을 지을 때 흔히 물건이름을 썼으니, 이는 순박한 풍속
이다. 예컨대 초광(楚狂)의 이름이 접여(接輿)이고, 연협(燕俠)의 이름이 점
리(漸離)인 것을 들 수 있다. 앞의 것은 풀로서 『설문해자』에, "마름풀이
접여(菱餘)이다." 했고, 뒤의 것은 벌레로서 『설문해자』에, "점(蟴)벌레가 점
리(蟴離)이다." 했다. 비록 글자 모양은 다르지만 그 음이 같으니, 시대가
내려오면서 잘못 전해진 것일까?

한나라 제도에 삼공, 즉 승상·대사마·어사대부는 월봉이 3백 50곡이고,
중이천석(中二千石)에서 백석(百石)에 이르기까지 무릇 14등급인데, 중이천
석은 월봉이 1백 80곡이고 백석은 16곡이다. 후한 때는 대장군·삼공의 월봉
이 3백 50곡, 중이천석이 72곡에다 돈 9천, 백석은 4곡 8두에다 돈 8백이다.
진(晉)나라는 제 1품이 1천 8백 곡이고, 후주는 무릇 9등급이 있는데 삼공이

1만 석, 무관인 하사의 경우 1백 25석이다. 당나라는 정 1품이 연봉 7백 석에다 돈 3만 1천, 종 9품의 경우 52석에다 돈 1천 9백 17이다. 송나라는 41등급인데 재상·추밀사가 월봉 돈 3만 1천, 보장정(保章正)에 이르러서는 돈 2천이다. 명나라의 경우 정 1품이 월봉 쌀 87석, 종 9품은 5석을 받았다.

우리 고려는 중서령·상서령·문하시중이 연봉 4백 석이고, 조교에 이르러서는 10석이었다. 조선은 정 1품의 연봉이 쌀 98석에다 비단 6필·베 15필·종이돈 10장이고, 종 9품은 쌀 12석에다 베 2필·종이돈 1장이었다. 임진왜란 이후는 정 1품의 경우 연봉이 쌀 60여 석뿐이며, 베나 종이돈도 지급되지 않았다.

왕사진(王士禛)의 『지북우담(池北偶談)』에는 이렇게 쓰여 있다.

"곽양아(霍亮雅)는 곡주(曲周) 사람으로 포부가 크고 기개가 있으며 의협심이 강했다. 그가 죽자 같은 마을에 사는 유봉원(劉逢源)이 시를 지어서 곡하기를, '문앞에는 빚 받을 사람이 줄을 이었고 / 집안에는 술꾼들이 늘어서 있네.' 하였는데, 어떤 이는 말하기를 '이는 패가한 자제의 모습이다.' 했다."

내가 알고 있기에는 위 시가 당나라 사람의 작품인데, 왕사진은 어찌 그렇게 말했을까? 한편 이파(李播)의 시에서는 위 시에 나오는 채권자를 채무자로, 옥내를 옥리(屋裏)로, 주인(酒人)을 취인(醉人)으로 했다.

『고금주(古今註)』에, "후직(后稷)·지(摯)·요(堯)·설(契) 네 사람은 다 같이 제곡(帝嚳) 고신씨(高辛氏)의 아들이다. 설은 13대 만에 탕(湯)을 얻었고 후직은 14대 만에 문왕을 얻었다."고 했다. 그렇다면 하나라가 4~5백 년을 누리고 상나라가 또 5~6백 년을 누렸으니, 결국 1천여 년 만에 문왕이 태어난 것이다. 만약 대(代)의 숫자를 가지고 비교한다면 문왕이 탕에 비해서 단지 한 대가 미치지 못할 뿐이니, 어찌 그토록 은나라의 선조는 일찍 죽고 주나라의 선조는 장수했단 말인가. 이 점이 참으로 의심스러운 바, 이전의 기록에 반드시 착오가 있을 것이다.

복희씨부터 청나라 고종에 이르기까지 정통 천자가 2백 50명이고, 여후(呂后)·무후(武后)를 포함하여 계통이 없는 천자가 위·오·남북조에서 오대에 이르기까지 전부 85명이고, 멋대로 자칭한 가짜 제왕이 후예(后羿)에서 오삼계(吳三桂)에 이르기까지 2백 70여 명이고, 춘추·전국의 군주가 4백 90여 명이 있다. 신묘년 초가을에 대강 계산하여 여기에 기록한다.

『고금주』에, "치초(郗超)의 치 자는 치(絺)의 음과 같고, 격선(郤詵)의 격은 격(綌)의 음과 같다." 했는데, 요즘 사람들은 다시 분별하여서 밝히지 않고 모두 기역반(綺逆反)을 따르고 있으니, 크게 잘못된 것이다.

양신의 『단연록』에는 다음과 같은 기록이 있다.
"용이 새끼 아홉을 낳았는데 그 새끼는 용이 되지 못했다. 첫째는 비희(贔屭)로 모양이 거북 같고 무거운 것을 지기 좋아하는데, 지금 비석의 받침돌이다. 둘째는 치문(鴟吻)으로 본성이 멀리 바라보기를 좋아하여 지금 지붕 위에 있는 짐승이다. 셋째는 포뢰(蒲牢)로 소리 지르기를 좋아하는데, 지금의 종뉴(鍾紐)다. 넷째는 폐안(狴犴)으로 형상이 범 같은데, 옥문에 서있다. 다섯째는 도철(饕餮)로 음식을 좋아하여 솥뚜껑 위에 서있다. 여섯째는 공하(蚣蝮)로 본성이 물을 좋아하여 다리 기둥에 서있다. 일곱째는 애자(睚眦)로 성격이 죽이기를 좋아하여 칼 자루 위에 서있다. 여덟째는 금예(金猊)로 사자와 같은 모양인데, 연기를 좋아하여 향로에 서있다. 아홉째는 초도(椒圖)로 형상이 소라와 같은데 본성이 닫기를 좋아하여 문의 손잡이 위에 서있다."

내가 생각하기에 지금 의금부 마루를 호두각(虎頭閣)이라고 부르는데, 이는 용의 넷째 새끼의 뜻을 취한 것이 아닐까 한다.

맹촉(孟蜀)의 왕인개(王仁鍇)가 손으로 책 베끼기를 좋아하여 수천 권에 이르렀는데, 모두 흰 등나무 종이에다 잘게 써서 극히 단정하고도 아름다왔으며, 날마다 아침이 되면 책상 위에서 한두 가지 새로 베낀 것을 볼 수 있었다. 원준(袁俊)은 집이 가난하여 책이 없어서 남에게 빌려보았는데, 반드시 매일 50장씩 빌린 책을 베끼면서 공부를 했다. 글 읽는 자라면 마땅히 이 같은 방법을 써서 미공(眉公)이 독서하던 16가지 방법에 보태야 할 것이다.

조제한 약을 탕(湯)·음(飮)·자(子)·환(丸)·단(丹)·고(膏) 등이라 하는데는 다 뜻이 있으나, 산(散)만은 뜻이 없는 것 같다. 술잔 가운데 술 한 되 드는 것을 작(爵), 두 되 드는 것을 고(觚), 세 되 드는 것을 치(觶), 네 되 드는 것을 각(角), 다섯 되 드는 것을 산(散)이라고 하는데, 그렇다면 산으로 부르는 것이 이 같은 뜻이 아닐까? 무릇 산이란 모두 가루약으로서 익원산(益元散)·통성산(通聖散) 같은 것들을 예로 들 수 있는데, 뒤에 탕·음에 있어서도 산이라 부른 것은 잘못된 일이다.

범에게 잡혀먹힌 사람의 혼귀는 신 것을 좋아하므로 함정을 파고 매실을 놓아두면 범을 인도하여 그곳으로 가게 한다. 도깨비는 두더지를 즐기지마는 먹으면 죽는다. 어떤 사람은 개구리를 먹어도 죽는다고 한다. 사람을 잘 홀리는 요사스런 여우는 닭고기를 즐기는데, 오동나무 열매의 기름을 먹으면 죽는다. 따라서 닭을 그 기름에 담가 여우에게 먹이면 비록 꼬리가 아홉 달린 것이라도 반드시 죽는다. 범의 일은 『기원기(寄園記)』에 나오고 여우의 일은 『유계외전(留溪外傳)』에 나온다.

우리 조선에서 한림을 추천하는 제도를 폐지하기 전에는 서약하는 글에서, "올바른 인물을 추천하지 않으면 재앙이 자손에게 미칠 것이다." 했으니, 그 일을 중요하게 여긴 것이다.

청나라 강희제 무진년에 고시관 서건학(徐乾學)이 서약하는 글을 지었다.

"우리들은 감히 판향(瓣香)으로써 사맹(司盟)에게 밝게 아뢰옵니다. 우리가 조정의 명을 받아 예부에서 치는 과거시험을 맡게 됐으나 학문이 얕아 제대로 인재를 얻어서 국가의 일에 대비치 못하며 변변치 못한 자가 진출하고 뛰어난 자가 가려져 일처리가 분명치 못하게 될 것을 크게 두려워합니다. 이에 천지신명에게 맹세하노니, 편벽되고 경박하여 공정성을 잃고 맡은 바 직책을 다하지 못하여 위로 임금님의 뜻을 저버리고 아래로 현명한 인사들을 저버린다면 마땅히 죄를 묻고 어진이를 버리고 그릇된 자를 드러나게 한 벌을 내려주시옵소서. 삼가 여기에 씁니다."

한림을 추천하는 서약문과 그 뜻이 같다.

신라의 사다함(斯多含)은 나이 15~16세에 풍모가 빼어나고 의지가 반듯했다. 그리하여 사람들이 그를 화랑으로 만들었으며 그를 따르는 무리가 무려 2천 명이었다. 명나라의 육경대(陸瓊臺)는 타고난 성품이 고매했고 동림(東林)에서 선비들을 모아 가르쳤는데, 나이 30도 안 되어서 제자가 벌써 8백 명이었다. 이 두 사람의 일이 서로 비슷하다. 포의(蒲衣)는 8세가 되어 요(堯)의 섬김을 받았고, 역자(鼆子)는 나서 5세에 우(禹)를 도왔으며, 항탁(項橐)은 7세에 공자의 스승이 되었다.

나리리 나라리리

임금 구실하기도 어렵고
신하 노릇하기도 어려우니
어렵고도 어렵네
나라를 새로 세우기도 어렵고
그 업적 지키기도 어려우니
어렵고도 어렵네

이는 모두 태평소로 부르는 곡이요,

농동 농동 농동 농롱동 농롱동
농동 농동 농동 농롱동 농롱동
농동 농동 농동 농롱동 농롱동

이것은 북치는 소리이다.
곡명 중에 「영선객(迎仙客)」이라는 것이 있는데 다음과 같다.

나련 이련 나련리 나련리
나리 연리 나련나 연리련
나리 연리 나리련 이라련

　이 곡은 농동과 함께 『오륜전비기(五倫全備記)』에 보이는데, 이 책은 곧
구준(丘濬)이 세상을 풍자한 연극의 대본이라 할 만한 것으로서 섭전(葉錢)
이 단락마다 보충하여서 무릇 4권이 되었다. 오늘날 이것을 한글로 번역하여
중국말 학습서인 『노걸대(老乞大)』나 『박통사(朴通事)』와 함께 교과목으로
정하여 통역관을 가르친다.

명나라 능적지(凌迪知)가 지은 『만성통보(萬姓通譜)』는 『사성운보(四聲韻譜)』를 가지고 편찬했다. 성을 모두 합하면 2천 7백 53 가지인데, 복성이 1천 31, 3자 성이 66, 4자 성이 2 가지다. 왕세정이 말하기를, "유(劉)씨의 본관이 가장 많아서 25, 왕씨가 다음으로 24, 장씨가 그 다음으로 21, 이씨가 그 다음으로 11 가지이다." 했는데, 이런 것들은 우리나라 이씨의 본관이 60여 가지가 되는 것에 비할 수 없다.

왕사진의 『지북우담』에서 김상헌 선생의 시 10여 수를 싣고, 그 아름다움을 대단히 칭찬했다. 이제 왕사진의 『대경당집(帶經堂集)』을 보니 장난삼아 원유산(元遺山)의 시를 논한 절구를 본따서 지은 36수가 있는데, 후한 헌제부터 명 의종 말기까지의 시인을 차례로 서술했다. 서른 세 번째의 시를 보자.

> 엷은 구름 소고사(小姑祠)서 가랑비 되니
> 국화 만발하고 난초 시드는 가을
> 아! 이는 조선 사신의 글이 아닌가
> 참으로 동쪽 나라의 음률을 아는 시네

주석에서, "명나라 의종 연간에 조선의 사신이 등주(登州)를 지나면서 지은 것이다." 했는데, 앞의 두 구절은 김상헌 선생의 시이다.

도목(都穆)의 「경사향산기(京師香山記)」를 읽었는데 거기에는 이렇게 쓰여 있었다.

"절에 들어가 천불전을 보니, 전각이 원형으로 만들어지고 지극히 정교했다. 명 헌종 초에 내시에 의해 창건되었는데, 그 내시는 고려 사람이었다.

일찍이 그 나라 금강산에 둥근 전각이 있음을 보고나서 그 모습을 이 곳에 옮겨 놓은 것이다."

아직 금강산에 원형의 전각이 있음을 듣지 못했을 뿐만 아니라, 정양사(正陽寺)에 6모의 전각이 있는데 그 구조물이 아닌가 한다.

『왕이상집(王貽上集)』에 병부시랑 이휘조(李輝祖)의 신도비를 실었는데 그 내용은 다음과 같다.

"철령 이씨는 성량(成樑) 때부터 나라에 공적이 많아 명나라에서 드날렸고 지금 청조에 이르러서는 가문이 더욱 번성하여 들어오면 벼슬에 참여하고 나가면 장수가 되었다. 그 조상들이 조선에서 나왔으니, 양평(襄平)으로 옮겨 와 사는 것이 영(英)에서 비롯되었는데, 영은 군사적 공로로 철령위 도(都)지휘사가 되었으며 아들은 문빈(文彬)이다. 문빈에게 아들 다섯이 있었는데, 맏아들은 춘미(春美)고, 춘미의 아들 경(涇)이 바로 성량을 낳은 것이다. 문빈의 둘째아들은 춘무(春茂)니 춘무의 아들은 윤(潤)이고 윤의 아들은 성공(成功)이다. 성공에게는 세 아들이 있었는데, 그 맏아들 여연(如梃)은 태원부(太原府)를 맡았고, 셋째는 여재(如梓)인데 여재의 아들 항충(恒忠)은 부도통(副都統)을 지내고 1등 아달합합번(阿達哈哈番)이라는 작위를 세습했다. 그에게 세 아들이 있었는데 맏이가 휘조다."

휘조의 사촌형인 음조(廕祖)도 병부상서를 지냈으며, 휘조의 세 아들 곤(錕)·굉(鈜)·개(鐕)도 모두 벼슬을 했다. 항충이 청나라에 항복할 때에 성량의 후손은 나라 일로 죽어서 쇠퇴하게 되었다. 여송(如松)의 후예로서 우리나라에 와서 사는 자들이 과연 이 사실을 알까? 여연(如梃)의 아들 합합번 사충(思忠)의 묘에 들어가 있는 글은 왕경봉(汪竟峯)이 지은 것이다.

사람의 몸과 관련된 글자를 가지고 물건의 형상에 비유하는 것은 도무지

자연스러울 것 같지 않다. 하지만 옛날에도 종종 있었던 것으로, 모두 재미있는 얘기거리가 될 만하다. 가령 물가 미(湄)자 같은 것은 물의 눈썹이다. 또 옷섶이 보이는 곳을 의자(衣眦)라고 하니, 이는 『장자』에서 "재촉하는 것[督]으로 일정한 것[經]을 삼는다."는 이치와 같은 것이다. 독은 사람의 독맥(督脈)이니 곧 등골뼈를 가리키는 것이다. 그렇다면 임맥(任脈)은 옷섶의 섶과 같은 것이다. 『예기』에 "말은 검은 등에다 얼룩 팔이다." 했고, 『산해경』에 "수마는 모양이 말과 같고 무늬있는 팔에 쇠꼬리이다." 했는데, 팔은 곧 앞다리이다. 『장자』에 이른바 벌레의 팔도 앞다리를 말하는 것이라 하겠다.

사람들은 황제의 신하인 창힐이 글자 만든 것만 알지, 저송(沮誦)이 있어서 창힐의 이름이 드러남을 알지 못한다. 사람들은 주나라 목왕의 신하 조보(造父)가 말을 잘 모는 것만 알지, 그와 더불어 분융(犇戎)이 있어 이름이 알려짐을 알지 못한다.

세상에서는 소로 밭을 가는 것이 한나라 조과(趙過)에서 비롯되었다고들 하는데, 과연 그럴까. 염경(冉耕)의 이름이 백우(伯牛)이고 주나라 사람인 것으로 보아 소로 밭가는 것이 조과 이전에도 있었던 일 같다. 아마도 두 필의 소로 밭을 간 것이 조과에서 비롯되었을 것이다. 『산해경』을 살펴보면, "후직(后稷)이 모든 곡식의 씨를 뿌렸으며, 그의 손자인 숙균(叔均)이 비로소 소로 밭갈기를 시작했다." 했으니, 그렇다면 소로 밭을 간 지는 오래되었다고 본다.

숙균은 문헌에 네 번이나 보이는데 그 하나는 "순(舜)의 아들을 숙균이라고 했다."고 하는 것이고, 하나는 "제준(帝俊)이 후직을 낳았는데 후직이 백곡을 심었고, 후직의 아우를 태새(台璽)라고 하는데 그가 숙균을 낳았다.

숙균이 그 아버지와 할아버지를 대신하여 백곡의 씨를 뿌리고 밭갈이를 시작했다."고 하는 것이니, 그렇다면 숙균은 순의 아들과 이름이 같으며, 후직의 조카가 된다. 그리고 주나라의 선대에는 농사를 생업으로 하는 이가 많았던 것이다. 또 하나는 "치우(蚩尤)가 군사를 일으켜 황제를 치니, 황제가 응룡(應龍)을 시켜 공격하게 했다. 다시 치우가 풍백과 우사를 시켜 큰 비바람을 일으키니, 황제가 가뭄의 신인 발(魃)이라는 여자를 내려보내어 비를 그치게 하고 마침내 치우를 죽였다. 발은 다시 하늘로 올라가지 못하였으므로 그가 있는 곳에는 비가 오지 않았다. 숙균이 황제에게 말하여 적수(赤水) 북쪽에 안치시키고 숙균이 토지를 관장하는 벼슬아치가 되었다." 했으니, 그렇다면 숙균은 요순시대의 사람이 아니다.

『경재고금주(敬齋古今黈)』에도 "한나라의 조과가 비로소 소로 밭가는 법을 썼다." 했다. 그런데 섭몽득(葉夢得)은 염백우(冉伯牛)·사마우(司馬牛)가 모두 이름에 경(耕)을 쓴 것을 인용하여 조과 이전부터 소로 밭가는 법이 있었음을 입증하면서 다음과 같이 말했다.

"밭갈이에 소를 쓰지 않았다면, 어찌 그 사실을 취하여 이름을 만들었으랴. 옛날에는 밭을 갈 때 가래를 사용하고 쟁기[犁]는 쓰지 않다가 후세에 와서 쟁기를 쓰는 방법으로 변했는데, 흔히 가래는 사람이 쓰고 쟁기는 소가 쓰니 조과가 특별히 그 제도를 가감했을 뿐이다. 소를 이용하는 것이 조과에서 비롯된 것은 아니다."

섭몽득은 또 이렇게 말했다. "공자가 얼룩소[犁]의 새끼가 빛이 붉고 뿔이 어여쁨을 말했으니, 공자 때 벌써 얼룩소를 썼던 것이다."

나는 이렇게 생각한다.

섭몽득이 조과 이전부터 소로 밭을 갈았음을 말한 것은 정말 옳은 일이다. 그러나 염경·사마우의 이름을 인용하여 말하고나서 갑자기 얼룩소 새끼를 말했는데 어찌 그다지도 앞뒤가 맞지 않는가. 얼룩소는 마땅히 얼룩 무늬지

만, 오늘날 고양이나 개 따위의 털빛이 얼룩얼룩한 것은 모두 얼룩이라고
한다. 옛날에는 글자가 적어서 무릇 음이 서로 비슷한 것끼리 모두 통용하였
지만, 그가 얼룩 무늬의 얼룩소를 밭가는 쟁기와 같이 본 것은 대단히 잘못된
일이다.

국자감의 학생인 육만령(陸萬齡)은 위충현(魏忠賢)이 『삼조요전(三朝要
典)』 간행한 것을 공자가 『춘추』를 지은 것에 비유하고, 그가 양연(楊漣)·좌
광두(左光斗)·주조서(周朝瑞)·위대중(魏大中) 등 여러 사람 죽인 것을 공
자가 소정묘(少正卯)를 벤 일에 비유하여 국학의 오른편에 사당을 세워서
성현과 함께 높이기를 청했다. 강서순무(江西巡撫) 양방헌(楊邦憲)은 주돈
이·정호와 정이·주자 등 현인의 사당을 헐고, 아울러 담대자우(澹臺子羽)
의 사당을 빼앗고서 그 상을 부숴버렸으며, 명 회종이 즉위하자 처음에 위충
현의 사당을 세우기를 간청했다. 청 성조 연간 도주(道州)에는 주돈이의 자손
으로서 조세를 바치지 못한 자가 있었는데 관리 장대성(張大成)이 주돈이의
사당으로 가서 선생의 상에 칼을 씌우고 사흘 동안 쇠사슬을 채웠으니, 성현
이 수난을 당함이 이에 이르러서 극에 달했다.

평양 영명사(永明寺) 안에는 동굴이 하나 있다. 그 안을 보면 좌우가 모두
석축으로 되어 있는데, 높이가 거의 1장이고 너비는 6~7자쯤 되며 축대
위를 돌로 덮었고 돌 위는 언덕으로 되어 있다. 동굴이 매우 길어 서쪽을
향해 60~70보를 가면 앞이 캄캄하므로 횃불을 들고 들어가다가 공기가 부
족해서 횃불이 꺼지면 되돌아오곤 한다. 세상에서는 고구려 동명왕이 기린을
타고 하늘로 올라간 곳으로 전해져 기린굴이라고도 부른다. 내가 직접 가보
았는데, 마치 얼음창고와 같았다.
『후한서』를 보면, "수도 동쪽에 큰 굴이 있는데 수신(襚神)이라고 하며

10월에 그 신에게 제사를 지낸다." 했고, 『당서』에는, "수도 왼편에 큰 굴이 있는데 신수(神隧)라고 이름하며, 10월에 왕이 직접 여기에 제사 지낸다." 했는데, 위 동굴이 바로 여기에 해당된다. 그렇지만 이 동굴이 어느 왕 때 비롯되고 어느 신으로 모셔지는지 알 수 없다. 동명왕의 무덤이 아닌가 의심스럽기도 한데, 동굴 속을 자세히 살펴본다면 무엇인지 알 수 있을 것 같다.

당나라의 진자앙(陳子昂)은 곽씨의 아내 설씨의 묘 속에 다음과 같이 쓰고 있다.

"여인의 성은 설씨이니 동명국왕 김씨의 후예이다. 옛적에 동명국왕이 사랑하는 아들이 있었는데 특별히 설이라는 곳의 땅을 받고 설을 성으로 삼았으며, 대대로 김씨와는 혼인하지 않았다. 그 고조·증조가 모두 동명국왕을 보좌하는 높은 관직에 있던 신하들이다. 아버지 승충(承沖)이 고종 때 김인문과 함께 우리 당나라로 돌아왔는데 그때 황제께서 그 공로에 보답하기 위하여 무위(武衛)장군에 임명했다."

내가 판단해볼 때, 고구려의 시조가 동명왕 고주몽이니, 동명국왕 김씨라 한 것은 잘못된 것이다. 설씨는 신라의 큰 성이고 김씨 또한 신라 왕의 성이다. 신라 사람 설계두(薛罽頭)가 배를 타고 바다를 건너 당에 들어가 태종 때에 좌무위과의(左武衛果毅)에 임명되었고, 당나라가 고구려를 칠 때에 힘써 싸우다가 주필산(駐蹕山) 밑에서 죽었는데 태종이 어의를 벗어서 시체를 덮어주고 대장군 벼슬을 주었다. 김인문은 신라 무열왕의 둘째아들로 23세에 당나라에 들어갔고, 고종 때 당나라 군대를 인도하여 함께 백제를 쳤는데, 뒤에 벼슬이 주국(柱國)에 이르렀고 당나라에서 죽었다.

진자앙이 말한 승충이란, 설계두가 이름을 승충으로 고친 것이라고 생각한다. 그리고 '특별히 설이라는 땅을 받았다.'는 말을 했는데, 우리나라 옛 고을에 본디 설이라는 이름이 없다. 또한 승충이 고종 때 무위에 임명되었다는 것은 잘못이다. '김인문과 함께 나라로 돌아왔다.' 했는데, 인문이 당나라로 들어간 것은 태종 때였을 것이다. 또 '황제가 그 공로에 보답했다.'고 했는데, 이는 설계두가 고구려 정벌에서 공이 있었기 때문에 황제가 그것을 어여삐 여긴 것이다. 이른바 황제는 태종이라고 생각한다.

진자앙은 묘 안에 또 이렇게 썼다.

"여인은 어려서 옥처럼 아름다웠으므로 그 무렵에 하늘에서 내려온 선녀라고 불렸다. 나이 15세에 아버지가 죽자 머리 깎고 중이 되었는데 보수(寶手) 보살을 만나 6년 동안 마음을 닦았건만 진리를 깨닫지 못해 안타까움을 노래하였다.

> 모든 욕심 버리고 정결함을 생각했는데
> 번뇌의 경계 벗어난 사람을 볼 수 없네
> 아리따운 풀향기 그득히 넘치는데
> 흘러간 이 내 청춘 어쩔 수 없네

마침내 환속하여 곽씨에게 시집왔다. 장수(長壽)[7] 2년 계사년 2월 17일 통천현(通泉縣) 관사에서 숨을 거뒀다."

내가 생각해보니, 당 태종 19년 을사에 설계두 장군이 죽었는데, 그 때 딸의 나이가 15세였던 것이다. 그렇다면 그녀가 신묘생이 되니, 설 장군이 당나라에 간 지 10년에 비로소 딸을 낳았던 것이다.

송나라 신종 말기에 낙양지방에 사는 한 백성이 봉황산 밑에서 밭을 갈다가 비석을 발견했다. 사방 너비가 2자 남짓했는데 부인이 그 남편의 무덤에

---

7) 당나라 제3대 고종의 황후였던 측천무후가 스스로 집권했을 때의 연호임.

기록한 글이었다. 그 글의 제목은 「한나라 진사 조인(曹裡)의 묘지명」이라
되어 있었고 내용은 다음과 같았다.

"지아비의 성은 조씨고 이름은 인이며 자는 예부(禮夫)로서 낙양 사람이
다. 28세에 두 번 과거에 응시했으나 뽑히지 못하고 장안에서 돌아오는 도중
에 죽었다. 조정대신들로부터 시골노인들에 이르기까지 이 소식을 듣고 효성
스럽고 인자하며 독실하고 유능한 인사가 왜 이다지도 일찍 죽는가 하면서
슬퍼하지 않는 이가 없었다. 그러나 나는 지아비의 사망 소식을 듣고서 크게
탄식하지 않았다. 그리고 어머님을 위로하기를 '남쪽 밭이 있어서 어버이를
봉양하기에 넉넉하고, 남은 책이 있어 자식을 가르치기에 부족함이 없습니
다. 하늘과 땅 사이에 있는 인간으로서 생사의 문제를 피할 수 없는 것이니,
슬퍼하고 기뻐할 것이 뭐 있습니까?' 했다. 병자년 3월 18일에 죽어 그 해
10월 15일에 봉황산 언덕에 장사를 지냈다.

나는 그의 아내로서 성은 주(周)가이다. 지아비를 만나 시집온 지 18년에
아들 하나를 두었는데, 나이가 아직 어리다. 남편에 대한 애정·의리를 잊을
수 없는 까닭에 이와 같이 글을 지은 것이다. 다만 세상에 태어나는 것도
운명이요 죽는 것도 운명이다. 진실로 이 이치를 깊이 깨닫는다면 무엇을
안타까워 하겠는가. 삶은 덧없는 것이고 죽음은 쉬는 것인데 한탄할 게 뭐
있는가. 어머님의 근심을 위로할 뿐이다."

생각해보니, 조인이 28세로 죽었고 주씨가 그에게로 시집온 지 18년이
되었다면 조인이 겨우 10세에 장가든 것이다. 한나라 왕길(王吉)이 조정에
올렸던, 세간의 일찍 혼인하는 풍습을 여기서 확인할 수 있다 하겠다. 또한
부인의 글이 사리에 밝고 뜻이 맑아서 읽을 만하다. 『문선』에 실린 이선(李
善)의 주석에, "오균(吳均)의 『제(齊)춘추』에 '왕검(王儉)이 말하기를, 무덤
속의 돌에 쓰는 글은 예전(禮典)에 나오지 않는다. 송 문제 때 안연지(顔延之)
가 왕림(王琳)의 무덤에 새긴 데서 비롯되었다고 했다.'라고 씌어있다."고

하였으니, 한나라 시대에 이미 무덤 속에 쓰는 글이 있었음을 알지 못했던 것이다. 혹시 무덤 앞에 세웠던 것이 쓰러져서 땅 속에 묻힌 것일까. 고문호(高文虎)의 『요화주한록(蓼花洲閑錄)』에도 조인의 묘에 씌어진 글이 나오는데, "남편이 30세에 죽었다."고 쓴 다음, 그 밑에 "남편에게 시집온 지 8년이다." 했으니, 어느 것이 옳은지 알지 못하겠다. 『요화주한록』은 역시 송나라 사람의 글에서 나왔다.

  문인으로서 인색한 것은 참으로 애석한 일이고 문인으로서 베풀기를 좋아하는 것은 장쾌하다고 하겠다. 이백이 배장사(裴長史)에게 올린 글에, "지난날 동쪽의 양주(揚州)에서 논 지 1년을 넘지 않아서 30여 만금을 풀었으니, 실의에 빠진 아이들이 있으면 모두 구원했습니다." 하였다.

  한유가 사람들과 사귀면서 죽는 이가 생기면 그 자녀를 구제하여 결혼까지도 시켜주었는데, 맹교(孟郊)·장적(張籍) 같은 이들이 바로 그의 도움을 받았다. 그리고 비문을 만들어주고 그림이나 글씨를 나눠주기도 했다. 한유는 온정을 베풀기 좋아했을 뿐만 아니라, 또 후배를 추천하고 격려하기를 잘했다. 그는 황보식(皇甫湜)과 더불어 한 세상에서 추앙받는 인물이 되었는데, 우승유(牛僧孺)가 그 배운 바를 가지고 찾아가 뵈니, 두 사람이 크게 칭찬했다. 그리고 두 사람이 우승유의 집에 찾아갔을 때 그가 외출하고 없자, 그 문에다 큰 글씨로 "한유와 황보식이 함께 방문했다."고 써놓고 왔다. 이튿날 중급관리 이하의 사람이 모두 가서 명함을 드렸는데, 이로 인하여 이름이 크게 알려졌다.

  이하(李賀)는 나이 일곱 살에 이름이 장안을 진동케 했다. 한유와 황보식이 그의 글을 보고서 말하기를, "이 같은 옛사람은 우리가 일찍이 알지 못했지만, 이 같은 지금사람이야 모를 리 있으랴."했다. 그리고 두 사람이 이하의 집에 찾아가 「높은 수레가 찾아왔네」라는 제목의 시를 짓게 했다. 아아! 지금은 이러한 모습을 볼 수 없게 되었다. 베푸는 것조차도 드문 세상에 남을 장려하는 일이 어디에 있으랴. 수만 권의 책을 읽었다고 하지만 시기할 시(猜)자와 자랑할 긍(矜)자를 알 뿐이니, 도대체 문장을 잘하여 어디에 쓰랴.

당나라 선비 양경지(楊敬之)는 인재를 사랑했다. 그가 일찍부터 강남의 문인 항사(項斯)를 알고 있었는데, 어느 날 시를 지어 보냈다.

> 그대의 시를 볼 적마다 모두가 좋은데
> 높은 인격 대해 보니 시보다도 낫구려
> 내 평생에 남의 착함 감출 수 없어
> 어디서든 사람 만나면 항사를 얘기한다오

이로 말미암아 항사는 이름이 알려졌으며, 마침내 높은 벼슬 시험에 급제하였다. 선비의 마음가짐이 마땅히 이와 같아야 한다. 남의 재능을 질투하는 자는 경건하게 향불을 피우고 마음을 곧게 하면서 이 시를 음미해야 할 것이다.

일본의 상모(上毛) 다호군(多胡郡)의 비문에 적혀있는 변관부(弁官符)의 기록은 다음과 같다.

"상야국(上野國)의 편강군 · 녹야군 · 감량군 세 고을 안의 민가 3백 호를 양성(羊成) 다호군에 떼어주었음을, 화동(和銅) 4년 3월 9일 갑인에 선포했다. 좌중변 정 5위 하다치빈진인, 태정관 2품 수적친왕(穗積親王), 좌태신 정 2위 석상존, 우태신 정 2위 등원존."

이 비는 다호군 지촌(池村)에 있고 비문을 쓴 사람은 동경에 사는 평린(平鱗)인데 자는 경서(景瑞)이다. 과거의 호사가들이 모두 보지 못했던 이 비석을 갑술년에 발견한 것이다. 비문을 탁본하고 여러 서적을 인용하여서 내용을 고증해보니, 제후가 식읍을 주는 것이었다. 알 수 없는 글자가 많고 글자 크기가 어린애 손바닥만한데, 이상할 정도로 긁히고 깎여서 예학명(瘞鶴銘) 이나 안진경의 글씨와 매우 비슷했다. 어떤 것은 마치 어린애가 먹으로 까마 귀를 그려놓는 것 같았다. 서상수는 "기이하기는 하지만 글자를 이루지 못했 다."고 했으며, 김두열(金斗烈)은 대단히 신기하게 여겼다. 화동 4년(711) 갑인은 바로 일본의 원명천황 4년이고, 당나라 예종 경운 2년인데, 오늘의 왜황 위보력 6년(1756) 병자에 탁본할 때까지 합치면 1천 46년이다. 『고전보 (古錢譜)』를 살펴보면 일본의 화동통보(和同通寶)가 있는데, 동(銅)과 동(同) 이 다름이 있으니, 「전보」가 잘못된 것이 아닐까 한다. 고증하여 변관을 해명 한 데는, 관제를 기록한 「직원초(職原抄)」를 인용해서 '변이 7인, 좌우대변이 2인이다.' 했으며, 수적(穗積)친왕을 해명한 데는, 「공경보임(公卿補任)」을 인용하여 '태정관 2품 수적(穗積)친왕임을 알았다.' 했다. 변(弁)은 변(辨)이 고, 수(穗)와 적(積)이 의(衣) 변과 화(禾) 변의 다름이 있으나 이는 서로 통용 되는 것이다. 그렇다면 동(銅)과 동(同)도 역시 통용되는 것일까?

『고증기(考證記)』의 한 가지 일이 매우 특이해서 여기에 기록한다.

"성급양(成給羊)의 뜻은 확실히 알 수 없다. 원주민이 양태부비(羊太夫碑) 로 부르니, 그들이 전하는 기록에 따르기로 한다. 이는 석염곡(石鹽谷)의 두 골짜기가 소번(小幡) 양태부의 고을이라는 것과 같은 것이다. 산이 높고 험준하여 짐승도 달리지 못하며, 꼭대기에 큰 바위가 있으니 속칭 임금돌이 라고 한다. 또 여덟 개의 성(城)이 있어 여덟의 산에 이어졌으므로 이 이름을 얻었다. 양씨는 조회할 때마다 반드시 천리마를 탔고 한 더벅머리가 따랐는 데 더벅머리의 다리가 8척이기 때문에 팔속소경(八束小脛)이라고 했다. 화 동 4년에 어떤 사람이 양씨가 반역하려는 상황을 조정에 알리니, 장군 하나 가 관군을 거느리고 가서 쳤다. 양씨는 항거해 싸우지 못하고 홀로 말을 타고 달아나 지촌에 이르러서 자살했다. 그때 머리가 날아가 떨어진 곳에 장사지내고 비를 세워서 지금도 남아있다. 천리마는 달아나 마정촌(馬庭村)에 이르러 날아서 하늘로 올랐으니, 지금의 마정산 서운사(瑞雲寺)가 그 곳이다. 양씨 부인은 도망하여 낙합촌(落合村)에 이르러서 관군에게 핍박당하자 자기를 따르던 일곱 여인 및 더벅머리와 함께 모두 자살했는데, 칠흥산(七興山) 종수사(宗水寺)가 곧 여기이다. 지촌의 민가에서 곽란을 앓는 자가 양씨의 사당에 기도하면 곧 그친다. 물 속의 돌을 캐내어 그 신의 사당을 지었다."

일본의 글을 살펴보면 "등원광사(藤原廣嗣)가 성무(聖武)천황 천평(天平) 18년에 현방(玄昉)에게 참소당하자, 분노를 느껴서 모반했으나 싸움에서 패하고, 스스로 칼로 머리를 끊고서 하늘로 올라갔다. 살았을 때에 천리마를 얻었으므로, 태재부(太宰府)에서 내량경(奈良京)에 이르기까지 하루에 왕복할 수 있었다." 했으니, 이 일이 서로 비슷하다.

고려 선종 8년에 사신 이자(李資) 등이 송나라에서 돌아와 아뢰기를, "황제께서 우리나라에 좋은 서적이 많음을 듣고 관원에게 명령하여 구하고 싶은 도서의 목록을 써주게 하고 말씀하기를, '책이 부족하면 반드시 베껴서 보내라.' 하셨습니다." 하였는데, 책의 목록은 다음과 같다.

『백편상서(百篇尙書)』, 순상(荀爽)의 『주역』10권, 『경방역(京房易)』10권, 정강성(鄭康成)의 『주역』9권, 육적(陸績)의 『주(注)주역』14권, 우번(虞翻)의 『주주역』9권·『동관한기(東觀漢記)』1백 20권, 사승(謝承)의 『후한서』1백 30권, 『한시(韓詩)』22권, 업준(業遵)의 『모시』20권, 여침(呂忱)의 『자림(字林)』7권, 『고(古)옥편』30권, 『괄지지(括地志)』5백 권, 『여(輿)지지』30권, 『신서(新序)』3권, 『설원』20권, 유향(劉向)의 『칠록(七錄)』20권, 유흠(劉歆)의 『칠략(七略)』7권, 왕방경(王方慶)의 『원정초목소(園亭草木疏)』27권, 『고금록험방(古今錄驗方)』50권, 『장중경방(張仲景方)』15권, 『원백창화시(元白唱和詩)』1권, 『심사방(深師方)』, 『황제침경(黃帝鍼經)』9권, 『구허경(九墟經)』9

권, 『소품방(小品方)』12권, 『도은거효험방(陶隱居效驗方)』6권, 『시자(尸子)』20권, 『회남자』21권, 공손라(公孫羅)의 『문선』, 『수경(水經)』40권, 양호(羊祜)의 『노자』2권, 나십(羅什)의 『노자』2권, 종회(鍾會)의 『노자』2권, 완효서(阮孝緖)의 『칠록』, 손성(孫盛)의 『진양추(晉陽秋)』, 『삼자(三子)』3권, 『위씨춘추』20권, 간보(干寶)의 『진기(晉紀)』22권, 『십륙국춘추』1백 2권, 위담(魏澹)의 『후(後)위서』1백 권, 어환(魚豢)의 『위략(魏略)』, 유번(劉璠)의 『양전(梁典)』30권, 오균(吳均)의 『제(齊)춘추』30권, 원행충(元行冲)의 『위전(魏典)』60권, 심손(沈孫)의 『제기(齊紀)』20권, 『양웅집(揚雄集)』5권, 『반고집(班固集)』14권, 『최인집(崔駰集)』10권, 『급총기년(汲塚紀年)』14권, 『사령운집(謝靈運集)』20권, 『안연년집(顏延年集)』41권, 『삼교주영(三敎珠英)』1천 권, 공환(孔逭)의 『문원(文苑)』1백 권, 『유문(類文)』1백 권, 『문관사림(文館詞林)』1천 권, 중장통(仲長統)의 『창언(昌言)』, 두서(杜恕)의 『체론(體論)』, 『제갈량집』24권, 왕희지의 『소학편』1권, 주처(周處)의 『풍토기』1권, 장읍(張揖)의 『광아(廣雅)』4권, 『관현지(管絃志)』4권, 왕상(王祥)의 『음악지』, 채옹의 『월령장구』12권, 신도방(信都芳)의 『악서』9권, 『고금악록』13권, 『공양묵수(公羊墨守)』15권, 『곡량폐질(穀梁廢疾)』3권, 『효경유소주(孝經劉邵注)』1권, 『효경위소주(韋昭注)』1권, 『정지(鄭志)』9권, 『이아도찬(爾雅圖贊)』2권, 『삼창(三蒼)』3권, 『비창(埤蒼)』3권, 위굉(衛宏)의 『궁서(宮書)』1권, 『통속문(通俗文)』2권, 『범장편(凡將篇)』1권, 『재석편(在昔篇)』1권, 『비룡편(飛龍篇)』1권, 『성황편(聖皇篇)』1권, 『권학편』1권, 『진중흥서(晉中興書)』80권, 『고사고(古史考)』25권, 『복후고금주(伏侯古今注)』8권, 『삼보황도(三輔黃圖)』1권, 『한관해고(漢官解詁)』3권, 『삼보결록(三輔決錄)』7권, 『익도기구전(益都耆舊傳)』14권, 『양양(襄陽)기구전』5권, 혜강(嵇康)의 『고사전(高士傳)』3권, 『현안춘추(玄晏春秋)』3권, 간보(干寶)의 『수신기(搜神記)』30권, 『위명신주(魏名臣奏)』31권, 『한명(漢名)신주』29권, 『금서칠지(今書七志)』10권, 『세본

(世本)』4권, 『신자(申子)』2권, 『수소자(隨巢子)』1권, 『호비자(胡非子)』1권, 하승천(何承天)의 『성원(性苑)』·『고사염씨족지(高士廉氏族志)』1백 권, 『십삼주지』14권, 『고려풍속기』1권, 『고려지』7권, 『자사자(子思子)』8권, 『공손니자(公孫尼子)』1권, 『신자(愼子)』10권, 『조씨신서(晁氏新書)』3권, 『풍속통의(風俗通義)』30권, 『범승지서(氾勝之書)』3권, 『영헌도(靈憲圖)』1권, 『대연력(大衍曆)』, 『병서접요(兵書接要)』7권, 『사마법(司馬法)』, 『한도(漢圖)』1권, 『동군약록(桐君藥錄)』2권, 『황제대소(黃帝大素)』3권, 『명의별록(名醫別錄)』3권, 『조식집』30권, 『사마상여집』2권, 환담(桓譚)의 『신론(新論)』10권, 『유곤집(劉琨集)』15권, 『노심집(盧諶集)』21권, 『산공계사(山公啓事)』3권, 『서집(書集)』80권, 응거(應璩)의 『백일시(百一詩)』8권, 『고금시원영화집(古今詩苑英華集)』20권, 『집림(集林)』20권, 『계연자(計然子)』15권.
이때는 송 철종 원우 6년이다.

명나라 시인 왕세정이 천하 문단의 맹주로 군림하면서 남들에 대한 평가를 낮추기도 하고 높이기도 했으니, 문인으로서 지금까지 없었던 일이다. 자기를 추종하는 자는 끌어주고 자기와 견해를 달리하는 자는 배척하면서 국내의 명사를 모두 손아귀 속의 물건으로 만들었다. 따라서 그에 대해 반감을 가진 자가 많았지만 그가 재앙을 모면하고 몸을 지킬 수 있었던 것은 역시 문명이 융성하던 시대였기 때문이라 생각된다.

그와 가깝게 지낸 자들은 주로 시기나 형편에 따라 각각 다섯 사람씩으로 나뉘어지는데, 전오자(前五子)는 제남(濟南)의 이반룡, 오흥(吳興)의 서중행(徐中行), 남해의 양유예(梁有譽), 무창(武昌)의 오국륜(吳國倫), 광릉(廣陵)의 종신(宗臣)이요, 후(後)오자는 남창(南昌)의 여왈덕(余曰德), 포절(蒲折)의 위상(魏裳), 흡군(歙郡)의 왕도곤(汪道昆), 촉군(蜀郡)의 장가윤(張佳允), 신채(新蔡)의 장구일(張九一)이요, 광(廣)오자는 곤산(崑山)의 유윤문(兪允

文), 위군(魏郡)의 노담(盧枏), 복양(濮陽)의 이선방(李先芳), 효풍(孝豊)의 오유악(吳維嶽), 남해(南海)의 구대임(歐大任)이요, 속(續)오자는 양곡(陽曲)의 왕도행(王道行), 위군의 석성(石星), 영남의 여민표(黎民表)·예장(豫章)의 주다규(朱多煃)·우읍(虞邑)의 조용현(趙用賢)이다.

또 두 사람의 벗이 있었는데, 관리인 왕석작(王錫爵)과 자신의 아우인 세무(世懋)다. 그는 말하길, "석작은 보잘것없는 글재주를 지닌 나를 발탁하여 높은 자리에 올려놓고 또한 갈고 닦아서 성취케 했으니, 벗이기는 하지만 실제로 내 형이라 하겠다. 세무는 나를 바로잡아 주고 보호해줬으니, 아우라고는 하지만 내 형이라 할 수 있다."고 했다.

한편 오자를 중복하여 기록하기도 했는데, 그 다섯은 왕도곤·오국륜·여왈덕·장가윤·장구일이다. 그의 말에, "지난날에 오자편을 만들었고 그 뒤에 또 오자편을 만들었는데, 30년이 지난 지금에는 이미 반이 죽고 사라졌다. 이제 살아남은 자가 일시에 모였기 때문에 오자를 만들었다." 했다.

또 말(末)오자가 있었으니, 조용현·이유정(李維楨)·도융(屠隆)·위윤중(魏允中)·호응린(胡應麟)이다. 그의 말에, "여사(汝師)는 지난 날에 이미 언급되었지만 이렇다할 경지에 도달하지 못했으므로 다시 드러내도 무방하다." 했는데, 여사는 곧 조용현으로서 속오자에 들어있던 자이다.

이밖에도 선배와 동료, 재야인사 및 벼슬아치 등 그가 함께 놀던 자 40인을 거두어서 '사십시인'이라 불렀으니, 황보방(皇甫汸)·막여충(莫如忠)·허방재(許邦才)·주천구(周天球)·심명신(沈明臣)·왕조적(王祖嫡)·유봉(劉鳳)·장봉익(張鳳翼)·주다귀(朱多煃)·고맹림(顧孟林)·은도(殷都)·목문희(穆文熙)·유황상(劉黃裳)·장헌익(張獻翼)·왕치등(王穉等)·왕숙승(王叔承)·주홍약(周弘禴)·심사효(沈思孝)·위윤정(魏允貞)·유균(喩均)·추적광(鄒迪光)·여상(余翔)·장원개(張元凱)·장명봉(張鳴鳳)·형동(邢侗)·추관광(鄒觀光)·조창선(曹昌先)·서익손(徐益孫)·구여직(瞿汝稷)·

고소방(顧紹芳)·주기봉(朱器封)·황정수(黃廷綬)·서계(徐桂)·왕백조(王伯稠)·왕형(王衡)·주도관(注道貫)·화선계(華善繼)·장구이(張九二)·매정조(梅鼎祚)·오가등(吳稼鐙)이다.

그런데 이 시기의 귀유광(歸有光)·탕현조(湯顯祖)·서위 같은 이들은 모두 왕세정·이반룡을 배격했으므로 사십시인의 반열에 들지 못한 것일까.

대체로 이름을 표방하는 것을 보면 '죽계육일'[8]과 같이 자기들이 스스로 만들어 부르는 것도 있고, '상산사호'[9]처럼 세상사람들이 부러워하여 붙인 것도 있고, 주자가 찬양한 여섯 선생[10]과 같이 죽은 뒤에 후세 사람들이 만든 것도 있고, 명나라 말기 장수의 이름을 적었던 『점장록(點將錄)』처럼 남을 시기하고 미워하여 화를 전가시키려 만든 것도 있다.

만약 문학적 소양과 도덕성이 갖춰지고 뜻하는 바와 기상이 맞아 겸손함으로서 이름이 저절로 생긴다면, 세상의 미담이 되고 성대한 일이 될 수도 있다. 그러나 후세의 많은 사람들은 결코 남의 존경을 받을 수 없음에도 불구하고 자기들 멋대로 명목과 이름을 만들어서 남의 비방과 조소를 받는다. 인간은 자칫 경박해지고 방탕으로 흐르기 쉬우니, 후생 특히 어린 사람들은 망령되게 이런 일을 해서는 안 되고 함부로 남에게 이름을 붙여줘서도 안 된다.

고려의 이인로(李仁老)·오세재(吳世才)·임춘(林椿)·조통(趙通)·황보항(黃甫抗)·함순(咸淳)·이담지(李湛之) 등이 자신들 스스로 일대의 호걸이라며 '죽고칠현(竹高七賢)'이라 칭하고 시와 술로 세월을 보내며 오만하게

---

8) 죽계육일(竹溪六逸)은 죽계의 여섯 친구로서 이백, 배정(裵政), 장숙명(張叔明), 한준(韓準), 도면(陶沔)을 가리킴.
9) 상산사호(商山四皓)는 진(秦)나라 말기 혼탁한 세상을 떠나 상산에 숨어살았던 네 노인으로 동원공(東園公), 하황공(夏黃公), 녹리(甪里)선생, 기리계(綺里季)를 말함.
10) 주돈이(周敦頤), 정호(程顥), 정이(程頤), 소옹(邵雍), 장재(張載), 사마광(司馬光)임.

행동했다. 오세재가 죽자 이담지가 이규보에게, "그대가 자리를 메꾸겠는 가?" 하였다. 이에 이규보가 말하기를, "칠현이 무슨 조정의 벼슬이라고 그 결원을 보충하랴. 혜강(嵇康)과 완적(阮籍)의 뒤를 이은 자가 있음을 들어보 지 못했다." 하니, 모두 크게 웃었다. 그들이 또 시를 짓게 했는데, 이규보가 즉석에서 읊기를, "알 수가 없네 칠현 가운데 / 누가 오얏씨를 뚫었는지." 하니, 좌중이 모두 성을 내었다. 이른바 칠현이란 모두 실없는 사람에 속했다.

우리 조선에 들어와 이산해·최경창·백광훈·최립·이순인·윤탁연· 하응림·송익필을 당시의 '팔문장'으로 일컬었다.(이들은 모두 문학이 뛰어 났으면서도 서로 드러내려 하지 않았으므로 세간의 미담이 되기에 충분했다. 특히 송익필의 경우 하찮은 신분으로서 거기에 참여한 것을 보면 당시 공론 의 올바름과 풍속의 깨끗함을 알 만하다). 그 뒤 신익성(申翊聖)의 「오자시 (五子詩)」에 본관이 인성(寅城)인 정홍명(鄭弘溟)·덕수인 장유(張維)·금 성인 박미(朴瀰)·연성인 이명한(李明漢)을 열거하였다.(생각해 보면 다섯이 되지 않으니 잘못이 있다). 한편 오자를 서술하고서 또 오자를 더하여 십자편 으로 만들었으니, 덕수 이식(李植)·완산 이민구(李敏求)·연일 정백창(鄭百 昌)·해숭 윤신지(尹新之)이다.(이것도 다섯이 되지 않는다. 다만 모두 이름 있는 자들이니 당시의 문단의 아름다움을 알 수 있다.

『계신잡지(癸辛雜志)』에, "바다를 떠다니는 배는 반드시 큰 판자로 외면 을 보호해야 한다. 그렇지 않으면 선체를 바다속의 벌레가 갉아먹는다." 했 다. 일본 사람들이 이 같은 것을 잘 알았던 바, 갑강(甲舡)이라고 하여 오래되 면 벗겨 버리고 다시 새 판자를 갈아대어 선체가 늘 새 것과 같다. 갑신년에 통신사가 돌아올 때에 기술자를 시켜서 그 공법을 배워오게 했다. 그리고 병술년에 바다를 건널 때에 통역관이 비로소 이 제도를 썼는데 물이 그 사이 에 들어가 배가 뒤집혀 1백여 명이 죽었다. 이는 기술이 일본인처럼 정밀하지 못하였기 때문이다.

주자가 말하기를, "공경할 공(恭)자는 부드러워 보이고, 같은 뜻인데도 경(敬)자는 딱딱해 보인다." 했고, 황간(黃幹)은, "공은 머리를 숙인 것 같고, 경은 머리를 든 것 같다." 했으며, 진덕수(眞德秀)는, "경은 견고함의 뜻이 있고, 공은 유순함의 뜻이 있다." 하였다. 이와 같이 경과 공에 대한 분별이 세 분의 경우 모두 같았는데, 역시 송나라 학자였던 진순(陳淳)만은, "경에 대한 공부는 세밀한데 공의 기상은 넓고 크며, 경의 마음은 비굴하고 공의 마음은 존엄하다." 하여, 세 분 선생과 말이 다르다.

『노자』에 이르기를, "알면서도 알지 못하는 체하는 것이 최상이고, 알지 못하면서 아는 체하는 것이 병폐이다." 했는데, 알지 못하면서 안다고 하는 것이 병폐라면 알면서도 알지 못한다고 하는 것도 잘못된 것이 아닌가? 공자가 말하기를, "아는 것을 안다고 하고 알지 못하는 것을 알지 못한다고 하는 것이야말로 아는 것이다." 했는데, 이 말은 너무나 명확하여 한 치의 오류도 없기 때문에 불변의 진리가 될 수 있다.

이씨 성을 가진 어느 늙은 선비가 길흉을 점치는 책들을 섭렵하고 있었다. 내가 일찍이 묻기를, "점치는 책 가운데 어느 것이 가장 좋습니까?" 하니, 이씨가 한참만에 대답하기를, "평생에 한 가지 독실하게 믿는 것이 『중용』인데, 여기에 '지극한 정성이 있으면 앞일을 알 수 있다.' 했으니, 이것으로 충분합니다. 그밖의 잡서는 모두 참고자료에 지나지 않습니다." 하기에 내가 웃으면서 "그렇습니다."라고 했다.

서상수가 일찍이 다음과 같이 말한 바 있다.

"글씨를 쓰는 데 있어 마음이 나타나지 않음이 없다. 가령, 왼손에 붓을 잡고 쓰는 것이 비록 오른손으로 쓰는 것과 같이 편리하지는 못하지만 그 글자 모양은 쓰는이의 본성을 벗어나지 못한다. 심지어 발가락에 붓을 끼우고 쓰거나 입에 붓을 물고 쓰거나 다 그와 같다. 그러니 글씨가 사람의 마음으로 쓰여진다고 아니 하겠는가?"

자공의 『시전』에 "간혜(簡兮)는 음악을 맡은 관리의 이름이고, 간(簡)은 간(柬)과 통한다." 했는데, 신배의 『시설』에서도 그렇게 말하고 있다. 또한 신대(新臺)를 『모시』에서는 신(新), 『시전』에서는 친(覰), 『시설』에서는 친(親)이라 했다.

내가 일찍이 우아한 선비에게 이렇게 물은 일이 있다.
"의관을 단정히 하여 태도를 바르고 엄숙히 하는 자를 사람이 비웃어 말하기를, '저 사람은 가식적이다. 그 마음 속에는 욕심이 가득하면서 억지로 교양이 있는 것처럼 꾸미니 도움이 되지 않는 사람이다. 감정대로 눕고 싶으면 눕고 말하고 싶으면 서슴지 않고 말하는 것이 참으로 쾌활하지 않은가.' 하는데, 이 논리가 과연 어떤가?"
그러자 유영건(柳榮健)이 다음과 같이 말했다.
"비록 가식하는 자가 있다고 하지만, 이는 마치 음식을 대하여 먹고 싶은 마음이 있더라도 사양하고서 먹는 것과 같으니 남의 것을 빼앗아 먹는 것보다는 훨씬 낫다."

『한시외전』에, "초나라 장왕이 신하들에게 술을 내려서 날이 저물도록 마시게 했는데 모두 거나하게 취했다. 때마침 촛불이 꺼지자 왕후의 옷을 끌어당기는 자가 있었는데 왕후가 그의 갓끈을 잡아당겨서 끊었다."고 한다.

나는 이 말이 잘못된 것이라고 여긴다. 장왕이 비록 천하를 다스리는 자이긴 하지만 어찌 왕후를 끼고서 군신과 같이 대전 안에서 밤늦도록 술을 마실 수 있으랴? 그리고 밤에 왕이 주재하는 잔치에 촛불 하나만을 밝혔을 리도 없다.

『대대례기』제계(帝繫)편에서, "고수(瞽叟)가 중화(重華)를 낳았으니 이가 제순(帝舜)이고, 다음 상(象)을 낳고 오(敖)를 낳았다." 했는데, 이 글의 뜻은 이해하기 어렵다. 고수가 세 아들을 낳아서 순·상·오라고, 했다면, 이른바 "아버지는 완악하고, 어머니는 모질고, 상은 오만하다." 함은 어찌된 것인가?

사마천이 비록 제계편을 인용하여서 3대의 연표를 만들었다지만, 순이 황제에게는 9대손이 되고 요에게는 4대 종손이 된다. 그렇다면 요가 순에게 두 딸을 시집보냄은 어찌된 것인가?

나는 일찍이 배불리 먹는 것이 사람의 정신을 흐리게 해서 글읽기에 크게 불편함을 깨달았다. 누가 말하기를, "소년들을 관심있게 지켜보면 밥을 많이 먹는 아이는 모두 일찍 죽었다." 했다. 이제 『박물지(博物志)』를 보니, "적게 먹을수록 마음이 열리고 목숨이 길어지며, 많이 먹을수록 마음이 닫히고 목숨이 짧아진다." 했으니, 앞에서 말한 것이 근거가 있음을 알겠다.

날마다 진귀한 음식을 배불리 먹으면 좋을 것 같지만 깊이 생각하면 나의 밥만 못하고, 날마다 넓은 궁궐 높은 누대에서 논다 해도 다시 생각한다면 내 집만 못하며, 날마다 여러 가지 책을 많이 읽는다 해도 잘 생각해보면 경서만한 것이 없다. 늙은 선비 이씨가 말하기를, "경서 이외에는 뜻을 해치지 않는 것이 없다." 하였고, 다시 "육구연(陸九淵)은 서적을 버리고 자기 마음을 스승으로 삼겠다고 하면서 육경을 자기 학문을 돕는 방편 정도로 여긴다고 하는데, 나는 그 유폐가 장차 육경을 불태우게 될까 걱정된다." 했다.

옛날부터 바둑을 좋아함에 있어서는 비록 어진 사람이라도 심각하게 빠지지 않기가 대단히 어려웠다. 바둑을 좋아하던 위소 · 왕숙 · 갈홍 · 도간 · 안지추 · 피일휴 · 임포 등도 안간힘을 써서 물리쳤다. 나는 평생동안 바둑을 좋아하지 않아서 잘 두지 못할 뿐만 아니라 또한 두고 싶지도 않다. 남이더러 말하기를, "다른 놀음은 끊어야 하지만 바둑은 한가로운 여유와 맑은 풍치를 즐길 수 있으니 할 만하다."고 한다. 나는 웃으면서 말하기를, "바둑은 죄악의 괴수가 된다. 모든 놀음이 어찌 이 속에서 흘러나오는 것이 아니랴? 놀음을 물리치려면 먼저 바둑부터 끊어야 한다. 자기의 일을 팽개치고 밤낮을 가리지 않고 바둑판에 매달려 시끄럽게 떠드니 맑은 풍치를 보기 전에 먼저 바둑의 노예가 된다." 했다.

관자(管子)가 젊은 남녀들을 오자(呙子)라고 부르면서 늙은 남자와 늙은 여자에게는 제군(諸君)이라고 하는데, 오자란 젊었다고 해서 낮추는 뜻이고 제군이란 늙었다고 해서 공경하는 뜻인지, 아니면 제(齊)나라의 방언인지 모르겠다.

옛날에는 잠을 잘 때 입는 옷이 따로 있었으니 당연히 모자도 있었을 것인데도, 지금은 두통을 앓는 자만이 모자를 쓴다. 일찍이 위나라 관영(管寧)이 풍파를 만나서 사흘동안 머리를 싸매지 못한 것에 대해 무척 괴로워 했다는 말을 나는 좋아한다. 그 말은 한 순간이라도 모자를 벗어서는 안 된다고 생각한 때문에 나온 것이다. 갑신년에 같은 또래 5~6명의 소년이 여름 석달동안 과거공부에 열중했는데, 그 모두가 끝까지 한 번도 모자를 벗지 않았다니 사람으로서 하기 어려운 것이다. 『풍속통(風俗通)』을 보면, "모자는 머리를 바르게 하는 것이고 옷은 몸을 가리우는 것이니, 이는 인격 있는 선비가 스스로 야만인과 구별하기 위함이다. 오직 상을 당한자·자책하는 자만이 맨머리로 초막에 거처한다." 했으니, 참으로 내 뜻에 맞았다.

내가 이미 세상에 전해지는 『삼분』의 글이 후세의 위작임을 밝힌 바 있다. 그것을 얻은 내력도 괴이하거니와 또 서문을 붙인 자가 송나라 사람인데 그 끝에 성명을 쓰지 않았으니 매우 의아하게 생각했던 것이다. 왕응린(王應麟)의 『상서고이(尚書考異)』를 보면, "원풍(元豊) 연간에 모점(毛漸)이 서경에서 얻었다." 했고, 또 "어떤 이는 말하기를, 장천각(張天覺)이 비양(比陽)의 민가에서 얻었다고 했으니, 옛것이 아니다." 했다.

『삼분』의 서문을 검토해보면, "원풍 7년에 내가 서경에 근무하면서 작은 읍을 순시할 때에 당주(唐州) 비양(泌陽)을 경유하게 되었다. 마침 여관이 없어서 민가에 들었는데 그 집에 '『삼분』의 글을 아무개가 빌어갔다.'고 쓰여 있었다." 했다. 두 사람의 말은 참으로 분별하기 어렵다. 『상서고이』에는 비양(比陽)이라 하고 여기 서문에서는 비양(泌陽)이라고 했으니, 비(比)와 비(泌)가 음이 같아서 일까?

전에 어떤 사람의 문집을 보니 격물(格物)과 물격(物格)을 이렇게 구분하고 있었다.

"격물이란 당나라 사람의 시에 '길을 가다가 물의 원천에 이르렀네.' 한 것과 같은 것이고, 물격이란 당나라 사람의 시에 '깊은 밤 등잔 앞에 10년 동안의 일들 / 한꺼번에 비에 젖듯 마음 위에 떠오르네.' 한 것과 같은 것이다. 또한 공자의 여러 제자가 아는 것과 어진 것을 물은 일들은 격물이고,

공자가 자신의 도는 하나로 관철된다고 한 데 대하여 증자가 '네'라고 호응한 것은 물격이다."

비유를 든 것이 매우 이치에 맞기에 여기에 적어둔다.

옛사람이 말하기를, "온화한 기질은 하늘을 움직이는 근본인데, 문장은 온화한 기운을 길러주니 이는 세상을 윤택하게 하는 것이다." 했고, 또 "뜻에 맞지 않은 일을 당하면 신속히 처리하면 그만이요 다시 고민하거나 얽매이지 말라." 했고, 또 "가난한 벗을 때때로 생각하고 자기집에 쌀이 없더라도 남의 굶주림을 급하게 여긴다." 했고, 또 "독서를 통해서 얻은 착하고 아름다운 것을 나 혼자만 지니지 말고 남들에게 가르쳐주어 함께 누리도록 한다." 했고, 또 "역사책을 읽고서 인간의 일을 따질 때 반드시 잘한 것은 칭찬하되 경솔하게 남을 죽일 놈이라고 책망하지 않는다." 했고, 또 "벗을 오랫동안 만나지 못했을 때, 터무니없는 소문에 솔깃하지 않도록 조심해라." 했고, 또 "딸을 가르치는 일에 유념해서 남의 집안의 대를 이어 행복과 평안을 이루게 해야 한다." 했다. 이 몇 가지 중에 실천할 수 있는 것이 있지만 미칠 수 없는 것도 있는 까닭에 나는 늘 잊지 않고 마음에 새겨서 일생동안 실행하려 한다.

세상에서 모두 왕세정을 문장의 원로라 여기고 그 이름에 압도되어 부러워하고 사모하지 않는 이가 없었으니 물론 그럴 만도 하다. 그렇지만 그에게 문장의 폐단을 조종하는 두 악마가 도사리고 있었음을 사람들은 알지 못했다. 그는 투전 비슷한 마적(馬吊)이라는 도박법을 만들었고 『금병매(金瓶梅)』라는 음란한 서적을 지었다. 청나라 선비 우동(尤侗)은 도박을 경계하는 글을 지어서 이를 물리치기에 온힘을 기울였다. 명나라 때는 위로는 고급 관리로부터 아래로 종에 이르기까지 마치 바보나 미친 사람처럼 되어 부끄러움을 모르는 것이 극도에 달했었다고 우동은 지적한 다음 끝에서 이렇게 말했다.

"나는 이 같은 풍습이 명나라 말기에 가장 성행했음을 들었다. 도적 이자성(李自成)이 틈왕(闖王)으로 일컫고, 또 도적 장헌충(張獻忠)이 대서국왕(大西國王)이라 일컬었으며, 그 밖에 유적작란(流賊作亂)이라 하는 등 나름대로 명분을 뽐냈고, 상공마적(相公馬吊)·백로완성(百老阮姓)·남도망국(南渡亡國)이니 하는 이름을 붙여서 상서롭지 못한 조짐을 나타내기도 했던 것이다. 만약 성스러운 왕이 있었다면 어찌 이 요사스런 짓들을 용납했으랴. 감히 형벌을 맡은 관리에게 충고하겠는데 정당하게 법규를 만들어서 천강(天罡)·지살(地煞) 등 악귀 같은 큰 도적의 무리는 주저하지 말고 엄벌하되, 만일 법을 어긴 사실이 드러나면 반드시 살을 파고 죄명을 써넣는 형벌[11]을 감행하고 그들의 계보를 불질러서 근절시키소서."

문란한 습속이 큰 재앙이 됨을 이루 다 말할 수 있겠는가. 『금병매』가 한 번 세상에 나와 부도덕성을 조장함이 이토록 심각했다. 소년들이 이 책을 보지 못하면 큰 수치로 여겼으니 그 해가 얼마나 컸는가를 짐작하고도 남는다.

명나라 말기부터 지금에 이르기까지 소설이 사람의 마음을 그릇된 길로 빠지게 했다. 종산(鍾山)의 황주성(黃周星)은 청나라 사람인데, 그가 말하기를, "내 나이 60에 비로소 소설을 짓기로 마음 먹었는데, 의연히 인간의 타고난 즐거움에 대한 것을 엮으면서 알지 못하는 사이에 점점 재미있는 경지로 들어가게 되므로 이에 늦게 시작했음을 깊이 후회한다." 했으니, 아! 정신을 어지럽힘이 정말로 심하도다.

---

11) 자자(刺字)라는 형벌은 얼굴이나 팔뚝의 살을 파고 흠을 내어 죄명을 찍어넣는 것임.

청나라 선비 주문위(周文煒)가 홀로 소설을 배척하여 말하였다.

"누군가 '황정견이 남녀의 애정에 관한 글을 지어 음란한 언어로 사람의 마음을 방탕하게 만들었으니, 그 죄는 죽어서 지옥에 떨어지는 데 그치지 않는다.'고 했는데, 요즈음에 소설을 짓는 사람들은 어찌 애정소설에 그치랴? 사람마다 반드시 놀라운 대갚음을 겪게 될 것이니, 이를 막기 위해서는 책상머리에 있는 한 조각 종이와 몇 낱 글자라도 마땅히 불태워야 한다. 심성을 파괴하고 행동을 그르치는 것은 모두 소설이 유인하는 것이다. 가정의 어린아이나 부녀자라고 해서 어찌 글자를 아는 자가 없다고 하랴? 곰곰히 생각해볼 때 어찌 두렵지 않은가?"

이 말은 참으로 통쾌하다. 황주성에 비한다면 어찌 하늘과 땅의 차이에 그치랴? 이렇듯 적어서 귀감으로 삼지 않을 수 없다.

청나라 선비 용면(龍眠) 석방(石舫)의 『천외오어(天外悟語)』에, "김위(金喟)는 시자안(施子安)의 후신이다. 시자안이 『수호지』를 지어서 붓끝을 한껏 휘둘렀는데 김위에 이르러 일장의 거친 기운을 만나 『삼국지연의』가 완결되었다." 했으니, 참으로 적합한 말이다. 비록 농담에 가깝긴 하지만 매우 시원스럽다. 김위가 『수호지』를 비평했음을 가지고 한 말이다.

4월 초파일 밤에 성안 가득히 장대에 매단 등불이 마치 총총히 떠있는 별과도 같았다. 내가 담 밖에서 어떤 남자가 중얼거리는 것을 듣게 되었는데 그 소리가 마치 깨진 징소리 같았다. 그는, "제발 세차게 비가 쏟아지고 회오리 바람이 불어서 등불이 모두 꺼졌으면 좋겠다. 그러면 나는 다니면서 등이나 줍겠다."고 했다. 그 말을 들으니 마치 그 흉악한 얼굴과 못된 심술을 들여다보는 듯했다. 아, 이 마음을 미루어보면 무슨 일인들 못하겠는가?

항간에 전승되는 풍속 가운데, "부잣집 광속에는 반드시 업이라 부르는 구렁이 또는 족제비가 있는데, 사람들은 때로 흰죽을 쒀서 바치고 신처럼 대접한다."는 것이 있어, 나는 기이하게 여겼다. 그런데 뱀에 관련된 책을 들춰보니, "빛이 약간 누른 데다 간간이 푸른 빛을 띠고 배는 희고 혀는 붉으며 이가 검다. 길이는 4~5척을 넘지 않는데 집 광밑에 굴을 뚫을 것 같으면, 곡식이 보통 들어가는 공간에 갑절이 더 들어갈 것이다. 그렇기 때문에 부귀뱀이라고 한다. 섣달 그믐날 밤에는 반드시 술과 고기, 향불과 등잔을 진열하고서 제사한다." 했으니, 비로소 세상에서 일컫는 업을 알게 되었다. 다만 망아지 비슷한 것이 있어서 구업(駒業)이라 부른다고 하는데 자세히 알 수 없다. 만약 업이 달아나면 집이 망한다고 한다.

『문심조룡』에서, "몸은 다른 시대에 태어났지만 뜻을 도리에 맞게 펴서 마음을 아득한 옛날에 붙이고 생각을 천년 만년 후대에 전한다면, 쇠붙이나 바윗돌이 부스러진다한들 그 소리야 사라질소냐?" 했다. 나는 궁한 사람이 글을 많이 저술하나 지나치게 궁한 자는 글도 전하지 못한다고 생각한다. 한편 그 저술한 것이 후대에 영향을 미쳐 글 뜻을 알아주는 사람을 만난다면 궁한 속에서도 통함이 있는 자이지만, 후세 사람들로부터 욕먹고 비난받는 처지가 된다면 이는 세상에서 제일 궁한 자이다. 그렇다면 저서가 전하지 않는 자는 궁하나, 궁한 속에서도 통함이 있을 수 있는 것이다. 또 『문심조룡』에, "까마득한 날에 우주가 생겨났고 오랫동안 인물이 많이 나왔지만 무리에서 뛰어나는 것은 슬기로운 계책일 뿐이요, 세월이 덧없어서 고귀한 정신도 사라지고마니, 명성을 높이고 뜻을 드날림은 저술에 의할 뿐이다." 했다. 인간이 수천 년 전하는 행운을 얻더라도 자연의 영원한 생명을 가지고 논한다면, 요란한 소리를 내는 모기떼가 푸른 깁의 휘장을 스쳐가는 데 불과하다고 생각한다.

다시 『문심조룡』에 나오는 두 수의 시와, 이와 함께 언급된 비평 한 마디를 들어본다.

> 뫼가 우뚝 솟고 물이 감도는데
> 숲엔 뭉게뭉게 구름이 피어나네
> 눈이 이미 오가니
> 마음도 움직여
>
> 봄날은 넉넉한데
> 가을 바람 쓸쓸하네
> 가는 정을 전송하듯
> 오는 흥에 답하듯

"절묘하게 감정을 풀어내어 글을 지은 것으로 진부한 문인이 미칠 수 있는 것이 아니다."

나는 오래 전부터 이 말을 좋아했다.

나의 조카 광석이 묻기를, "우리나라 과거시험에서 대과에 합격하면 쓰일 곳이 있지만, 소과의 경우 과연 어디에 쓰이게 됩니까. 작은아버지께서는 과거공부를 하신다면 왜 대과에만 몰두하려 하지 않으십니까?" 하기에, 내가 "소과는 세상에서 가문을 위한 수단으로 삼는다." 했다. 그랬더니 조카가 말하기를, "나는 이 세상에서 군인이 되더라도 조금도 원망하거나 탓하지 않을 것입니다만, 작은아버지께서는 자손이 군인이 되면 걱정하실 것이지요?" 했다. 내가 웃으면서, "내 마음은 치우치거나 얽매임이 없어서 삶과 죽음 자체는 물론 오래 사는 것이나 일찍 죽는 것을 같게 생각하는데, 어찌 후세의 가문을 걱정할 겨를이 있겠느냐. 그건 나를 잘 알지 못해서이다."
하니, 조카도 웃었다.

정해년 4월에 광석의 집에서, 명섭(命燮)을 비롯한 여러 조카뻘 되는 사람들과 같이 얘기를 하면서 날을 보냈다. 내가 먼저, "세상에는 마음을 즐겁게 하는 일이 얼마쯤 있기는 하지만, 대부분 그렇지 않은 일들로 이마를 찌푸려야 할 때가 많다. 친척 간에 오래도록 보지 못했다가 뜻밖에 만나 서로 화기애애하게 정을 나누는 것이야말로 천하의 지극한 즐거움이다. 나는 오류(五柳)선생으로 불렸던 도잠이 표현한 '친척의 정다운 말을 기뻐한다.'는 말에 대해 대단히 학문적인 말이며 지극한 문장법이라고 생각했다." 하니 광석이 두 손을 꼭 잡으면서, "옳습니다." 했다.

박제운(朴齊雲)은 재능이 뛰어나고 지혜가 있다. 그가 전에 말하기를, "내일찍이 일곱 자로 된 말을 가지고 있으니, '착한 일을 하여 얻는 효과가 색욕을 참아서 얻는 효과와 같다.'[爲善之效如忍色]는 것이다." 했다. 나는 한참 생각한 후에, "뒤에 닥치는 해가 없다고 생각하는가?" 물었다. 그러자 제운이 말하기를, "뒤에 오는 해가 없을 뿐만이 아니다. 오히려 착한 일을 하기 어려운 것이 여색을 멀리하기가 극히 힘든 것과 같다는 게 문제요, 그 효과에 있어서는 당연히 색욕을 눌러 해가 없는 것과 마찬가지다."라고 했다.

백대붕(白大鵬)의 시가 있다.

술에 취해 수유꽃 머리에 꽂고 홀로 즐기다가
흰한 달빛 배에 가득하니 빈 술병 베개 삼았네

세상 사람들아 무엇하는 자인가 묻지 마라
뱃 일을 맡은 종으로 머리가 모두 세었다네

이 시는 세상에서 유명한데, 일찍이 백대붕이 어느 재상에게 올린 글을
보고서 그가 노예임을 알았으나 자세한 행적은 알지 못했다. 유몽인이 지은
『촌은 유희경전』을 보니, "관리 백대붕과 시를 놓고 함께 읊조린 바 있다. 허
성(許筬)이 일본에 사신으로 가게 되었을 때 백대붕·유희경과 동행하려 했
으나 희경은 늙은 어버이를 섬겨야 했기 때문에 거절하고 다만 대붕과 함께
갔다. 임진왜란이 일어났을 때 국방을 담당했던 특사 이일(李鎰)은 대붕이
일본에 밝다고 하여 억지로 그를 데리고 갔는데, 불행히 병영에서 죽었다."
했다. 그렇다면 나라를 빛냈을 뿐만 아니라 죽을 곳을 얻어 죽었으니, 신분
이 낮다해서 감히 멸시할 수 있으랴. 시를 보고서 이미 그의 호방하고 여유있
는 성품을 알았다. 일찍이 함선에 관한 일을 맡는 하급관리가 되었으니 '뱃
일을 맡은 종'이라고 한 것일까?

양웅(揚雄)의 인품에 대해 칭찬과 비난이 반반이다. 그 문장이나 재주는
아름답지만 절조를 잃은 것은 큰 잘못이다. 주자의 공격을 기다리지 않고도
북제(北齊) 안지추(顔之推)의 논박이 매우 적절하다.
"양웅은 감옥을 지키는 왕망(王莽)의 부하가 자기를 잡으러 온다는 말만
듣고 당황하고 두려워한 나머지 천록각(天祿閣)에서 몸을 던졌다. 요행히
살아남아 왕망에게 벼슬하면서 시황의 진나라를 비판하고 왕망의 신(新)나
라를 찬양하는 글을 지었으니, 이는 세상의 이치를 알지 못하는 어리석은
아이의 행위이다. 그런데도 환담(桓譚)은 노자보다 낫다 하고 갈홍은 공자에
비교하여 사람을 탄식케 했다. 양웅은 계산에 밝고 음양을 풀이할 줄 알았기
때문에 『태현경(太玄經)』을 지어서 몇 사람을 감복시켰을 뿐이다. 남긴 언어

와 행실이 조나라의 순황(荀況)·초나라의 굴평(屈平)에게도 미치지 못하면서 감히 성인의 높은 도량을 바라랴. 그리고『태현경』이 이제 무슨 소용이 있는가. 된장 항아리나 덮을 쓸데없는 휴지일 뿐이다."

이 평가야말로 정곡을 찌른 통쾌함이 있다. 양웅을 찬양한 사마광은 어찌 안지추의 견해에도 미치지 못했던 것일까.

조카 광석이 그 전에 말하기를, "풀이나 잘 뜯는 조랑말 한 필을 사두고 문 닫고 글을 읽다가 막히고 의심나는 곳이 있으면, 곧 책을 싸서 안장에 걸고 말을 타고서는 마음내키는 대로 훌륭한 사람을 찾아가서 토론하고 돌아오면 좋지 않으랴." 했다.

광석이 또 말하기를, "윤득관(尹得觀)이, '세상의 선비들은 달이 햇빛을 받아서 밝다는 것만 알 뿐 해도 달빛을 받아서 밝음을 알지 못한다.' 했는데, 이는 음양이 서로 도와서 빛을 내기 때문이라 한다." 했다.

자흠 변약순이 "나의 타고난 성격이 소탈하여 욕심이 없기를 바랐는데 근래에는 욕심이 차츰 싹트는 걸 느끼게 되는데 장차 어찌하면 좋은가?" 하기에, 내가 "전후좌우에서 귀로 듣고 눈으로 보는 모든 것이 욕심에 관계되지 않음이 없는 까닭에 살다보면 저절로 그렇게 되는 것이다. 이는 남보다 더욱더 수양에 힘쓰지 않은 때문이니 매우 슬픈 일이다." 했다. 다시 자흠이 말하기를, "그대의 말은 진정 믿을 만하다. 세상에 나다니다보면 욕심을 끊을 방법이 없다. 10년 뒤에는 나도 이 속세에서 벗어나 깊은 산속으로 들어갈 것이다. 만나고 부딪치는 것이 없으면 욕심이 자연 없어질 것이 아니겠는가." 했다. 내가 웃으면서, "부처가 되려는가?" 하니, 자흠이 말하기를, "내가 선비의 본분을 지니면서 욕심만 끊을 뿐이니, 산속에서 산들 무슨 해가 될 것이 있으랴?" 했다.

죽은 뒤 지평(持平)의 벼슬에 오른 효자 예귀주(芮歸周)는 영남사람이다. 그가 어린아이 적에는 꿇어앉아서 어머니의 젖을 빨았으며 커서 음식을 먹을 때는 반드시 어른보다 나중에 했다. 어버이의 병을 간호할 때 대변을 찍어 맛을 보고 손가락을 깨물어 피를 먹였으며 입으로 항문을 불어서 부모의 뱃속을 덥게하여 놀라운 효과를 얻기도 했다. 노루고기가 약에 좋다고 하니 범이 산 노루를 던져 준 일도 있다. 어버이가 돌아가시자 무덤 근처에 초막을 짓고 시묘살이를 하였으며, 상을 다 마치자 몸이 쇠약해지고 병들어서 아침 저녁으로 묘를 돌아보고 관리할 수 없게 되어 제단을 만들고 멀리서 절을 올렸다. 을유년에 그 증손 수홍(秀弘)이 그 행실을 기록해가지고 서울로 와서 사대부의 시와 문을 구했다. 예귀주야말로 효성이 매우 지극한 사람이었다고 할 만하다.

중국 남쪽지방에 대명량(大明粱)이라는 벼가 있다. 양산보(梁山甫)의 후손인 제신(濟身)이 화양동에 있는 만동묘(萬東廟)에 글을 보내어 대명량을 파종하여 명의 신종(神宗)·의종(毅宗)을 모시는 사당에서 제사지낼 때 제물로 쓰게 하고, 또 여러 훌륭한 사람의 시를 구하여 이를 찬양했다. 한편 궁궐 안에 있는 명의 태조·신종·의종을 제사지내는 대보단(大報壇) 앞에 꽃이 있는데 이를 대명홍(大明紅)이라고 부른다.

명나라 하경명(何景明)이 새로운 작시 풍토를 수립하고자 했으나 줄곧 뜻을 이루지 못하고 끝내 당나라 사람의 지배 아래 있었다. 서위(徐渭)에 와서 새로운 시단을 확립 전개하자는 의논이 두드러지게 나왔는데, 이때도 왕세정·이반룡을 심하게 몰아부치지 못했다. 원굉도에 이르러서 왕·이를 원수처럼 여기고 신랄하게 비판했다. 서위가 지은 시의 서문을 적어본다.

"옛 사람의 시는 감정에 바탕을 두었지 감정을 꾸며서 짓지 않았다. 그러므로 시는 있었으나 시인은 없었다. 후세에 오면서 시인의 이름이 드러나게 되었는데, 시를 지어야 할 이유가 너무 많아서 이루 다 열거할 수 없을 정도이고, 시의 격조도 지나치게 다양하여 제대로 평론할 수 없기에 이르렀다. 그러나 그 시들은 모두 시인의 내적 감정이 없는데도 억지로 감정을 만들어서 지은 것이다. 감정을 만들어서 짓는 것은 시의 명예를 바라는 취향 때문이고, 시의 명예를 추구하게 되면 반드시 남의 시의 체재나 답습하여 그 화려한 말을 본뜨기에 이른다. 진실로 이 같은 지경이라면 시의 본령이나 실지가 없어지게 되는데, 이를 두고 시인은 있어도 시는 없다는 것이다.

사물의 이치를 탐구하는 자가 나타나 이를 터득하면서 '글은 한계가 있으되 이치는 다함이 없고, 격조있는 화려한 말은 한계가 있으되 이치에서 나온 논의는 다함이 없다.'고 했다. 이리하여 시를 지음에 있어 모두 이치에서 끌어내고 논의를 전개했으므로, 성격이 활달한 자는 그 글이 밝고 성격이 진지한 자는 그 글이 딱딱하다. 결국 이치가 까다롭고 의논이 고상한 시는 이해하기 어렵고, 이치가 순조롭고 의논이 평이한 시는 이해하기 쉽다. 물론 이 두 가지 유형의 시가는 모두 배우가 꾸민 것과 같다. 그렇지만 시의 생명력을 따진다면 전자는 한계가 있고 후자는 한계가 없다. 즉 무궁한 것은 평이하고 이해하기 쉬운 시이지 까다롭고 난해한 시가 아니다."

섭자숙(葉子肅)은 시에 관한 서문에서 이렇게 말했다.

"사람이 새 소리를 배웠다면 그 소리는 새지만 본성은 사람이요, 새가 사람의 말을 배웠다면 그 소리는 사람이지만 그 본성은 새다. 이로써 사람과 새의 한계를 정할 수 있지 않겠는가? 오늘날 시를 짓는 자들이 이것과 무엇이 다르랴. 자기 스스로 얻은 것에서 나오지 않고 한갓 남들이 이미 말한 것을 훔쳐서 말하기를 '어느 글은 누구의 문체이고 어느 글은 그렇지 않다. 어느 구절은 누구의 것과 같고 어느 구절은 그렇지 않다.' 하니, 이는 글이 아무리 아름답다 할지라도 이미 새가 사람의 말을 하는 것과 같다."

다만 섭자숙은 왕세정·이반룡의 이름을 지적하지는 않았다. 이와 달리 원굉도는 말끝마다 그들을 비난했다.

서위의 글이 신기할 정도로 오묘함에 대하여 내가 일찍부터 경탄하고 있었다. 그가 어머니에 대한 꿈을 꾸고 슬퍼하며 제사를 지낸 제문을 더욱 좋아했는데, 그 글은 다음과 같다.

"어찌된 일인지 어젯밤 꿈에 지난날 병으로 돌아가신 어머님께서 병드신 몸으로 옷을 벗고서 방구석에 앉아 창문으로 몸을 가리고 계셨습니다. 저는 그 증상을 알아채고는 상기된 얼굴로 울부짖으며 어쩔 줄을 몰라 쩔쩔맸습니다. 치료할 수 없음을 알면서도 곧 나으실 것이라고 위로해드렸습니다. 얼굴을 가리고 통곡하면서 어머님을 부축하여 평상에 뉘었습니다. 울음을 그치면서 꿈을 깼는데 눈물이 아직도 흐르고 있었습니다. 꿈을 꾸면서도 슬픔을 금치 못하였는데 꿈을 깨서는 어떻겠습니까. 어머니의 죽음을 슬퍼하는 자식의 마음은 한결같을 것입니다."

서위는 효자임에 손색이 없다. 나는 이 글을 읽을 때면 눈물이 갓끈을 적시지 않은 적이 없었다.

청나라 선비 우동은 장주(長洲)사람으로 그의 자는 전성(展成)이고 호는 회암(悔庵)이다. 외국을 읊은 연작시 백여 편을 만들어서 각각 그 나라의 풍속을 말하고 또 각주를 달았다. 그 중 우리 조선을 읊은 것을 본다면 모두 네 수인데, 바람결에 들리는 소문을 거둬 모은 것으로 잘못된 것이 많다. 이제 네 수 전부를 여기에 수록한다. 중국에서 기록되는 최근의 것이 이와 같으니, 그 나머지 시대가 먼 것은 미루어 알 수 있다.

첫째 수

> 고구려를 하구려라 낮추었으니
> 조선이라는 옛 이름만 못하네
> 천리 수도에 온갖 놀이 벌어지니
> 한성에서 아직도 중국 의식 보리라

주석

"고조선은 고구려에 합병되었다. 수나라가 정벌했으나 복종하지 않았으므로 낮추어서 하구려라고 했다. 명 태조 연간에 공물을 바치고 조서를 받들었으므로 다시 조선이라고 했다."

이 주석의 내용은 중간에 고려가 있음을 알지 못한 것이다.

둘째 수

> 긴 옷자락 넓은 소매 절풍건(折風巾) 쓰고
> 종이를 펼치고 붓을 들어 한자를 쓰네
> 서문에 나라의 좋은 가문 길이 전하고
> 상서편 홍범구주 전한 사람 바로 기자라네

이백의 시에도, "금빛의 꽃으로 꾸민 절풍건"이라 했는데, 절풍건은 곧 갓이다. 그 갓의 차양이 평평하고 곧게 생겨서 바람을 가를 수 있다. 그럼 신라 때에는 금으로 만든 꽃으로 갓을 장식했던 것일까?

셋째 수

양화도 나룻터에 살구꽃이 붉은데
팔도 노래 조선의 풍속을 실었네
가장 그리운 건 보배 같은 여도사(女道士)
일찍이 상량문 지어서 광한궁에 이르렀음이여

주석

"그 나라에 8도가 있고 양화도는 한강가에 있으며, 규수 허경번(許景樊)은
뒤에 여도사가 되었는데 그가 일찍이 광한궁 백옥루의 상량문을 지었다."
　윗 시를 보면 어찌 갑작스레 살구꽃이 붉다는 말이 나오는지 모르겠고,
팔도 노래라는 어구는 너무나 무미하다. 그리고 양화도는 한강의 중간에
위치하여 몇 굽이가 되므로 그냥 강가라 할 수 없다. 더욱이 난설헌(蘭雪軒)
허씨를 허경번이라고 한 것은 옳지 않고, 그가 여도사가 되었다는 말도 전
여성(田汝成)의 「광여기(廣輿記)」에 나오는 말을 그대로 따른 것이다. 「광
여기」에, "허씨의 남편 김성립(金誠立)이 왜란에 순절하자 허씨가 여도사
가 되었다."고 기록되어 있는데, 이는 근거없는 말이다. 누가 이런 말을 만
들어내서 중국 사람을 속인 것일까? 중국에서 허난설헌과 허경번을 서로
다른 사람으로 기술하고 있는 것은 더욱 가소로운 일이다. 여인이 문장에
능력이 있고 재주가 많기 때문에 이와 같은 욕이 미치는 것일까? 매우 개탄
할 만하다.

넷째 수

여덟 살 어린 아이 이름은 황창

칼춤 하나로 백제의 왕을 베었지
한가위에 다시 부른 슬픈 회소곡
아침부터 길쌈하여 광주리에 가득 찼네

주석
"신라의 황창(黃昌)이 여덟 살 어린 나이에 그 임금을 위하여 백제로 가서 시장에서 칼춤을 추자, 왕이 곧 궁궐 안으로 불러들여서 춤추게 했는데 이를 틈타서 찔러 죽였다."

김두열(金斗烈)의 자는 영중(英仲)이고 호는 남촌(南村) 또는 갈관재(褐寬齋)라고 했다. 그는 시문에 뛰어났으며, 전서·주서·행서·초서의 서체는 물론 도서·인장에도 정열을 쏟아서 정통하지 않음이 없었다. 그 중에서도 전서는 세상에 이름을 떨쳤으니 참으로 뜻한 바가 크고 기발한 인물이다. 인장에 대한 서문에다 자신의 내력을 진술하면서, "나는 석가탄생일 이틀 전날 기해시에 본관이 광산(光山)인 김두열로 태어났으니, 신라의 왕실계통이고 조선의 시와 예가 뛰어난 가문일세. 진나라 반악(潘岳)의 필법으로 직청(直淸)의 뜻을 붙이기를 원한다." 했으니, 을묘 4월 초 6일 기해생이다. 반악을 말한 것은 가풍을 서술한 것이고, 직청은 당나라 유빈(柳玭)의 자이다.

김두열의 오언고시는 한나라·위나라의 기상이 있어서 모두 읽을 만하다. 그 부인의 죽음을 애도한 시 두 수와 「옥천정녀행(沃川貞女行)」이라는 시가 있다.
첫째 수

당신이 세상을 떠난 뒤로
친척들의 편지 보기도 싫네
그대가 죽은 줄도 모르고
병의 차도나 묻는다오
내 마음 비록 굳세다고 하나
차마 그들에게 설명할 수 없네
말하지 않음이 옳은 일 아니나
응답을 하려 하니 목이 멘다오

둘째 수

그대 잊기 어려운 건 언제이뇨
아침 저녁 제사 드릴 때
제사란 생전의 일 본뜨는 건데
이처럼 슬픈 일도 다시 없다오
지난 날 당신이 음식 먹을 때
더 먹길 권하면 사양을 했네
이토록 상에 가득 차린 음식
어째서 도무지 모른척 하오

「옥천정녀행」
옥천에 아름다운 여인이 있어
옛사람의 정절에 부끄럽지 않네
앳된 나이로 시골에 살면서

길쌈으로 살림을 꾸려나갔지
남편이 어질지 못하니
아내의 덕 알 리 없네
사나운 바람이 날로 불어와
맑고 흐린 물 뒤섞이기도
스스로 마음속 다짐했으니
오직 여인의 길 가야 한다고
시앗 투기도 마음에 두지 않노니
서방님과 정답게 살기 원했지
허물어진 집은 다리를 펼 만하고
초라한 울타리 두메 산골에 있으니
산짐승의 공격이 언제나 두려워
서방님 들고날 때 삼가도록 했고
깊은 밤엔 마음 조리고 떨려서
두 손 붙잡고 무릎을 마주했네
거친 바람이 등잔불을 사위고
천둥 같은 소리 창문을 뒤흔들던 날
호랑이가 서방님 물어 갈 때에
황급히 일어나 악착 같이 붙들었네
지나는 곳마다 가시나무 많아
온 몸에 붉은 피 흘러내리네
기어이 서방님을 벗어나게 하리니
이 여인의 몸이야 아까울 것 없다오
지나가는 행인도 구하려 드니
호랑이도 감동하여 풀어 주었네

백년을 함께 살자 약속했으니
이제나 편안함 기대해 보네
끈질기게 노리는 날랜 호랑이
무너진 벽 틈을 밤마다 엿보네
외마디 소리에 깜짝 놀라 깨니
서방님의 숨소리가 들리지 않는구나
한밤중에 밖으로 나가 울부짖으며
허겁지겁 호랑이의 뒤를 따랐네
이미 당한 것도 큰 아픔인데
가혹하게 두 번이나 겪어야 하리
차가운 날인데 버선도 벗었고
뱃속에 있는 아이도 걱정이라
산길은 험난하기 이를 데 없어
가려고 애써도 힘이 모자라
바람을 맞서 손가락을 깨물고
샘물에 가서 머리를 감았네
손가락 깨물어 천지 신명에게 빌고
머리를 조아리고 달과 별에 기원했네
서방님이 죽는다면 너무 억울해
이 여인이 대신 죽기 원하오
너무나 구슬피 울면서 호소하니
하늘과 땅도 불쌍히 여기었네
호랑이의 잔등 위에 있던 서방님
마침내 바람결에 울음소리 듣고는
별안간 얼굴이 보이는 듯 하더니

소리 따라 정신없이 도망해왔네
영영 헤어질 줄 알았다 살아서 만나니
놀랍고도 기뻐서 마음이 황홀하네
서방님 정신을 가다듬고 나서
나에게 모든 일 들려주었네
당신의 애끊는 정성 아니었다면
마땅히 호랑이 밥 되고 말았지
그대의 울음은 산천을 울렸고
그대의 마음은 하늘이 알았소
잔혹한 호랑이도 감화를 받았는지
나를 두고 차마 먹지는 못했다오
독하고 모진 성품 아주 버리지 못해
이글거리는 눈으로 다시 노려보았고
한 덩어리 도마에 놓인 고기인양
위급한 형세 바람 앞의 등불이었다오
깎아지른 높은 벼랑 어이 무너져
순식간에 호랑이는 깔려 죽었네
호랑이가 죽어 내가 살아났으니
이는 신의 도움 아닐 수 없소
신의 은총이 어찌 나의 덕이랴
당신의 호소가 하늘을 움직였네
구구절절 듣고 나니 눈물이 나고
감격과 슬픔이 어우러지네
온 마을 사람들 서로 전하기를
뜨거운 정절! 사라지게 할 수 없다고

모두 한 마음으로 관가에 달려가
이 사연을 태수에게 말했네
태수가 감탄해 마지 않았고
관찰사에게 보고를 하였네
관찰사도 혀가 닳도록 칭찬을 하고
조정에까지 이 사실 알리려 했지
대궐문 겹겹이 어이 그리 깊으며
환관이 또 소리쳐 꾸짖었으니
힘 없는 먼 시골 사람의
곧은 행실 사라지게 하였도다
내 본디 의로움을 좇고자 하는데
한 번 듣고나니 감탄이 절로 이네
포상이 그대에게 무슨 대수리오
그대의 정절 부러움 사기 충분해
이 나라의 아름다운 예의와 풍속이
그대의 높은 의지로 다시 떨쳤네
옛 정절에 비겨 무슨 아쉬움 있으랴
이 같이 드문 일 그대 혼자 뿐이리
아! 전사한 남편 거두고 통곡하던 아내
성은 무너졌지만 아무 이익이 없었네[12]
높은 산의 바위는 어떻다는 말인가
남편 그리며 슬퍼만 할 뿐이네
어찌 옥천 사는 이 여자만 하리

---

12) 춘추시대 제나라 사람인 기량(杞梁)이 거(莒)를 공격하다가 전사하자 그 아내가 시체를
거두고 성 밑에서 곡을 했는데, 열흘 만에 성이 저절로 무너졌다고 함.

조금도 흠잡을 데 없어라
한 번 우니 지나는 길손이 왔고
두 번 우니 바위가 굴러 떨어졌으며
남이 와서 그 죽음 구해 주고
바위가 떨어져서 재앙을 막았네
건장한 사내도 하기 힘든 일
연약한 여자에게서 보았고
선비에게서도 듣기 어려운 걸
평민으로부터 얻어 들었도다
서까래 같은 큰 붓으로
그녀의 비문을 쓰려고 하네

　시에 깨우치는 말이 많을 뿐 아니라 사건이 특이한데, 이는 신미년의 일이라고 한다. 내게 전에 「꽃다운 여인」이라는 시가 있었는데 윗시와 함께 부녀자에게 가르침이 될 만하다.

　허적(許積)은 충주에서 태어났다. 네 살 때 갑자기 사라진 일이 있는데, 알고보니 옥상에서 참새 새끼를 잡아 물어뜯고 있었던 것이다. 사다리도 없이 옥상에 오른 것을 사람들이 매우 이상하게 여겼다. 나중에 높은 자리에 오르면 사람을 죽일 상이라 했다. 세상에 전하는 바에 따르면, "일찍이 그가 독사를 죽였는데 그 때 뱀이 허적의 입속으로 푸른 기운을 내뿜었다. 이어서 아들 견(堅)을 낳았는데 뒤에 역모로 죽었다."고 했다. 달리 전하는 바에 의하면, "허적이 사헌부에 있을 때 평민층의 여자가 새로 시집가서 비단옷을 입는 것을 보고 국법을 어겼다 하여 관리를 보내 잡아다가 신문하여 죽였는데, 죽을 때 여자가 눈을 부릅뜨고 한참 노려보다가 죽었다. 그 뒤 견을 낳았는데 그 여자를 매우 닮았다." 했다.

허견이 어릴 적에 소매 속에 복어를 넣어가지고 살구와 복숭아를 치면 아이들이 따라다니면서 이를 주웠으며, 은으로 만든 거북으로 이불 네 귀퉁이를 물려서 눌렀으며, 겨울에는 담비의 모피로 요강을 쌌으니, 분수에 넘치게 사치스러움이 모두 이런 식이었다. 타고난 총명함으로 인해 글을 직접 읽지 않고 사람을 시켜서 책을 읽게 하고 자기는 누워서 들으면서도 모두 기억하여 죽을 때까지 잊지 않았다. 경신년 많은 사람이 처형될 때에 허적도 연좌되어 죽게 되었는데, 스스로 범죄 사실을 쓰면서, "역적인 아들을 두었으니 만 번 죽어도 아깝지 않습니다." 했다. 사직단 서쪽에 허적의 옛 집터가 있다.

박엽(朴曄)은 자가 숙야(叔夜)이며, 성격이 호탕하였다. 어릴 때 공차기를 좋아했으며 재간이 있어 귀신같이 일을 신속히 처리했다. 그가 도사를 만난 적이 있는데, 도사가 "천 사람을 살리면 잘 죽을 수 있다." 한 것을 박엽은 천 사람을 죽이라는 말로 잘못 듣고 살육을 자행했다. 광해군을 섬겨 10년 임기의 평안감사에 임용되어 8년을 지냈다. 계해년에 인조가 광해군을 내쫓고 왕위에 오른 뒤 사신을 보내어 죽였다.

박엽이 죽인 사람이 무려 9백 99명이었는데, 하루는 대동강 가를 지나다가 큰 아이 하나를 보고 꾸짖으며 물에 들어가도록 호령하였다. 아이가 피하지 못하고 물에 뛰어들어 죽었으므로 비로소 천명을 채웠다. 다만 만주의 오랑캐가 창궐했으면서도 황해도와 평안남북도 일대를 감히 침범하지 못했던 것은 박엽의 위엄과 힘이 있었기 때문이다.

한 번은 자객을 보내 만주에 있는 여진족 추장의 모자에 있는 구슬을 훔쳐다 오랑캐 시장에다 팔았는데 이로부터 오랑캐들이 두려워하여 복종했다. 죽음을 앞두고 탄식하기를, "왜 나를 10여 년만 더 살려두지 않는가." 했으니, 정축년의 환란을 미리 알았던 것 같다. 일찍이 일꾼들을 데리고 집을 지으면서 대들보를 올리려 할 때에 그 대들보 중간에 구멍을 뚫게 했는데, 사람들은 그 까닭을 몰랐다. 그 뒤 박엽이 새로운 대궐을 맡아서 짓는데 대들보가 없었다. 어떤 사람이 박엽의 집 대들보가 가장 크다고 하여 기술자가 가서 기와를 벗겼으나 구멍이 뚫려있는 것을 보고 그만두었다. 그 집이 아직도 회현방(會賢坊)에 있다.

내가 비오는 날 누워서 일생동안 남에게 빌린 물건을 생각하자니 머릿속에 낱낱이 떠올랐다. 내 성격이 옹졸하기 때문에 먼저 남의 눈치를 살펴서 언짢게 여기는 빛이 있으면 차마 입을 열지 못했고, 상대방이 조금도 인색하지 않음을 확신한 뒤에야 비로소 말을 꺼냈다. 남의 말이나 나귀를 빌린 것은 단지 6~7회 뿐이고, 그 외는 모두 걸어다녔다. 남의 하인이나 말을 빌리면 그 굶주림과 피곤함을 생각하느라 마음이 매우 불편하였으니, 오히려 천천히 걸어다니는 것만 못했다. 부모님이 병석에 계실 때 약을 지을 길이 없어서 친척에게 돈 백 문과 쌀 몇 말을 빌린 일이 있다. 그런데 아내가 병들어 원기가 크게 쇠하였으므로 친척에게 약을 빌었을 때는 부모님 때와 달리 서먹서먹 했다. 세상형편에 어두워서 때로 일을 그르치기도 했지만 역시 크게 욕되는 일은 없었다.

나는 커다란 약점을 지니고 산다. 나같이 물정에 어둡고 처세에 둔한 자를 이해해주는 사람을 만나게 되면, 나는 거침없이 자연을 이야기하고 문장을 논하며 민간풍속에 이르기까지 담론을 계속한다. 해학과 웃음을 섞어가면서 흉금을 털어놓고 밤을 새우니, 남들은 내가 말을 잘하지 못하는 사람임을 알지 못한다. 그러나 상대방과 취미가 서로 맞지 않아서 남이 말하는 것을 내가 알아듣지 못하거나 내가 말하는 것을 남이 알아듣지 못한다면, 억지로 웃어가며 말하려 해도 마음대로 되지 않는데, 이 때 비정하다는 비난이 일게 된다. 나를 알아주는 자에게는 다 말할 수 있지만 나를 몰라주는 자에게는 말할 수 없다는 표현이 참으로 맞는 말이다. 늘 용기를 내어 사람들 속에 섞이려 애쓰지만 나이 30이 가깝도록 제대로 하지 못하니 한스럽기만 하다.

　내 몸이 마르고 허약하여 걸친 옷조차도 견디지 못할 정도지만, 남의 음흉한 태도와 도리에 어긋나는 일을 보면 가슴속에서 뜨거운 혈기가 솟구쳐 당장 손을 들어 치려 하니, 이는 선비의 너그럽게 포용하는 마음이 아니다. 그래서 나는 스스로 경계하여 웬만하면 말하지 않고 마음에 새기지 아니하며 그대로 보아넘기기를 오래했는데 나중엔 마치 바보처럼 되었다. 이리하여 남들이 나를 옳고 그름을 모르는 자로 의심하기도 하고, 자기 잇속만을 도모하는 사람으로 지목하기도 하며, 노자의 도를 좋아한다고도 하는데, 나는 이를 달게 여겨 변명하고 싶지 않다. 그들이 어찌 진실로 내 마음을 알겠는가. 도량이 매우 좁아 세상을 바르게 다스릴 수 있는 도리나 기력이 없으면서, 한 조각 객기가 남을 매도하고 비판한다면 어찌 자신을 욕되게 하는 요인이 되지 않으랴. 내 말을 받아들여서 선행을 실천하기에 민첩한 자가 있다면 내 어찌 허물을 남김없이 말하지 않으랴.

　사소한 이익에 집착하여 도리에 어긋나는 행동을 서슴치 않는 소인배들을 볼 때마다, 나는 탄식하고 꾸짖지 않은 적이 없었다. 그래서 갓을 찢어버리고 산으로 들어가려고도 했고 물속에 몸을 던졌던 초나라 굴평과 굶주려 죽었던 주나라 포초(鮑焦)를 부러워도 했다. 그러나 지그시 눈을 감고 있노라면 분노가 가라앉고 도리어 자신의 속이 너무 좁은 것을 느끼게 된다. 마침내 관용·온화·그윽함·공허함 등의 말 뜻을 생각하면 마음이 비로소 차분해진다. 그래도 답답할 때가 많고 편안할 때가 적으니 이것이 바로 객기가 아닌가.

어떻게 하면 참된 선비답게 수양하는 법을 익혀 이를 바로잡으랴.

위나라 조식이 아버지를 추모한 글에서, "깊은 궁궐문을 한 번 닫으니 영혼이 길이 숨었네." 했고, 또 형 조비를 추모한 글에서, "황제가 비록 쓰러져 죽었지만 하늘이 내리는 복은 길이 이어지리." 했으니, 옛날에는 글을 지을 적에 참으로 말을 가리지 않았던 것인가?

『역서소문(易書素問)』에서, "진(秦)나라 이전의 글은 운에 맞추려고 애썼는데, 『도덕경』이 특히 그러하다." 했다. 그리고 옛날 시골에서 불리던 노래나 마을에서 쓰던 일상적인 말이 입을 나오기만 하면 벌써 운을 이루었는데, 이는 세상이 아직도 순진하여 하늘이 내려준 소리가 거칠어지지 않았던 것이다. 『논어』의 소(疏)에서는 이렇게 말했다.
"공야장(公冶長)의 변작어(辨雀語)에,

참새는 쨱쨱쨱 소리내고
물가엔 하얀 연꽃 피었네
곡식 실은 수레가 뒤집혀
두 바퀴는 진창에 빠지고
소는 뿔이 부러졌네
모두 다 거두기 힘드니
불러서 함께 먹어야 하리"

그렇다면 새도 정말로 운을 맞추는 것일까?

청장, 키 큰 소나무에게 길을 묻다

인쇄일 초판 1쇄   2003년 03월 13일
       2쇄   2018년 07월 03일
발행일 초판 1쇄   2003년 04월 15일
       2쇄   2018년 07월 05일

지은이 이 덕 무
발행인 정 찬 용
발행처 **국학자료원**
등록일 1987.12.21, 제17-270호

서울시 강동구 성내동 447-11 현영빌딩 2층
Tel : 442-4623~4 Fax : 6499-3082
www.kookhak.co.kr
E- mail : kookhak2001@hanmail.net
ISBN 978-89-6137-461-3 *03800
가 격 16,000원

*저자와의 협의 하에 인지는 생략합니다.